Wicked

1. Tentation

JENNIFER L. ARMENTROUT

WICKED

1. TENTATION

Traduit de l'anglais
par Alice Kremer

ronciere

Ce livre est une fiction. Toute ressemblance avec des personnages, lieux, organisations ou évènements existant ou ayant existé ne serait que purement fortuite.

RÉSERVÉ À UN PUBLIC AVERTI :
Abus physiques et mentaux / agression physique / alcool / arme à feu / culpabilité du survivant / description de cadavre / description explicite de blessure / deuil / langage grossier / manipulation mentale / meurtre / mort d'un proche / sang / scènes à caractère sexuel explicite / torture / trouble de stress post traumatique / violence explicite.

Wicked, tome 1 : Tentation
par Jennifer L. Armentrout

Ouvrage publié sous la direction de Coline Sorgue

Composition et mise en pages : PCA

ISBN (relié) : 978-2-38566-020-8
ISBN (broché) : 978-2-38566-019-2
ISBN (e-book) : 978-2-38566-021-5
Dépôt légal : août 2024

1re édition – 1er tirage

Achevé d'imprimer en République tchèque par FINIDR en juillet 2024,
sur du papier issu de forêts gérées durablement.

Ce livre est pour vous, lectrices et lecteurs.
Sans vous, il n'existerait pas.
Rien de tout cela ne serait possible.

Chapitre 1

Je transpirais des sourcils et des mèches rousses collaient à mon cou. Mes jambes étaient lourdes, comme si j'avais passé du temps dans un sauna. La cascade de sueur qui se déversait sans doute entre mes seins me mettait d'humeur à gifler un inconnu ou à pousser quelqu'un sous un tramway.

L'air était assez chaud et moite pour me convaincre petit à petit que La Nouvelle-Orléans était en fait l'un des sept cercles de l'Enfer et que la terrasse du *Palace Café* en était l'entrée. Ou bien la salle d'attente.

Une grosse goutte de transpiration glissa du bout de mon nez, puis s'écrasa sur mon manuel de *Philosophie de personne humaine*. Elle laissa une tache humide au milieu d'un paragraphe que je voyais de toute façon à peine à travers la sueur qui m'aveuglait.

J'avais toujours trouvé qu'il manquait un article dans l'intitulé de mon cours. Ça aurait dû être « Philosophie d'*une* personne humaine ». Mais non, ce n'était pas le genre de l'université Loyola.

La petite table trembla lorsqu'un grand café glacé apparut avec force juste devant mon livre. « C'est pour toi ! »

Je jetai un regard par-dessus mes lunettes de soleil, salivant aussitôt comme un des chiens de Pavlov. Valérie Adrieux se laissa tomber sur le siège en face de moi, ses doigts serrés telles des griffes autour de mon café. De descendance espagnole et africaine, Val avait hérité d'une peau brune somptueuse d'une perfection absolue. Toutes les fichues couleurs de l'arc-en-ciel lui allaient à ravir, de l'orange vif au rose en passant par le bleu.

Aujourd'hui par exemple, elle portait un dos nu orange défiant toute gravité, un collier violet et, constatai-je avec un coup d'œil vers le bas, une jupe bohème turquoise. On aurait dit qu'elle sortait tout droit d'un catalogue de mode chic urbain. Si j'enfilais autre chose que du noir, du beige ou du gris, je ressemblais à une folle échappée de l'asile psychiatrique.

Je me redressai sans prêter attention à mes cuisses collées à la chaise, puis tendis mes mains impatientes vers le café glacé. « Donne-le-moi. »

Elle haussa un sourcil. Les cheveux de Val avaient des reflets auburn au soleil. Joli. Les miens étaient un désastre ambulant. Affreux. Peu importait le niveau d'humidité, ses boucles en tire-bouchon étaient toujours superbes. Une fois de plus, joli. Entre les mois d'avril et de novembre, les miennes lâchaient l'affaire et ondulaient en frisotis. Une fois de plus, affreux à mourir.

Parfois, j'avais envie de la détester.

« Tu n'as rien à ajouter ? » demanda-t-elle.

Comme maintenant, par exemple.

« Donne-moi… mon précieux ? »

Elle sourit. « Essaye encore.

— Merci ? » J'agitai mes doigts en direction du café.

Elle secoua la tête.

Avec un soupir de fatigue, je relâchai mes mains sur mes genoux. « Et si tu me donnais un indice de ce que tu veux entendre ? Avec un jeu de chaud-froid, par exemple ?

— En temps normal, j'adore ce jeu, mais je passe mon tour pour aujourd'hui. » Tout sourire, elle leva la boisson entre nous deux. « La bonne réponse était : "je t'aime tellement, merci pour le café glacé, je ferais n'importe quoi pour toi". » Elle remua ses sourcils, puis ajouta : « Oui, ça ne me paraît pas mal. »

Je me réadossai à ma chaise en riant et posai mes jambes sur le siège vide à ma gauche pour étirer mes muscles. Si je suais autant, c'était peut-être à cause de mes bottes à lacets qui s'arrêtaient juste en dessous de mes genoux alors qu'il faisait 200 °C, mais je bossais ce soir et les tongs n'étaient pas vraiment idéales pour remplir mes missions ou pour cacher le matériel nécessaire à leur accomplissement. « Tu es consciente que je pourrais tout simplement te mettre une raclée et le prendre, pas vrai ? »

Val fit la moue. « Ce n'est pas très gentil, Ivy.

— Mais c'est la vérité, répondis-je avec un sourire. Je pourrais te botter le cul comme un ninja tout le long de Canal Street.

— Peut-être, mais tu ne ferais jamais ça parce que je suis ta meilleure amie du monde entier, renchérit-elle avec un autre grand sourire, et elle avait raison. Et puis, ce que je veux te demander, c'est trois fois rien. » Lorsqu'elle approcha la paille du thé glacé de sa bouche, je lâchai un grognement. « Rien du tout, même.

— Qu'est-ce que tu veux ? » Mon second grognement se perdit dans le brouhaha des passants qui déambulaient devant le café et le son des sirènes qui filaient sans doute en direction du quartier français.

Val haussa une épaule. « J'ai un rencard samedi soir… un rencard sexy. Enfin, j'espère qu'il sera sexy, mais David m'a assignée au quartier français, donc… ?

— Donc, si j'ai bien compris... » Je tendis les bras en arrière pour les joindre derrière ma chaise. Ce n'était pas la position la plus confortable, mais ça aidait au moins l'air à circuler. « Tu veux que je te remplace dans le quartier français... samedi soir ? En septembre. En pleine saison touristique infernale ? »

Elle hocha la tête avec enthousiasme. « Oui, s'il te plaît. Je t'en supplie ? » Elle agita le café glacé, faisant s'entrechoquer de manière appétissante les glaçons dans le verre en plastique. « Allez, s'il te plaît ? »

Mon regard glissa de son visage plein d'espoir à la boisson et s'y attarda. « D'accord. Pourquoi pas ? Ce n'est pas comme si j'avais aussi un rencard sexy.

— Youpi ! » Elle tendit le café dans ma direction et je l'attrapai une demi-seconde avant qu'elle ne le lâche. Un instant plus tard, je le sirotais avec joie, transportée aussitôt dans un paradis frais et caféiné. « Tu sais, lança-t-elle en posant ses coudes sur la table, tu pourrais en avoir un si tu décidais de sortir avec quelqu'un au moins une fois par an. »

J'ignorai sa remarque en buvant assez vite pour me geler le cerveau.

« Tu es super belle, même avec cette crinière. » Elle décrivit un cercle avec sa main en direction de ma tête comme si je ne ressemblais pas à un coton-tige orné d'une tignasse. « En plus, tu as une poitrine canon et un cul à tomber à la renverse. Moi, je ne dirais pas non. »

Je continuai de faire la sourde oreille tandis qu'une légère douleur s'installait derrière mes paupières. J'aurais mieux fait d'y aller mollo, mais c'était tellement délicieux.

« Est-ce que tu aimes vraiment les mecs, Ivy ? Tu sais que je joue pour les deux équipes. Je me ferais un plaisir de te donner un coup de main. »

Je levai les yeux au ciel, puis grimaçai aussitôt. Je baissai mon café glacé tout en appuyant une paume contre mon front. « Aïe. »

Val lâcha un petit rire amusé.

« J'aime les hommes, marmonnai-je alors que la sensation givrée s'estompait. Est-ce qu'on pourrait parler d'autre chose que de mecs, d'équipes et de me donner un coup de main ? Parce que je sens que cette conversation va dériver sur l'absence d'orgasmes dans ma vie et le fait que je devrais me mettre à poil avec un inconnu, et je ne suis vraiment pas d'humeur.

— Tu veux parler de quoi, alors ? »

Tout en buvant une gorgée plus mesurée de ma boisson, je l'observai. « Pourquoi tu n'es pas en nage ? »

Val releva le menton en riant si fort qu'un couple de personnes âgées avec des bananes assorties la dévisagea. « Ma belle, je suis un pur produit de la Louisiane. Ma famille est là depuis l'arrivée des colons français…

— Blablabla. Et ça te donne une sorte de pouvoir magique qui te permet de résister à la chaleur en toute circonstance pendant que je me noie dans ma propre sueur ?

— Tu peux quitter le Nord, mais le Nord ne te quittera jamais. »

Je lâchai un petit rire. Elle n'avait pas tort. J'avais emménagé à La Nouvelle-Orléans trois ans auparavant depuis le Nord de la Virginie, mais je ne m'étais toujours pas acclimatée à la météo. « Je ferais n'importe quoi pour un vortex polaire !

— À part t'envoyer en l'air, ça, c'est sûr. »

Je lui fis un doigt d'honneur. En toute honnêteté, je ne savais même pas pourquoi je prenais toujours ma pilule aussi religieusement. Sans doute une habitude résiduelle d'une époque où ça avait encore de l'importance.

Elle gloussa en s'appuyant sur la table. Son regard marron foncé se posa sur mon livre de philosophie. « Je ne comprends vraiment pas pourquoi tu vas à l'université.

— Pourquoi pas ? »

À en croire son expression, la chaleur avait dû me griller quelques neurones. « Tu as déjà un travail… et un qui paye merveilleusement bien. Ce n'est pas comme si tu avais besoin d'un job supplémentaire comme d'autres. On n'a pas beaucoup d'avantages et on doit avoir l'espérance de vie la plus courte de tous les emplois qui n'impliquent pas de sauter en chute libre sans parachute, mais raison de plus pour ne pas perdre ton temps avec ces conneries. »

Je haussai les épaules en guise de réponse. Pour être franche, je ne savais pas trop pourquoi j'avais décidé de m'inscrire à Loyola l'année précédente. Peut-être par ennui. Ou bien pour satisfaire un besoin idiot de faire au moins une chose comme la plupart des gens de 21 ans. Ou alors c'était plus profond que ça et ça expliquerait pourquoi je suivais un cursus de sociologie, option psychologie. Je contemplais l'idée de devenir assistante sociale. Je pourrais faire les deux si je le voulais. C'était peut-être lié à ce qui était arrivé à…

Je coupai court à ces pensées. Elles n'avaient pas lieu d'être, aujourd'hui ou n'importe quel autre jour. Le passé appartenait au passé, mort et enterré, tout comme l'ensemble de ma famille.

Un frisson me traversa malgré la chaleur accablante. Pourtant, Val avait raison. Notre espérance de vie était cruellement courte. Depuis le mois de mai, on avait déjà perdu trois membres de l'Ordre. Cora Howard, 26 ans, avait été tuée à Royal Street. On lui avait brisé le cou. Vincent Carmack, 29 ans, avait connu sa fin à Bourbon Street. Sa gorge avait été déchiquetée. Enfin, Shari Jordan, 35 ans, était morte à peine trois semaines plus tôt, également d'un cou brisé. Elle avait été retrouvée dans le Warehouse District. On avait beau être habitués aux décès, après trois en l'espace de cinq mois, tout le monde était tendu.

« Ça va ? demanda Val en penchant la tête d'un côté.

— Ouais. » Je tournai mon regard vers le tramway qui passait par là. « Tu travailles ce soir, pas vrai ?

— Bien vu, l'aveugle. » Elle se recula de la table avant de frapper dans ses mains et de les frotter l'une contre l'autre. « Ça te dirait un petit pari amical ?

— Sur quoi ? »

Son sourire devint véritablement diabolique. « Sur laquelle de nous aura le plus de morts à son actif d'ici 1 heure du matin. »

Un vieil homme qui déambulait d'un pas traînant à côté de nous lança un regard étrange à Val avant d'accélérer le rythme. Mais ce n'était pas la phrase la plus folle qu'on puisse entendre dans les rues de La Nouvelle-Orléans, surtout à quelques pâtés de maisons du quartier français.

« C'est d'accord, répondis-je en finissant ma boisson. Attends, qu'est-ce que je recevrai quand j'aurai gagné ?

— *Si* tu gagnes, me corrigea-t-elle, je t'apporterai du café glacé pendant une semaine. Et si c'est moi qui gagne, tu... » Elle s'interrompit, les yeux plissés. « Tiens donc, regarde qui va là. » D'un signe du menton, elle indiqua l'espace derrière moi.

Les sourcils froncés, je me retournai et compris tout de suite à qui Val faisait référence. J'inspirai une petite bouffée d'air en pliant ma jambe droite pour rapprocher ma botte de ma main. Pas moyen de passer à côté de cette nana.

Aux yeux de la plupart des humains, environ 99 % d'entre eux, ce n'était qu'une femme comme une autre, vêtue d'une longue robe, se promenant le long de Canal Street. Peut-être une touriste. Ou bien une personne du coin qui faisait du shopping un mercredi après-midi. Mais Val et moi, on n'était pas comme la plupart des humains. Lors de notre naissance, tout un charabia avait été prononcé pour nous prémunir contre les illusions. On voyait ce qui échappait à la plupart des gens.

Et, dans ce cas, c'était le monstre derrière la façade.

C'était l'une des créatures les plus meurtrières connues de l'homme, et ce, depuis la nuit des temps.

Des lunettes de soleil protégeaient sa vue. Pour une raison que j'ignorais, ceux de son espèce étaient sensibles à la lumière du jour. En vérité, leurs yeux étaient du bleu le plus pâle qui soit, une teinte presque dénuée de toute couleur. Mais grâce au glamour, un type de magie noire, ils pouvaient influencer ce que les humains percevaient. Ça signifiait qu'ils arboraient une myriade de traits, de formes et de tailles. Celle-ci était blonde, grande et élancée, à l'aspect presque fragile, mais c'était une apparence plus que trompeuse.

Aucun humain ou animal de ce monde n'avait la moindre chance face à leur force ou leur rapidité, et leurs talents s'étendaient à tous les domaines, de la télékinésie à la capacité d'allumer un feu des plus ravageurs du bout du doigt. Pourtant, leur arme la plus dangereuse était leur faculté à plier les mortels à leur volonté, à les asservir. Les Faes avaient besoin des humains. Se nourrir d'eux était leur unique moyen de ralentir leur vieillissement et de prolonger leur espérance de vie à un point rivalisant avec l'immortalité.

Sans ça, ils prendraient de l'âge, puis mourraient comme nous tous.

Parfois, ils s'amusaient avec leurs victimes, se nourrissant d'elles pendant des mois, voire des années, jusqu'à ce qu'il ne subsiste qu'une enveloppe desséchée de leur forme antérieure. Ce faisant, ils empoisonnaient le corps et l'esprit des humains, ce qui les transformait en des êtres tout aussi néfastes et imprévisibles que les Faes. D'autres fois, ils massacraient simplement leurs proies. Les gens comme Val et moi n'étaient pas à l'abri de se faire dévorer ou des effets qui en résultaient, mais, quelques siècles auparavant, une chose pourtant si petite et insignifiante avait été découverte pour contrer leur talent de manipulation.

Qui aurait cru qu'un trèfle à quatre feuilles puisse autant assurer ?

Chaque membre de l'Ordre en portait un. Celui de Val se trouvait dans son bracelet. Le mien était dans la pierre d'œil-de-tigre de mon collier. Je ne le quittais jamais, pas même chez moi, sous la douche ou pour dormir. J'avais appris à mes dépens que je n'étais en sécurité nulle part sans un trèfle.

C'était notre capacité à voir au-delà du glamour, grâce auquel ils se fondaient dans le décor, qui nous permettait de les repérer et de les chasser. Leurs véritables formes étaient tout aussi ravissantes… et inquiétantes. Leur peau argentée, comme de l'azote liquide, était incroyablement lisse. La perfection de leur beauté était perturbante, avec leurs pommettes saillantes, leurs lèvres charnues et leurs yeux légèrement bridés. Tout chez eux était si séduisant qu'il était difficile de détourner le regard. La seule chose que les contes de fées et les mythes avaient décrite avec justesse était leurs oreilles légèrement pointues.

« Putains de Faes », murmura Val.

Je n'aurais pas dit mieux. Ils m'avaient tout pris. Pas une fois, mais deux, et je les haïssais avec la ferveur de dix mille soleils ardents.

Outre leurs oreilles, les Faes n'avaient rien à voir avec le portrait qu'en dressait Disney ou avec ceux dont parlait Shakespeare dans ses histoires et, comme tous leurs parents éloignés, ils n'avaient pas leur place ici. Il y avait bien longtemps de cela, les Faes avaient découvert un moyen de traverser le fossé entre le monde des mortels et le leur, l'Autre Monde. Les Cours d'Été et d'Hiver, si elles avaient jamais existé, avaient été dissoutes et ils formaient à présent un immense groupe dont l'objectif commun était à la fois tout à fait typique et terrifiant.

Prendre le contrôle de notre monde.

Et c'était notre rôle de les renvoyer dans l'Autre Monde. Ou de les éliminer. À nous de choisir l'option la plus rapide.

L'ennui, c'était que ni l'une ni l'autre n'était simple à accomplir. Ils s'étaient immiscés dans toutes les facettes de ce monde.

Lorsque la Fae passa à côté de notre table, Val lui adressa un sourire d'une innocence chaleureuse et en reçut un plus crispé en retour. La Fae ne se doutait pas que nous voyions au-delà de sa façade.

Val tourna son regard vers moi, puis me fit un clin d'œil. « Celle-ci est pour moi. »

Je refermai mon livre. « C'est pas juste.

— Je l'ai vue la première. » Elle se leva en passant une main sur la large ceinture en cuir autour de sa taille. « À plus. » Elle alla pour se détourner, mais ajouta : « Oh, et encore merci pour samedi soir. Je vais pouvoir m'envoyer en l'air et toi, tu pourras vivre par procuration à travers moi. »

Je ris en rangeant le livre dans mon sac. « Merci.

— Tu me connais, je pense toujours aux autres. Allez, ciao. » Elle se retourna, contourna une table avec aise, puis disparut parmi les nombreux passants sur le trottoir.

À présent, Val allait rattraper la Fae pour l'attirer dans un coin à l'abri des regards et se débarrasser d'elle sans perdre de temps. Tout témoin potentiel risquerait de croire qu'il assistait à un meurtre sans pitié.

Ça devenait vite très gênant lorsqu'un humain tombait par inadvertance sur une pagaille pareille.

À l'exception des mortels dont les Faes se servaient pendant un moment pour de multiples raisons infâmes, la plupart des gens ignoraient qu'ils étaient bien réels. Pourtant, ils étaient partout. Et dans les villes comme La Nouvelle-Orléans, où la folie ambiante ne faisait sourciller personne, ils représentaient un véritable fléau.

Je levai mon regard vers les palmiers qui oscillaient. Ça faisait quoi de pouvoir déambuler dans les rues comme tout le monde ? De vivre dans l'insouciance la plus totale ? Si j'étais née dans une autre famille que la mienne, les choses auraient été bien différentes.

Je finirais sans doute l'université au printemps. J'aurais un grand groupe d'amis et nous serions liés par des souvenirs plutôt que des secrets. J'aurais peut-être même un... petit ami.

Un petit ami.

Aussitôt, j'oubliai la rue animée où je me trouvais. Il ne restait plus que moi et... bon sang, même trois ans plus tard, penser à Shaun était toujours aussi douloureux. Je n'avais besoin d'aucune photo pour me remémorer son regard marron si expressif. Certains détails s'estompaient peu à peu... son visage commençait à perdre en clarté, mais ma souffrance, elle, ne faiblissait pas.

J'ignorai avec désespoir le nœud de tristesse qui se forma dans mes entrailles. Après tout, que disait ma mère ? Pas ma mère biologique. Elle avait été tuée alors que j'étais encore trop jeune pour me souvenir d'elle. Non, ma mère adoptive, Holly. Elle disait toujours que si les vœux étaient des poissons, nous lancerions tous des filets. Elle avait lu ça dans un livre. Autrement dit, les vœux n'étaient qu'une perte de temps.

Enfin, c'était comme ça que je l'interprétais.

Et puis, je connaissais l'importance de mon travail, de mon *devoir*. Faire partie de l'Ordre, une vaste organisation de renseignements et héritage familial transmis de génération en génération, signifiait que ma vie avait plus de sens que celle de la plupart des gens.

C'était ce qu'on nous disait, en tout cas.

Chacun d'entre nous était marqué d'un symbole, preuve de notre appartenance à l'Ordre, ainsi que d'un tatouage composé de trois spirales imbriquées similaires à un motif préceltique. Trois lignes droites figuraient sous le nôtre. C'était l'emblème de liberté adopté par l'Ordre.

La liberté de vivre sans crainte. La liberté de prendre nos propres décisions. La liberté de s'épanouir.

Le mien se trouvait proche de mon bassin. Ils étaient toujours placés à l'abri des regards des mortels ou des Faes.

En tout cas, ce que je faisais de ma vie avait de l'importance. J'en étais consciente. L'Ordre était ma famille et je n'avais jamais regretté mes actions ou mes sacrifices. La majorité de la population ne connaissait ni le rôle de l'Ordre ni le mien, mais j'œuvrais pour changer les choses. Je sauvais des vies.

Et je pouvais vraiment botter des culs quand je le voulais.

Un sourire se dessina sur mes lèvres.

Je passai mon sac sur une épaule, récupérai mon verre de café glacé vide, puis me levai d'un bond. L'heure était venue de se mettre au boulot.

J'avais remarqué un Fae devant un bar de Bourbon Street qui avait des airs de Daryl Dixon dans *The Walking Dead*. Ce qui était vraiment du gâchis puisque j'allais devoir le tuer.

Il portait une chemise marron clair aux bords effilochés et usés dont les manches étaient déchirées au niveau des épaules, et un jean presque entièrement délavé aux genoux. Malgré son style de plouc, il avait un côté sexy, surtout avec ses cheveux ébouriffés.

Dommage que sa peau tout argentée et ses oreilles pointues viennent tout gâcher.

Il faisait la tournée des bars de Bourbon Street comme un touriste et ressortait de chacun d'entre eux avec une nouvelle boisson. À en croire les rumeurs, les Faes n'étaient pas sensibles à l'alcool, mais la belladone, une plante toxique pour les humains, provoquait chez eux les mêmes effets.

Après une heure d'observation, et une multitude de verres plus tard pour lui, je commençais à soupçonner chaque établissement d'embaucher des Faes. Le mien avait du vent dans les voiles lorsqu'il quitta Bourbon Street et passa devant le restaurant *Gumbo Shop*.

Il faudrait que je pense à appeler David Faustin, le chef de la branche de l'Ordre de La Nouvelle-Orléans, pour voir si d'autres membres lui avaient parlé de la consommation potentielle de belladone dans des bars. Mais d'abord, j'allais devoir m'occuper du Daryl Dixon bon marché.

Je ne pouvais pas me contenter de l'aborder et de le poignarder comme si de rien n'était devant des gens. Je n'avais aucune envie de passer la nuit en prison. Une fois de plus. La dernière fois qu'on m'avait vue éliminer un Fae, quelqu'un avait contacté la police… Même en l'absence de cadavre, leur expliquer pourquoi j'étais armée jusqu'aux dents n'avait pas été une partie de plaisir.

Et puis, je n'étais pas d'humeur à écouter David se plaindre de devoir faire jouer ses relations et tout le blabla.

La zone entre mes seins était trempée de sueur lorsque le Fae s'engagea dans une ruelle en titubant. Ce n'était pas trop tôt ! J'étais affamée et j'avais hâte de m'empiffrer de beignets. En plus, puisqu'on était mercredi, il n'y avait pas beaucoup de Faes dans les parages, donc je ne risquais pas de gagner mon pari contre Val.

Le week-end, ce n'était pas la même histoire. Il y avait plus de mortels dehors, donc c'était plus simple pour les Faes de s'en prendre à eux comme bon leur semblait et de s'en sortir indemnes. Ils se pointaient en masse.

À rôder toute la nuit, un peu comme des cafards.

Ma proie se fondit dans les ombres épaisses de l'allée étroite. Avec discrétion, je le suivis sans jamais m'éloigner du mur en brique humide. Mes doigts quittèrent les bretelles de mon sac et je grognai quand le Fae s'arrêta au milieu de la ruelle pour se mettre face à la façade du bâtiment.

Ses mains descendirent jusqu'à sa braguette.

Il n'allait quand même pas pisser ici ? Bon sang, ça ne faisait vraiment pas partie des choses que je voulais entendre ou voir ce soir. Et pouvais-je l'abattre alors qu'il urinait ? S'en prendre à un type à moitié déculotté ne me semblait pas très franc-jeu.

Par contre, il était hors de question que j'attende qu'il ait terminé. À cette allure, il lui faudrait bien dix minutes pour finir d'ouvrir la fermeture Éclair.

Sans quitter le Fae des yeux, je tendis une main vers le bas pour attraper l'extrémité non acérée du pieu en fer caché à l'intérieur de ma botte. Le fer avait toujours eu un effet ravageur sur les Faes. Ils évitaient de s'en approcher à tout prix. Un simple contact était assez pour leur infliger une brûlure superficielle et, si un coup dans la poitrine ne les éliminait pas, ça les renvoyait tout droit dans leur monde.

En revanche, leur couper la tête, ça, ça les tuait. Pour de bon, cette fois.

Mais les expédier dans l'Autre Monde suffisait, et c'était tant mieux parce que, comme on pouvait s'y attendre, décapiter quelqu'un était répugnant. Des portails, dissimulés un peu partout, permettaient de circuler entre nos mondes. Ils étaient fermés depuis des siècles, mais restaient bien gardés. C'était un voyage en aller simple.

Je m'écartai du mur, puis me déplaçai avec rapidité dans l'allée, le pieu en main. Derrière moi, j'entendais le bourdonnement de la rue agitée, des conversations et de quelques éclats de rire lointains.

Ma poigne se resserra autour de mon arme tandis que le Fae ouvrait un peu les jambes. Je marchai jusqu'à lui sans un bruit, mais une sorte d'instinct naturel l'alerta de mon arrivée. Bien qu'ils ne sentent pas notre présence, les Faes savaient que l'Ordre patrouillait dans les parages.

Quand il tourna son buste vers moi, son regard hagard d'un bleu laiteux rencontra le mien. Un air d'incompréhension déforma ses traits.

« Salut », lançai-je en levant un bras.

Ses yeux se posèrent sur ma main. Il poussa un soupir. « Et merde. »

Même ivre et sur le point d'uriner, il était d'une vivacité impressionnante. Il fit volte-face en déviant mon attaque avec un bras, puis leva son genou. Avec une pirouette, j'évitai de justesse un coup de pied dans le ventre.

Je me retins de vérifier où il en était avec sa braguette et fis un saut vers lui tout en me baissant pour esquiver son poing. Une fois derrière lui, j'enfonçai ma botte au milieu de son dos.

Avec un grognement, il chancela vers l'avant, puis me fit à nouveau face tandis que je m'élançais vers lui. J'avais hâte d'en finir. La pointe du pieu dans ma main arriva à moins d'un centimètre de son thorax.

« Ton monde tout entier est sur le point d'être anéanti, cracha-t-il. Il... »

Je l'interrompis en plongeant mon arme de fer dans son torse. Le pieu traversa sa peau comme un vulgaire mouchoir. Pendant un instant, il resta complètement intact, puis il ouvrit la bouche et poussa un hurlement aussi aigu que celui d'un coyote sous les roues d'un poids lourd.

Satanées dents de requin de mes deux !

Ses quatre incisives étaient tranchantes et allongées comme des lames de rasoir. Elles atteignaient sa lèvre inférieure, lui conférant un air de tigre à dents de sabre mutant. Les Faes aimaient mordre. Et ce n'était pas beau à voir. En réalité, toutes les créatures de l'Autre Monde avaient un penchant pour ça.

Je me ressaisis, puis abaissai le pieu tandis que le Fae était en quelque sorte aspiré en lui-même. De sa chevelure en bataille à ses baskets, il fléchit telle une boule de papier froissé, passant de son mètre quatre-vingts à la taille de ma paume. Enfin, un craquement sonore retentit, comme celui d'un pétard claque-doigts, suivi d'un éclair d'une luminosité intense.

Puis, plus rien.

« Pas terrible pour des derniers mots, plutôt cliché et décevant, lâchai-je en regardant l'endroit où le Fae s'était tenu. J'ai déjà entendu mieux.

— Je n'en doute pas un seul instant. »

Mon cœur fit un bond dans ma poitrine. Je me retournai en m'imaginant passer la nuit en cellule. J'avais très certainement été prise en flagrant délit, mais je cachai tout de même le pieu derrière mon dos.

Ouf, ce n'était pas un agent en uniforme qui se trouvait à l'entrée de la ruelle, mais un homme vêtu d'un pantalon noir et d'une chemise blanche. Pourtant, en le voyant approcher avec paresse comme s'il faisait une petite balade nocturne, je ne ressentis aucun soulagement.

Ce type m'avait vue poignarder le Fae, j'en étais sûre. Il n'y avait que deux explications possibles. Soit c'était un membre de l'Ordre, mais pas de la branche de La Nouvelle-Orléans parce qu'il ne me disait rien, soit c'était un des humains asservis et envoûtés par les Faes. Ce qui le rendrait tout aussi dangereux.

Et puis, un coup de pieu dans le torse ne suffisait pas à les faire s'évaporer comme par magie. Ils saignaient avant de mourir comme tout le monde. Parfois lentement. L'Ordre n'interdisait pas le meurtre d'humains parce que, dans certains cas, c'était un mal nécessaire, mais il fallait que les choses tournent vraiment au vinaigre pour passer à l'acte.

Je réajustai mes doigts autour du pieu. *Pourvu que ce ne soit pas un de leurs serviteurs. Allez, sois un détraqué qui me prend pour sa belle-fille rousse ou un truc du genre. S'il te plaît !* « Je peux vous aider ? » demandai-je en me préparant au pire.

L'homme inclina la tête d'un côté. Oh, ça ne sentait pas bon. Tous les muscles dans mon corps se raidirent. Il avait avancé de quelques mètres dans l'allée quand je les vis.

Il avait des yeux bridés d'un bleu pâle fade… des yeux de Fae. Pourtant sa peau n'était pas argentée, mais mate. Elle contrastait avec ses cheveux blond clair, presque blancs, et longs comme ceux de Legolas dans le *Seigneur des Anneaux*.

Legolas était plutôt canon.

Bon, il fallait que je me concentre… Quelque chose clochait chez ce type. Tous mes instincts me mettaient en garde. Je reculai d'un pas en observant le nouveau venu. Il n'utilisait pas de glamour et il n'avait pas non plus le regard vitreux qu'arboraient d'ordinaire leurs serviteurs. On aurait dit un humain, mais pas tout à fait. Et à le voir, je devinai que la suite n'allait pas me plaire.

L'homme esquissa un sourire en levant un bras en l'air. Soudain, un pistolet se matérialisa entre ses doigts. Comme ça, sans crier gare. Un instant sa main était vide, celui d'après elle était munie d'un flingue.

C'était quoi ce bordel ?

« Si seulement tu pouvais voir la tête que tu tires », lança-t-il avant de baisser son arme pour la pointer droit sur moi.

Chapitre 2

Une chose était sûre, celui qui braquait son arme sur moi n'était pas humain. Aux dernières nouvelles, personne n'était capable de faire apparaître des pistolets de nulle part. Pas même les Faes, me semblait-il.

Mais cet homme… cette *chose* devait forcément être un Fae.

« Ce n'est pas sympa, ça, dis-je en reculant sans plus me préoccuper de dissimuler le pieu. Sortir une arme à feu pendant une bagarre au couteau, c'est un peu de mauvais goût. »

La chose lâcha un rire aussi glaçant que les vents du Nord. Sans aucune trace d'humour. Aucune empathie ou humanité.

« Ce serait plutôt stupide de ma part de te laisser me poignarder dans le dos comme le précédent.

— Pas faux. » Je continuais à reculer, le cœur battant la chamade. J'avais presque atteint la sortie opposée de la ruelle. Il ne me restait qu'une option. « Tu n'es pas un Fae comme les autres.

— Et tu n'es pas qu'un mouton sans cervelle ? répliqua-t-il avec un sourire pincé.

— Qu'est-ce que tu es ? » J'ignorai l'insulte que les Faes réservaient souvent aux humains. Moutons. Bétail. Rien que de la nourriture à leurs yeux. Je m'en fichais, on m'avait traitée de pire.

Il ouvrit la bouche, mais je profitai de cet instant de distraction. Comme j'y avais été entraînée des centaines de fois, je me replaçai et tendis un bras vers l'arrière. J'avançai d'un pas, puis je lançai le pieu dans les airs.

Il atteignit sa cible, sans surprise.

La partie pointue s'enfonça en profondeur dans son torse, le faisant reculer. Un sourire satisfait se dessina lentement sur mes lèvres. « Attends, je sais ce que tu es, un Fae mort. »

Il baissa les yeux, haussa les épaules et lâcha un long soupir exaspéré. « Vraiment ? » répondit-il avec une touche d'agacement. De sa main libre, il retira le pieu de son torse, puis le jeta sur le côté sous mes yeux écarquillés. Mon arme en fer résonna sur le sol. « Tu me crois faible à ce point, le mouton ? »

Putain de merde.

Les Faes ne faisaient jamais ça. Ils ne *pouvaient* pas. Mais lui si, et ça craignait à un niveau incroyable. Alors, je prouvai que je n'étais pas qu'un vulgaire mouton et réagis de la seule façon envisageable. Que faire quand vous n'étiez pas certain de pouvoir gagner contre un Fae ? Au moindre doute, se tirer !

Je fis volte-face et me mis à courir.

C'était ce qu'on nous avait appris à faire lorsque ça commençait à sentir mauvais, qu'on se retrouvait dans une rivière de merde et qu'elle nous arrivait jusqu'au cou. Un bon guerrier savait quand il fallait battre en retraite et c'était l'un de ces moments.

Mon sac rebondissait contre mon dos tandis que je détalais, prenant de la vitesse à mesure que j'approchais de la sortie de la ruelle. Soudain, un bruit retentit derrière moi et une douleur atroce explosa au niveau de mon flanc gauche. Tout l'air quitta mes poumons.

Quel enfoiré, il m'avait tiré dessus !

Pendant un instant, je n'en revins pas. Il ne m'avait quand même pas visée avec une vraie balle d'un vrai pistolet ? À en croire le tiraillement, si.

Malgré mon pas vacillant, je refusai de m'arrêter. Au contraire, je persévérai avec d'autant plus de force et de rapidité. La souffrance parcourait mon corps et j'avais l'impression qu'on avait appuyé une allumette enflammée contre mon flanc. Une fois hors de l'allée, je continuai sans jamais me retourner.

Je contournai le trottoir bondé, les ivrognes et les touristes, puis poursuivis ma course. Je plongeai une main dans la poche arrière de mon short en jean pour y récupérer mon portable et, en traversant Royal Street, je tapai le nom de David. J'entendais à peine la sonnerie par-dessus le martèlement de mon cœur et le bruit de la circulation. Il fallait que je lui dise ce qui s'était passé... Un Fae qui n'avait besoin d'aucun glamour avait fait apparaître un pistolet de nulle part. C'était une information énorme. Ça changeait tout.

Le téléphone sonna si longtemps que je raccrochai en poussant un juron. Mon portable bien serré entre mes doigts, je ralentis un peu le rythme, pas par envie, mais parce que j'avais des fourmis dans les orteils et la respiration sifflante.

On ne m'avait encore jamais tiré dessus. Poignardée ? Oui. Malmenée ? Sans aucun doute. Presque fait cramer ? Aussi. Mais être blessée par balle... ça, c'était vraiment craignos.

J'évitai deux types qui semblaient sur le point de se casser la figure, sans doute des étudiants, tout en pressant ma paume contre mon ventre. Une grimace déforma mes traits et ma vue m'abandonna un instant, puis revint plus floue avant de s'éclaircir à nouveau.

Bordel.

Il y avait peu de chances que j'atteigne l'hôpital à temps alors je tournai à gauche et m'engageai dans Dauphine

Street. Le siège de l'Ordre se trouvait dans St. Philip Street, au-dessus d'un magasin de souvenirs qui lui appartenait appelé *Mama Lousy* et où il vendait toutes sortes d'objets en fer parmi une montagne de faux bidules vaudou, d'épices et de pralines typiques du coin.

Mon Dieu, penser aux pralines me mit l'eau à la bouche. J'aurais pu en dévorer deux à la fois.

Sauf qu'il y avait de grandes chances que je sois en train de me vider de mon sang.

L'idée d'appeler Val me traversa l'esprit, mais je ne voulais pas qu'elle s'inquiète pour moi. De toute façon, je n'étais plus loin de l'Ordre. Il fallait seulement que je continue d'avancer.

J'avais le souffle court et la main sur mon ventre me paraissait bien trop humide et collante. À la vue du bâtiment bordeaux foncé haut de deux étages, avec ses grilles en fer forgé et ses épaisses fougères broussailleuses, je me persuadai de pouvoir y arriver. Plus que quelques pas et tout irait bien. Ma blessure ne pouvait pas être *si* grave. Sinon, j'aurais sans doute eu du mal à marcher jusqu'ici. Le docteur Harris serait là. Il était toujours présent, car il habitait dans un petit studio au premier.

Le reste de mon avancée se résuma à un mélange de bruits et de visages confus. Déjà fermé pour la soirée, le magasin de souvenirs était sombre et peu accueillant. J'en dépassai l'entrée avec effort pour atteindre la porte latérale. J'attrapai la poignée d'une main tremblante, tirai dessus d'un coup sec, puis trébuchai dans la cage d'escalier mal éclairée en haletant alors que ma douleur s'atténuait.

Je n'eus d'autre choix que de prendre un instant avant de gravir ce fichu escalier. La porte semblait se trouver à plus d'un kilomètre, en haut de marches interminables. Hurler n'aurait servi à rien. Le couloir était insonorisé, tout comme les pièces à l'étage.

« Allez, Ivy, me dis-je à moi-même. Monte ce putain d'escalier. »

J'avais un mal fou à mettre un pied devant l'autre. Au bout de six marches, la sueur sur mes sourcils devint froide et de minuscules éclairs blancs dansèrent devant mes yeux. Ce n'était pas bon signe.

L'escalier s'approcha de moi tandis que mes jambes flanchaient. Je me rattrapai d'une main avant de chavirer droit devant, puis mes bras commencèrent à flageoler. En un clin d'œil, je me retrouvai à glisser sur une ou deux marches sur le dos. La douleur provoquée par ma chute mouvementée n'atteignit même pas mon cerveau.

Bon sang, tous ces efforts pour rien.

Mon téléphone vibra dans ma paume. C'était peut-être David qui me rappelait enfin. Ou bien Val pour se vanter d'avoir déjà tué deux Faes voire trois alors que moi j'étais là à me vider de mon sang sur des marches qui sentaient le sucre glace… et les pieds.

Beurk.

Il fallait que je décroche, mais les vibrations s'interrompirent. Je n'avais plus la force de déplacer mon portable pour m'en servir.

Quelqu'un finirait par me trouver. Tôt ou tard. Après tout, il y avait une caméra en haut de l'escalier. Harris serait bien obligé de jeter un coup d'œil à l'écran de surveillance à un moment donné. Et puis, d'autres membres de l'Ordre passeraient par là durant la nuit.

Pourquoi ne pas faire une sieste ?

Une petite voix dans mon esprit me sermonna, mais j'étais à bout de forces et les marches me semblaient de plus en plus confortables.

Je n'avais aucune idée du temps qui s'était écoulé lorsqu'une porte s'ouvrit plus haut. Je crus reconnaître l'accent de Harris qui résonna dans le couloir. Je voulus lever un bras pour lui faire un coucou, mais c'était trop difficile. Puis, une seconde voix grave se joignit à lui. Une voix qui m'était inconnue.

Je clignai des paupières et lorsque je les rouvris, je me demandai sérieusement si je n'étais pas morte.

Aussi niais que ça puisse paraître, quand mes yeux se posèrent sur la personne au-dessus de moi, j'eus l'impression d'être face à un ange. Enfin, à en croire les peintures d'anges dans les milliers d'églises de la ville.

Il ne devait pas être bien plus vieux que moi, à moins que ses bouclettes brunes ne le rajeunissent. Il arqua un sourcil assorti tandis que je contemplais ses iris de la couleur des feuilles au printemps, d'un vert presque trop vif pour être vrai. Ses pommettes étaient larges et sa mâchoire forte semblait taillée dans du marbre. Ses lèvres merveilleusement charnues s'étirèrent en un sourire en coin, révélant une profonde fossette sur sa joue droite.

Shaun aussi avait des fossettes.

Ma respiration se suspendit tandis que la douleur lancinante dans ma poitrine qui allait toujours de pair avec mes souvenirs de Shaun rivalisait avec celle dans mon flanc.

Les yeux vert émeraude de l'homme se détachèrent des miens pour se tourner vers le haut de l'escalier. « Elle est vivante. » Quelle voix ! Waouh. Grave. Douce. Aux tonalités cultivées. Miam. « Et elle me fixe très intensément. C'est un peu perturbant. Elle a le regard vide d'une sociopathe. »

Je fronçai les sourcils.

« C'est qui ? demanda la première voix qui s'avérait être Harris. Ce n'est pas clair sur l'écran et je n'ai pas mes lunettes. »

Sans elles, Harris ne voyait pas même à un mètre devant lui.

M. Yeux Verts me regarda de nouveau avec un grand sourire. Bon sang. Il avait deux fossettes identiques.

« Comment est-ce que je suis censé le savoir ? Elle ressemble à la fille dans *Rebelle*. Tu sais, celle avec les cheveux roux super bouclés. » Pardon ? C'était quoi, ces conneries ? « Par contre, elle a de très beaux yeux bleus. »

Comment ça, « par contre » ? Comme si ça compensait le fait que ma chevelure frisée était similaire à celle d'un personnage Disney.

« Merde », lança Harris. Ses pas résonnèrent sur les marches. « C'est Ivy Morgan. »

Sérieusement ? C'était comme ça que les gens me reconnaissaient ? Il suffisait de dire « elle ressemble à la fille dans *Rebelle* » pour qu'on m'identifie ?

Il était grand temps que je me teigne les cheveux.

Et puis, pourquoi ce type regardait-il des films Disney ?

Il se pencha au-dessus de moi et inclina la tête pour examiner le reste de mon corps. « Elle saigne du ventre, annonça-t-il en tendant les bras vers moi. Je crois qu'elle… »

Soudain, je sortis de ma stupeur et, avec une énergie nouvelle, me débrouillai pour attraper son poignet avant qu'il n'aille plus loin. Sa peau était chaude et douce. « Ne me touche pas », lâchai-je en serrant les dents.

Son regard croisa le mien et, l'espace d'un instant, il resta immobile. Sa beauté me frappa de nouveau. Il était rare de voir un humain rivaliser avec le charme des Faes. Puis, il se libéra avec aise de mon emprise avant de s'agenouiller sur la marche inférieure. Il leva les mains de chaque côté de lui en signe de reddition. « Je n'ai pas l'habitude d'entendre ça de la part des femmes, mais tes désirs sont des ordres. »

Si j'avais pu me concentrer assez pour ne pas y voir double, j'aurais levé les yeux au ciel. « Très… original. »

Un petit rire grave lui échappa alors qu'il posait les paumes sur ses genoux. « Le mieux est l'ennemi du bien, c'est mon mantra.

— Quelle classe, dis-je d'une voix éraillée en plaçant mes mains sur la marche.

— Je ne ferais pas ça si j'étais toi », commenta-t-il avec obligeance.

Sans lui prêter attention, je me redressai en position assise. La douleur se réveilla de plus belle, m'arrachant une vive inspiration.

« Je te l'avais dit. »

Les yeux plissés, je me tournai vers le type, mais Harris apparut à mes côtés, sa large carrure remplissant la cage d'escalier, avant que je ne puisse répliquer. « Qu'est-ce qui t'est arrivé, ma grande ?

— Je me suis fait tirer dessus. » Je relevai le menton. Ma bouche était sèche comme un désert. Puisque M. Yeux Verts était avec lui, je partis du principe qu'il faisait partie de l'Ordre. « Par un Fae. »

Harris se pencha vers moi, puis posa une main sur mon épaule. Les profondes rides autour de son regard se creusèrent. « Ma grande, les Faes n'utilisent pas d'armes à feu. Ne me demande pas pourquoi. À cheval donné, on ne regarde pas les dents, comme on dit. »

Je désignai mon ventre taché de sang d'un geste. « Et pourtant, on m'a bel et bien tiré dessus… et c'était un Fae. Un Fae qui n'avait pas besoin de glamour.

— Pardon ? » demanda M. Yeux Verts d'un ton sec.

Je me tournai vers lui.

Son visage était un peu flou sur les côtés, mais ça n'enlevait rien à son charme.

« Il n'avait pas la peau argentée. Je n'ai pas… vu ses oreilles, mais il avait des yeux de Fae. Je n'ai remarqué aucune trace de glamour. Et il… a fait apparaître un pistolet de nulle part. »

M. Yeux Verts haussa les sourcils.

« Mouais. Je crois que tu t'es peut-être surtout cogné la tête, répondit Harris en attrapant le haut de mon bras. On ferait mieux de t'emmener en haut pour y jeter un coup d'œil.

— Je ne me suis pas cognée. Je… je te dis ce que j'ai vu. C'était un Fae, mais… »

Tout à coup, Harris me tira pour que je me lève et M. Yeux Verts se redressa en même temps. Puis l'escalier disparut de ma vision un instant.

« Oula. »

Harris ajouta quelque chose, mais un bourdonnement curieux résonnait dans mes oreilles, comme si le sol se déplaçait vers moi pour m'attraper. Lorsque j'ouvris la bouche, ma langue était trop lourde et me semblait étrangère… complètement inutile.

La dernière chose que j'entendis après que le bâtiment tout entier s'était mis à tourner fut le juron que poussa M. Yeux Verts. Mon ultime pensée fut que j'allais être la quatrième à y passer.

Lorsque j'ouvris les paupières, de la poussière dansait dans les rayons de lumière qui s'infiltraient par la fenêtre de l'autre côté. Au départ, je n'avais aucune idée de l'endroit où je me trouvais ou comment je m'étais retrouvée là, mais en observant les particules scintiller jusqu'au sol, les pièces du puzzle me revinrent petit à petit en mémoire.

J'étais au siège de l'Ordre, sans doute au deuxième étage, loin de toutes les salles de réunion et d'entraînement qui grouillaient d'activité au cours de la journée. L'infirmerie était immense, équipée pour accueillir plusieurs patients à la fois. À côté des toilettes, il y avait une autre pièce dans laquelle je n'avais jamais mis les pieds. À part David, personne n'avait le droit d'y entrer. Val et moi étions convaincues qu'elle recelait un trésor d'une valeur inestimable.

Le lit de camp sur lequel je me trouvais n'était pas très confortable, mais c'était toujours mieux qu'une marche dans le dos. Quelqu'un avait placé une fine couverture sur moi.

Probablement Harris. Malgré ses allures de grand ours, il avait plus de tendresse en lui qu'il n'y avait d'eau dans le lac Pontchartrain.

On m'avait tiré dessus.

Oh, mon Dieu… le coupable était un Fae capable de faire apparaître un pistolet comme par magie et dont la peau n'était pas argentée. C'était une nouvelle majeure. Ça changeait tout. Si les Faes n'avaient plus besoin de glamour, comment allions-nous les distinguer des humains ? Ce n'étaient pas les seuls à avoir des iris pâles, sans parler de la possibilité de porter des lentilles de contact. Et plus important encore, j'avais oublié de dire à Harris que le pieu ne lui avait rien fait.

Une porte s'ouvrit, attirant mon attention. Je plissai les yeux pour mieux voir la silhouette qui marchait à travers les rayons de lumière en direction de mon lit. Une image de M. Yeux Verts, l'inconnu aux airs angéliques, apparut dans mon esprit et une sensation déstabilisante s'installa dans mon ventre.

Je n'aimais pas ça du tout.

Mais la figure de plus en plus familière n'était pas lui. C'était notre brave chef, David Faustin, et il affichait la même expression agacée que d'habitude.

L'âge de David était un mystère. Il aurait pu avoir la quarantaine, la cinquantaine ou bien la soixantaine, personne ne le savait. Sa peau, un ton ou deux plus foncée que celle de Val, n'arborait presque aucune ride et il se maintenait rigoureusement en forme. Sans un sourire, il attrapa une chaise pliante et la plaça à côté de mon lit.

Il s'installa sur son siège, les bras croisés sur le torse. « Tu es vivante.

— Quel enthousiasme chaleureux ! » coassai-je.

Il arqua un sourcil. « J'imagine que c'est pour ça que tu m'as appelé, hier soir. J'aurais bien répondu, mais Laurie m'en aurait voulu à mort si je l'avais laissée en plan, si tu vois ce que je veux dire. »

Je fronçai le nez. Super, maintenant j'imaginais David et sa compagne en train de s'envoyer en l'air. David et Laurie étaient mariés depuis environ dix ans. Ils s'étaient rencontrés quand Laurie avait été mutée à La Nouvelle-Orléans par l'Ordre. C'était plutôt normal pour les membres de sortir ensemble puisque le secret de l'existence des Faes et notre mission se transmettaient de génération en génération. Et puis, notre espérance de vie n'était pas très longue. De nombreux agents ne se mariaient jamais. D'autres si, puis avaient des enfants, comme mes parents biologiques. Lorsqu'ils se faisaient tuer, leur progéniture était confiée à une différente famille de l'Ordre.

Après avoir perdu mes parents, biologiques et adoptifs, ainsi que mon… petit ami aux mains des Faes, j'avais du mal à m'imaginer retomber amoureuse. Ma proximité avec Val et quelques membres était déjà assez risquée comme ça alors qu'ils pouvaient mourir en service à tout moment. C'était toujours difficile pour moi de voir d'autres agents se mettre en couple et s'exposer à un monde de souffrance qui ne s'estompait jamais vraiment, même avec le temps.

Malgré tout ça, Laurie et David étaient fous amoureux, même si David avait la personnalité d'un chupacabra enragé alors que Laurie était douce comme une praline.

« J'ai parlé avec Harris au téléphone. D'après lui, c'est une blessure superficielle qui a beaucoup saigné. Et ça n'a sans doute pas aidé que tu coures. »

Le rouge me monta aux joues alors que je dévisageais David. « Je ne me suis pas enfuie parce que je suis lâche. Il avait...

— Je n'ai jamais dit que tu étais lâche, Ivy. Il avait un pistolet. Tu ne peux rien faire face à une balle. »

Son ton était tout de même aussi incisif qu'une piqûre de frelon. Je m'humectai les lèvres. « Ce n'était pas un homme. »

David m'observa un instant avant de tendre le bras vers la table de chevet. « Tu as soif ?

— Oui. J'ai la bouche sèche comme du papier de verre. »

Il versa de l'eau dans un gobelet en plastique et le bruit suffit à me rendre chèvre. « Tu as besoin d'aide pour te redresser ? »

Les membres de l'Ordre n'étaient pas faibles, alors je pris une inspiration, secouai la tête, puis me forçai à m'asseoir. Une douleur sourde tirailla mon flanc gauche, mais pas aussi fort que je le craignais.

« Harris t'a administré une injection pendant que tu dormais, donc tu ne devrais pas avoir trop mal. » David avait dû lire dans mes pensées puisqu'il me tendit l'eau. « Tu ne devrais pas boire ça trop vite. »

Lorsque le liquide frais toucha mes lèvres, je dus me retenir de l'engloutir d'une traite, mais je réussis à ne pas trop ressembler à un cheval à l'abreuvoir.

Il s'adossa à nouveau, puis sortit une boîte de sa poche. « Tiens, ce sont des médicaments contre la douleur si jamais ton ventre te fait mal. Harris a dit que ça risquait d'être le cas pendant un jour ou deux parce qu'il a dû te faire des points. » Il lança la boîte vers mes jambes et les cachets s'entrechoquèrent en atterrissant. « Je vais t'enlever du planning jusqu'à mercredi prochain. »

J'abaissai mon verre terminé. « Quoi ? Pourquoi ? Je peux…

— Ta blessure pourrait se rouvrir si tu te bats. Pas la peine si c'est pour que tu te vides encore une fois de ton sang comme un cochon dans l'escalier. Tu ne travailles pas jusqu'à mercredi. »

Il perdait des points pour son manque d'empathie.

« Mais je dois remplacer Val samedi.

— Plus maintenant. Elle peut trouver quelqu'un d'autre ou s'y coller elle-même. Ce n'est pas ton problème, ajouta-t-il en me resservant de l'eau. Tu as cours aujourd'hui ? »

Il me fallut un instant pour comprendre de quoi il parlait et me souvenir quel jour on était. « On est jeudi, c'est ça ? Je n'ai pas cours avant demain. » En temps normal, je travaillais du lundi au vendredi, mais pas le week-end. « À propos d'hier soir, David, le Fae…

— Harris et Ren m'ont rapporté ce que tu as dit, mais…

— Ren ? C'est qui ? » Puis soudain, je compris. Je pris un moment pour laisser ma langue s'habituer à son nom en silence. « C'est le type aux yeux verts ? »

David pencha la tête de côté avec un air renfrogné. « Eh bien, je dois avouer que je ne me suis pas attardé sur la couleur de ses yeux, mais il était avec Harris hier soir quand tu saignais sur mes marches.

— Je ne l'ai pas fait exprès ! » répliquai-je sèchement.

Il leva les sourcils. « C'est moi ou tu hausses le ton ? Attention, sinon je récupère ton eau.

— Je ne te laisserai jamais me la reprendre, répondis-je en serrant le verre contre ma poitrine sans quitter David du regard. Jamais. »

Un petit soubresaut parcourut ses lèvres, comme s'il voulait sourire, mais qu'il était trop cool pour ça. Ce type était froid comme la glace. « Bref, Ren Owens vient du Colorado et a été transféré dans notre branche. »

Oh, le Colorado. Je n'y avais jamais mis les pieds, mais ça m'avait toujours attirée. Mais c'était quoi ce nom, Ren Owens ?

« Mais revenons-en à ce que tu dis avoir vu, reprit-il. C'est impossible. Le Fae devait déjà avoir le pistolet pour une raison ou pour une autre, et c'est inquiétant, mais pas surprenant. On savait qu'ils finiraient par utiliser des armes humaines un jour. »

J'étais si frustrée que ça me filait de l'urticaire. « Ce Fae ne se servait pas de glamour. Ou peut-être que si, mais ça n'avait aucune importance. Sa peau n'était pas argentée. Elle était... je ne sais pas, plutôt mate ou olivâtre. »

Il se pencha pour poser les coudes sur ses genoux. « Tu es sûre qu'il s'agissait d'un Fae, Ivy ?

— Oui ! Sûre et certaine, David. Il a sorti un pistolet de nulle part et je lui ai jeté un pieu en plein torse... Ça ne lui a absolument *rien* fait. Il l'a retiré et s'en est débarrassé. » Il ouvrit la bouche, mais se contenta de me dévisager en silence. « Exactement. Ce type n'était pas humain, David. C'était un Fae au teint non argenté, capable de faire apparaître une arme et résistant au fer. Le pieu ne l'a ni brûlé ni renvoyé dans l'Autre Monde. Rien du tout.

— C'est impossible », lâcha-t-il enfin.

Mes épaules se crispèrent d'agacement. « Je sais ce que j'ai vu. Et tu me connais. Je suis digne de confiance. Tu n'as jamais eu à me demander des comptes ou...

— À part la fois où tu as fini en cellule.

— Bon, d'accord. Une fois, mais je te raconte la vérité. Je ne sais pas ce que tout ça signifie, mais... » Une pointe de crainte me gagnait peu à peu, comme un nœud de malaise dans le creux de mon ventre. Je bus mon eau, puis reposai le verre en plastique, mais la sensation ne faiblit pas. « Si les Faes sont immunisés contre le fer, ils vont devenir imbattables.

— Non, il doit s'agir d'un Ancien », répondit David avant de se lever.

J'écarquillai les yeux. Je n'avais pas entendu ce mot depuis une éternité, depuis mon enfance quand Holly et son mari Adrian me racontaient des histoires sur les Faes les plus anciens et meurtriers qui existent… les chevaliers guerriers de leurs cours, les princesses et les princes, les rois et les reines. Ces Faes pouvaient changer d'apparence et possédaient des talents inconcevables. Les Faes chez nous ne vivaient pas aussi longtemps que les Anciens de l'Autre Monde, enfin pas que l'on sache. Autrement dit, ces derniers auraient la capacité de ravager le monde des mortels s'ils réussissaient à s'y introduire. Ça ne m'avait pas traversé l'esprit que mon adversaire de la veille puisse en être un. « Je croyais qu'ils étaient tous enfermés dans l'Autre Monde, répondis-je. Quand les portails ont été scellés, ils…

— C'était le cas. » David s'approcha de la fenêtre, puis ouvrit légèrement le fin rideau bleu pâle. « Il se peut que certains soient restés ici sans se faire remarquer, mais c'est très improbable.

— Mais pas impossible ? » demandai-je tandis que le nœud doublait de taille dans mon ventre.

Il laissa le tissu retomber à sa place et passa une main sur ses boucles crépues coupées proche du crâne. « Très improbable. L'idée que l'un d'entre eux ait survécu aussi longtemps sans que nous le sachions me semble tirée par les cheveux… Quelqu'un l'aurait forcément vu.

— Je l'ai vu, moi. Et il n'avait aucun mal à se fondre dans le décor. Il fallait être très attentif pour comprendre qu'il s'agissait d'un Fae. »

David se tourna vers moi. « On ne sait pas vraiment ce que tu as vu, poursuivit-il en levant aussitôt la main quand je fis mine de protester. On n'en a aucune idée, Ivy. Ça ne veut pas dire que je prends ces informations à la légère. Je vais contacter les autres branches pour voir si elles ont eu des expériences similaires, mais jusqu'à ce qu'on en apprenne plus, on doit garder ça secret. »

Au moins, il commençait à me prendre au sérieux. C'était un soulagement. Je dégageai la couverture de mes jambes et m'assis avec précaution au bord du lit. « On devrait prévenir les autres, non ?

— Pour provoquer la panique générale et pousser nos membres à tuer des humains par crainte qu'il s'agisse d'Anciens ?

— Mais…

— Ivy, me coupa-t-il sur le ton de l'avertissement. On ne peut pas se permettre d'avoir des agents affolés ou de mettre la vie d'innocents en danger. »

Ça ne me plaisait pas, mais je cédai. « Je ne dirai rien. »

Le doute traversa ses traits. « Tu ne peux pas non plus en parler à Valérie. Ah, et tu devrais l'appeler avant qu'elle ne perde complètement les pédales.

— Ah, homme de peu de foi », murmurai-je en tirant sur mon t-shirt taché de sang. Heureusement qu'il était noir ou j'aurais foutu la trouille à un paquet de monde la veille, à courir tout ensanglantée.

« Je suis sérieux, insista-t-il avec un regard sévère. N'en parle à personne tant que nous ne savons pas à quoi nous avons affaire, surtout après toutes les pertes qu'on a subies cette année. C'est bien clair ? »

J'avais un peu l'impression d'être une enfant rebelle quand il me regardait comme ça. Ce n'était pas le plus chaleureux des hommes, mais depuis que j'avais perdu ma famille, il était en quelque sorte devenu… une figure paternelle pour moi. « J'ai compris, David.

— J'espère bien, rétorqua-t-il en plaçant les mains sur ses hanches. Reste ici aussi longtemps que nécessaire, puis rentre chez toi. Et souviens-toi, tu ne travailles pas avant mercredi, mais ta présence est tout de même obligatoire à la réunion de demain. »

L'Enfant Jésus aurait pu atterrir devant mes yeux que ça ne m'aurait pas empêchée d'assister au foutu rendez-vous hebdomadaire.

Il s'apprêta à partir, mais s'arrêta. « Le Fae t'a dit quelque chose ? »

Je me glissai hors du lit sans prêter attention au point sensible sur mon flanc. « Pas vraiment. Enfin, il m'a surprise une fois que je m'étais débarrassée du Fae ordinaire. Celui-ci venait de me sortir la vieille rengaine "ton monde est sur le point d'être anéanti", mais lui ? Il m'a traitée de mouton et c'est à peu près tout. »

David hocha la tête d'un air presque absent, me rappela une fois de plus que j'étais en arrêt, puis quitta la pièce, me laissant derrière lui à contempler le vide. J'étais en train de chercher mes bottes quand je pris conscience que le nœud dans mon ventre n'avait toujours pas disparu, même après que David avait promis de contacter les autres branches.

Je récupérai mes chaussures sous la table de chevet, mais ne réussis pas à me débarrasser de la sensation que, malgré le calme apparent dont David avait fait preuve à l'idée qu'un Ancien se trouve parmi nous, ce n'était que le début des ennuis.

Chapitre 3

Rentrer chez moi prit un peu plus de temps que d'habitude. Je n'étais pas d'humeur à marcher, ce qui voulait dire que j'étais à la merci de la circulation. J'avais pris un taxi et en avais profité pour assurer à Val, aussi discrètement que possible pour éviter les regards curieux du chauffeur, que je n'étais pas morte ni en train de mourir et que je n'allais pas y passer de sitôt.

Que je sache.

« J'ai une mauvaise nouvelle », annonçai-je alors que nous approchions du Garden District.

Val lâcha un petit rire. « Une autre que de t'être fait attaquer par un enfoiré ? »

J'avais décidé de lui dire que le coupable n'était qu'un connard lambda, ce qui n'était pas si difficile à croire. Les Faes n'étaient pas le seul danger qui courait les rues de La Nouvelle-Orléans. Le conducteur venait d'appuyer sur le frein et je craignais qu'il ne m'ordonne de descendre. « Oui, une autre. Je ne peux pas te remplacer samedi soir. David m'a retirée du planning.

— Ma belle, tu t'es fait tirer dessus, je m'en doutais un peu. Et sincèrement, c'est la dernière chose dont tu devrais te préoccuper.

— Merci », murmurai-je en jetant un coup d'œil par la fenêtre, puis un second pour comprendre ce que je venais de voir.

Un type était perché sur… un monocycle au bord de la route, vêtu d'une cape bleue. Non mais franchement.

C'était La Nouvelle-Orléans tout craché.

« Tu veux que je passe chez toi avant le travail, ce soir ? demanda-t-elle.

— Non, répondis-je avec un regard pour le chauffeur. Je vais prendre une douche et me mettre au lit.

— Appelle-moi si tu as besoin de quoi que ce soit. Promets-le-moi. »

Je dus me forcer à ne pas lui raconter ce qui était vraiment advenu la veille. Pas parce que j'avais envie de ragoter, mais parce que je voulais qu'elle soit prudente. Avec un soupir, je serrai mon portable dans ma main. « Promis, mais sois prudente, d'accord ? » À peine les mots eurent-ils quitté mes lèvres qu'une peur bleue s'installa dans ma poitrine. Imaginer perdre Val, la seule véritable amie que je m'étais faite depuis mon déménagement, était trop pour moi. « Tu me le jures ?

— Je fais toujours attention », répliqua-t-elle avec un léger rire.

Après lui avoir dit au revoir, je raccrochai et me rendis compte que nous étions déjà dans Coliseum Street, pas loin des grands chênes où j'allais descendre. Je récupérai des espèces dans mon sac, payai, puis sortis de la voiture.

Le chauffeur avait l'air ravi de mettre les voiles.

J'avais été chanceuse à mon arrivée en ville. L'Ordre m'avait aidée à trouver un logement à mon goût. La plupart des membres vivaient proches du centre, mais j'étais contente d'habiter dans le magnifique quartier qu'était Garden District, avec ses nombreux arbres, son histoire riche et ses vieilles demeures.

Mon domicile se situait à dix minutes à pied du cimetière Lafayette n° 1. C'était une maison datant d'avant la guerre de Sécession, qui avait été convertie en deux appartements, un par étage, dont chacun disposait d'un balcon privé. Le premier était accessible depuis la porte principale et le second par une autre à l'arrière. Il suffisait de traverser une charmante cour remplie de plantes et de fleurs en pot.

La clôture de fer en épis de maïs tout autour de la propriété était un petit plus appréciable.

Enfin, jusqu'à maintenant.

Un frisson remonta le long de mon dos tandis que je refermais le portail derrière moi. Avant de me diriger vers la cour, j'examinai les voitures qui circulaient dans la rue. Je pris une inspiration tremblante pendant qu'une brise chaude faisait danser les boucles sur ma nuque.

Le commun des mortels n'avait aucune idée que les Faes existaient parce que l'Ordre s'était toujours débrouillé pour les en protéger. On ne pouvait pas sauver tout le monde, mais on faisait du bon boulot pour assurer leur sécurité. En revanche, si celui que j'avais rencontré la veille était un Ancien, s'il y en avait d'autres et si le fer n'avait plus d'effet sur eux, nous étions foutus.

À qui pourrais-je parler de ces Anciens ? De toute évidence, David ne me serait pas d'une grande aide. La seule personne qui me vint à l'esprit fut Merle, la mère de Brighton Jussier. Elle en savait toujours beaucoup sur à peu près tout, mais elle était légèrement… détraquée.

D'après les rumeurs, Merle s'était fait surprendre par un Fae alors qu'elle ne portait pas de trèfle et il lui avait retourné le cerveau. Avant ça, elle était vue comme une agente brillante au sein de l'Ordre, mais son état mental actuel était tout à fait instable.

Je tournai le dos à la rue, puis empruntai le chemin pavé dans la cour. D'ordinaire, je prenais mon temps et en profitais pour retirer les pétales fanés des fleurs, mais j'étais plus fatiguée que je le pensais.

À croire que saigner comme un « cochon » n'était pas de tout repos.

Une fois en haut de l'escalier extérieur, je maugréai en apercevant trois petits paquets Amazon devant la porte, juste en dessous de la marquise. « Oh, ce n'est pas vrai. »

Je n'avais rien commandé récemment, mais j'étais à peu près sûre de connaître le responsable. Bon sang, il fallait vraiment que je change le mot de passe de mon compte Prime et que je désactive le paiement automatique.

Je ramassai les boîtes en marmonnant. Elles n'étaient pas lourdes, mais mon ventre était encore sensible. Je déverrouillai la porte, puis entrai dans mon salon en examinant le canapé. La couverture couleur pêche n'était plus étendue sur le dossier, mais étalée à mi-chemin entre le coussin et le sol.

Ma télévision était allumée et un film passait à l'écran. Un garçon à lunettes était perché sur un balai et tentait d'échapper à un très grand dragon furieux. Je repoussai la porte derrière moi avant de la fermer à clé. « Harry Potter… et la Coupe de feu ? murmurai-je. Sérieusement ? »

Je poussai un soupir.

Après avoir déposé les paquets sur un fauteuil bas en tissu accompagné d'un repose-pied proche de l'entrée, je marchai jusqu'aux rideaux derrière le canapé pour les ouvrir. Les fleurs se balançaient dans leurs pots sous l'effet de la brise, mais il n'y avait personne sur les chaises en osier aux coussins très épais qui m'avaient coûté une fortune.

Même résultat dans la salle de bains du couloir, mais je tirai tout de même d'un coup sec sur le rideau recouvert de poissons pastel. Personne dans la baignoire non plus.

Quand j'ouvris la porte de ma chambre, je fus rassurée de constater que tout était encore à la bonne place, comme je l'avais laissé, le store et les rideaux fermés. Il faisait au moins cinq degrés de moins dans cette pièce que dans le reste de l'appartement. Je n'avais qu'une hâte : m'affaler dans mon lit et me blottir sous mon couvre-lit super confortable en chenille.

Après avoir pris une douche.

Il y avait une seconde chambre plus petite de l'autre côté de la cuisine qui donnait sur Coliseum Street et qui disposait elle aussi d'un balcon. Les gens étaient vraiment fans des balcons dans le coin. Lorsque j'entrai dans la cuisine, mon regard se posa aussitôt sur un placard ouvert. Celui où je rangeais mes boîtes de céréales.

Douze au total.

J'aimais avoir l'embarras du choix dans ce domaine.

Je laissai tomber mon sac à dos sur la chaise à côté de la table de bistro, proche de la grande fenêtre avec vue sur la cour en contrebas. Ensuite, je contournai l'îlot central pour me placer devant le placard.

Sur le plan de travail, je trouvai une boîte de *Lucky Charms*[1] – ce qui était ironique étant donné ma chance – renversée d'un côté. L'emballage en plastique ouvert et le haut du paquet reposaient sur le bord d'un énorme bol bleu et violet.

Sans savoir à quoi m'attendre, je me penchai tout doucement au-dessus. Un rire spontané m'échappa et je plaquai une main sur ma bouche pour le réprimer.

1. « Porte-bonheurs » en français. (N.D.É.)

Allongé à l'intérieur, je découvris l'invité qui s'était installé chez moi sans que je comprenne vraiment comment et dont j'avais du mal à me débarrasser. Ses bras et jambes minuscules étaient étendus sur un lit de céréales. Il ne restait plus un seul chamallow et j'aurais parié toutes mes économies qu'ils étaient tous dans le ventre distendu du Brownie affalé dans mon bol.

Les Brownies pouvaient-ils faire une overdose de sucre ?

Aucune idée.

Deux ans et demi plus tôt, j'avais empêché un Fae d'attirer une fillette loin de sa famille. J'avais dû le poursuivre jusque dans le cimetière Saint-Louis n° 1 pour le renvoyer dans l'Autre Monde. En chemin pour la sortie, je m'étais laissé distraire par la tombe de Marie Laveau, où j'avais trouvé le petit Brownie.

Les Brownies étaient rares parmi les mortels. D'après ce qu'on disait, ils détestaient notre monde, lui préférant les forêts de leur royaume, mais il n'était pas difficile de les identifier.

Leurs ailes délicates sortaient pas mal du lot.

Les légendes ne mentionnaient jamais leurs ailes, mais ils en avaient bel et bien. C'étaient de tout petits êtres, pas plus grands qu'une Barbie. Ce Brownie-là avait été blessé. Une de ses ailes était déchirée et sa jambe cassée. Dès l'instant où il avait posé ses larges yeux bleu clair sur moi, j'avais su que je ne pouvais pas l'abandonner là, caché derrière un vase de fleurs séchées parmi de vieux colliers de Mardi gras. Alors je l'avais ramassé et placé dans mon sac.

J'avais ramené le Brownie chez moi.

Je savais pertinemment que j'aurais dû terminer le travail. Aucune créature de l'Autre Monde n'était la bienvenue chez nous, mais je n'en avais pas été capable, même s'il risquait de me mettre dans le pétrin, voire de me faire renvoyer de l'Ordre. Malgré tout, je l'avais apporté ici, lui avais fabriqué une attelle avec des bâtonnets de glaces à l'eau, puis avais enroulé son aile dans une bande de gaze. Il était resté assis là, son visage tout mignon déformé par une moue mélancolique. Je ne savais pas ce qui m'avait poussée à agir ainsi. Je haïssais tout ce qui venait de l'Autre Monde, quelle qu'en soit la taille ou l'espèce, mais pour une raison qui m'échappait, je m'étais occupée de ce petit Brownie.

Et il n'était plus reparti.

Sans doute parce qu'il avait découvert Internet, la télévision et mon abonnement Amazon Prime.

Tout compte fait, je savais précisément comment je m'étais retrouvée à vivre avec lui, mais j'étais plus surprise d'avoir un faible pour la petite bestiole que j'avais nommée Clo[2].

Un nouveau rire m'échappa.

Clo détestait ce surnom depuis que je lui avais montré *Peter Pan*.

Je secouai la tête en regardant dans le bol. Il était torse nu, avec des céréales collées à ses ailes d'un blanc pâle, mais au moins il portait un pantalon de Ken, noir avec des bandes en satin sur les côtés.

Je lui tapotai le ventre.

Il recula avec un sursaut, agita les bras en s'asseyant et tenta de me mordre avec ses dents méchamment acérées. Il manqua mon doigt de peu.

« Si tu me mords, le prévins-je, je t'enterrerai vivant dans une boîte à chaussures. »

Bouche bée, il bondit hors du bol et se mit à voler au-dessus. Des morceaux de céréales furent catapultés sur le plan de travail par le battement silencieux de ses ailes. « Tu étais où ? Tu n'es pas rentrée à la maison. J'ai cru que tu

2. En référence au personnage de la fée Clochette dans Peter Pan. (N.D.É.)

étais morte, et personne ne sait que j'existe. Je me serais retrouvé seul ici. Oublié. Condamné à crever de faim, Ivy ! »

Je croisai les bras sur ma poitrine. « Tu n'as pas l'air trop affamé. On dirait un écureuil qui a fait ses réserves hivernales.

— Il fallait que je mange pour contrer ma peur d'être abandonné ! cria-t-il en brandissant un poing de la taille d'un ongle de pouce dans ma direction. Je ne savais pas où tu étais. Comme tu ne t'envoies en l'air avec personne, tu rentres toujours à la maison. »

Mon expression se renfrogna.

Clo poursuivit son ascension jusqu'à arriver à hauteur de mon regard, attrapa son ventre de ses deux mains et riva ses grands yeux sur moi. « J'ai avalé tellement de sucre. Tellement ! »

En secouant la tête, je me tournai pour commencer à ramasser les céréales sur le plan de travail et les remettre dans le bol. « Ton taux de glycémie doit être phénoménal.

— Non, on n'a pas de sang dans les veines. » Il vint s'asseoir sur mon épaule en bourdonnant. Ses doigts minuscules attrapèrent mon lobe d'oreille. « On a de la *magie* », murmura-t-il.

Avec un rire, je haussai les épaules pour le chasser. « Tes veines ne sont pas remplies de magie, Clo.

— Qu'est-ce que tu en sais, d'abord ? » Il atterrit sur le comptoir, puis commença à mettre des coups de pied dans les céréales qu'il restait. Je soupirai. « Tu étais où, Ivy Divy ?

— On m'a tiré dessus hier soir. »

Il poussa un cri perçant et plaqua les mains sur ses joues. « Quoi ? Quelqu'un t'a tiré dessus ? Où ? Comment ? Qui ? » Il faisait des va-et-vient dans les airs, de gauche à droite. « Tu as pleuré ? Moi, j'aurais pleuré. Beaucoup. Genre une putain de rivière de larmes. »

Trente bonnes secondes s'écoulèrent tandis que je le dévisageais. « Bon. On dirait toujours un peu une fée sous crack...

— Ce n'est pas parce que j'ai des ailes que je suis une fichue fée ! s'indigna-t-il avant de poursuivre brièvement dans une langue qui ressemblait légèrement à du gaélique ancien. J'ai mangé beaucoup de sucre, c'est tout. C'est un crime, peut-être ? Tu m'as laissé seul toute la nuit ! Qu'est-ce que j'étais censé faire ?

— Les Brownies peuvent faire des AVC ? »

Les veines qui commençaient à ressortir au niveau de ses tempes n'étaient pas très rassurantes.

Il inclina la tête avec une expression perplexe. « C'est quand quelque chose pète dans votre cerveau ? Je n'en sais rien. Attends. Oh non, reine Mab, tu penses que je fais un AVC ? » Il vola d'une traite jusqu'au luminaire accroché au plafond, puis disparut derrière l'abat-jour argenté en forme de dôme. Au bout d'une seconde, il passa sa tête sur le côté. Sa chevelure blonde était en pétard. « Bordel, je fais un AVC !

— Descends de là, Clo. Nom d'un chien, grommelai-je en voyant le lustre se balancer. Tu n'as rien. Oublie ce que j'ai dit.

— Je déteste quand tu m'appelles Clo.

— Je sais, rétorquai-je avec un sourire.

— Sale sorcière. » Il hésita un instant, puis vint à nouveau se poser sur le plan de travail où il s'assit, les yeux plissés. « Donc, tu disais... que tu t'es fait tirer dessus ? »

Je hochai la tête en finissant de nettoyer les morceaux de céréales. « Oui, par un Fae.

— Depuis quand ils utilisent des pistolets ? »

Je m'emparai du paquet et du bol pour les vider dans la poubelle. Pas moyen que je les mange après sa sieste dedans. Ce n'était pas désagréable de parler de mon travail avec Clo. Il ne me remettait pas en question. « Je ne sais pas, mais sa peau n'était pas argentée. » En l'absence de réponse de sa part, je me retournai pour voir s'il s'était évanoui ou autre chose du genre. Non, il était bien éveillé, les yeux grands ouverts. « Et il a fait apparaître une arme de nulle part. » Clo déglutit. « Puis, quand je l'ai attaqué avec un pieu en fer, ça ne lui a rien fait », ajoutai-je en m'approchant de lui.

Il bondit sur ses pieds. « Ça ressemble à un...

— Un Ancien ? »

Il hocha la tête. « Ils ont la classe. Enfin, ils sont flippants, mais ils ont la classe, lança-t-il en se déplaçant sur la pointe des pieds jusqu'au rebord du comptoir. Il était à quelle distance de toi quand il a tiré ? Il était loin ? »

Étrange comme question, mais après tout, il s'agissait de Clo. « Il n'était pas très proche. Sinon, je ne me tiendrais sans doute pas devant toi.

— Je n'ai jamais vu d'Ancien ici, dit-il en blêmissant.

— Tu es là depuis combien de temps au juste, Clo ? » Il haussa une épaule.

Ce n'était pas comme si je m'étais attendue à une réponse, enfin pas une utile, en tout cas. Clo ne savait même plus par quel portail il était arrivé. Il m'avait dit qu'il s'était réveillé dans notre monde, dans le cimetière, sans aucun souvenir sur les évènements qui l'avaient mené jusque-là. Étant donné son état à son arrivée et sa personnalité, j'étais partie du principe qu'il s'était pris une raclée et que quelqu'un l'avait poussé à travers un portail. Il ne m'avait jamais non plus révélé son prénom, car connaître la véritable identité d'une créature de l'Autre Monde signifiait détenir tous les pouvoirs sur elle. C'était aussi le cas des Faes. Tout ce que je savais, c'était qu'il détestait les Faes autant que les membres de l'Ordre. Si j'avais bien compris, son espèce avait été chassée presque jusqu'à l'extinction par les Faes de leur royaume et sa famille tout entière avait été assassinée. Sa haine pour notre ennemi commun faisait de lui un allié à mes yeux, même si l'Ordre ne serait pas de mon avis.

« J'ai vu des Anciens dans l'Autre Monde, lança-t-il de façon théâtrale. J'ai même vu le prince.

— Ah bon ? »

Il acquiesça. « Le prince... » Il tendit les bras et se mit à tournoyer si vite qu'il me fila le tournis. « Le prince est ravissant. » *Euh...* « Comme la plupart des Faes, n'est-ce pas ? Splendides, mais redoutables, ces salauds arrogants, cracha-t-il en arrêtant de pivoter. Le prince fait vraiment super peur. »

Je pris appui contre le plan de travail en ignorant la douleur qui se réveillait dans mon flanc. « Tu as vu le prince ? Genre, le véritable prince de l'Autre Monde ?

— Oui. Trois fois, répondit-il avec une expression enthousiaste. La première, il était dans une clairière. Assez similaire à celle dans le film avec les vampires qui brillent au soleil et les cheveux absurdes. » *Super...* « Il ne m'a pas remarqué, heureusement. La deuxième, c'était près de leur palais. Ça ressemble un peu à un endroit dans une de ces séries où tout le monde meurt.

— *Game of Thrones* ? Port-Réal ? »

Il sautilla en hochant la tête. « Et la troisième fois... disons qu'il était en train de faire quelque chose que, toi, tu ne fais jamais. »

Il y avait plein de choses que je ne faisais jamais. « C'est-à-dire ? »

Les mains en coupe autour de sa bouche, il s'étira et ses ailes se déplièrent derrière lui. « Il faisait l'amour.

— Clo, marmonnai-je en baissant la tête.

— Avec trois femmes. Trois. » Clo se rassit, perdu dans son admiration incrédule. J'étais moi-même un peu abasourdie.

Trois femmes et un homme ? Cela dit, ce n'était pas si surprenant. Les Faes étaient des créatures très sexuelles. C'était un autre pouvoir qu'ils utilisaient comme arme contre les humains. « Comment c'est possible ? demanda le Brownie.

— Il faut avoir un sacré talent », répliquai-je en posant les yeux sur lui. Après un moment à le regarder gesticuler tout seul, j'ajoutai : « Tu sais s'il y a des Anciens dans ce monde ? »

Il s'interrompit pour se tourner vers moi. « Non.

— Et tu aurais une idée de la raison pour laquelle un Ancien révèlerait soudain sa présence ?

— Pas du tout, répondit-il en secouant la tête.

— Tu n'oserais pas me mentir, pas vrai, Clo ?

— Non, dit-il tout sourire, tu as Amazon Prime. »

Je ricanai. « Au moins, je sais comment acheter ta loyauté, commentai-je en m'éloignant du plan de travail pour me diriger vers mon sac. D'ailleurs, tu as reçu des paquets pendant que tu dormais. Je les ai mis sur la chaise dans l'entrée. »

Il s'envola dans les airs. « Ah ! Pourquoi tu ne me l'as pas dit plus tôt ? demanda-t-il en s'arrêtant à côté de moi sur son chemin pour le salon. Mais tu vas bien, hein ? Tu ne vas pas mourir dans ton sommeil ? Parce que personne ne sait que j'existe, donc je me retrouverais tout seul, et j'ai déjà mangé tous les chamallows des *Lucky Charms*. »

Je secouai la tête avec un petit rire. C'était vrai, je n'avais parlé de Clo à personne, pas même à Val. Quand j'avais de la compagnie, il restait caché.

« Ça va aller. Ma blessure est un peu sensible, mais on m'a donné des trucs à prendre. Je pense que je vais me coucher après ma douche.

— Il n'est que 16 heures.

— Tu étais en train de pioncer quand je suis arrivée. Tu n'as pas ton mot à dire. » Je récupérai le paquet de médicaments dans la poche avant de mon sac, en sortis un et l'avalai à l'aide d'une gorgée de soda trouvé dans le frigo. « Fais attention à ne pas devenir accro. Je n'ai pas envie de vivre avec une junkie. Après tu vas commencer à prendre des trucs plus forts et tu finiras par te droguer aux sels de bain et manger ma tête. »

Clo... Clo était spécial.

J'avais atteint la porte de ma chambre quand il fila devant moi dans les airs, serrant dans ses bras une poupée troll colorée. Il en faisait la collection et je n'avais aucune envie de savoir à quoi elles lui servaient.

Une fois dans la pièce, je posai ma boisson sur la table de chevet, puis allumai la lampe installée dessus. J'avais beau préférer les nuances sombres, ça n'empêchait pas que tout à l'intérieur soit haut en couleur. Les taies d'oreiller étaient fuchsia, le couvre-lit en chenille violet et le banc au pied de mon lit arborait un motif cachemire bleu et rose. Même les deux commodes et la table de nuit étaient peintes en bleu vif.

À défaut de pouvoir porter ce que je voulais comme Val, je m'entourais de couleurs chez moi.

Je me déshabillai, puis laissai mes vêtements en boule à côté de la porte de la salle de bains attenante. J'avais de la chance d'en avoir deux, surtout que Clo prenait un malin plaisir à inonder l'autre dans le couloir. Celle-ci était simple, mais magnifique, et j'adorais la baignoire sur pieds en griffe surplombée d'une tringle à rideaux.

Je fis couler l'eau, aussi chaude que possible, et m'assurai que mon pansement tenait bien en place avant de me glisser sous le jet presque brûlant. Dès que ma peau toucha l'eau, un son de pure extase quitta mes lèvres. J'avais l'impression de ne pas m'être douchée depuis des jours.

Le liquide au fond de la baignoire prit une teinte rose foncé. Une fois tout le sang séché nettoyé et l'eau souillée écoulée, je me fis deux shampooings. Sous la pression du jet, j'autorisai enfin les évènements de la veille à remonter à la surface.

J'eus beau plaquer mes mains sur mon visage, ça n'empêcha pas une vague d'émotions de monter jusque dans ma gorge où elle s'installa. Je fermai mes yeux irrités, refusant de laisser couler les larmes.

Je n'avais pas pleuré depuis l'assassinat de mes parents adoptifs, le même soir où Shaun avait été tué. Cette nuit-là, j'avais versé tellement de larmes que j'avais dû accumuler l'équivalent d'une vie entière de chagrin. Me faire tirer dessus, c'était comme rouvrir mes vieilles cicatrices avec un couteau à beurre. Sans comprendre pourquoi, je revis leurs regards éteints tandis que je me penchais au-dessus d'eux. Puis, le corps de Shaun en train de pâlir…

Tournant le dos au jet, je passai mes doigts sur le symbole de liberté tatoué sur ma peau, près de ma hanche gauche. Je m'efforçai d'inspirer et d'expirer profondément jusqu'à ce que le nœud dans ma gorge se desserre un peu et que les images de cette terrible soirée disparaissent.

La douleur de ma blessure avait commencé à se calmer quand je sortis de la douche. En revanche, la tension qui allait toujours de pair avec ces souvenirs était au rendez-vous et ne se portait que trop bien. Sans parler de l'inquiétude qui pesait sur moi tandis que je retournais dans ma chambre fraîche. Il y avait peut-être un Ancien en liberté dans les parages, occupé à on ne savait trop quoi, et moi, j'allais me coucher ?

Il n'était même pas 18 heures, mais le lit avait l'air si accueillant. Je tournai mon regard vers ma commode, et plus précisément vers les poignards alignés dessus avec minutie.

Ils n'étaient pas si différents d'un pieu, à part que leurs lames étaient plus fines et leurs manches plus simples à manier.

Avec un soupir contrarié, j'enroulai mes doigts autour de l'extrémité de ma serviette. Je savais ce que je voulais faire, mais David me mettrait la raclée du siècle si j'allais à l'encontre de son interdiction de travailler jusqu'au mercredi.

Mais il ne m'avait pas fait promettre de rester chez moi.

Un sourire naissant sur le visage, je me dirigeai vers mon placard. Ce n'était pas comme si j'allais vraiment bosser. J'allais seulement faire une promenade et si je tombais sur un Fae, peut-être même un Ancien, ce ne serait pas ma faute.

Encouragée par cette logique, j'enfilai un jean propre et un large t-shirt noir que m'avait offert Clo quelques mois auparavant. Il y avait une fée ivre dessus. C'était du grand Clo de trouver ça en ligne… et de l'acheter avec *mon* argent.

J'attachai un poignard à l'intérieur de ma botte avant de tirer sur le bas de mon pantalon. Ensuite, je me fis un chignon avec une épaisse épingle à cheveux. Aucun signe de Clo quand je regagnai la cuisine et retirai le livre de cours de mon sac pour l'alléger.

Je toquai sur la porte close de la seconde chambre. « Clo ?

— Je suis occupé ! » hurla-t-il aussitôt.

Je chassai vivement de mon esprit l'image de la poupée troll qu'il avait emmenée dans sa chambre plus tôt. « Je sors un peu, d'accord ? »

Un instant plus tard, le battant s'entrouvrit et Clo passa sa tête blonde par l'entrebâillement en plissant les yeux. « Tu ne vas pas travailler, pas vrai ? »

Je lui fis signe que non. « Je vais seulement faire un tour, répliquai-je, ce qui n'était pas tout à fait un mensonge. Je ne rentrerai pas tard.

— Je ne te crois pas, dit-il, les lèvres pincées. Tu manigances quelque chose ! Ça se voit.

— Tu veux que je te ramène des beignets ? »

Clo écarquilla les yeux avec une expression de jubilation enfantine sur le visage. « Tu ferais ça ? Pour moi ? Une assiette entière pour moi ? Rien que pour moi ? Pas pour toi ? »

Je levai les yeux au ciel. « Oui, Clo.

— Des beignets de *Café du Monde* ?

— Oui, soupirai-je.

— Alors, va-t'en, hors de ma vue ! lança-t-il en me claquant la porte au nez.

— De rien », grommelai-je en secouant la tête.

Afin de conserver mon énergie, je pris un tramway jusqu'à Canal Street. Lorsque je sortis sous un palmier, je croisai les doigts pour ne pas rencontrer David. Personne n'était aussi fort que lui pour me faire me sentir comme une préado rebelle. Je traversai la rue en direction de Royal Street sous un ciel couvert. Même l'air était moite. J'avais tellement hâte que la température baisse.

Tandis que je me dirigeais vers le quartier français, je me mis à penser à M. Yeux Verts. Travaillait-il aujourd'hui ? Et c'était qui, au juste ? Comment David avait-il dit qu'il se nommait ?

Pourquoi est-ce que je pensais à lui ?

J'aurais pu parier que dès l'instant où Val allait le rencontrer, elle poserait bien plus que son regard sur lui.

Pour un jeudi soir, le quartier français était bondé, mais au bout de trois heures, je n'avais toujours vu aucun Fae. Mon plan était en train de tomber à l'eau, ce qui était une bonne nouvelle, pas vrai ?

Mais il y avait quelque chose… d'étrange dans l'air.

Sans doute parce qu'une sorte d'obscurité planait sur la ville, comme si quelque chose se préparait à surgir, et pas des chiots et des arcs-en-ciel. Ça faisait deux semaines que cette sensation me suivait. Et je n'étais pas la seule membre à l'avoir mentionnée. Quelques jours plus tôt, Val avait dit que ça lui rappelait les moments précédant l'arrivée d'une violente tempête. Je ne pouvais pas vraiment l'expliquer, mais j'avais comme l'impression que le Fae de la veille n'y était pas pour rien.

J'arpentai Bourbon Street à plusieurs reprises. C'était là que les Faes se réunissaient en général. Après autant de temps, j'aurais dû en croiser au moins trois. Quelque chose ne tournait pas rond. Mes craintes s'intensifièrent, coulant dans mes veines comme les pluies glaciales que j'avais détestées dans le Nord.

Je décidai alors de jeter un coup d'œil au bar d'où le Fae était sorti en titubant la veille. Quand je pivotai, je faillis percuter un homme âgé. « Désolée », lançai-je en le contournant, mais il n'avait pas l'air de s'être rendu compte que je l'avais presque renversé.

Je ralentis en approchant de l'établissement. De l'extérieur, il ressemblait à tous les autres de la rue... un peu louche et délabré, rempli de gens à différents stades d'ébriété. D'ordinaire, je me tenais à l'écart des bars parce qu'ils mettaient ma patience à rude épreuve, mais j'inspirai un bon coup, puis passai le seuil.

Et regrettai aussitôt mon choix.

L'odeur de vieille bière et de moisissure me frappa en plein visage. Beurk. Tout en faisant de mon mieux pour respirer le moins possible, j'évitai un groupe près du comptoir. Une télévision qui diffusait un match de baseball pendait depuis le plafond. Des cris retentirent. Des bras se levèrent dans les airs. Des gouttes de bière s'envolèrent dans tous les sens. Je reculai, espérant ne pas avoir été arrosée.

« Ivy. »

Je resserrai les doigts autour des lanières de mon sac. Je savais à qui appartenait cette voix. Merde. Je me retournai pour faire face à Trent Frost, un membre de l'Ordre connu pour être un lèche-cul de première. « Salut... », répondis-je avec un sourire forcé qui me faisait presque mal aux joues.

Trent se concentra sur mes yeux pour un total de deux secondes avant de jeter un coup d'œil à ma poitrine. Classique. « Tu ne t'étais pas fait tirer dessus ? »

Apparemment, tout l'Ordre était au courant de ce qui m'était arrivé la veille. Super. « Si, mais c'était une blessure superficielle. Rien de grave. »

Je me tournai pour lancer un regard vers le bar. J'allais devoir pousser les gens à coups de mouvements de kung-fu pour réussir à m'approcher des barmans.

« Il me semblait que tu ne devais pas revenir travailler avant mercredi.

— C'est le cas, je ne travaille pas. »

On aurait dit un loup qui avait piégé un lapin. « Qu'est-ce que tu fais ici, alors ?

— Et toi, pourquoi tu es là ? rétorquai-je en haussant les épaules.

— Pour voir le score du match. »

J'arquai un sourcil. « Pour de vrai ? »

Son regard sombre glissa une fois de plus vers le bas et je dus me retenir de lui coller mon poing en pleine face.

« Non, pas vraiment. J'ai vu quelques Faes quitter ce bar la semaine dernière. J'espérais en apprendre plus. »

Tiens, tiens. Comme ça je n'étais pas la seule à avoir remarqué quelque chose. Trent était peut-être un pervers au regard baladeur, mais c'était un bon agent. Et l'épaisse cicatrice sous sa lèvre était la preuve qu'il avait affronté plus d'un Fae.

« J'en ai vu un sortir d'ici hier soir et j'étais curieuse de savoir ce qu'il se passait.

— Je croyais que tu n'étais pas là pour le travail. »

Je lui adressai un regard agacé. « Je me renseigne seulement, ça ne veut pas dire que je suis en train de bosser.

— Mouais, ricana-t-il en désignant le comptoir du menton. Les barmans n'ont rien d'anormal, ce soir. Je ne sais pas si c'est le cas tous les jours ou si l'un d'entre eux est de mèche avec les Faes. » Il croisa ses bras costauds sur son immense torse. Il compensait bien sa petite taille avec son imposante carrure. Il pourrait sans doute démolir une maisonnette avec tous ces muscles. « Quoi qu'il en soit, je comptais rester un moment ici pour voir si je trouve quelque chose.

— Les rues sont mortes, hein ? » demandai-je tandis qu'un type se cognait contre mon épaule.

Il acquiesça. « J'ai entendu dire que c'est un Fae qui t'a tiré dessus », lança-t-il.

Je marmonnai un juron. Harris avait dû ouvrir sa bouche parce que j'étais à peu près sûre que David n'avait rien dit. Inutile d'essayer de cacher la vérité si tout le monde en parlait déjà. Je voulais suivre les ordres de David et la fermer, mais une partie de moi n'était pas convaincue que ce soit une bonne idée. Ça risquait de mettre les autres agents en danger.

Tant pis.

Je regardai Trent dans les yeux. « Oui, c'était un Fae et j'imagine que tu as aussi entendu qu'il avait fait apparaître un pistolet de nulle part. Il n'était pas comme les autres, Trent. Je l'ai attaqué avec du fer et ça ne lui a rien fait. »

Ses lèvres tressaillirent. Il leva les yeux au-dessus de ma tête pour voir l'écran derrière le bar. « Ça a l'air… d'un ramassis de conneries. On dirait l'autre folle de Merle qui parle. »

Je me raidis, comme si on m'avait versé du ciment dans le dos. J'avais beaucoup d'empathie pour elle. Une grande partie de moi… eh bien, je la comprenais. Et ça ne me plaisait pas qu'on parle d'elle de cette façon. « C'est débile de dire ça, répondis-je d'une voix calme alors même que j'étais à deux doigts d'exposer son visage à la puissance de mon uppercut. C'était une membre de l'Ordre. Tu devrais la respecter pour tous ses sacrifices. »

Trent pencha la tête en arrière et ricana. « Que je la respecte ou non, ça ne change rien au fait qu'elle a perdu la boule, renchérit-il en laissant son regard glisser de mes yeux à ma poitrine. Sérieux, l'Ordre a commis une grosse erreur en acceptant que les femmes intègrent ses rangs. Vous n'êtes simplement pas capables de supporter... »

Sans même y réfléchir, je m'agrippai à ses épaules de mes deux mains pour envoyer mon genou vers l'avant, puis l'écrasai entre ses jambes. L'air quitta ses poumons, et il proféra une vilaine insulte. Je le lâchai et reculai avec un sourire en le regardant se plier en deux. « Prends ça, connard. »

Puis, je fis volte-face et sautillai presque jusqu'à la sortie. J'allais me faire remonter les bretelles si Trent décidait de se plaindre, mais aucun sermon ne me ferait regretter cette réaction. C'était un sale porc. Le plus triste, c'était que la plupart des gars de l'Ordre pensaient la même chose que lui. Bande de crétins.

Le soleil était couché depuis longtemps maintenant et une odeur de pluie flottait dans l'air tandis que je me dirigeais vers Jackson Square. Il était temps que je rentre à la maison... après avoir acheté des beignets. En traversant l'intersection, je jetai un regard sur ma gauche et m'arrêtai aussitôt au beau milieu de la rue.

Bordel de merde.

Juste là, au milieu d'Orleans Avenue, se trouvait le Fae de la nuit précédente. Je n'en croyais pas mes yeux, mais c'était bien lui. Mon cœur fit un bond dans ma poitrine alors que je tournais à gauche pour rejoindre le trottoir, longeant les bâtiments.

Il se tenait de profil devant un magasin de cigares. Il était avec un humain qui semblait assez frêle pour qu'une bourrasque le traîne jusqu'à la place, surtout comparé au Fae plus qu'imposant. À côté de lui, l'homme à l'apparence filiforme, fluette et chétive grattait sa joue au-dessus de sa barbe naissante. Le Fae qui m'avait attaquée me tourna le dos et l'humain tenta de le suivre, mais trébucha sur le bord du trottoir et tomba à genoux sur la route.

C'était *ça* l'effet qu'avaient les Faes sur les mortels lorsqu'ils se nourrissaient d'eux. Ils les vidaient lentement de toute vie jusqu'à ce qu'il n'en reste plus que des os et de la poussière.

Le Fae continua d'avancer dans Orleans Street en direction de Royal Street sans un regard en arrière. J'accélérai le pas en voyant l'homme se relever tant bien que mal. Désemparé, il tourna sur lui-même jusqu'à repérer le Fae quelques mètres plus loin. Il s'élança après lui comme un chiot perdu… un chiot dénutri, recouvert de puces.

Ça ne me plaisait pas du tout.

La fureur grandit en moi avec l'intensité d'une violente tempête. Mes poings étaient serrés et mon sang bouillonnait de rage. Tout mon être était concentré sur l'autre enfoiré tandis que j'avançais avec entrain. Je n'avais même pas fait un mètre quand quelque chose – non, quelqu'un – surgit d'une ruelle pour s'emparer de moi.

Un bras s'enroula autour de mon ventre, juste en dessous de ma poitrine, coinçant ainsi les miens contre mon corps. En un clin d'œil, mes pieds quittèrent le sol et je fus transportée dans une allée étroite entre deux bâtiments, une main plaquée sur la bouche. Mon instinct reprit le dessus et je levai les genoux vers le haut avec l'intention de basculer mon poids vers l'avant.

« À ta place, je ne ferais pas ça, prononça une voix grave directement dans mon oreille. Je vais te poser et tu ne vas pas te retourner pour me mettre un coup de poing ou de pied. D'accord ? » Comment étais-je censée lui répondre avec sa main sur ma bouche ? « Allez, Mérida. Hoche la tête si tu as compris. »

Mérida ? C'était qui ça, encore ? Ça n'avait pas d'importance. Tout ce dont j'avais besoin, c'était qu'il me libère. Je n'allais pas lui asséner un coup de poing ou de pied… j'allais lui mettre une raclée phénoménale. J'acquiesçai.

« Je te fais confiance. Je n'ai aucune envie de te voir te faire mal », ajouta-t-il.

Oh, quelqu'un allait souffrir, mais ce ne serait pas moi.

Une seconde plus tard, le bras autour de mon buste se retira, en même temps que la main. Sans hésiter un seul instant, je fis volte-face et tombai nez à nez avec des yeux couleur émeraude renversants.

Chapitre 4

C'était lui. M. Yeux Verts. *Ren.* C'était ça son prénom, je m'en souvenais à présent. J'avançai d'un pas, mais il fut plus rapide. Avec la vivacité d'un serpent en pleine action, il attrapa mes poignets sans pour autant repousser mes bras. Il se contenta de maintenir mes poings à l'écart de son visage.

Un sourire en coin apparut sur ses lèvres charnues. « Je dois avouer que ta réaction ne m'étonne pas tant que ça.

— Alors tu ne devrais pas être surpris par la suite non plus. » Je me penchai vers l'arrière, appuyai mon poids sur ma jambe gauche, mais une fois de plus, Ren déjoua mes plans avec une aise presque gênante.

Il bloqua ce qui aurait pu être un coup de pied fantastique, puis me força à reculer jusqu'au mur. Je n'avais plus aucun espace pour bouger. Le dos collé au bâtiment, je sentais toute la longueur de son corps robuste contre le mien.

Quel salaud !

Comme s'il pouvait lire dans mon esprit, il élargit son sourire, révélant ses fossettes. « Bon, je pense qu'on peut discuter sans que tu essayes de me réduire en miettes. »

Je poussai un soupir agacé. « Je n'en mettrais pas ma main à couper. »

Il lâcha un petit rire qui résonna en moi comme un grondement. C'était la première fois que je me retrouvais aussi proche d'un homme depuis… depuis Shaun.

« Écoute, je suis désolé de t'avoir attrapée dans la rue comme un kidnappeur, mais tu t'apprêtais à faire une autre énorme erreur.

— Une autre ? répliquai-je sans prêter attention à ses excuses.

— Ouais, comme celle d'hier soir qui s'est terminée avec une balle dans ton ventre. » Quand il baissa le menton, la lumière jaune suspendue au mur au-dessus de nous se refléta sur ses larges pommettes. « Je sais ce que tu avais l'intention de faire.

— Ça n'a rien à voir. Je faisais mon travail hier soir, crachai-je. Et je doute que le tien soit d'enlever des filles dans la rue.

— Ça aurait le mérite d'être plus divertissant, mais tu as commis une erreur dès l'instant où tu as décidé d'interagir avec le Fae hier. Et tu t'apprêtais à recommencer, espèce de petite chieuse.

— Petite chieuse ? répétai-je, énervée. C'est toi qui m'as kidnappée comme un tueur en série !

— Et je t'ai déjà présenté mes excuses, même si c'est plutôt toi qui me dois des remerciements. Je viens de te sauver la vie, trésor. »

Interloquée, je me contentai de le dévisager un moment. « Tu es cinglé, dis-je enfin.

— Je suis beaucoup de choses, mais aujourd'hui je suis ta putain de bonne étoile.

— Waouh. Quelle modestie ! Attends, je vais te préparer des cookies. »

Son sourire aurait facilement pu faire flancher des cœurs aux quatre coins du pays. « J'aime bien les sablés avec du sucre saupoudré par-dessus.

— Oh, va te faire f...

— Tu étais sur le point de te faire tabasser par un Ancien, Ivy. J'ai empêché que cela se produise, reprit-il en prouvant qu'il était au courant que je ne m'appelais pas Mérida ou je ne sais quoi. Et tu as beau être à la fois balèze et canon, tu n'es pas prête à affronter l'un d'entre eux. »

J'ouvris la bouche, mais deux éléments de sa phrase me murèrent dans le silence. Pour commencer, il m'avait décrite comme « balèze et canon », ce qui ne me déplaisait pas. Mais surtout, il avait appelé le Fae un « Ancien » et ça me sortit enfin de ma fureur.

Sans le quitter des yeux, je me détendis. « C'est vraiment un Ancien ?

— Oui.

— Comm..., bredouillai-je, le cœur battant. Comment le sais-tu ?

— Je le sais, c'est tout.

— Je suis loin de te connaître assez pour te faire confiance ou te croire sur parole. Un petit détail ne ferait pas de mal.

— Je ne t'ai pas demandé de me faire confiance. » Il inclina son visage d'un côté tout en décrivant des cercles avec son pouce à l'intérieur de mon poignet droit. Je peinais à me concentrer. « Je te dis simplement, reprit-il, que le Fae que tu as rencontré hier soir et que tu suivais aujourd'hui n'est pas un Fae comme les autres. C'est un Ancien et ce n'est pas le seul dans les parages.

— Comment le sais-tu ? » répétai-je.

Un muscle tressaillit dans sa mâchoire et un moment de silence s'écoula. « Tu n'étais pas censée te reposer ? Qu'est-ce que tu fais là ? Parce que je refuse de croire que tu es repartie à la chasse moins de vingt-quatre heures après t'être presque vidée de ton sang sur mes bottes.

— Tu ne m'as pas répondu, rétorquai-je avant de marquer une pause. Et je n'ai pas failli me vider de mon sang sur tes précieuses chaussures.

— Tu saignais beaucoup. Comment tu te sens ? demanda-t-il sans arrêter les mouvements de son pouce.

— De toute évidence, je ne suis pas morte. Pourquoi tu penses que c'est un Ancien ? David a dit que...

— Laisse-moi deviner. Selon lui, c'est très improbable puisqu'on n'en avait pas vu depuis des décennies, voire des siècles ? Bien sûr qu'il a dit ça, lâcha-t-il en jetant un regard vers le trottoir lorsqu'un cri retentit au loin. Tu ne me croirais pas même si je te racontais la vérité. »

La frustration me gagnait quand, sans prévenir, il relâcha mes poignets, puis recula. Un picotement parcourut tout l'avant de mon corps sous l'effet de ce contact, ou plutôt de son absence. Je me rendis alors compte que son bras droit était recouvert de tatouages. Rien à voir avec l'encre que chaque membre de l'Ordre avait sur la peau. Il faisait trop sombre pour en observer les détails, mais ça ressemblait à une plante qui s'enroulait autour de son avant-bras, recouvrait le dos de sa main, jusqu'à disparaître entre son pouce et son index.

Ren ajusta sa position, comme s'il s'attendait à ce que je l'attaque, mais je me retins. « Retourne chez toi, Ivy. »

J'étais bouche bée. « Tu as perdu la boule si tu penses pouvoir me dire quoi faire. »

Une fois de plus, ses lèvres s'étirèrent avec lenteur pour former un sourire assez dévastateur qui faisait ressortir ses fossettes. « Si tu ne rentres pas, je vais appeler David et lui dire que tu es en train de chasser. »

Cette fois, j'étais carrément sidérée. « Tu n'oserais pas.

— Mmh. Je me demande comment il réagirait. Il n'a pas l'air d'apprécier qu'on lui désobéisse. »

David piquerait sans doute une crise. C'était peut-être même déjà le cas si Trent l'avait appelé. Et s'il recevait un autre coup de fil de Ren ? Il risquerait de me mettre à la porte un moment, ou définitivement, et...

Et sans l'Ordre, je n'avais rien.

J'étais en colère qu'il se serve de ça contre moi. « T'es un connard. »

Ses yeux perdirent une partie de leur éclat d'humour. « Tu sais quoi ? Tu n'es pas la première à me le dire.

— Sans blague. » Sans le saluer, je pivotai, puis marchai jusqu'au trottoir. J'avançais vers Bourbon Street quand ma satanée promesse de beignets pour Clo me revint en mémoire.

Si je rentrais sans, Clo risquait de me couper les cheveux dans mon sommeil. Avec un soupir, je fis demi-tour pour partir en direction de *Café du Monde*. À cette heure-ci, ça allait être bondé.

« Tu vas où ? » demanda Ren derrière moi.

Je poussai un juron dans ma barbe. « Ça ne te regarde pas, mais je vais chercher des beignets.

— Maintenant ? insista-t-il en se plaçant à mon niveau. Ils sont si bons que ça ? »

Je lui adressai un regard incrédule en secouant la tête. « Tu n'en as pas encore mangé ? C'est la première chose à faire en arrivant à La Nouvelle-Orléans.

— Non, répondit-il en fronçant les sourcils devant un couple à deux doigts de faire des bébés sur le trottoir. Je n'ai pas eu beaucoup de temps libre. »

Je voulais lui demander ce qu'il faisait, mais je ne mourais pas non plus d'envie de discuter avec lui. Il n'avait pas prévu de me révéler comment il pouvait être aussi certain qu'il s'agissait d'un Ancien ou aucune autre information de valeur. Et puis, je n'étais même pas sûre de le croire.

Entre David qui ne prenait pas la menace au sérieux et Trent qui me soupçonnait d'avoir une case en moins, pourquoi Ren, un parfait inconnu, serait-il le seul à accepter la présence des Anciens ?

Ren garda le silence jusqu'au *Café du Monde* et je fis de mon mieux pour l'ignorer, mais j'avais du mal à me comporter comme si le bel homme d'un mètre quatre-vingt-quinze à côté de moi n'existait pas.

Ensuite, il patienta derrière moi sans un mot dans la file interminable, sous les lumières fluorescentes. J'eus ainsi l'occasion de contempler son tatouage de plus près. C'était un ensemble complexe de lianes allant du vert profond au gris. Les motifs entremêlés me rappelaient un nœud celtique. Ils se faufilaient ensuite sur le dos de sa main et entre ses doigts. C'était la première fois que j'en voyais un pareil. Lorsque mon tour arriva, je demandai deux portions, puis laissai ma place à Ren qui m'observait d'un air intrigué.

« J'ai super faim », marmonnai-je.

Il sourit.

Nos commandes furent prêtes à peu près en même temps. C'était étrange de marcher côte à côte, comme si on était *ensemble*. Une partie de moi avait envie de voir sa réaction après sa première bouchée de beignet sucré. C'était une expérience inoubliable.

Mais nous n'étions pas amis. On se connaissait à peine et il m'avait kidnappée en pleine rue. J'enroulai mes doigts autour du sac, me balançai d'un pied sur l'autre, puis levai les yeux vers lui. « Bon, à plus. »

Il ne répondit pas, mais inclina la tête d'un côté. Pendant un instant, je me demandai ce qui aurait pu se passer si on s'était rencontrés… dans des circonstances plus ordinaires. Si on avait suivi le même cours à Loyola, par exemple. J'aurais sans doute été ravie d'apprendre à le connaître, de découvrir jusqu'où allait son tatouage. Mais on n'était pas ordinaires. C'était seulement gênant. Je fis demi-tour en poussant un soupir.

« Ivy ? » appela-t-il. Comme envoûtée, je fis volte-face. Ren se tenait en partie dans l'ombre, à l'écart de la lumière du café. « Ne fais pas de bêtise. Rentre chez toi. Reste en sécurité. »

Puis, il disparut derrière un groupe de piétons traversant la rue.

Après seulement quelques heures de sommeil, j'étais d'humeur grincheuse à souhait pour assister à mon cours à Loyola, surtout car j'avais décidé de ne pas prendre de cachet antidouleur pour éviter de me baver dessus plus que d'ordinaire.

Les jours comme ça, où je me remettais d'une blessure par balle et tombais de fatigue, je me posais la même question que Val. Pourquoi diable allais-je à l'université ? J'aurais pu être dans mon lit, bien emmitouflée, à rêvasser de mecs sexys aux abdos recouverts de sucre en poudre.

D'accord, ça semblait bizarre dit comme ça.

Mais j'avais deux classes le vendredi : une de philosophie et l'autre de statistiques. La première ne me dérangeait pas. Elle était même assez intéressante. En revanche, j'aurais préféré m'arracher les cils à l'aide d'une pince rouillée que de suivre la seconde.

Je m'achetai un sandwich avant le cours de statistiques et me forçai à m'installer sur un siège. Tandis que j'attendais le professeur, qui devait lui aussi redouter sa propre leçon vu le temps qu'il prenait, mes pensées se concentrèrent de nouveau sur la veille... et sur Ren.

Je m'en étais voulu toute la nuit de ne pas lui avoir demandé pourquoi il traquait ce qu'il disait être un Ancien… et qui l'était forcément. Je m'étais tant laissé distraire par son enlèvement et le fait qu'il connaisse la nature du Fae que je ne m'étais même pas questionnée sur sa présence.

Une chose était sûre, Ren était à la poursuite de l'Ancien, mais qu'est-ce qui le poussait à…

« Tu as une sale tête aujourd'hui. »

Je me tournai vers la gauche pour voir Jo Ann Woodward s'installer sur le siège voisin. « Merci. Je me sens encore mieux maintenant. »

Avec un petit rire, elle sortit l'énorme manuel de statistiques de son sac, puis repoussa une épaisse mèche de cheveux brun amande derrière son oreille. « Ce n'était pas très gentil de ma part. » Le livre s'écrasa sur le bureau avec un bruit sourd. Il était tellement volumineux qu'il aurait sans doute pu servir d'arme fatale. « Mais tu es sûre que ça va ? »

J'appréciais vraiment Jo Ann. J'avais rencontré la brunette aux formes généreuses pendant ma première année de fac dans un de mes cours d'introduction à la psychologie et elle m'avait tout de suite plu. Elle était d'un naturel gentil et aussi douce qu'une fraise enrobée de sucre. C'était une de ces rares personnes qui ne disaient jamais de mal des autres. Ça donnait envie d'être amie avec elle. Et puis, quand je passais du temps en sa compagnie, j'avais l'impression d'être… normale.

C'était une sensation précieuse et inestimable.

Malgré de nombreuses sessions nocturnes à étudier ensemble et même quelques soirées en ville, elle ne savait pas vraiment ce que je faisais ou qui j'étais. Garder l'existence de l'Ordre secrète était une véritable barrière entre nous qu'aucun degré d'amitié ne pourrait effacer.

Ce qui était navrant.

En jetant un coup d'œil aux notes que j'avais prises le mercredi, je secouai la tête. « Je crois que j'ai fait une indigestion hier, mentis-je comme une arracheuse de dents. Mais je me sens mieux. » Ça, ce n'était pas tout à fait un mensonge. Je ne mourais pas de douleur, même si mon ventre était encore sensible.

« Oh non, tu as besoin de quelque chose ? » demanda-t-elle, ses yeux noisette de la taille de mini soucoupes volantes.

Pour une raison qui m'échappait, Jo Ann semblait penser que j'avais besoin qu'on prenne soin de moi. Elle n'en faisait pas des tonnes, mais le fait que je vive seule l'inquiétait. En plus, elle savait que j'avais perdu ma famille. À défaut de pouvoir lui dire la vérité sur leur mort, je lui avais servi l'histoire du bon vieux terrible accident de voiture. « Je vais bien, promis », lui répondis-je en jetant un coup d'œil à l'horloge.

Le professeur avait deux minutes de retard. Avec un peu de chance, il ne se pointerait pas.

Jo Ann continuait de m'observer en faisant tourner un stylo entre ses doigts. « Tu es certaine ? Je fais une soupe de nouilles au poulet à tomber à la renverse. Tout droit sortie de la conserve. »

Je ris. « Oui, je t'assure.

— Tu veux manger un bout ensemble avant que j'aille travailler ? » proposa-t-elle avec un grand sourire.

Elle bossait dans un centre d'hébergement en ville, preuve qu'elle était en effet une sainte. Je faillis accepter avant de me souvenir de la réunion hebdomadaire à laquelle je devais assister au siège de l'Ordre. « Je ne peux pas, dis-je avec déception. Peut-être ce week-end ? »

Son sourire s'élargit encore davantage. « D'accord, envoie-moi un texto. Je ne travaille pas dimanche. »

Notre professeur trouva enfin la salle et sembla piquer du nez à la moitié du cours. À la fin de l'heure, je n'étais pas sûre d'avoir appris quelque chose. En tout cas, j'ignorais toujours pourquoi cette classe était obligatoire.

Je quittai le cours avec Jo Ann sans prêter attention au tiraillement sur mon flanc tandis que nous avancions dans le couloir bondé.

« Au fait, lança-t-elle en poussant légèrement mon bras avec le sien, c'est joli tes cheveux comme ça.

— Hein ?

— Tu les attaches toujours d'habitude. Ça te va bien quand ils sont lâchés.

— Oh, répondis-je un peu gênée en passant mes doigts dans mes boucles emmêlées. Je n'ai pas eu le temps de les coiffer ce matin. » Ce n'était pas faux. Je m'étais douchée, puis les avais laissé sécher en fourrant les restes de beignets dans ma bouche.

Elle rit. « Tu devrais ne pas les coiffer plus souvent alors. Tu... » Elle s'interrompit en pleine phrase et faillit se prendre la rambarde tandis que nous descendions les marches.

« Oula, ça va ? » demandai-je.

Ses joues naturellement bronzées virèrent au pourpre. Elle avait perdu sa capacité à s'exprimer et je compris bientôt pourquoi. Dans la volée de marches suivante, je remarquai le futur mari de Jo Ann.

Sauf que Christian Tran n'était pas au courant.

Je réprimai mon sourire lorsqu'il passa le palier et leva le regard. Il portait une casquette de baseball noire à l'envers dont s'échappaient des boucles noires. Ses yeux sombres se posèrent sur Jo Ann avec un éclat chaleureux et bienveillant. « Salut », lança-t-il.

Jo Ann émit un son étranglé pour toute réponse tandis que Christian continuait son ascension. Ils travaillaient tous les deux dans le même centre d'hébergement, mais pas aux mêmes horaires. Elle ne savait pas grand-chose de lui. À vrai dire, elle ignorait d'ailleurs s'il était célibataire ou s'il aimait les femmes, mais elle était folle amoureuse de lui.

Je l'attrapai par la main pour l'attirer dans le sens inverse. « Il faut vraiment que tu lui parles.

— Impossible, répliqua-t-elle avec un regard paniqué. Tu as vu ce qui vient de se produire. C'est comme ça chaque fois que je lui adresse la parole. On dirait Beaker du *Muppet Show*. »

Je balançai la tête en arrière pour ricaner comme une hyène droguée. « Oh, mon Dieu, on aurait carrément dit Beaker !

— Je sais, se lamenta-t-elle. Il doit penser que je ne suis pas capable de parler.

— J'en doute. »

J'aurais voulu lui donner de meilleurs conseils ou un coup de main, mais ma vie sentimentale était une catastrophe. Je ne m'étais même pas approchée d'un membre du genre opposé jusqu'à la veille au soir.

À l'instant où Ren s'immisça dans mes pensées, je ressentis une vague de colère et… d'autre chose. Je n'avais pas de mot pour décrire cette sensation. Mon cœur fit un bond dans ma poitrine, ce qui me donna envie de rayer son nom de mon esprit.

Excédée par moi-même, j'avais loupé la moitié de ce que Jo Ann venait de dire, mais elle devait se dépêcher pour rejoindre sa prochaine classe. Fidèle à elle-même, elle me serra fort dans ses bras, comme si on se connaissait depuis notre naissance. Avant de partir, je lui promis de lui envoyer un message au cours du week-end.

Je montai dans un tramway en direction du quartier français, ce qui me laissa assez de temps pour acquérir une boîte de pralines au magasin *Aunt Sally* pour Clo. Il n'avait pas besoin de plus de sucre, mais je savais que ça lui ferait plaisir.

Après avoir fourré mon achat dans mon sac à dos, je tournai dans Decatur Street. On était vendredi soir, donc les rues étaient noires de monde. Plus tard, ce serait un chaos sans nom et il y aurait des Faes partout. Je n'aimais pas l'idée de ne pas travailler, surtout maintenant que j'en étais capable sans me blesser.

Mama Lousy était bondé lorsque je passai devant. Je jetai un coup d'œil à l'intérieur et aperçus Jérôme derrière le comptoir. On aurait dit un vieil homme aigri assis sur son porche à regarder des enfants courir sur sa pelouse. Il était retraité de l'Ordre depuis dix ans et ce n'était vraiment pas la bonne personne pour tenir le magasin.

Il n'aimait pas les gens.

Avec un grand sourire, je lui fis coucou de la main.

Il fronça les sourcils en me toisant alors qu'une cliente approchait sans hâte le comptoir pour y déposer un faux crâne.

J'entrai par la porte latérale, puis m'engageai dans l'escalier. Après quelques marches, je me retournai pour les observer. Je fus soulagée de constater qu'elles n'étaient pas recouvertes de sang. Ça aurait été dégoûtant.

La porte à l'étage s'ouvrit environ dix secondes après que j'ai appuyé sur la sonnette. Je m'attendais à retrouver Harris de l'autre côté, mais je dus réprimer un juron en apercevant Trent.

Il esquissa un sourire en coin. « Oh, tiens. C'est la folle à lier. »

Je haussai un sourcil. « Oh, tiens. Quel manque d'originalité. » Je fis mine de le contourner, mais il se mit en travers de mon chemin. Ma patience ne tenait qu'à un fil. « Je suis surprise de te voir déjà marcher. »

Deux taches rouges apparurent sur ses joues. « Et moi, je suis surpris qu'il te laisse encore faire partie de l'Ordre après avoir raconté des salades pareilles. »

J'avais tellement de répliques sur le bout de la langue, mais ma tolérance avait ses limites et ce ne serait sans doute pas une bonne idée de lui mettre un autre coup de genou entre les jambes. À la place, j'allais ravaler mon orgueil et m'éloigner. Comme une adulte. Et j'allais être très fière de moi si j'y arrivais.

Je fis un pas de côté, mais il m'imita de nouveau. Cette fois, il posa une main sur mon épaule. Sa paume lourde était appuyée sur certaines de mes mèches, les tirant vers le bas. Quand nos regards se croisèrent, je sus que j'étais à deux doigts de le frapper dans l'entre-jambe… et je comptais y aller assez fort pour anéantir toutes ses chances de reproduction.

Une ombre traversa le visage de Trent. Il enleva aussitôt sa main et recula de trente centimètres. Peut-être avait-il deviné mon intention de le castrer.

Soudain, une voix grave familière retentit dans la pièce. « Tout va bien, Ivy ? »

Chaque muscle de mon corps se raidit lorsque je compris que Ren se tenait derrière moi. Ce n'était pas mon expression meurtrière qui avait fait s'éloigner Trent. Je voulais me retourner, mais il était hors de question que j'expose mon dos à Trent. Cela dit, je n'étais pas très à l'aise avec Ren derrière moi non plus. J'étais coincée entre un connard et un inconnu sexy qui était peut-être lui aussi un connard. « Ouais, super.

— Ça en a tout l'air », répondit-il d'une voix traînante.

Entre sa mâchoire serrée et la tension dans ses joues, il était évident que Trent aurait voulu ajouter quelque chose, mais il se contenta d'adresser un hochement de tête crispé à Ren. Quel imbécile ! À ses yeux, la masculinité de Ren méritait plus de respect que moi alors qu'il me connaissait depuis trois ans ? Je détestais les gens, parfois.

« On n'aurait pas dit que tout allait bien », commenta Ren pendant que Trent s'éloignait.

Ne sachant pas quoi penser de Ren, je me tournai vers lui. Le pincement dans ma poitrine ressurgit, ce qui ne me plaisait pas du tout. Mais c'était sans doute l'humain le plus canon que j'avais jamais vu de ma vie… et ce tatouage ? Avec son t-shirt noir à manches courtes, impossible de passer à côté des motifs délicats qui s'enroulaient autour de son biceps et de son avant-bras musclés. Je me forçai à relever les yeux vers son visage angélique.

Mon Dieu, ce que j'étais superficielle.

Son regard vert vif croisa le mien. Un sourire amusé ourlait ses lèvres. Je compris alors qu'il attendait une réponse de ma part. « Pardon ? »

Son sourire s'élargit jusqu'à laisser apparaître ses fossettes. « Je faisais simplement remarquer que tout ne semblait pas aller pour le mieux. »

Oh. J'avais loupé ça. Il fallait que je me ressaisisse. « Qu'est-ce qui te fait dire ça ? »

Il s'appuya sur une jambe en croisant les bras sur son large torse. « Sans doute le fait que ce salaud t'ait traitée de folle à lier.

— Ce n'est rien, répondis-je en agitant une main avec nonchalance. Je m'en fiche.

— Ah bon ? dit-il en arquant un sourcil. Ça n'a pas l'air de rien, surtout qu'il était dans cette pièce juste avant. » D'un signe de tête, il désigna la double porte en bois à droite, où aurait lieu la réunion et par laquelle Trent venait de s'engouffrer. « Et il parlait. »

Tendue, je sentis mon estomac se retourner. « De quoi ?

— De ce que tu as dit avoir vu mercredi. Il racontait ça à une salle remplie de monde, ajouta-t-il en plongeant son regard dans le mien. Dont ton directeur. »

Je tentai de dissimuler ma grimace derrière une expression neutre. Ce qui fut un échec à en croire l'air compatissant sur son beau visage. Je détournai les yeux en resserrant les doigts autour des bretelles de mon sac.

« Ça ne me semble pas très judicieux de parler aussi ouvertement de ce que tu as vu », me conseilla Ren à voix basse.

Je me redressai un peu. Le recul n'était pas tendre. De toute évidence, j'aurais dû la boucler et ne rien raconter à Trent, mais ce n'était pas la peine de remuer le couteau dans la plaie. « Merci, mais je ne t'avais pas demandé ton avis. »

Après une pause, Ren poussa un soupir en se replaçant juste devant moi. Il paraissait sur le point d'ajouter quelque chose, mais il n'en eut pas l'occasion.

La porte de la salle de réunion s'ouvrit et David en sortit à grands pas, la laissant claquer derrière lui. À ce moment-là, Ren se tourna, décroisa les bras et fit en sorte d'apparaître le plus imposant possible. Ça lui donnait un air protecteur curieux. Il n'était pas facile de déterminer l'état d'esprit actuel de David puisqu'il semblait comme d'habitude.

C'est-à-dire, furax.

Je me préparai tout de même au pire. Si Trent avait ouvert son clapet après que David m'avait demandé de garder le secret, ça n'allait pas être beau à voir. Des rides apparurent au niveau de ses cernes sombres lorsqu'il plissa les yeux.

Il s'arrêta net devant moi, son regard marron foncé nous observant tous les deux. « Vous tombez bien tous les deux. »

Stupéfaite, je levai le menton pour regarder mon chef en face. « Ce n'est pas la peine de venir à la réunion, Ivy. »

J'en restai bouche bée. « Pardon ?

— Je t'ai demandé de te taire, déclara-t-il, tandis que son regard se durcissait. Tu ne m'as pas écouté. C'était tout ce que tu avais à faire, Ivy. Tu as échoué. »

J'avais la nuque en feu. Comme si entendre David me dire une chose pareille n'était pas assez merdique comme ça, il fallait en plus qu'on ait un spectateur, et que ce spectateur soit Ren. J'avais envie de me jeter par le balcon. Vu la chance que j'avais, j'atterrirais dans une flaque de pisse. Mais les reproches de David étaient injustes. « J'ai seulement dit ça parce que Trent...

— Je ne veux pas de tes excuses, m'interrompit-il avec colère. Je me fiche de ce qu'a raconté Trent. Tu sais très bien qu'il passe son temps à déblatérer des conneries. Tu n'aurais pas dû lui répondre. »

N'importe quoi ! Je m'apprêtais à riposter quand Ren intervint. « On dirait plutôt que le problème, c'est Trent, pas Ivy. »

Surprise, je lui lançai un coup d'œil. On ne pouvait pas dire que j'avais fait preuve d'une grande gentillesse à son égard depuis notre rencontre, alors je ne m'attendais pas à ce qu'il prenne ma défense.

« Et je t'ai demandé ton avis, peut-être ? » répliqua David en le fusillant du regard.

Ren le gratifia d'un demi-sourire à la fois suffisant et audacieux. « Tout ce que je dis, c'est que d'un point de vue extérieur, s'il en a parlé en premier, je ne vois pas en quoi c'est la faute d'Ivy. » Il venait de gagner des points.

« Je suis tout à fait d'accord, ajoutai-je.

— Vous savez quoi ? Il y a environ quarante-cinq agents dans cette pièce sans clim en train de jacter comme des vieilles femmes. La moitié d'entre eux pensent qu'Ivy a perdu la boule et l'autre est persuadée qu'un putain d'Ancien se balade en liberté. Et Trent n'aurait pas ouvert sa bouche avant la réunion si Ivy ne lui avait pas cassé les couilles. Littéralement. » J'écarquillai les yeux. Il plissa les siens davantage, jusqu'à ce que seule une mince fente marron soit visible. « Oui, je suis aussi au courant. Il voulait lancer une procédure de signalement contre toi. Tu as bien de la chance que je déteste la paperasse et que j'en aie déjà assez à remplir à cause de toi cette semaine.

— Oui, parce que je me suis fait tirer dessus par ce qui est sans doute un Ancien ! » Je pivotai vers Ren en baissant les bras. Nos regards se croisèrent. C'était le moment idéal pour lui de répéter ce qu'il m'avait raconté.

Rien.

J'attendis que Ren ressorte son discours de la veille lorsqu'il m'avait empêchée de suivre le Fae responsable de ma blessure. Je patientais toujours quand un éclat de rire retentit dans la pièce où étaient réunis tous les membres de l'Ordre.

Ça n'a sans doute rien à voir avec moi, pensai-je sans cesser d'attendre.

Ren resta silencieux.

Je dévisageai son profil encore trente secondes, puis inspirai d'un coup sec en comprenant. Un muscle se contractait dans sa mâchoire à mesure que le temps passait. Il n'allait pas prononcer un seul mot, rien qui puisse m'aider vraiment. Mes joues étaient désormais en feu. Pourquoi ? La colère m'envahit, ainsi qu'une autre émotion que j'aurais préféré ne pas ressentir. Son attitude m'avait *blessée*. C'était complètement idiot. Je n'avais aucune raison de faire confiance à un inconnu.

David se gratta le visage. « Par contre, toi, il va falloir que tu assistes à la réunion dès qu'on en aura fini avec cette foutue conversation. Les autres membres doivent savoir qui tu es si on veut éviter qu'ils te tuent par erreur. » Il se tourna une nouvelle fois vers moi avec une expression un peu plus douce. « Je sais que je t'ai retirée du planning pour le moment, mais personne d'autre n'est libre, donc tu serviras de guide à Ren jusqu'à mercredi. Tu ne chasseras pas. Si vous tombez sur un Fae, il s'en occupera tout seul. Contente-toi de le suivre pour t'assurer qu'il peut trouver son chemin. Vous commencez demain soir. »

Sûrement pas.

« Ça me va », acquiesça Ren.

Oh, non. Il en était hors de question.

Je reculai d'un pas, de peur de me transformer en un écureuil enragé. « Ça ne va pas être possible. »

Ren me lança un regard acéré.

« Tu n'as pas ton mot à dire, Ivy. Rentre-toi bien ça dans la tête avant d'ajouter quoi que ce soit », répondit David d'une voix calme. Je serrai les poings. « C'est bon, tu t'es fait une raison ? » demanda-t-il.

Oui, c'était clair et net. Il s'agissait d'une injonction. Autrement dit, refuser reviendrait à transgresser les règles de l'Ordre. Ça me vaudrait un signalement officiel. Au bout de trois, c'était l'expulsion. On vous retirait votre tatouage, ainsi que vos protections. Ils ne prenaient pas ça à la légère.

Holly et Adrian seraient tellement déçus de moi si ça m'arrivait. Shaun aussi. Aucun d'entre eux n'avait jamais désobéi à l'Ordre. Moi si, et ils en avaient payé de leur vie.

J'avais beau détester l'idée d'être associée à Ren, surtout maintenant qu'il m'avait laissé me jeter toute seule sous un bus avec ces histoires d'Anciens, je ne pouvais pas manquer de respect à la mémoire de ceux qui brûlaient en moi. Pourtant, ce serait le cas si je désobéissais. « Compris », dis-je d'une voix rauque.

David n'avait pas l'air ravi non plus. « Très bien. Retrouve-le ici à 17 heures demain. Tu peux partir, à présent. »

Après un court silence tendu, Ren expira doucement.

M'éloigner de David et Ren le dos droit et la tête haute fut l'une des choses les plus difficiles de ma vie, mais j'y parvins, sans jeter un seul regard en arrière. Rassemblant le soupçon de fierté qu'il me restait, je sortis de là avant que ces maigres fragments de contrôle se brisent aussi.

Une fois arrivée chez moi, j'ouvris la porte et déposai les nouveaux paquets Amazon sur la chaise. J'avais reçu deux textos sur le chemin. Je n'avais pas eu envie de les lire, mais en sortant mon portable de mon sac, je m'aperçus qu'ils venaient de Val.

VAL

Tu t'es fait tirer dessus par un Ancien ?
Pas un voyou ?

VAL

Appelle-moi, OK ? Ils racontent tous
des dingueries ici.

Il allait falloir que je lui téléphone, mais je ne m'en sentais pas la force. Je lui répondis.

IVY

On se parle demain.

VAL

Ça marche.

Avec un soupir, je fermai la porte d'un petit coup de coude. La télévision diffusait un des films *Twilight*, peut-être *Tentation*, avec le volume au moins dix décibels trop fort. Je ne vis Clo nulle part tandis que j'avançais sur le parquet pour récupérer la télécommande et baisser le son. Comme je la reposais sur le vieux coffre qui me servait de table basse, mon regard se posa sur le canapé. Je poussai alors une exclamation.

Une poupée troll à la chevelure vert vif se cachait à moitié derrière le coussin marron. Son visage couleur crème solaire était figé en un grand sourire. Et elle était nue.

C'était un petit jeu auquel Clo jouait parfois. Il laissait ses fichues poupées dans des endroits incongrus pour me foutre les jetons. Je la saisis avant de traverser le couloir en direction de la cuisine.

Il était assis en tailleur sur l'îlot devant mon ordinateur. Je poussai un soupir. Encore un mot de passe à changer. Il était si concentré sur l'écran qu'il ne m'entendit pas arriver derrière lui. Je me penchai pour souffler sur son dos nu.

Clo s'éleva dans les airs avec un cri en battant vigoureusement des ailes. Il fit volte-face, prêt à en découdre à en croire la position de ses bras. Malgré les évènements peu réjouissants de ma soirée, j'explosai de rire.

Clo plaqua ses mains sur son torse en prenant plusieurs inspirations profondes. « Je pense que je fais une crise cardiaque. Je le sens dans ma poitrine. C'est du sérieux. » Les paumes toujours sur le torse, il recula en vacillant. « Oh, non. Ça y est. Je vais mourir. »

Je lui lançai la poupée. « Arrête de laisser traîner ces trucs dans l'appartement. C'est flippant. »

Il l'attrapa, le poids lui faisant perdre un peu d'altitude. « Ce n'est pas ma faute. Je te l'ai déjà dit. Elles prennent vie quand je dors. Je n'y suis pour rien. »

Je levai les yeux au ciel avant de les poser sur l'écran. « Pourquoi tu as lancé *Twilight* dans le salon et *Harry Potter* sur mon ordinateur ?

— Je fais des recherches, répondit-il en atterrissant devant l'écran et en plaçant la poupée à côté de l'ordinateur. Des recherches importantes.

— Mouais. » Je m'approchai de la table pour retirer mon sac à dos.

Clo vola jusqu'à moi, puis plana à mes côtés. « Tu as passé une bonne journée, *ma chérie* ? »

J'esquissai un léger sourire en posant mon sac sur la chaise avant d'en ouvrir la fermeture Éclair. « Pas vraiment, non.

— Tu veux en parler avec le Dr. Clo ? demanda-t-il en penchant la tête d'un côté.

— Je croyais que tu n'aimais pas ce surnom.

— Merci de ne pas remettre en question mes incohérences. »

Je ris à nouveau. « Je n'ai pas très envie d'en discuter, dis-je en sortant la boîte de sucreries. Mais j'ai des pralines. »

À sa réaction, on aurait dit que je venais de lui offrir des Brownies nues prêtes à le servir. Il bourdonnait à travers la cuisine avec tant d'enthousiasme qu'il risquait de se prendre une fenêtre par accident. Lorsqu'il se calma enfin, on finit par regarder ensemble la fin de ce qui était en fait *Hésitation*, puis *L'Ordre du Phénix* pour ses recherches obscures dont il n'était pas encore prêt à divulguer les objectifs. Déconnecter un peu mon cerveau ne faisait pas de mal. Et puis, ça m'empêchait de ressasser ce qui s'était passé jusqu'à maintenant et ce qui m'attendait par la suite.

Je me mis sous les couvertures peu après 21 heures comme une vraie ratée, mais pas avant d'avoir avalé cinq pralines supplémentaires, ce que mon estomac n'apprécia pas tant que ça. Le sommeil m'échappait et, pour éviter de penser à ma vie catastrophique, je récupérai le roman abimé sur ma table de chevet, *Rule*. À 22 heures à peine passées, mes paupières étaient devenues trop lourdes. Je reposai le livre, éteignis la lumière, puis me tournai sur le côté. Je ne m'étais pas sentie m'endormir, mais lorsque je rouvris les yeux, la pièce était baignée d'une lueur douce.

Il fallut quelques secondes à mon cerveau pour se souvenir qu'il n'y avait que deux lumières dans ma chambre. Celle au plafond, qui était bien plus vive, et ma lampe de chevet, que j'avais éteinte.

Clo avait dû s'introduire ici pour me foutre la trouille avec une autre de ses blagues. Je tentai de m'allonger sur le dos, m'attendant à trouver une satanée poupée troll sur le second oreiller, mais ma hanche rencontra un obstacle chaud et dur.

Je restai immobile tandis que mon cœur faisait un bond dans ma poitrine.

Il y avait quelque chose derrière moi qui était bien trop grand pour être Clo. Soudain, la chose se décala, s'éloignant de mon corps. Mes réflexes reprirent le dessus et je me tournai en m'asseyant.

Une sensation de déjà-vu me frappa de plein fouet, sauf que cette fois, je n'étais pas dans une ruelle. Contre toute attente, mon regard se posa sur des yeux d'un vert printanier.

Bordel de merde.

Chapitre 5

Mon cerveau avait du mal à comprendre ce qu'il faisait dans mon appartement… dans ma *chambre*, assis sur mon lit, avec un sourire en coin révélant une de ses fossettes profondes.

Était-ce un rêve ?

Quand il inclina la tête d'un côté, plusieurs boucles brunes aux reflets roux tombèrent sur son front. « Ça t'arrive souvent ? De dévisager les gens sans rien dire ? »

Pas un rêve, donc.

Encore animée par l'adrénaline, je sortis mes jambes de sous les draps en tournant. J'étais plutôt le genre de fille à mettre une raclée d'abord et à poser des questions ensuite. Sans prêter attention à la douleur au niveau de mes points, je plantai les pieds dans le torse de Ren.

Il bascula vers l'arrière, mais retrouva son équilibre avant de tomber. Il se leva, se redressant de toute sa hauteur, tandis que je glissais hors du lit pour atterrir devant lui. Comment était-il entré ? Avait-il trouvé Clo ? Oh, mon Dieu, il ne lui avait quand même pas fait du mal ? L'inquiétude grandit en moi.

Sans lui laisser le temps de se ressaisir, je pivotai sur un pied afin de lui flanquer le second en plein ventre, ce qui fut douloureux d'après son grognement. Je bondis en avant, visant son visage… son très *beau* visage. Dommage que je sois obligée de le recouvrir de bleus et de sang.

À la vitesse de l'éclair, il attrapa mon poignet et se servit de mon élan pour me placer dos à lui. Ensuite, son bras s'enroula avec force juste en dessous de ma poitrine. « Doucement, Ivy, calme-toi. »

Hors de question que je me calme. J'envoyai mon coude libre en arrière pour l'enfoncer dans son ventre, sauf que je découvris combien ce ventre était rigide. Ses abdos accusèrent le coup, inébranlables. Je m'apprêtai à recommencer lorsqu'il fit quelque chose qui allait me taper sur les nerfs jusqu'à la fin de mes jours.

Il glissa une de ses jambes entre les miennes, puis enroula son pied autour de ma cheville. Un instant j'étais en train de me débattre et, le suivant, je chutais vers l'avant. « Merde », marmonnai-je.

Ren ne me lâcha pas. À la place, il retint mon poids pour contrôler où je tombais. En un clin d'œil, je me retrouvai allongée sur le ventre avec lui à califourchon sur mes hanches. Ses mains plaquaient mes poignets contre le matelas. Malgré le drap qui me rentrait dans la joue et ma position peu avantageuse, je remarquai que la porte de la chambre était ouverte.

La rapidité avec laquelle il m'avait immobilisée était humiliante. À ce stade, ma rage était bien plus forte que mes inquiétudes. « Libère-moi ou tu vas le regretter.

— Bon sang, ça va être comme ça à chaque fois qu'on se voit ?

— Tant que tu agiras de cette façon, oui ! »

Il s'approcha assez pour que son souffle danse sur ma joue. « Je n'essaye pas de te faire du mal.

— Tu es en train de m'écraser. » Je tentai de soulever les hanches, mais il resserra les genoux autour de moi pour m'en empêcher. « Je te préviens, si tu ne me libères pas, je…

— Tu as un sacré tempérament, dis donc. » Son petit rire eut le don de m'agacer encore davantage. « Écoute, ajouta-t-il, je ne suis pas venu pour me battre. Il faut qu'on parle.

— Tu as une drôle de façon de parler. » Je tentai d'agiter les bras, mais ne réussis qu'à rendre ma position plus inconfortable. « Comment tu m'as trouvée ?

— J'ai jeté un coup d'œil à ton dossier dans le bureau de David. »

Mes doigts se contractèrent autour du drap. « Il va te refaire le portrait.

— Non, j'en doute », ricana-t-il de nouveau.

Il était vraiment chanceux que je ne puisse pas l'attaquer pour l'instant. « Si tu as consulté mon dossier, tu as dû voir mon numéro de téléphone. Tu aurais pu, oh je ne sais pas, m'appeler comme une personne normale.

— J'ai essayé, répliqua-t-il. Tu n'as pas répondu. » Son souffle fit glisser quelques mèches sur ma tempe. Je n'avais pas été aussi proche d'un homme depuis… depuis Shaun. Et il fallait forcément que ça tombe sur le type qui s'était introduit dans mon appartement.

Pendant un moment, je ne me souvins plus d'où se trouvait mon téléphone, puis ça me revint en mémoire. Il était dans la cuisine, à côté de mon ordinateur. J'allais répondre quand Clo apparut soudain dans l'embrasure de la porte. *Mais qu'est-ce que… ?* Je n'en revenais pas, il tenait une poêle à peine assez grande pour y faire cuire un œuf au-dessus de la tête, comme une hache. J'étais surprise qu'il réussisse à la porter, mais Clo était costaud pour un petit gars. Il avait des tablettes de chocolat… enfin, des tablettes de Brownie. Le visage déformé par un cri de guerre silencieux, il commença à s'engager dans la chambre.

Les yeux écarquillés, je secouai la tête. J'appréciai sa détermination, mais ça allait mal finir s'il intervenait. Sa poêle minuscule ne ferait aucun dégât. Heureusement, Clo s'immobilisa, puis abaissa son arme. Un instant plus tard, il disparut à toute vitesse dans le couloir.

« C'est bon, tu es calme, maintenant ? » demanda Ren.

Oui, assez pour enfoncer un clou dans ses ravissants iris verts. « Donc tu avoues que c'était flippant de ta part de consulter mes informations *personnelles*, mais comment est-ce que tu t'es introduit chez moi ?

— J'ai seulement jeté un petit coup d'œil, ce n'est pas si flippant. » Ses mains se déplacèrent et je sursautai lorsque ses pouces se mirent à dessiner des cercles à l'intérieur de mes poignets. Bordel, s'il recommençait avec ces histoires, j'allais péter les plombs. « Mais pour te répondre, la porte-fenêtre du salon n'était pas verrouillée, donc techniquement, je ne suis pas entré par effraction. »

Ah bon ? Bordel. C'était sans doute la faute de Clo. « Peut-être, mais tu as quand même dû escalader un mur pour accéder au balcon.

— En réalité, j'ai grimpé sur les plantes. »

Waouh... il fallait le faire, mais je refusai d'admettre une once d'admiration. Surtout qu'il continuait de tracer des cercles lents avec ses doigts, ce qui provoquait en moi une sensation très troublante... sans doute parce que c'était un mec vraiment louche, rien d'autre. « Donc, tu as consulté des infos sur *moi*, escaladé *mon* mur, t'es introduit dans *mon* appartement, puis tu es venu dans *ma* chambre et tu t'es assis sur *mon* lit. Pour me regarder dormir ? Désolée, mais c'est tout à fait flippant.

— Moi qui pensais que les femmes aimaient être observées par des inconnus. Dire que j'avais tort tout ce temps. »

Clo réapparut dans l'entrée, ses ailes battant à toute vitesse. Cette fois, il tenait entre ses mains un... lance-pierre ? Oh, doux Jésus, faites quelque chose. Où se l'était-il procuré ?

Sur Amazon ? Ça n'avait pas d'importance. Le Brownie avait pris le temps de se peindre le visage. Une moitié en rouge, l'autre en bleue. Il semblait tout droit sorti de *Braveheart*. J'articulai un « non » silencieux à son attention.

Il leva une main en l'air et je crus apercevoir un doigt d'honneur.

« Tu parles à quelqu'un ? » Ren relâcha un peu sa prise pour se tourner vers la porte. Mon cœur s'arrêta de battre, mais Clo s'éclipsa avant qu'il puisse le repérer.

« Non », répondis-je.

Ren marqua une pause. « Bizarre… »

Ses jambes se décontractèrent autour de mes hanches et ses mains en firent de même sur mes poignets. Je profitai de cet instant d'inattention pour libérer mes bras et me retourner sous son corps. Ren lâcha un juron. Je m'assis avec une grimace causée par le tiraillement de ma blessure qui envoya une décharge douloureuse dans mon ventre. J'attrapai Ren par les épaules, puis le repoussai sur le dos pour m'installer à cheval sur lui en cherchant le pieu en fer que je gardais toujours sous mon oreiller.

Avant qu'il ne puisse bouger, je plaçai la pointe très aiguisée de mon arme contre sa gorge, au niveau d'une artère vitale. « On échange les rôles, enfoiré. »

Ren laissa tomber ses bras sur le matelas en m'observant à travers ses cils incroyablement épais. « C'était sexy. » Je plissai les yeux. « Tu es vraiment Mérida.

— C'est qui, cette foutue Mérida ? »

Un nouveau sourire en coin apparut sur ses lèvres. « C'est la fille dans le film *Rebelle* avec…

— Avec les cheveux frisés. Pigé, merci. Je vais sérieusement te planter.

— Elle n'a pas les cheveux frisés, rétorqua-t-il. Et puis, elle est canon. »

Je le dévisageai. « Tu trouves un personnage Disney canon ?

— Excuse-moi, tu as vu leurs personnages ?

— Elle n'est pas canon. C'est la moins canon de tout l'univers Disney. » Je n'avais pas regardé le film, mais j'avais vu passer quelques extraits. Elle n'avait même pas de poitrine. Pourquoi ne pouvais-je pas plutôt lui faire penser à Ariel ?

Cela dit, il fallait être un peu idiote pour renoncer à sa voix pour un mec.

Il haussa les sourcils. « Elle sait se battre, ce qui la rend canon. »

Je resserrai mes doigts autour du pieu. Bon, d'accord, Mérida avait la classe et c'était toujours mieux que de ressembler à Belle, avec son syndrome de Stockholm. Tout compte fait, j'étais étrangement flattée. « Cette conversation a pris une tournure bizarre.

— Ouais », répondit-il d'une voix traînante. Je me tendis lorsqu'il bougea les bras, mais il ne m'attrapa pas. À la place, il souleva la tête, pressant la partie vulnérable de son cou contre le pieu, puis croisa les mains derrière le crâne. « C'est bien vrai. »

Agacée par son absence de peur, je lui lançai un regard noir. « Ça va, tu es à l'aise ? »

Il se fendit d'un grand sourire espiègle. « Très.

— Arrête de m'appeler Mérida. » À l'aide de mon autre paume, je pris appui sur le centre de son torse, ce que je regrettai aussitôt. Bon sang ce qu'il était ferme. Est-ce qu'il avait des pectoraux ? Oh oui, ça ne faisait aucun doute. Mon regard se posa un instant sur son bras droit où se trouvait son magnifique tatouage, avant de remonter vers le sien.

Il avait l'air de considérer ma requête. « Puisque tu me l'as demandé si gentiment, j'arrêterai, mais toi, tu peux m'appeler comme tu veux.

— Tu es en train de me draguer, là ? lançai-je incrédule en secouant la tête. Tu es sérieux ?

— Plus sérieux tu meurs. »

J'ignorai son commentaire. « Alors que j'ai un pieu contre ta gorge ?

— Tu es aussi assise sur moi et, trésor, si tu reculais de quelques centimètres, les choses pourraient devenir très gênantes. » Bordel de merde. « Ou divertissantes, ajouta-t-il en souriant comme si cette conversation l'enchantait. Je t'ai dit que je trouvais ce retournement de situation sexy, mais je doute que tu sois partante pour le reste. »

La sensation troublante refit surface. Ça ne me plaisait pas du tout. Qu'est-ce que j'étais censée en faire ? Je décidai de l'ignorer, tout comme sa remarque. Il était temps de remettre cette conversation sur les rails et de se concentrer sur les choses importantes. « Pourquoi es-tu là, Ren ?

— Je te l'ai déjà dit. Il fallait que je te parle et ça ne pouvait vraiment pas attendre. » Il passa sa langue sur sa lèvre inférieure, ce qui accapara mon attention l'espace d'une seconde. « J'aurais peut-être mieux fait de patienter. De toute évidence, ma petite visite à l'improviste ne t'a pas plu, alors je vais être sage et rester allongé là. » Vu l'éclat dans ses iris verts, je doutais qu'il sache être sage. « Je sais que tu es en colère contre moi, ajouta-t-il tandis que je fronçais les sourcils. Pas seulement car j'ai pénétré chez toi, mais pour ce qui s'est passé tout à l'heure. »

J'attrapai le col de son t-shirt noir de ma main libre. Dire que j'étais en colère était un euphémisme. « Je sais ce que j'ai vu mercredi soir.

— Je n'ai jamais dit le contraire.

— Tu étais tout bavard jeudi, mais tu n'as pas ouvert la bouche devant David. Tu m'as fait passer pour une idiote.

— Je n'ai rien fait de tel non plus. En revanche, je me souviens très bien t'avoir prévenue que David ne croirait pas en la présence d'Anciens dans le coin.

— Tu ne m'as pas du tout soutenue hier soir. »

Il inclina la tête sur le côté, tout à fait indifférent à l'arme que je tenais contre sa gorge. « Pourquoi aurais-je dû le faire ? »

Mince alors. Décontenancée par sa franchise, je relâchai un peu son col. « Ouah. » Les mots me manquaient. « Tu es un sacré personnage », lâchai-je finalement.

Étonné, il cligna des paupières avec ses cils de malheur, puis son sourire suffisant s'effaça enfin. « Tu ne comprends pas.

— Bien sûr que non. Peu importe si presque tous les membres de l'Ordre pensent que j'en fais des tonnes ou que j'ai tout inventé, voire pire. Ils doivent se dire que j'ai perdu les pédales. » À peine les mots avaient-ils quitté ma bouche que la vérité sur mes attentes me frappa de plein fouet.

Je savais pourquoi j'avais espéré que Ren prenne ma défense plus tôt dans la soirée… Parce que c'était ce que Shaun aurait fait. Il était toujours là pour moi, quel que fût le pétrin dans lequel je m'étais fourrée. En conclure que Ren agirait de la même manière était le summum de l'absurdité. J'avais connu Shaun toute ma vie alors que Ren en faisait partie depuis seulement quelques heures. Pourquoi avais-je pensé qu'un inconnu se comporterait comme Shaun ? Quelque chose en moi ne tournait pas rond. « Peu importe, dis-je enfin. Tu n'avais aucune obligation d'intervenir. J'ai perdu mon sang-froid avec Trent et j'ai trop parlé. C'était ma faute.

— Mais tu as dit que Trent était déjà au courant, contesta-t-il. Tu ne trouves pas ça étrange ? »

Je secouai la tête. « Non, Harris a la langue encore plus pendue que Trent et moi réunis. » Ren ne répondit pas.

« Comment est-ce que, *toi*, tu savais que Trent était au courant ? » demandai-je après un moment de silence.

Ses yeux croisèrent les miens. « Tu l'as mentionné l'autre soir après que je t'ai sauvée d'une mort certaine. »

Ah bon ? Je fouillai dans ma mémoire, mais je n'en avais aucun souvenir. Méfiante, je lui adressai un nouveau regard. « Pourquoi devrais-je te faire confiance ?

— Je n'ai aucune bonne raison à te donner, Ivy. Mais tu sais quoi ? Je ne t'ai jamais demandé de me faire confiance. »

C'était déjà ce qu'il m'avait dit la veille au soir.

Puis, il bougea.

Il attrapa mon poignet pour écarter le pieu de sa gorge avant de me remettre sur le dos. Ensuite, il lança mon arme sur le lit à côté de moi et s'éloigna, ne s'arrêtant qu'une fois devant ma commode.

Je me redressai en récupérant le pieu sur le matelas. Le souffle haletant, je me plaçai de façon à ce qu'il tourne le dos à la porte au cas où Clo tentait une nouvelle mission de sauvetage.

Ren ouvrit la bouche, mais baissa le regard avant de refermer la mâchoire. Ma vie sentimentale était peut-être inexistante, mais je n'étais pas pour autant aveugle. Ses grands yeux vert forêt me reluquaient avec lenteur. Je me rendis alors compte que j'étais encore en pyjama. Mon short et mon débardeur étaient tous les deux très fins, surtout mon haut. Pas la peine de vérifier pour savoir qu'il pouvait distinguer quelles parties de mon corps trouvaient l'air frais.

J'eus aussitôt envie de croiser les bras par-dessus ma poitrine, mais je refusais d'admettre que son regard flagrant me dérangeait. La chaleur me monta au visage. Je tremblais presque tant il m'était difficile de me retenir de cacher mes seins. « Tu as vu quelque chose qui te plaît ?

— Oh oui, répondit-il d'une voix grave qui éveilla un frisson sur ma peau. Ton copain est un sacré chanceux.

— Mon copain est mort », répliquai-je avant de pouvoir m'en empêcher.

Le regard de Ren se posa sur le mien. Il resta silencieux un instant et je sentis mes joues brûler de plus belle. « Je suis sincèrement désolé de l'entendre. » Je pinçai les lèvres. « Il faisait partie de l'Ordre ? » demanda-t-il à voix basse.

Je me surpris à acquiescer.

Il ouvrit la bouche avec lenteur. « Est-ce que c'est récent ? »

Je secouai la tête. Pourquoi lui répondais-je uniquement par des mouvements ? Val était la seule personne avec qui je parlais vraiment de Shaun. Ma langue retrouva ses fonctions. « Ça s'est passé il y a trois ans. »

Une expression traversa son visage, mais elle disparut avant que j'aie pu l'identifier. « Tu as 21 ans, c'est ça ?

— C'était un long coup d'œil que tu as jeté à mon dossier. »

Il ignora ma remarque. « Tu vas avoir 22 ans en décembre si je me souviens bien. »

J'abaissai un tout petit peu le pieu. « Ouah. OK. Et toi, tu as quel âge ?

— 24 ans. Mon anniversaire vient de passer, mais j'accepte les cadeaux en retard, plaisanta-t-il, même si son sourire n'atteignit pas ses yeux. C'était ton premier amour, alors. »

Je clignai des paupières en reculant comme si j'avais été frappée en pleine poitrine. Il n'avait pas présenté ça comme une question, mais un fait. Est-ce que c'était écrit sur mon front… ou mes seins ?

Une nouvelle vague de colère me submergea. « Ça ne te regarde pas et je doute que tu sois venu pour parler de ça.

— Tu as raison. » Il leva une main, ce qui me crispa, mais il se contenta de passer ses doigts dans ses nombreuses boucles. « Je suis là parce que, comme je te l'ai dit hier, je sais qu'il y a des Anciens à La Nouvelle-Orléans. Je suis ici pour les chasser. »

Je m'étais attendue à plein de réponses possibles, mais celle-ci ne m'avait même pas traversé l'esprit.

Ren sourit à nouveau, avec sincérité cette fois. « Vu la tête que tu tires, j'en conclus que tu ne me crois pas. Ce n'est pas grave. Mais la suite risque de te surprendre encore plus. » Je me préparai au pire. « De nombreuses personnes préféreraient tuer que de révéler le secret que je m'apprête à te confier. La seule raison pour laquelle je t'en parle, c'est parce qu'on est un peu coincés ensemble pour les prochains jours et que je ne peux pas me permettre de perdre du temps pour te garder dans l'ignorance. J'ai un travail à accomplir. » Il m'adressa un sourire espiègle et presque charmeur. « Et puis, tout le monde te prend déjà pour une folle, ce qui m'arrange. Même si tu répètes ce que je vais te dire dans un instant, personne ne te croira. Ça n'aurait pas pu mieux tomber ! »

Je plissai les yeux. « Génial, merci beaucoup.

— Avec plaisir, répondit-il gaiement. Je fais partie de l'Élite, une organisation au sein de l'Ordre. En dehors de ses membres, personne n'en connaît l'existence. On est un peu des agents super secrets. »

Je secouai lentement la tête, perplexe. « Tu... Je n'en ai jamais entendu parler.

— C'est normal. Ni toi ni ton brave chef David. » Lorsqu'il leva les bras en l'air pour s'étirer, son t-shirt remonta, dévoilant au passage un aperçu alléchant de son bas-ventre. Je me rinçai l'œil sur les muscles proches de ses hanches, ceux qui formaient un V juste au-dessus de son pantalon taille basse. Puis, il baissa les bras. « Bon, je meurs de faim. Tu as déjà mangé ? »

Bon sang, il changeait de sujet aussi souvent que Clo. C'était déroutant. « Je n'ai rien avalé depuis cet après-midi. »

Si on ne comptait pas les pralines. Ce n'était pas de la vraie nourriture.

« Je suis passé devant un restaurant pas loin d'ici qui avait l'air sympa, on pourrait y aller. Ne te sens pas obligée de te changer, j'aime bien ta tenue. » Il fit un pas mesuré vers moi comme s'il craignait que je lui jette le pieu dessus. « Si tu viens manger un bout avec moi, je te dirai tout ce que je sais, Ivy. J'en sais beaucoup. Et tu pourras me raconter en détail ce qui t'est arrivé mercredi soir. »

Une partie de moi savait que j'aurais dû refuser et le mettre à la porte, peut-être même appeler David et faire remonter toutes les paroles de Ren, mais... il avait raison. Après aujourd'hui, j'avais du mal à imaginer David contacter les autres branches s'il ne me croyait pas réellement. J'étais sûre de ce que j'avais vu mercredi soir. Je n'étais pas folle et ma réaction n'était pas exagérée. Le Fae avait fait des choses dont seuls les Anciens étaient capables. S'il y avait une toute petite chance que Ren ne soit pas un cinglé, et qu'il dise la vérité, il fallait que je le sache.

Je fis sauter le pieu dans ma main.

« Allons-y. »

Chapitre 6

Je me méfiais toujours de Ren, mais sortir manger ensemble était moins dangereux que rester chez moi. Le tintement des casseroles et de la préparation d'un repas était un appel auquel Clo ne pouvait pas résister. Il risquerait de révéler sa présence, ce qui serait une mauvaise idée. Alors, j'abandonnai Ren dans ma chambre le temps d'enfiler un jean, un soutien-gorge sous mon débardeur et un t-shirt à manches trois-quarts par-dessus.

J'aperçus rapidement mon reflet dans le miroir. Enfin, mes cheveux. Ils partaient dans tous les sens, et je ne fis aucune tentative pour les contrôler. Qu'ils volent ! Ça n'avait pas d'importance.

Je récupérai un nouveau pieu en fer sur ma commode, puis le plaçai dans ma botte. Je n'allais pas chasser, mais je ne voulais pas être prise au dépourvu.

Au moment de sortir, je remarquai Clo à moitié caché derrière le canapé. La peinture de guerre sur son visage lui donnait des airs de lutin détraqué. Je dus faire preuve de toute la retenue dont j'étais capable pour réprimer mon rire. Pendant que Ren sortait de l'appartement, j'adressai deux pouces levés à Clo, ce à quoi il répondit avec un geste déplacé. De toute évidence, ma virée avec Ren ne l'enchantait pas.

La température avait baissé et, malgré l'heure tardive, il ne restait plus que quelques tables dans le petit *diner* dont avait parlé Ren. La nourriture avait une odeur alléchante… contrairement à de nombreux autres établissements où elle sentait la fosse septique. D'ailleurs elle était savoureuse. Je le savais, car j'avais déjà mangé ici plusieurs fois. En tant que nouvel arrivant, Ren était chanceux de tomber sur un lieu où il n'attraperait sans doute pas la listériose.

Une fois qu'on fut assis dans un box près de la porte, une serveuse d'apparence épuisée prit notre commande : un café pour Ren et un Coca pour moi. « Je vous laisse un moment pour faire votre choix », ajouta-t-elle en désignant du menton les cartes tachées de gras sur la table autrement propre, avant de s'éloigner pour s'occuper de clients voisins.

Ren se pencha sur le menu en tirant vers lui la boîte blanche contenant les paquets de sucre qu'il sortit un à un. « Génial, ils font des petits-déjeuners. » Il ouvrit un sachet, puis le versa dans son café. « Je mangerais bien du gruau de maïs. Et toi ?

— Oui, un petit-déjeuner me tente bien, répondis-je en l'observant vider une seconde dose de sucre dans sa boisson. Pourquoi pas des petits pains et de la sauce à la viande. Et du bacon.

— Extra croustillant, compléta-t-il en ajoutant un troisième paquet de sucre. Le bacon n'a pas le même goût ici que dans le Colorado. Ça peut paraître idiot, mais c'est vrai.

— Non, tu as raison. Ils doivent le cuisiner différemment dans le coin. »

Il leva les yeux vers moi. Malgré l'horrible lumière fluorescente, sa peau était toujours aussi dorée, comme brunie par le soleil. Je n'imaginais même pas à quoi je ressemblais ou la couleur de ma chevelure sous cet éclairage.

« Donc, tu ne viens pas d'ici ? » demanda-t-il.

Je secouai la tête en jouant avec les rebords de la carte alors qu'il attaquait son quatrième paquet de sucre. « Je suis originaire de Virginie.

— Tu es née là-bas ?

— Oui. Et toi, tu as grandi dans le Colorado ?

— Tout proche de Denver », précisa-t-il en versant un cinquième sachet.

Je m'adossai à la banquette, un sourcil arqué tandis qu'il s'emparait d'un sixième. « Tu veux un peu plus de café avec ton sucre ?

— J'aime bien les choses sucrées, répondit-il avec un sourire rapide.

— Sans blague », murmurai-je. La serveuse vint prendre notre commande, puis s'en alla plus vite que si le diable était à ses trousses. « Bon, tu comptes me parler de l'Élite ?

— Il me faut juste ma première gorgée de café avant. » Il leva sa tasse pour en avaler une grande. Les muscles de mes membres inférieurs se contractèrent face au son qu'il émit ensuite, si grave et guttural que la chaleur me monta aux joues. « Ah, ça va beaucoup mieux, dit-il en m'adressant un clin d'œil.

— Tu es... » Je secouai la tête. Je n'avais pas les mots. À voix basse pour éviter d'être entendue, j'ajoutai : « Parle-moi de l'Élite. »

Il but une nouvelle gorgée, mais n'eut pas l'air d'avoir un orgasme cette fois, heureusement. « L'Élite existe depuis la création de l'Ordre. Ses membres ont assumé plusieurs rôles au cours de l'Histoire. Les Templiers, ça te dit quelque chose ? Ils en étaient issus.

— Tu rigoles ?

— En général, quand je plaisante, je suis plus drôle que ça. Mais revenons-en au sujet principal. L'Élite est active depuis très longtemps et, comme l'Ordre, c'est un héritage de génération en génération, une affaire de famille. »

Je jetai un coup d'œil à la porte quand deux étudiantes entrèrent en titubant. On aurait dit que La Nouvelle-Orléans les avait dévorées, puis recrachées. « D'accord, admettons que je te croie. L'Élite chasse les Anciens ?

— On se charge des Faes, comme tout le monde, mais on est aussi formés à affronter les Anciens », expliqua-t-il en prenant sa tasse entre ses deux mains. Il avait de beaux doigts, longs et élégants. Je l'aurais bien vu faire de la guitare... Non, mais pourquoi je pensais à ça ? « Est-ce que tu as réussi à l'avoir avec un pieu ? » demanda-t-il tout bas.

À ce souvenir, mon estomac se noua. « Oui, mais ça ne lui a rien fait. Il l'a retiré de son corps et l'a jeté. Je l'ai raconté à David, mais il...

— Il t'a répondu qu'il allait contacter les autres branches, pas vrai ? Je ne suis pas là pour dire du mal de lui. Il a l'air d'être quelqu'un de bien, mais presque aucun agent de l'Ordre n'est au courant de la présence des Anciens. Il doit penser que tu l'as loupé.

— Mais si des gens, comme toi, savent qu'ils sont bien là, pourquoi tout le monde n'en est pas informé ? L'ignorance est dangereuse. La preuve, dis-je en me désignant. On doit connaître notre adversaire si on ne veut pas être désavantagés. » Et puis, c'était aussi pour ça que les autres membres me prenaient pour une folle.

« Je comprends ton point de vue, répliqua-t-il en se penchant vers moi, mais les Anciens sont rares, Ivy. Le fait que tu en croises un était déjà hautement improbable. Ils restent à l'écart de l'Ordre, cachés et entourés des leurs. Quand je dis qu'on les chasse, ce n'est pas un euphémisme. Inutile de causer la panique alors que le risque de tomber nez à nez avec l'un d'entre eux est presque inexistant. »

Je n'étais pas d'accord avec lui. J'étais la preuve que ça pouvait arriver, mais je ne comptais pas passer la nuit à essayer de l'en convaincre. « Comment peut-on les tuer ?

— Le fer ne fonctionne pas.

— Pardon ? m'exclamai-je, bouche bée.

— Le fer ne fonctionne pas », répéta-t-il avant de reculer pour permettre à la serveuse de poser nos plats. La sauce fumait dans mon assiette, mais malgré l'odeur tout à fait alléchante, mon appétit venait de prendre un sacré coup. Ren saisit les derniers sachets de sucre pour les verser sur la pile de gruau granuleux. « Il n'existe aucun moyen de les renvoyer dans l'Autre Monde. La seule chose à faire, c'est de les tuer et il n'y a qu'une arme capable de le faire. Pour eux, un pieu fabriqué à partir d'un arbre épineux originaire de l'Autre Monde est l'équivalent d'une balle dans la tête.

— Un arbre qui pousse… dans l'Autre Monde ? »

Il acquiesça en se préparant une bouchée de gruau. « C'est ça. Comme tu peux t'en douter, s'en procurer n'est pas de tout repos. Il existe peu d'armes utiles contre les Anciens, mais les pieux d'épine fonctionnent de la même façon que ceux en fer. Mais, comme tu le sais, les Anciens sont bien plus dangereux et expérimentés. »

Je pris un morceau de bacon. « Ils peuvent faire apparaître des objets, dis-je.

— Oui. Il leur suffit d'avoir touché une chose une fois pour la recréer à leur guise. Ils sont aussi capables d'envahir les rêves et de déplacer les objets comme les Faes ordinaires. Ils sont puissants, Ivy. Tu as eu une chance incroyable de t'en sortir avec une simple blessure superficielle. »

Je n'avais pas besoin de lui pour le savoir. Affronter un Ancien, un Fae ou même un humain avec un pistolet finissait rarement bien, qu'on assure ou non. « Et tu as une de ces armes ?

— Bien sûr. » Il avait beau manger proprement, sans hâte, il avait presque terminé son plat alors que je n'avais avalé que deux morceaux de bacon. « Avant que tu ne poses la question, j'ai déjà tué des Anciens, quatre au total, et non, ça n'a pas été simple. Mes cicatrices en sont la preuve. Et oui, si tu me le demandes gentiment, je pourrais accepter de te les montrer plus tard, ajouta-t-il en m'observant à travers ses cils épais. Tu ne manges pas ? Ça va refroidir. »

Je jetai un regard à mon assiette, puis ramassai ma fourchette sans conviction. « À ton avis, pourquoi cet Ancien est-il là ?

— Il l'a toujours été. C'est ça qu'il faut comprendre. Ils ne sont pas nombreux, mais il y en avait encore plusieurs dans ce monde lorsque les portails ont été scellés. La vraie question c'est : pourquoi est-ce qu'il a interagi avec toi ? Comme je l'ai dit plus tôt, les Anciens sont des sortes de... parrains de la mafia. Redoutables, mais ils ne s'impliquent qu'en cas de nécessité absolue. Il y a forcément une raison pour laquelle celui-ci se promenait en pleine rue et a décidé de te chasser, toi. »

La délicieuse sauce prit soudain un goût de sciure dans ma bouche. « Me chasser ?

— C'est la seule explication. Aucun membre de l'Élite - aucun, Ivy - n'a jamais entendu parler d'un Ancien cherchant à entrer en contact avec un agent de l'Ordre. Merde, même les Faes ne s'en prennent jamais à nous en premier, pas vrai ? » Si, ça arrivait parfois. C'était rare, mais j'en avais été témoin... trois ans plus tôt. « C'est du sérieux, ajouta-t-il en repoussant son bol vide pour entamer son assiette de bacon. Donc la question est pourquoi ? »

Il me restait encore la moitié de mon petit pain, mais j'avais perdu l'appétit. Les paroles de Ren résonnaient dans mon esprit. Rien ne prouvait qu'il disait la vérité, ou qu'il n'était pas complètement cinglé, mais j'étais certaine de ce que j'avais vu. Ce Fae n'était pas comme les autres. Même David avait trouvé que sa prouesse ressemblait aux talents des Anciens. En mon for intérieur, je savais que Ren ne mentait pas. C'était le même instinct qui m'avait dit que Clo était inoffensif.

Il m'avait aussi prévenue de ne pas rejoindre Shaun cette fameuse nuit, mais je ne l'avais pas écouté.

Une idée me traversa l'esprit. « Peut-être qu'il ne me chassait pas moi en particulier, mais n'importe quel membre de l'Ordre. On en a perdu trois depuis le mois de mai. Les morts ne sont pas si rares, mais ces agents étaient vraiment doués.

— Si c'est le cas, on doit comprendre pourquoi.

— Et c'est pour cette raison qu'on t'a envoyé ici ? Parce qu'il y a un Ancien à La Nouvelle-Orléans ? » demandai-je après que la serveuse eut rempli nos verres de nouveau.

Ren m'observa un instant. « En analysant le mouvement des Faes, on a découvert qu'au moins une centaine d'entre eux ont quitté l'Ouest pour s'installer à La Nouvelle-Orléans ou dans des villes environnantes. Mais j'imagine que vous n'avez pas remarqué. »

J'y réfléchis un moment en secouant la tête. « Ils sont toujours nombreux ici, donc ce n'est pas facile de s'en rendre compte.

— Ces Faes font profil bas. Ils manigancent quelque chose. » Il s'interrompit, puis inclina le visage d'un côté. « Et on sait qu'il y a un portail pour l'Autre Monde à La Nouvelle-Orléans. »

Je me penchai vers lui en agrippant les rebords de la table. « Comment ? Très peu de gens connaissent leur emplacement et savent qui les surveille. »

Une expression blasée se peignit sur le beau visage de Ren. « Je fais partie de l'Élite. On sait quelles villes abritent des entrées, mais nous ne connaissons pas leur localisation exacte ni l'identité de leurs gardiens. »

Seuls les gardiens savaient où se trouvaient les entrées. Peut-être aussi les chefs de branches. C'était une mesure de sécurité que l'Ordre avait mise en place après avoir compris que les Faes ne connaissaient que l'emplacement du portail par lequel ils étaient arrivés. Il y avait plusieurs décennies de ça, un membre de l'Ordre s'était fait surprendre sans protection et torturer jusqu'à ce qu'il révèle où se situait un des passages. Les portes étaient closes, mais elles pouvaient être rouvertes et, dans ce cas, ce serait un sacré bordel.

« Tu ne serais pas gardienne, par hasard ? demanda-t-il. Parce que ça me faciliterait vraiment la tâche. J'ai comme l'impression que c'est ça que les Anciens recherchent, une entrée. »

Un ricanement m'échappa. On aurait dit un porcelet. « Euh, non. Et je n'ai aucune idée de l'endroit où elle se trouve. »

Un éclat de rire attira mon attention vers la table des deux étudiantes. Elles étaient toutes rouges et l'une d'entre elles s'esclaffait si fort qu'elle semblait à deux doigts de se faire pipi dessus. Deux types s'étaient joints à elles. L'un d'eux avait posé son bras sur le dossier de la banquette rouge, derrière la fille hilare.

« Tu ne te demandes jamais comment c'est d'être comme eux ? » demanda Ren.

Je me retournai aussitôt vers lui. Sa question ricocha en moi. Mes mains glissèrent de la table tandis que je m'adossais au siège, comme si je tentais de mettre le plus d'espace entre cette question et moi. « Non. »

Avec un regard vers le groupe joyeux, Ren releva les avant-bras, puis se pencha vers moi comme s'il s'apprêtait à me livrer son plus grand secret. « Moi si, parfois. Je ne peux pas m'en empêcher. Ces quatre-là, ils n'ont aucune idée des choses qu'on a vues ou dû faire. Ils ont de la chance. On n'a jamais eu l'occasion d'être comme eux. On est nés là-dedans.

— Mais… mais notre travail est si important. Ce qu'on fait a un impact sur le monde… » Je m'interrompis. On aurait dit une vidéo de recrutement.

« Je n'ai pas dit le contraire. Pourtant, ça ne change pas le fait qu'ils vont sans doute vivre une longue vie heureuse, répondit-il en me regardant dans les yeux. La plupart d'entre nous n'auront probablement pas cette chance. »

Je préférais ne pas m'attarder trop longtemps sur cette triste vérité. « Donc, tu es là pour trouver le portail ?

— Et comprendre ce que fabriquent les Faes. » Il tapota la table de ses paumes. « Tu sais ce qui arrive à grands pas ? »

Bien sûr que oui. « L'équinoxe d'automne.

— Les passages sont immanquablement affaiblis pendant l'équinoxe et le solstice, dit-il, expliquant ce que je savais déjà. Si ça se trouve, ça fait partie de leur plan.

— Ça ne peut pas être la première fois qu'ils manigancent quelque chose, fis-je remarquer.

— Non. On les a toujours arrêtés à temps, c'est tout. »

Je le dévisageai d'un air ahuri, perturbée par ses paroles. Et moi qui me pensais plus au courant que les autres parce que j'appartenais à une organisation secrète… Apparemment, je ne savais pas tout.

« Tu me crois, maintenant ? » demanda-t-il en tendant une main vers mon assiette de bacon.

Avec agilité, j'attrapai son poignet avant qu'il puisse l'atteindre. « Je te crois *peut-être,* mais ça ne veut pas dire que tu peux voler mon bacon. »

Ses lèvres charnues se fendirent en un sourire. Quand nos regards se croisèrent, mon estomac se retourna sur lui-même. Il serait tellement simple de me laisser happer par les profondeurs de ses magnifiques yeux verts ou séduire par le charme qu'il semblait porter comme une seconde peau. Son sourire s'élargit, révélant ses fossettes. La sensation dans mon ventre se transforma en quelque chose de plus complexe et féroce.

Je relâchai sa main, saisis un morceau de bacon, puis le fourrai dans ma bouche. Je n'avais pas besoin d'un type à tomber à la renverse dans ma vie.

Ren recula avec un éclat dans le regard tandis qu'il m'observait. « Quand tu auras fini de manger, j'ai quelque chose à te montrer. Il faut que tu voies ça. »

Aussitôt je me mis à penser à ses abdos, que j'aimerais bien découvrir un peu plus. Mais je coupai court à cette pensée. Je n'avais pas besoin de ça. Pas du tout. Non, non.

Je mis un autre morceau de bacon dans ma bouche.

Aux alentours de 1 heure du matin, la fête débutait à peine en ville. Nous n'étions pas dans le quartier français, mais même près de celui des affaires, les rues grouillaient de monde et les gens qui s'arrêtaient sans prévenir sur le trottoir mettaient déjà ma patience à rude épreuve.

Ce qu'il voulait me montrer se trouvait dans le Warehouse District. En marchant à ses côtés, je ne pus m'empêcher de remarquer combien Ren attirait l'attention des passants. Des femmes de tous âges le reluquaient. Beaucoup d'hommes aussi. Il avait un visage angélique, mais son sourire espiègle était une autre histoire. Je commençais à détester ce sourire parce que… eh bien, pour plusieurs raisons.

Par ici, les édifices étaient plus impressionnants et se mariaient très bien avec les bâtiments plus traditionnels. Les bars et boîtes de nuit étaient différents de ceux du quartier français ; les habitants semblaient préférer ce coin aux excentricités de Bourbon Street.

« Donc… tu veux me montrer quoi, au juste ? demandai-je, un peu fatiguée. La circulation est aussi mauvaise qu'en pleine journée, ici. »

Ren gloussa. « Tu devrais voir Denver. »

J'allais répondre quand il m'attrapa soudain par la main pour m'attirer vers lui. Aussitôt, je plantai mes pieds dans le sol, mais sa force était remarquable. En une fraction de seconde, il nous entraîna jusqu'à la devanture en brique d'un hôtel, mon dos plaqué contre l'avant de son corps. Il enroula un bras autour de mon ventre comme il l'avait fait dans ma chambre.

Tous mes sens s'enflammèrent sous l'effet des émotions contradictoires surgissant en moi. Son corps tout entier était solide tel un roc et il sentait le propre, comme les forêts en Virginie. « Lâche-moi, sinon je te préviens, je vais…

— Toujours à proférer des menaces. » Il pencha son visage jusqu'à ce que sa joue frôle presque la mienne. Il désigna quelque chose de sa main libre. « Regarde cette voiture. »

Le cœur battant la chamade, je suivis des yeux la direction indiquée par son doigt. Une berline de luxe noire aux vitres teintées ralentit, puis s'arrêta au bord du trottoir. Quelques secondes plus tard, un voiturier émergea de sous l'auvent pour avancer à grandes enjambées jusqu'à la portière arrière. « Il y a intérêt à ce que ce soit Theo James ou Jensen Ackles qui en sorte, marmonnai-je.

— Tu risques d'être déçue, ricana Ren.

— Pas étonnant. » Après tout ce temps à La Nouvelle-Orléans, je n'avais pas vu une seule célébrité. On aurait dit que je portais un répulsif contre les personnes connues. « Et pourquoi tu es toujours collé à moi, bon sang ?

— J'aime bien te sentir contre moi.

— Beurk. » Je levai les yeux au ciel, mais une partie de moi, toute petite, appréciait aussi cette sensation.

Lorsque le voiturier ouvrit la portière, un homme grand vêtu d'un costume qui devait coûter autant que mon loyer sortit du véhicule. Il avait des cheveux châtain clair et un visage qui aurait pu être parfait sans ses iris bleu pâle et froids.

Mon pouls s'accéléra.

Sa peau était mate et ses pommettes hautes et anguleuses. L'air autour de lui semblait crépiter tandis qu'il boutonnait sa veste.

« C'est… ? » Je ne réussis pas à terminer ma phrase.

Le bras de Ren se resserra un peu sous ma poitrine et je sentis son pouce décrire des cercles au-dessus de mes côtes. Un frisson irrépressible me traversa. « C'est un Ancien, confirma-t-il tout bas dans mon oreille. On dirait un homme d'affaires important, hein ? »

Il semblait tout droit sorti du magazine *GQ*.

Il avança en balayant le trottoir de son regard pâle sans le poser vraiment sur nous. En revanche, il s'arrêta sur une femme accompagnée d'un type, son petit ami ou son mari à en juger par le bras qu'elle avait passé autour de sa taille. Je retins ma respiration lorsqu'une brise parfumée parcourut la rue. Son odeur était bien trop… invitante pour être naturelle. Comme les effluves d'une île tropicale : fruités, entêtants et sensuels. Le courant d'air était agréable, titillant les sens. Je n'avais jamais rien humé de tel. Je commençai à me tortiller, mais cessai immédiatement en me rappelant à quel point Ren et moi étions proches l'un de l'autre.

La brise caressa la chevelure blonde et ondulée de la femme avec douceur. Elle se raidit. Un hoquet de surprise m'échappa lorsqu'elle jeta un coup d'œil par-dessus son épaule.

Dès que son regard se posa sur l'Ancien, je tentai d'avancer dans sa direction, mais Ren me retint en arrière. « Non », murmura-t-il.

Ça allait à l'encontre de tout ce que j'étais. Je voulais intervenir, j'en mourais d'envie, alors que la femme s'éloignait de l'homme avec qui elle était pour marcher vers l'Ancien dans un état de torpeur. Je fus prise d'un haut-le-cœur en apercevant le sourire du Fae.

Je m'agrippai à l'avant-bras de Ren. « On doit faire quelque chose ! »

La femme avait presque atteint l'Ancien lorsque Ren changea de position pour me masquer la scène. Alors que j'allais le contourner, il attrapa mon menton entre ses doigts pour me forcer à le regarder. « Je sais que c'est difficile de rester là comme ça, mais on ne peut rien faire pour l'instant. Tu crois qu'il hésiterait un seul instant à te tuer en pleine rue devant tous ces gens ? Non.

— Mais…

— Il utilisera son glamour pour faire croire aux témoins qu'un autre est coupable. Je les ai déjà vus faire, Ivy. J'ai perdu beaucoup de personnes que je considérais comme des amis parce qu'ils ont décidé de traiter un Ancien de la même manière qu'un Fae ordinaire. Ils sont bien plus dangereux que tu ne peux l'imaginer et ne le prends pas mal, mais tu n'es pas prête à affronter l'un d'entre eux. »

Je fermai les yeux en tentant d'apaiser la colère et la frustration qui faisaient rage en moi. Ren avait raison. Je le savais. Pourtant, ça ne rendait pas la situation moins difficile. Je ne repris la parole qu'une fois certaine de ne pas lâcher une bordée de jurons. « Comment est-ce que tu as su qu'il serait là ? »

Il relâcha mon menton. « Je suis ici depuis une semaine, et avant que ton regard sceptique ne devienne encore plus meurtrier, sache que j'ai prévenu David de mon arrivée dès l'instant où j'ai ramené mon cul dans cette ville – et quel cul, si je peux me permettre… J'ai passé toutes mes nuits à chasser jusqu'à tomber sur ce salaud hier soir.

— Dans ce cas, tu n'as pas besoin de moi pour te guider, fis-je remarquer sans dissimuler mon ton accusateur.

— Mais David n'est pas au courant et c'est très bien comme ça. Il pense que je traîne dans les rues. Il ne doit pas apprendre la véritable raison de ma présence, Ivy. »

Mon dos se raidit alors que je plantais mon regard dans le sien, endurci. « Pourquoi ? Pourquoi tout ça doit être si secret ? »

Un muscle se contracta dans sa mâchoire. « Pourquoi l'Ordre doit-il rester secret ? » La réponse était simple. Personne ne nous croirait. Les gens avaient besoin de voir les choses pour y croire, mais ce n'était pas notre cas. Nous savions déjà que les Faes existaient et que des Anciens s'étaient trouvés parmi nous autrefois. Si assez de membres révélaient la vérité, tout le monde l'accepterait. « Bref, reprit Ren, j'ai fait quelques recherches sur cet enfoiré. Il séjourne dans cet hôtel sous le nom de Marlon St. Cyers. Il vit dans une des suites de façon semi-permanente pendant la construction de sa nouvelle demeure. »

Je fronçai les sourcils. « Attends. Ce nom… c'est un grand promoteur immobilier de la ville, il me semble.

— Exact, acquiesça Ren.

— Nom d'un chien », murmurai-je.

Les Faes s'étaient toujours fait passer pour des humains, mais ils n'occupaient jamais des positions aussi importantes. Ils vieillissaient bien plus lentement que nous et paraissaient immortels à nos yeux. Marlon avait l'air d'avoir une trentaine d'années, mais il devait être âgé de plusieurs siècles, voire plus. Certes, ils pouvaient se servir du glamour pour influencer les esprits, mais, de nos jours, tout le monde avait un portable, accès à Internet et la possibilité de poster ce que bon leur semblait sur n'importe quel site. La technologie n'était plus ce qu'elle était même vingt ans plus tôt.

Quelqu'un finirait par tomber sur des photos de ces gens qui ne prenaient pas de l'âge. La présence des Faes dans l'espace public était aussi dangereuse pour eux que pour nous.

Ren baissa la tête de nouveau puis, avant que j'aie le temps de comprendre ce qu'il faisait, planta un baiser sur ma joue.

Stupéfaite, je reculai en le foudroyant du regard. « Qu'est-ce que tu fabriques ? »

Un sourire malicieux apparut sur son visage. « Tu avais l'air d'en avoir besoin. »

Ma peau picotait à l'endroit où il avait brièvement posé ses lèvres. « J'avais l'air d'avoir besoin d'un bisou sur la joue ?

— Ouais. Tout le monde en a besoin une fois de temps en temps. Et puis, tu fais une tête vraiment adorable quand tu ne comprends pas ce qu'il t'arrive. »

J'allais porter mes doigts à ma joue, mais m'en empêchai pour éviter de passer pour une parfaite imbécile. « Tu es bizarre.

— Je pense que tu aimes bien ça. »

Je changeai de position. « Je ne te connais pas assez pour aimer quoi que ce soit chez toi.

— Ce n'est pas vrai. Tu sais que je viens du Colorado. Je bois mon café avec beaucoup de sucre. Je suis un voleur de bacon, résuma-t-il avant de baisser le ton. Et tu sais aussi que je distribue des bisous sur la joue à ceux qui en ont besoin.

— Je… » Qu'est-ce que j'étais censée répondre à ça ?

Lorsque Ren s'écarta, mon regard se posa sur l'homme que la femme avait laissé en plan. Il criait avec fureur en poussant le voiturier pour tenter de s'infiltrer dans l'hôtel.

Le sourire diabolique de Ren disparut devant cette scène. Il serra les poings, la mâchoire tendue. J'étais en train de l'observer quand Merle me revint en mémoire. Si quelqu'un avait une chance de connaître l'emplacement des portails, c'était elle.

Chapitre 7

Ren et moi avions prévu de nous retrouver après la réunion du vendredi. Je ne lui avais pas dit que je pensais connaître quelqu'un ayant des informations sur le portail. Je n'étais pas du genre à révéler des noms comme ça et il n'avait pas insisté. À la place, il s'était obstiné à me raccompagner à la maison, ce qui était ridicule puisque je passais mon temps à errer dans les rues à toute heure de la nuit et qu'il m'avait laissé rentrer seule la veille.

À moins qu'il m'ait suivie jusqu'à mon appartement le jeudi soir, puis menti en disant avoir trouvé mon adresse dans mon dossier. Mais s'il avait fait ça pour s'assurer que personne n'allait m'enlever en chemin ou quelque chose de la sorte, c'était plutôt gentil. À peine. En revanche, escalader le mur extérieur et s'introduire chez moi sans y être invité annulait toute bonne intention.

Clo était endormi sur un coussin décoratif lorsque je fermai la porte à clé derrière moi peu avant 3 heures du matin. Sa peinture de guerre s'était étalée sur le tissu. Je n'avais aucune idée de la façon dont j'allais nettoyer ça... Était-ce même possible ? Cette fois, il allait m'en devoir une belle.

Il devait être épuisé, car il ne se réveilla pas quand je le pris dans mes bras pour le transporter jusqu'à sa chambre.

Je le déposai sur le petit couchage pour chien qu'il avait transformé en un matelas gigantesque pour lui.

En temps normal, j'évitais d'entrer dans sa chambre et le coup d'œil que je lançai dans la pièce en sortant me confirma que c'était une sage idée. Une armée de poupées trolls étaient alignées sur la bibliothèque intégrée au mur face à son lit. « Ahhh, murmurai-je, observée par au moins trois cents yeux noirs vitreux. C'est flippant. »

Une fois la chambre fermée, je récupérai un Capri Sun dans le frigo, puis décidai de vérifier si la porte-fenêtre du balcon dans le salon était verrouillée. Je tirai les rideaux bleu clair et constatai que c'était bien le cas. Ren avait dû s'en occuper parce que je doutais que ça ait traversé l'esprit de Clo.

Après avoir terminé mon jus de fruits, je m'étalai dans mon lit. Cette fois, je tombai de sommeil, mais ne fus pas réveillée quelques heures plus tard par un inconnu assis sur mon matelas. Vers 10 heures du matin, je me forçai à enfiler mes chaussures de course au lieu de me rendre dans la cuisine pour boire des litres de thé glacé ou une autre boisson caféinée. Ce serait ma récompense si je rentrais saine et sauve.

Il fallait rester en forme pour faire partie de l'Ordre, alors je m'obligeais à courir au moins cinq kilomètres quatre fois par semaine. C'était grâce à ça, ainsi qu'aux divers entraînements d'arts martiaux avec les autres membres, que je ne pesais pas un million de kilos vu que je mangeais absolument tout ce qui me passait sous le nez.

Je n'avais fait aucune véritable activité physique depuis le mercredi matin, donc l'heure était venue de m'y remettre. Pas moyen de me battre contre les Faes si je m'essoufflais trop vite.

Pour mon plus grand plaisir, il faisait encore frais lorsque je descendis l'escalier menant à la cour. Pourvu que ce fût un signe que le temps se refroidirait bientôt pour de bon. J'enfonçai mes écouteurs dans mes oreilles, ouvris l'application de musique sur mon téléphone, puis poussai le portail. Après avoir réajusté l'élastique en nylon de mon short, je partis en direction de l'hôpital Kindred en trottinant.

Comme toujours, mes pensées fusèrent pendant que je courais. Je ne fus pas surprise que Ren les occupe autant aujourd'hui. Il m'avait embrassé la joue ; je n'en revenais pas. Est-ce que ça lui arrivait souvent de faire ça ? Ça ne m'aurait pas étonnée de sa part. De toute évidence, Ren était un dragueur de première, ce qui était le cas de beaucoup d'hommes de l'Ordre. C'était peut-être lié à la fragilité de nos vies, mais ils n'étaient pas du genre à laisser une occasion passer. Les femmes n'étaient pas si différentes, sauf que nous faisions preuve d'un peu plus de discrétion, me semblait-il.

Ren était terriblement sexy. Ça me donnait envie de faire toutes sortes de choses aussi amusantes que stupides que je finirais par regretter, mais je ne lui faisais pas vraiment confiance pour autant. C'était un étranger, mais la plupart des agents de l'Ordre l'était à un moment ou à un autre, chacun un parfait inconnu. Lors de mon arrivée à La Nouvelle-Orléans, j'avais aussitôt dû confier ma vie à des personnes que je venais tout juste de rencontrer. Si j'avais besoin de renfort, je devais être certaine qu'au moins l'une d'elles répondrait à l'appel et vice versa. C'était comme ça, il fallait qu'on se mêle les uns aux autres sans redouter une trahison. Notre appartenance à l'Ordre faisait de nous une équipe soudée. Il en était ainsi depuis la création de l'organisation.

Ça ne voulait pas dire qu'il était toujours simple de se fier aux nouveaux arrivants. Ren avait été franc à propos de l'Élite, ce qui aurait dû le rendre plus fiable à mes yeux, pourtant je me sentais d'autant plus méfiante. Pourquoi me confier un secret aussi important et ancestral ? Cela dit, il était conscient que David ne me prenait pas au sérieux et que la moitié de l'Ordre me voyait comme une cinglée. Si Ren mijotait quelque chose de louche, je ne savais pas ce que ça pouvait être. Qu'avait-il à gagner à inventer l'existence de l'Élite ou à mentir de manière générale ? En tout cas, je ne trouvais pas cette situation très claire.

Il fallait que j'en parle à quelqu'un, mais David n'était plus une option. Val était digne de confiance et j'aurais aimé en discuter avec elle, mais je voulais en apprendre davantage avant de l'ouvrir. En traversant Foucher Street sans me faire écraser par une ambulance, je repensai à Merle, la mère de Brighton. Si quelqu'un connaissait l'emplacement du portail, et s'il y en avait bien un à La Nouvelle-Orléans, ce serait elle.

En revanche, était-ce judicieux de conduire Ren jusqu'à elle ?

Cette question tourna en boucle dans ma tête pour le reste de mon footing et de l'après-midi. Ce n'était pas la même chose de prendre des risques pour soi-même que d'inclure d'autres personnes. Je m'étais promis de ne plus jamais mettre des vies en danger de cette façon. Je ne présenterais Merle à Ren qu'une fois certaine de pouvoir compter sur lui.

Si cela arrivait un jour.

Je me rendrais chez Brighton le lendemain. D'expérience, je savais que Merle passait beaucoup de temps dans le jardin l'après-midi et que le dimanche était souvent... une bonne journée pour elle. Je n'avais pas besoin de Ren pour lui poser mes questions. Il ne me restait plus qu'à survivre à cette soirée... qui promettait d'être à la fois pénible et interminable.

En arrivant à notre rendez-vous avec cinq minutes de retard, je ne fus pas surprise de voir Ren adossé contre le mur devant le magasin de souvenirs, *Mama Lousy*. Vêtu d'un jean brut et d'un t-shirt large sous lequel devaient se cacher des armes, sans doute autour de sa taille, il avait presque l'air d'un mec canon comme un autre, occupé à patienter à l'ombre. Il n'était pas tourné vers moi, ce qui m'offrit une vue de sa mâchoire bien définie. Ses lèvres étaient étirées en un demi-sourire. Je ralentis en sentant mon estomac faire un bond.

Ren dégageait une certaine aura de danger, comme s'il détenait une grande puissance à peine contenue. S'il paraissait détendu, avec les mains dans les poches de son pantalon et les jambes croisées au niveau des chevilles, il n'en était pas moins prêt à frapper à tout instant. Ça crevait les yeux.

« Je commençais à me demander si tu allais te pointer », lâcha-t-il d'une voix traînante sans me regarder.

Je fronçai les sourcils. Sa vision périphérique devait être excellente. « La circulation était mauvaise. » Je m'arrêtai à côté de lui en lançant un coup d'œil au tatouage sur son bras. « Je ne sais pas trop ce qu'on est censés faire puisque tu connais déjà la ville. »

Il pencha la tête en arrière, révélant ainsi son long cou viril. C'était bien la première fois de ma vie que je trouvais un cou sexy… Dans la continuité de ses paupières closes, ses cils se déployaient jusqu'à leurs pointes sombres. Son léger sourire animait toujours ses lèvres. « Tu dois bien avoir quelques endroits à me montrer. »

Le sommet de mes oreilles s'embrasa. Avec son expression joueuse et sa voix grave, ses mots prenaient une tout autre signification. Je frottai mes paumes sur mon jean tandis qu'un groupe de femmes plus âgées passaient devant nous, perchées sur des talons. « Le parc Louis Armstrong n'est pas mal pour chasser la nuit. »

Il plissa les yeux dans ma direction. « Tu essayes de te débarrasser de moi ? »

J'esquissai un sourire. Ce parc pouvait s'avérer dangereux, ce qui était bien dommage, car il était magnifique, tout comme ses sculptures. « Tu pourrais donner à manger aux canards. »

Le rire qu'émit Ren en cet instant ne me laissa pas indifférente. Il était grave et communicatif. « Et ensuite ? Tu vas me proposer de me promener dans le quartier du Lower Ninth Ward avec des billets de cent en main ?

— Pendant que tu y es, n'hésite pas non plus à faire un tour dans Frenchmen Street. Et la zone nord de Rampart Street pourrait aussi te plaire.

— Tu es un monstre, murmura-t-il en secouant la tête. Tu sais, La Nouvelle-Orléans n'est pas si différente que la plupart des grandes villes. Elle a ses bons et ses mauvais côtés.

— Je suis d'accord. » J'observai le groupe de dames traverser la rue et les deux jeunes hommes qui les suivaient. J'espérais qu'elles feraient bien attention à leurs sacs. « Sauf qu'il y a beaucoup plus de Faes par ici.

— C'est vrai. » Il s'écarta du mur, puis se tourna vers moi en sortant les mains des poches. « J'aime bien tes cheveux comme ça. »

Surprise, je fronçai les sourcils en relevant le visage. « Pardon ?

— Tu les as attachés, fit-il remarquer en prenant le bout d'une mèche rebelle qui tombait sur ma tempe entre ses doigts. « C'est mignon. Mais quand ils sont lâchés ? Alors là, c'est putain de sexy.

— Euh... » Je refermai la bouche et le dévisageai un moment. « Merci ? »

Il ricana en tirant sur la boucle jusqu'à ce qu'elle soit lisse, puis la relâcha en la regardant remonter en rebondissant. « Je pourrais m'amuser avec toute la journée.

— Oula, répondis-je en clignant des yeux avec lenteur, tu ne sors pas beaucoup toi, si ? »

Il sourit. « Tu as un plan pour ce soir ? demanda-t-il.

— Non, pas vraiment. » Je commençai à avancer sur le trottoir déjà bondé. Je ne fus pas étonnée qu'il me rattrape et se joigne à moi avec aise.

« Pourquoi pas ? »

Sans quitter des yeux la foule au coin de Bourbon Street, je contournai une jeune femme qui tenait une boisson dans un contenant vert vif. Elle se rinçait l'œil sur Ren comme si elle aurait préféré le boire lui avec sa paille. « Le samedi soir est toujours très animé. Tu peux faire autant de plans que tu veux, ils se casseront la figure en un clin d'œil. »

Ren ne répondit pas.

Je lui adressai un regard rapide. Il était concentré sur quelque chose devant nous et son sourire avait disparu comme un fantôme.

« Ça te pose un souci ?

— Non, répliqua-t-il, me prenant de court. Mais je pense qu'un problème nous attend juste devant. »

En l'espace de quelques secondes, la foule avait pris de l'ampleur. Des tas de choses bizarres se passaient toujours dans Bourbon Street. Les gens portaient des déguisements ornés d'ailes. D'autres se promenaient presque nus, couverts seulement de peinture et de mini shorts. Il y en avait aussi qui se déguisaient en vampires tout droit sortis d'un roman d'Anne Rice. Et si quelqu'un était assez naïf pour les prendre en photo, ils exigeaient d'être payés en échange. Ensuite, il y avait les touristes qui tombaient comme des mouches, pas assez endurants pour supporter la décadence générale. Sans oublier les tristes actes de violence qui infestaient la ville et n'avaient rien à voir avec les Faes... simplement des humains qui en blessaient d'autres sans véritable motif. Alors, en approchant de la flopée de gens du coin et d'ailleurs, nous n'avions aucun indice sur ce qui nous attendait.

Je dus descendre du trottoir pour contourner un fourgon garé là pour réapprovisionner un bar voisin en fûts de bière. Ren me suivit tandis que je m'engageais dans une rue si bondée qu'une voiture aurait eu bien du mal à avancer à une allure raisonnable... ou sans percuter quelques piétons.

J'évitai une horde de personnes arrêtées, attentive aux rires tendus de certains et à la sensation de malaise qui semblait gagner les spectateurs un à un. Aucun doute, il se passait quelque chose au croisement de Bourbon Street et St. Philip Street.

Par-dessus la musique jazz s'échappant des bars, un son strident retentit depuis l'espace dissimulé derrière le monde. Un frisson parcourut mon échine. On aurait dit un mélange entre un cri de douleur et de rage inhumain.

« Il y a quelque chose qui cloche », murmura Ren. Il monta sa main la plus proche de moi vers sa taille.

Sans prêter attention aux regards accusateurs des gens, je me frayai un chemin parmi eux. À mes côtés, Ren se dégageait un passage bien plus large que le mien. Lorsqu'un type devant nous se décala, j'aperçus les cheveux bruns hirsutes d'une silhouette voûtée en mauvais état. Ensuite, l'homme se tourna vers nous en secouant la tête. « C'est les ravages du crack ça, marmonna-t-il en grattant sa barbe noire au niveau du menton. Cette folle a perdu la... »

Un hurlement sinistre rendit le reste de sa phrase inaudible. Depuis ma position, je ne vis qu'une chevelure brune emmêlée et sale foncer vers nous. La chose bondit comme un foutu chat alors qu'elle était encore à plus d'un mètre de l'homme. Elle atterrit sur son dos avec le même cri terrible en enroulant ses bras maigres et crasseux autour de ses épaules. Sous sa jupe en lambeaux, ses jambes étaient en tout aussi mauvaise condition. C'était une femme… une femme enragée.

Et j'avais la fâcheuse impression qu'elle n'était pas droguée.

Elle balança la tête en arrière en hurlant et l'homme tenta d'attraper ses bras, trébuchant sur le côté. La foule recula pour leur laisser plus de place tandis qu'il faisait tout son possible pour se débarrasser d'elle. Quelqu'un appela la police à l'aide.

Le cœur battant à tout rompre, je fonçai en avant en même temps que Ren. Mon ventre se noua lorsque je compris que nous n'allions pas les atteindre à temps. La femme se jeta sur le cou exposé de sa victime, la bouche grande ouverte.

Merde.

Les vociférations de douleur de l'homme résonnèrent lorsqu'elle plongea ses dents acérées dans sa peau. D'autres cris provenant de la foule maintenant terrifiée surgirent autour de nous. Les témoins se mirent à courir dans tous les sens, se dispersant telles des billes qu'on aurait laissé échapper. Un liquide rouge foncé coulait le long du cou de l'homme qui tituba avant de tomber sur un genou. Il ne parvenait pas à se débarrasser de la femme qui continuait de le mordre comme un putain de zombie dans *Resident Evil.*

Je les rejoignis la première.

Aussitôt, j'attrapai une poignée de cheveux en désordre d'une main et empoignai sa mâchoire de l'autre pour la lui ouvrir. J'appuyai jusqu'à ce qu'elle lâche prise, puis la traînai un peu plus loin.

Du sang gicla une fois, puis deux, avant de couler sur le t-shirt de l'homme qui s'effondra sur le flanc. Ren s'accroupit à côté du blessé en plaçant ses paumes sur son cou lacéré. Il n'avait pas hésité un seul instant ou pris le temps de vérifier si j'avais la situation en main avec la femme. C'était une preuve de *confiance*. « Ça va aller, mec. Tiens bon, lui dit Ren avant de lever la tête vers les spectateurs en état de choc. Quelqu'un a intérêt à être au téléphone avec les urgences. »

La femme, déchaînée, agitait les bras et les doigts dans les airs. Sa bouche et son menton étaient maculés de rouge. Malgré sa condition épouvantable, je savais qu'elle s'en prendrait à moi dès l'instant où je la libérerais.

C'est ce que je fis.

Je lâchai sa chevelure immonde, puis reculai alors qu'elle se tournait vers moi. Elle poussa un nouveau hurlement assourdissant avant de bondir.

Je me jetai sur elle en posant une main sur son épaule pour lui asséner un coup de poing sous le menton de l'autre. Sa tête bascula en arrière et elle s'affala sur le sol comme un sac de pierres, vivante, mais hors d'état de nuire.

En entendant le bruit des sirènes au loin, je pris une inspiration saccadée et me tournai vers Ren. Il n'avait pas retiré ses mains du cou de la victime, mais le pauvre homme était terriblement pâle malgré sa peau foncée et son t-shirt était imbibé de sang sur toute sa longueur. Il n'avait pas bonne mine.

Soudain, Val arriva sur les lieux en se frayant un chemin à travers la foule. Son regard passa de Ren à moi pour finir sur la femme étendue par terre. « C'est quoi, ce bordel ?

— Elle a mordu ce type », expliquai-je en déglutissant avec peine tandis que Ren continuait de parler à l'homme qui semblait désormais inconscient.

La jupe vert sarcelle de Val tomba élégamment autour d'elle lorsqu'elle s'accroupit à côté de la coupable. « Bon sang », dit-elle en saisissant le t-shirt de la femme. Ses bracelets verts et jaunes tintèrent entre eux alors qu'elle descendait le col. « Et merde. »

Voilà. C'était la preuve qu'il ne s'agissait pas d'une droguée qui avait pété les plombs.

Autour de sa poitrine, les veines menant à son cœur étaient aussi noires que si elles avaient été infusées d'encre. Lorsque les Faes se nourrissaient d'un humain pendant une longue période, ça empoisonnait le sang et l'esprit de leur victime.

Et il fallait croire que ça leur donnait envie de mordre les gens.

Val relâcha son vêtement. « Quel gâchis. »

Il était trop tard pour la femme. Une fois que les veines avaient pris cette teinte, il n'y avait plus rien à faire. Plus de retour en arrière possible. Elle allait mourir, sans doute dans la nuit ou le lendemain. Dans la foulée, les traces noires allaient disparaître, ne laissant aucune marque sur son corps. L'analyse toxicologique ne trouverait aucune drogue et on attribuerait probablement son décès à une insuffisance cardiaque.

« Putain... », lâcha Ren dont la peau cuivrée était plus blême qu'à l'ordinaire lorsqu'il se pencha en arrière en retirant ses mains.

Je tournai mon attention sur l'homme. Son torse était immobile et ses yeux écarquillés vitreux. Mon cœur s'alourdit. Il était mort.

Ren haussa les épaules et nos regards se croisèrent. Des ombres voilaient les siens, atténuant leur habituelle teinte verte. Avec souplesse, il se leva, pivota, puis s'éloigna en direction des gens sur le trottoir. Ils s'écartèrent pour le laisser passer et il disparut derrière eux.

J'allais le suivre, mais m'interrompis pour faire face à Val. « Tu n'es pas allée à ton rencard », observai-je.

Elle releva le menton avec un semblant de sourire. « Je n'ai trouvé personne d'autre pour me remplacer, mais la nuit n'est pas terminée. » Elle lança un coup d'œil du côté où Ren avait filé. « Tu dois partir à la recherche du nouveau beau gosse ?

— Oui, répondis-je en contournant la femme allongée face contre sol. Je peux te laisser te débrouiller ? »

Elle hocha la tête. « N'oublie pas qu'on doit discuter.

— Je sais. » Je lui dis au revoir d'un geste de la main, puis me mis à chercher Ren, tout à fait consciente des regards curieux qu'on m'adressait. C'était une bonne idée de disparaître avant l'arrivée de la police pour éviter leurs questions. Val en ferait de même une fois la femme arrêtée. J'étais inquiète de la savoir entre les mains des autorités, car elle resterait dangereuse jusqu'à ce qu'elle rende l'âme, mais je ne pouvais rien pour elle, à part abréger ses souffrances.

Et je n'en étais pas capable. Certains le faisaient, mais pas moi.

Une fois, David m'avait dit que c'était une faiblesse sur laquelle je devais travailler. Il n'avait pas présenté ça comme un reproche, mais comme un fait.

Par-dessus la foule qui avançait dans les deux sens sur le trottoir inégal, j'aperçus les boucles couleur café de Ren un instant avant qu'il ne disparaisse de nouveau. Qu'est-ce qui se passait ? J'accélérai le rythme. Je venais de dépasser un bar en trottinant quand je le trouvai enfin.

Il était dans une ruelle étroite, agenouillé devant un robinet extérieur, à nettoyer ses mains recouvertes de sang. Le liquide s'accumula en une flaque trouble sur le sol sale.

Il ne leva pas la tête en m'entendant arriver. « On ne s'y habitue jamais, déclara-t-il en se frottant les mains. On pourrait croire que si, mais ce n'est pas le cas. »

Je ne répondis pas. De toute façon, il n'y avait rien à dire. Regarder une personne mourir sans pouvoir la sauver ? Il avait raison, c'était toujours aussi difficile.

Avec un long soupir, il referma le robinet, puis se redressa en essuyant ses paumes sur l'avant de son jean. Une mèche bouclée tomba sur son front, devant ses yeux. « Cet homme s'est levé ce matin confiant qu'il rentrerait ce soir.

— Oui, probablement », murmurai-je si bas qu'il ne m'avait peut-être pas entendue par-dessus la cacophonie des fêtards dans la rue.

Ren tourna le visage vers les balcons plus haut. « Il ne se doutait de rien.

— Non. »

Les épaules tendues, il baissa la tête et nos regards se croisèrent. Un long moment s'écoula sans qu'aucun de nous deux ne dise quoi que ce soit. Le monde en dehors de l'allée s'évanouit, le bruit environnant se transforma en un bourdonnement lointain. Le chagrin sur son visage était palpable. Sa réaction pour le décès d'un inconnu n'était pas la même que celle de la plupart des membres de l'Ordre. Ça ne voulait pas dire que les autres étaient indifférents aux pertes humaines, mais quand la mort est si présente dans votre vie, non seulement elle ne vous étonne plus, mais vous en devenez vous-même un agent.

Sans me laisser le temps de réfléchir, j'avançai vers lui pour prendre sa main humide dans la mienne. L'éclat dans ses yeux se ranima sous l'effet de la surprise. Le rouge me montant aux joues, je serrai sa main une fois avant de la lâcher.

Son regard parcourut mon visage, puis se leva au-delà. Sans prévenir, il m'agrippa par les épaules. Stupéfaite, je poussai une petite exclamation lorsqu'il me tira contre son torse et nous fit pivoter pour me déplacer vers le mur.

Moins d'une seconde plus tard, une mobylette bleue et blanche fila à travers la ruelle avec une telle rapidité qu'elle provoqua un vent brusque sur son passage. Les yeux écarquillés, je l'observai franchir la sortie opposée en tournant à droite de façon abrupte. « Oh, mon Dieu, je… j'ai failli me faire écraser par une *mobylette*, lançai-je avec un regard incrédule à Ren. Ça aurait été une mort si humiliante. »

Ses traits s'adoucirent alors qu'un sourire tentait de gagner ses lèvres. « Heureusement que je suis là pour te sauver des chauffards.

— Un vrai héros », répondis-je.

Cette fois, Ren lâcha un rire qui me donna un sentiment de satisfaction. Je ne le connaissais pas depuis longtemps, mais je n'avais pas aimé voir son expression ternie par le poids de ses responsabilités. Ça ne lui allait pas.

Il inspira profondément et mon souffle s'arrêta net. Je pris soudain conscience de notre proximité. Nous étions torse contre torse, si proches que je sentais son cœur marteler dans sa poitrine… ou bien était-ce le mien ? Oui, ça devait être le mien. Nos corps étaient collés l'un à l'autre comme la fois précédente, sauf qu'aujourd'hui, je ne ressentais aucune colère.

Quand il plaça ses bras autour de ma taille avec délicatesse, une chaleur enivrante se répandit dans mes veines. Les yeux rivés sur la peau exposée au-dessus de son col en V, je me rendis compte que mes mains étaient posées sur son torse. Comment étaient-elles arrivées là ? Elles agissaient de leur propre chef. La sensation exaltante se propagea jusque dans mon bas-ventre, contractant des muscles qui étaient en congé depuis un bon moment.

Bon sang, un tel désir instantané m'envahissait. Bien sûr, j'avais remarqué quelques hommes depuis Shaun, mais rien de plus que des intérêts passagers facilement oubliés dix secondes plus tard, mais là… j'avais l'impression d'être sous un grand soleil.

La bonne nouvelle ? Mes parties intimes fonctionnaient toujours… plus que ça même, elles réagissaient au quart de tour. Les pointes de mes seins frémirent lorsqu'elles frôlèrent son torse. Un pic de passion s'éleva en moi. C'était la première fois en trois ans que je ressentais une telle attraction.

Val, et son obsession tout à fait saine pour ma vie sexuelle, allait être ravie de l'apprendre.

La mauvaise nouvelle ? Eh bien, je peinais encore à voir ce qu'il y avait de mal à ça, mais j'étais certaine que ça me viendrait à l'esprit dès qu'il y aurait un peu d'espace entre nous deux et que mon cerveau reprendrait ses fonctions.

« Ça va ? demanda Ren d'une voix plus grave et rauque. Ta blessure est douloureuse ? »

Ne lève pas les yeux. Ne lève pas les yeux.

Mon regard remonta le long de son cou, passa sur ses lèvres bien trop parfaites, sur son nez qui avait dû être cassé à un moment donné à en croire la petite bosse sur son arête, puis plongea dans le sien bordé d'épais cils noirs. Et merde, j'avais levé les yeux.

Mais que les siens étaient beaux !

Un sourire en coin se dessina sur son visage. « Ivy ? »

Je clignai des paupières. « Non, ça va. J'ai même couru ce matin et ça ne m'a pas dérangée du tout.

— Tant mieux. » Ses lèvres s'étirèrent en un grand sourire et, bon sang, lorsque ses fossettes apparurent, les muscles dans mon bas-ventre se contractèrent encore davantage. « Ivy ? répéta-t-il.

— Oui ? » J'étais fière de ne pas avoir pris une éternité pour répondre, mais l'essoufflement dans ma voix m'étonna parce que même avec…

Non, je refusai d'aller au bout de cette pensée.

Lorsqu'il inclina le menton, mon cœur fit un saut dans ma poitrine. « Tu vas lâcher mon t-shirt ? Enfin, ne te sens pas obligée, mais si tu continues à t'y agripper comme ça, je risque d'avoir quelques idées coquines que je n'hésiterai pas à mettre à exécution. »

Je ne compris pas tout de suite. Qu'est-ce qu'il racontait ? Certaines parties de mon corps firent une fixation sur les scénarios qu'il voulait exécuter et devinrent toutes choses. Je baissai le regard pour découvrir que mes poings étaient cramponnés à son haut alors que... ses bras n'étaient plus autour de moi.

Oh non, j'étais en train de le peloter... enfin, son t-shirt ! Pouvait-on peloter un vêtement ? Parce que j'étais à peu près sûre que c'était ce que je faisais.

Je retirai mes mains, reculai d'un pas et percutai le mur de brique. *Bravo, quelle délicatesse, Ivy...* J'aurais voulu me mettre un coup de pied.

La lumière du soleil couchant qui s'insinuait entre les bâtiments se reflétait dans ses yeux. Pendant un moment, il se contenta de soutenir mon regard. « On devrait sans doute quitter les lieux », dit-il enfin.

Bonne idée. Très bonne idée, même. Des témoins avaient peut-être donné notre description et il n'y aurait pas forcément d'agents de l'Ordre infiltrés dans la police pour intervenir. Avec une grande inspiration, je calmai les nouvelles ardeurs de mes parties intimes tandis qu'il s'écartait de moi avec grâce. Pour un type aussi imposant, il se déplaçait avec la légèreté de l'air. À vrai dire, tous ses mouvements étaient fascinants à observer.

Bon sang, il fallait vraiment que je m'envoie en l'air.

Je soupirai.

Puis, la pire chose imaginable et possible sortit de ma bouche. « Tu as une petite amie ? »

Bordel de merde, je n'avais quand même pas demandé ça ? Ren me lança un regard par-dessus son épaule, haussant un sourcil. Si, j'avais bien posé la question. J'avais en effet prononcé ces mots et je méritais une bonne raclée, mais j'attendis tout de même sa réponse.

Le sourire de Ren était comme du chocolat noir, intense et délicieux.

« Pas encore. »

Chapitre 8

Le reste de notre service se déroula sans trop d'action comparé à la façon dont il avait débuté. Je tentai de ne pas trop penser à la pauvre femme et à l'homme innocent, à sa vie perdue en l'espace de quelques minutes, à celle qui prendrait bientôt fin et à toutes les autres qui en seraient impactées. Aussi insensible que cela puisse paraître, c'était le seul moyen de poursuivre notre chasse. J'essayai également d'oublier le moment intense que Ren et moi avions partagé et la question idiote que je lui avais posée ensuite, ainsi que sa curieuse réponse. Je ne voyais pas d'autre façon de continuer à déambuler à ses côtés sans mourir d'envie de me jeter sous un véhicule en marche.

On avait trouvé trois Faes ordinaires pendant notre ronde. Me tenir à l'écart et laisser Ren s'occuper d'eux comme on me l'avait ordonné était une torture, mais je n'avais plus la force d'argumenter, pour ce soir en tout cas. Nous allions tous les deux être de repos le dimanche et je serais sans doute prête à me battre à nouveau sans risquer d'endommager mes points d'ici le lundi.

Lorsque notre soirée de travail prit fin à 1 heure du matin, je ne fus pas vraiment surprise qu'il propose de me raccompagner chez moi. « Je vais prendre un taxi, l'informai-je. C'est trop loin pour y aller à pied, même en plein jour. »

Debout à l'angle de Canal et Royal Street, il pencha la tête d'un côté. « C'est vrai. »

À ce stade, je ne savais plus vraiment comment lui dire au revoir. J'aurais pu donner des cours dans l'art de créer le malaise. Je vis alors qu'un taxi approchait. « Bon, dis-je à Ren. À lundi, j'imagine… »

Un sourire crispé apparut sur ses lèvres. « D'accord. »

Je plissai les yeux tandis que la voiture s'arrêtait le long du trottoir. J'ouvris la porte, puis m'interrompis. « Où est-ce que tu vis ?

— Je loue un appartement dans le Warehouse District. »

Je fus soulagée d'apprendre qu'il n'était pas à la rue. N'ayant rien à ajouter, je le saluai d'un geste de la main, puis montai dans le taxi. Moins d'une minute après avoir donné mon adresse au chauffeur, je reçus une notification sur mon téléphone.

Je le sortis de ma poche arrière.

NUMÉRO INCONNU

Merci.

Je répondis, curieuse.

IVY

C'est qui ?

La réponse ne se fit pas désirer.

NUMÉRO INCONNU

Ren.

Oh. J'avais oublié qu'il avait obtenu mon numéro dans mon dossier. Ça ne m'avait pas non plus traversé l'esprit qu'il ait pu le sauvegarder, même s'il avait dit avoir essayé de m'appeler. Je n'avais d'ailleurs pas encore vérifié si c'était la vérité, ce que je fis alors. J'avais un appel en absence du même numéro datant du vendredi soir. J'envoyai un nouveau message.

IVY

Merci pour quoi ?

Je n'avais toujours pas reçu de réponse quand j'arrivai chez moi, mais j'enregistrai tout de même son numéro dans mon téléphone. C'était un peu étrange de saisir son prénom dans mes contacts alors que je ne connaissais pas son nom de famille.

À en juger par les deux paquets supplémentaires, un livreur avait dû passer chez moi après mon départ. Je les ramassai, les transportai à l'intérieur, puis les déposai sur le siège de l'autre côté de la porte.

Clo était dans la cuisine, en train de grignoter une praline qui semblait aussi grande qu'une pizza comparée à sa petite taille. « Hé ! Tu es de retour. Et tu ne t'es pas fait tirer dessus. » Les sourcils froncés, il abaissa le morceau de sucre qu'il tenait entre ses mains en me regardant poser mes clés sur le plan de travail. « Attends, tu ne t'es pas fait tirer dessus, pas vrai ?

— Non. »

Il leva le morceau de sucre en l'air, comme pour trinquer, puis le fourra dans sa bouche. Comment faisait-il pour garder la ligne ? Ça me dépassait. Il se hissa d'un bond sur ses pieds nus en posant ses mains sur sa taille menue. « Tu sais à quoi je pensais ?

— Dis-moi, répondis-je avec un bâillement en retirant mes épingles à cheveux.

— Tu vois le mec qui était là hier soir ? » Il ramassa une des épingles du comptoir et se mit à la faire tournoyer comme un bâton de majorette en faisant des va-et-vient. « À mon avis, tu veux te le faire.

— Euh… pardon ? rétorquai-je en passant mes doigts dans ma chevelure pour séparer mes boucles emmêlées. Qu'est-ce qui te fait dire ça ?

— Tu es partie avec lui alors qu'il s'était clairement introduit ici sans ton autorisation. Vous êtes des bêtes curieuses, vous les femmes, je te le dis. Un type rentre chez vous par effraction et vous tombez sous son charme comme si c'était une qualité, râla-t-il sans cesser de faire tourner l'épingle rose vif. Les femelles de mon espèce, elles le mangeraient pour le dîner si un mâle agissait de cette façon. Et ce n'est pas un euphémisme. D'abord, elles dévoreraient ses parties intimes. » Il plaça une main sur son attirail comme si j'avais besoin d'une aide visuelle. « Ensuite, elles…

— Oui, c'est bon, j'ai compris. Premièrement, sache que je ne trouve pas ça irrésistible qu'un homme s'invite chez moi sans ma permission. À mon avis, c'est le cas de la plupart des femmes. Et puis, Ren n'est pas entré par effraction puisque quelqu'un, dis-je en le pointant du doigt, a laissé la porte-fenêtre ouverte. »

Il écarquilla les yeux. « Ce n'était pas moi. » J'arquai un sourcil. « Bon, d'accord, c'était peut-être ma faute, mais il a escaladé un mur et, ça, c'est un peu… eh bien, c'est plutôt impressionnant en fait. » Il agita l'épingle dans ma direction. « Ça veut dire qu'il doit pouvoir te porter dans ses bras et…

— Bon sang, Clo, tu es sérieux ? C'est un membre de l'Ordre. Il est nouveau dans le coin. Et il faut croire qu'il était trop impatient pour attendre que je le rappelle. Est-ce que ça signifie qu'on va se mettre à poil et s'envoyer en l'air ? Non. » Une étrange sensation de déception me traversa, mais je la réprimai. « Jamais de la vie. Et je n'ai pas envie de parler de sexe avec toi. »

Il lâcha l'épingle sur le comptoir dans un bruit de cliquetis, puis s'envola assez haut pour que je sois nez à nez avec son torse couleur bronze. « Allez, parle de sexe avec moi.

— Non, répliquai-je en levant les yeux au ciel avant de partir dans la direction opposée.

— Le sexe, c'est bien !

— Tais-toi, Clo.

— Le sexe, c'est fun ! » continua-t-il à tue-tête.

Je secouai la tête. « Qu'est-ce que tu en sais, d'abord ? Les seules relations que tu as sont avec des objets inanimés. »

Il m'ignora. « Le sexe, c'est mieux quand c'est à deux ! »

Je m'arrêtai dans le couloir pour me tourner vers lui. Il était en train d'agiter son bassin d'avant en arrière. « C'est moi ou tu viens de citer une chanson de George Michael ?

— Peut-être bien. Mais il avait tort. À mon avis, le sexe c'est mieux quand on est au moins six. Ça me paraît plus aventureux.

— Mouais, c'est ça. Bonne nuit, Clo. » Je fermai ma chambre alors qu'il se lançait dans une reprise du groupe Salt-N-Pepa. « Tu vis dans la mauvaise décennie, Clo ! » criai-je à travers la porte, puis je gloussai en entendant la série de jurons qu'il poussa après avoir essayé d'y asséner un coup de pied.

Enfin installée dans mon lit, je mis un long moment avant de m'assoupir. Une fois endormie, je rêvai que je n'étais pas seule, qu'un homme musclé était allongé contre moi. Ses mains étaient partout à la fois, me touchant avec tendresse, me caressant à des endroits bien trop intimes avec une expertise à laquelle je n'étais pas habituée. J'entendis mon nom prononcé par une voix familière et je crus apercevoir des boucles brunes, mais je n'en étais pas sûre. De toute façon, j'étais trop investie dans mon songe pour y prêter attention ou m'en soucier. On embrassa mes lèvres et mon corps avec toujours autant d'habileté. Je refermai mes doigts autour d'une chevelure soyeuse pour l'approcher de moi et guider sa bouche là où je la voulais...

Je me réveillai brusquement, éjectée hors de mon rêve pour rejoindre le monde réel. Mon lit vide. Pas de mains ou de lèvres occupées à me faire des choses décadentes et dévergondées à souhait. Pas de mèches entre mes doigts. J'étais seule, le regard fixé sur le plafond, alors que la fine lueur de l'aube s'infiltrait par les petites fentes de mes rideaux, mais mon corps ne semblait pas avoir reçu l'information. J'étais dans un état fiévreux. Les draps étaient entortillés autour de ma taille. Mes seins étaient lourds et leurs pointes durcies, sensibles contre mon haut fin en coton. Un désir qui me paraissait injuste irradiait entre mes cuisses. Je n'avais pas été aussi excitée depuis Shaun.

Pour être honnête, rien de ce qu'on avait pu faire ensemble ne m'avait autant troublée. Ça ne signifiait pas que les choses se passaient mal entre nous, seulement que nous étions encore jeunes lorsque nous avions décidé de transformer notre amitié d'enfance en une relation. Pendant les deux premières années, on s'était bien amusés, mais Shaun... était une bonne personne et il respectait tellement Holly et Adrian que c'était toujours à moi d'insister pour aller plus loin. On avait attendu mes 18 ans pour coucher ensemble et on n'avait jamais eu l'occasion de réitérer l'expérience. Ça avait été à la fois agréable, doux et maladroit comme pouvaient l'être les premières fois avec quelqu'un qui tenait véritablement à vous. Si on avait eu plus de temps ensemble, nous en serions sans doute arrivés à ce point… à cette sensation dans mon corps, comme si j'étais en feu et devais à tout prix trouver un moyen de satisfaire ce besoin.

Je glissai ma main droite sous le drap, hésitant un instant lorsque mes doigts frôlèrent l'élastique de mon short. Je n'avais plus rien fait depuis Shaun, pas même *ça*. Je n'en avais pas ressenti la nécessité, et les rares fois où j'en avais eu envie, ça m'avait semblé déplacé. Comme si c'était une trahison envers Shaun. C'était idiot, mais le chagrin déformait tout. Je le savais.

Je mordillai ma lèvre, puis la relâchai. Le souffle court, j'insinuai ma main sous l'élastique. Une palpitation s'éveilla dans mon ventre, d'abord légère, puis de plus en plus forte. Je fermai les yeux en tendant le bras.

Ma respiration s'accéléra alors que le bout de mes doigts effleurait l'humidité pour trouver sans difficulté l'amoncellement de nerfs au sommet de mes cuisses. Mes hanches s'arquèrent en même temps qu'une décharge électrique fusait dans mes veines. Un doux gémissement quitta mes lèvres. Je savais comment m'y prendre. Ce n'était pas la première fois. J'avais connu ça avec Shaun pendant les années précédant notre première expérience.

Mais tant de temps s'était écoulé.

Je caressai ma chair sensible du doigt et mon dos se cambra en réponse. Mes orteils se contractèrent. Sans prévenir, une vision très nette de Ren apparut derrière mes paupières, avec ses grands yeux verts et ses lèvres sulfureuses et charnues. Je n'avais pas choisi de le voir et fis de mon mieux pour le chasser de mes pensées, en vain. Mes hanches remontaient contre ma main avec Ren toujours quelque part dans un coin de ma tête. Le feu qui brûlait en moi s'intensifiait à chaque instant. Je tentai de repousser son image, de le rayer de mon esprit tandis que mon désir évoluait et que la tension s'accumulait en moi. Mon bassin continuait de se balancer et j'appuyai mon crâne contre l'oreiller, perdant le contrôle. Dans mon fantasme, ma main ne m'appartenait pas. C'était autour de la *sienne* que mes cuisses se resserraient. Ce n'étaient pas mes doigts. Alors, la pression éclata, comme un fil trop tendu. Elle se rompit et la volupté se propagea à travers moi. Je réprimai à peine mon cri tandis que mon corps et mon esprit explosaient en une multitude d'éclats de joie.

Je m'écroulai sur le lit, les cuisses enfin détendues et les battements de mon cœur se calmant peu à peu. Le regard à nouveau rivé sur le plafond, je me demandai pourquoi je n'avais pas fait ça depuis trois ans.

Si je me réveillais chaque matin de cette façon, je serais sans doute une meilleure personne.

Le souffle encore court, je fermai les yeux pour laisser la sensation de sérénité s'installer dans mes muscles en me répétant que je n'avais pas fait exprès de penser à Ren. Il s'était retrouvé là par pur hasard. C'était logique, après tout, puisque c'était le dernier homme que j'avais vu, sans compter Clo. Qu'il apparaisse dans mon esprit pendant que… je me caressais ne voulait rien dire.

Rien du tout.

J'envoyai un message à Val dans la matinée. Il fallait qu'on discute. Je la retrouvai à midi au cimetière Lafayette. C'était elle qui avait choisi le lieu de notre rendez-vous. Elle affirmait que le silence des tombes l'aidait à penser plus clairement. Val était un peu étrange parfois, mais je l'aimais assez pour marcher vingt minutes jusqu'à la plus ancienne cité des morts de La Nouvelle-Orléans.

La plupart des gens savaient qu'il valait mieux ne pas s'aventurer dans les cimetières la nuit, mais c'était moins problématique en journée puisqu'il y avait des employés sur place et que plusieurs visites guidées passaient par là.

Et puis, Val comptait se rendre dans une librairie au coin de la rue, ce qui me convenait à merveille. Je voulais m'acheter un autre tome de la série *Marked Men*.

Val m'attendait adossée devant l'entrée, proche de l'arche qui menait à l'intérieur du cimetière. Aujourd'hui, elle portait une jupe noire et un chemisier vert sarcelle aux épaules découvertes avec plus de volants qu'une robe de mariée. Il n'y avait qu'elle pour être aussi belle dans une tenue pareille.

Elle s'approcha de moi et m'enlaça. « Ma chérie, tu es là ! »

En m'écartant, je ris à son utilisation du terme affectueux. « Oula, tu m'as appelée *chérie*. Qu'est-ce que tu veux ?

— Rien, répondit-elle en passant son bras sous le mien. Je suis contente de pouvoir enfin discuter avec toi de ce qu'il t'arrive, c'est tout. » Puis, sur un ton sérieux qui ne lui ressemblait pas, elle ajouta : « Je m'inquiète pour toi, Ivy. Certains membres racontent des choses et...

— Et ils disent du mal de moi ? »

Nous passâmes sous l'arche de fer. « Eh bien, dit-elle en me tapotant le bras, ça dépend comment tu décides d'interpréter les choses. »

Je lui adressai un sourire ironique. « Ils pensent que je suis folle à cause de Trent. »

Nous avancions entre les tombes sur les chemins arrangés en forme de croix. Je ne savais pas si c'était intentionnel, mais c'était sans doute le cas.

« D'après lui, tu aurais raconté à Harris que la personne qui t'a tiré dessus l'autre soir était... un Ancien, expliqua-t-elle avec douceur en m'entraînant vers la gauche pour rejoindre le même endroit que d'habitude. Il a dit que tu avais confirmé ça jeudi soir. »

Ça me paraissait si lointain, à présent. Le temps de réajuster mes lunettes de soleil de ma main libre, je m'accordai un moment pour changer d'avis. Je n'avais pas prévu de révéler la vérité à Val avant d'en avoir discuté avec Merle, mais j'avais besoin d'une amie.

Nous marchions sous un grand arbre au feuillage rouge et doré. Un fort parfum d'automne régnait ici. « C'est vrai, j'ai vu un Ancien, Val. »

Elle ne répondit pas tout de suite. « Comment est-ce que tu peux en être aussi sûre ? »

Je lui racontai ce qui s'était passé ce soir-là. « Tu vois, ça ne pouvait pas être un Fae ordinaire. » Je marquai une pause en attendant d'avoir dépassé un groupe réuni autour d'une tombe. « Quand je lui ai planté le pieu dans le torse, il l'a retiré comme s'il ne lui avait rien fait. J'en ai parlé à David, mais je... je pense qu'il ne me croit pas. J'en suis certaine même. Il se dit que j'ai loupé ma cible ou un truc du genre.

— Quelle histoire », lâcha-t-elle en libérant son bras du mien.

J'arrêtai d'avancer, un nœud dans le ventre. « C'est la vérité. »

Ses boucles serrées rebondirent tandis qu'elle secouait la tête. « Je sais, mais...

— Mais c'est dur à croire ? demandai-je à mon amie qui me tournait le dos. J'en suis consciente. C'était pourtant bien un Ancien, Val. Et il n'est pas seul. J'en ai vu un autre vendredi soir dans le Warehouse District. Il s'appelle Marlon St. Cyers, enfin c'est le nom qu'il utilise, en tout cas. C'est un promoteur immobilier super connu. Tu as sans doute déjà entendu parler de lui. En général, les Faes évitent de se faire remarquer, mais lui... il n'a pas peur qu'on puisse le prendre en photo et que le cliché ressorte vingt ans plus tard révélant sa quasi-immortalité. »

Un moment passa avant que Val se retourne vers moi. Elle était si colorée au milieu de toutes ces tombes grises délabrées, mais sa peau était plus pâle que d'habitude lorsqu'elle posa les yeux sur moi. « Tu les as vraiment vus. »

Je hochai la tête, le souffle court. « Oui. »

Elle fit demi-tour pour me rejoindre. « Pourquoi sont-ils là, à ton avis ?

— Qui sait s'ils ont effectivement quitté la ville à un moment, mais je crois... que leur présence a un rapport avec les portails. » Deux personnes passèrent à côté de nous, puis s'arrêtèrent quelques tombes plus loin pour prendre des photos. Je poursuivis à voix basse. « Je crains qu'ils aient prévu de s'en servir. »

Elle écarquilla les yeux. « Ivy, dit-elle d'une voix tendue.

— Je ne sais pas pour quoi faire, mais je... » Je ne terminai pas ma phrase. Pouvais-je lui parler de Ren, de l'Élite ? J'avais confiance en elle, mais j'aurais l'impression de trahir le secret de Ren.

Val jouait avec ses bracelets. « Quoi ? » demanda-t-elle.

Je la connaissais depuis plus longtemps que Ren et je pouvais compter sur elle. « Ce que je m'apprête à te dire doit rester entre nous, d'accord ?

— Ma belle, je suis un coffre-fort rempli de confessions, répliqua-t-elle en agitant les mains vers elle-même. Je pourrais t'en mettre plein les oreilles avec tout ce que je sais sur certains membres, mais je garde tout pour moi. »

J'étais curieuse de ce qu'elle savait, à présent. Je la dépassai pour me diriger vers l'endroit où nous finissions toujours par atterrir lors de nos promenades dans ce cimetière. La tombe du tout premier agent de l'Ordre tué par un Fae à La Nouvelle-Orléans. Elle était décorée d'un ange en prière dont la couleur blanc nacré encore lumineuse était surprenante après tout ce temps. Le symbole de l'Ordre, avec ses trois spirales imbriquées, était gravé au centre de la pierre. Je tendis une main pour le toucher du bout des doigts. « Ren est au courant pour les Anciens, dévoilai-je avec un regard pour Val qui m'avait rejointe avant de poursuivre. Il fait partie de l'Élite. »

Elle cligna des paupières une fois, puis deux. « L'Élite ? C'est quoi encore ces conneries ? »

Un léger sourire traversa mes lèvres. Je lui expliquai ce que Ren m'avait raconté et la raison de sa présence ici. Son expression perplexe était tout à fait appropriée et ressemblait sans doute à la mienne lorsque Ren m'avait révélé son secret.

Val avait besoin d'un moment pour digérer ces informations. Elle passa devant la tombe de l'agent décédé. J'observai celles autrefois immaculées autour de moi dont la teinte était désormais gris terne. Mon regard s'arrêta sur l'une d'entre elles dont la partie supérieure en brique était entièrement exposée. Malgré la beauté à la fois troublante et mélancolique de ce lieu, mon cœur continuait de battre la chamade en attendant que Val eût tout assimilé.

Avais-je pris la bonne décision ?

Je me balançai d'un pied sur l'autre, l'estomac noué par l'incertitude. Je n'aurais peut-être pas dû lui parler de Ren et de l'Élite.

Au bout d'un moment, elle s'arrêta enfin, puis posa les mains sur ses hanches. « Tu le crois ?

— Oui.

— D'accord, souffla-t-elle en fronçant le nez. Si tu le crois, alors moi aussi. De toute façon, je suis sans doute bien plus cinglée que tu ne le seras jamais. »

Soulagée, je sentis la tension quitter mon corps. Je ne me détendis pas entièrement, mais c'était compréhensible. Je venais de dévoiler un secret énorme.

« Donc, c'est quoi le plan ? » demanda-t-elle.

Je clignai des yeux. « Oh, je n'en ai pas vraiment. Je ne peux pas compter sur David pour me dire ce qu'il sait, alors je pensais rendre visite à Merle dans la journée. C'est la seule qui pourrait m'en apprendre plus sur les portails. Enfin... si elle est d'humeur.

— Je t'accompagne », déclara-t-elle avec détermination.

J'éclatai de rire. « La dernière fois que tu es venue voir Merle et Brighton avec moi, elle t'a traitée de traînée.

— Ah oui, c'est vrai, dit-elle avec un sourire. Elle a dû oublier depuis.

— Oh, non. Chaque fois que je discute avec elle, elle me demande si je suis toujours amie avec la "catin de Satan" et tout le tintouin. Elle s'en rappelle très bien.

— La "catin de Satan" ? Waouh. Pas mal comme surnom.

— N'est-ce pas ? répondis-je, amusée. En tout cas, il est sans doute plus judicieux que j'y aille seule. »

Elle pinça les lèvres. « Et le petit Renny vient avec toi ? »

Avec un rire, je m'écartai de la tombe. « Non, je lui ai dit que je connaissais quelqu'un qui aurait peut-être des informations, mais pas de qui il s'agissait.

— C'est futé, ça. » Elle repassa son bras sous le mien, puis posa son menton sur mon épaule, ses cheveux me chatouillant la joue. « Merci pour ta confiance. J'étais inquiète. Enfin, je le suis toujours, mais pour des raisons différentes.

— Je comprends, acquiesçai-je tandis que nous rebroussions chemin à travers le cimetière. À ton avis, qu'est-ce que les Anciens manigancent ? »

Elle plissa le front en même temps qu'elle fronçait les sourcils. « S'ils cherchent à ouvrir les portails, ça doit être pour faire venir plus d'Anciens ici. Ma mamie parlait souvent d'eux, ajouta-t-elle à ma grande surprise. Surtout de ceux qui gouvernaient les différentes cours dans l'Autre Monde. D'après elle, lorsqu'ils ont uni celle d'Été et celle d'Hiver, il n'y restait plus qu'un prince, une princesse, un roi et une reine. Ils détenaient tout le pouvoir et les chevaliers étaient à leur service, ainsi que tous les Faes. Ça, je ne sais pas si c'est vrai, mais quelle importance ? Et si les Anciens présents ici essayaient de les libérer ? »

Un frisson parcourut mon dos malgré le soleil radieux. « Ce serait très grave. »

Une fois, j'avais demandé à Clo pourquoi les Faes ne restaient pas dans leur monde, pourquoi il l'avait quitté, lui aussi. À contrecœur, il m'avait expliqué que les Faes avaient pris le dessus sur toutes les autres créatures en les asservissant, voire en exterminant presque des espèces entières. Il avait également ajouté que ces actions avaient eu de lourdes conséquences, mais n'avait pas plus approfondi que ça. À mes yeux, la raison de leur présence était simple : ils avaient conquis leur monde et, maintenant, ils voulaient le nôtre.

Les portails clos les empêchaient d'enlever des mortels pour les ramener chez eux afin de s'en nourrir et de se divertir.

Mais une chose était sûre, ils n'ouvriraient pas les passages.

« Tu me diras ce que tu découvres. » Val saisit mes lunettes de soleil pour les mettre sur son visage. Elles lui allaient à ravir. « Je t'aiderai comme je peux. » Nous quittâmes Lafayette pour nous rendre à la librairie. « Bon, reprit-elle, tu es prête pour une conversation plus normale ?

— Bien sûr. » Je me sentais cent fois mieux après avoir discuté de tout ça avec elle. La vérité apaisait l'esprit.

« Qu'est-ce que tu penses du nouveau ? demanda-t-elle tandis que nous entrions dans le petit centre commercial en face du cimetière.

— Ren ? » Je détournai vite le visage en sentant mes joues chauffer. Je repensai à la façon dont il m'était apparu le matin même. « Comment ça ? Je t'ai dit que je le croyais.

— Ce n'est pas ce que je voulais dire. Il est canon. Genre vraiment canon. Et il fait partie d'une organisation secrète au sein d'une autre organisation secrète, donc ça le rend encore plus sexy. Pendant la réunion de vendredi, il a souri et ma culotte a pris feu. » Val poussa la porte de la librairie *Garden District*, située en face d'un bureau d'avocats. « Alors, il te plaît ? Parce que si ce n'est pas le cas, je ne dirais pas non à une part du gâteau. »

J'ouvris la bouche pour lui répondre, mais rien n'en sortit. Pas un non ni un oui. Rien.

Val se tourna brusquement vers moi, les yeux écarquillés, puis m'attrapa par les épaules. « Oh, mon Dieu, il t'intéresse ? Tu veux qu'il mette le feu à *ta* culotte.

— Je n'ai aucune envie que mes sous-vêtements prennent feu. » Bon sang, pourquoi est-ce que tout le monde était obsédé par le sexe, en ce moment ? « Pas du tout. »

Elle balaya mes paroles d'un geste de la main. « Si tu le veux, il est tout à toi. Il est temps que tu mettes fin à cette interminable sécheresse sexuelle et ce serait une sacrée façon de le faire. » Elle me lâcha pour se balancer sur ses talons en tapant dans ses mains. « Ma petite fille va s'envoyer en l'air. Enfin ! » Elle se déhancha en poussant un cri enthousiaste.

Hum.

Avec un regard sur ma droite, je remarquai que la femme derrière la caisse nous dévisageait. À ma gauche, j'aperçus un homme accompagné d'un garçon de 5 ou 6 ans. « Comment on fait pour s'envoyer en l'air ? » demanda-t-il à l'adulte.

Je soupirai.

Val n'y prêta pas la moindre attention, pivota, puis se dirigea vers la section romance. Je la suivis, regrettant presque notre conversation sur les Anciens.

« Tu sais, lança-t-elle en tournoyant dans l'allée étroite, sa jupe gonflant autour d'elle, j'étais sérieuse quand je t'ai proposé de t'aider à y mettre fin. Je ne fais pas de jaloux. »

Je m'arrêtai en riant au milieu de la rangée pour parcourir les étagères organisées par auteurs. « Je sais. »

Elle dansa jusqu'à moi, puis enroula un bras autour de mes épaules. « Les femmes sont tellement plus amusantes que les hommes.

— Je veux bien te croire. Mais attends, lançai-je en lui mettant un petit coup de hanche, qu'est-ce qui s'est passé avec ton rencard sexy, au fait ? C'était un mec, non ?

— Ah, oui. » En fredonnant, elle s'écarta de moi pour s'intéresser aux livres. « Il est… spécial, dit-elle en me regardant à travers ses épais cils. Je suis surprise de pouvoir marcher aujourd'hui.

— Et toi qui disais que les femmes étaient plus amusantes… »

Je trouvai enfin le nom de l'autrice que je cherchais, Crownover.

« En général, oui, répliqua-t-elle en saisissant un roman. Mais il y a quelques exceptions. Comme Ren. Ces mecs-là sont encore plus divertissants. Alors, quand est-ce que tu vas le laisser te…

— Ne songe même pas à terminer cette phrase. » Je m'emparai du livre pour lequel j'étais venue et le serrai contre moi en me retournant vers Val. « Écoute, je… oui, c'est vrai, il me plaît. Forcément. Mais je ne le connais que depuis quelques jours.

— Ma belle, lança-t-elle en sautillant jusqu'à moi. Ma belle…

— Quoi ? » Je la fusillai du regard avant de me diriger vers la caisse.

« Tu n'es pas obligée de bien le connaître pour coucher avec lui. Tu n'as qu'à baisser ta culotte. » Elle marqua une pause et son regard devint vitreux, comme si elle s'était perdue dans un souvenir particulièrement passionné. « En fait, même pas. Il pourrait simplement te l'arracher. Ce serait super sexy.

— Je n'en reviens pas, murmurai-je avant de continuer à voix haute. On peut changer de sujet ?

— D'accord, espèce de prude.

— Espèce de dévergondée », rétorquai-je avec un sourire.

Après l'achat de nos livres, j'étais certaine que les employés étaient ravis de nous voir partir ensemble. J'avais bien fait de me confier à elle. Val devait savoir à quoi s'attendre pour avoir une chance de se défendre. Je serais perdue sans elle.

On s'assit à la terrasse du café voisin pour papoter. Alors qu'elle insistait sur le fait qu'il fallait à tout prix que je finisse dans un lit, contre un mur ou sur un comptoir de cuisine avec Ren avant la fin de la semaine, elle se redressa droite comme un piquet sur son siège, me faisant sursauter.

« Tout va bien ? lui demandai-je en me penchant vers elle.

— Mince, je n'avais pas vu l'heure. » Elle bondit sur ses pieds. « Je dois y aller. »

Je haussai les sourcils. « Un deuxième rencard torride ?

— Oui, à vrai dire, confirma-t-elle en récupérant son café. De quoi j'ai l'air ? Sublime ?

— À tomber, comme d'habitude. » Je tendis la main vers elle. « Je peux récupérer mes lunettes de soleil ?

— Oups. » Avec un rire, elle les retira, puis me les rendit avant de me faire un bisou sur la joue. « Je t'enverrai un message plus tard.

— J'ai comme l'impression que tu seras trop occupée pour m'écrire. »

Elle gloussa. « Avec un peu de chance, oui. »

Je me levai à mon tour, mon thé glacé et mon sac de la librairie en main. « Et je vais le rencontrer un jour cet apollon qui va te faire marcher de travers d'ici demain ? »

Tout sourire, Val recula, laissant sa jupe flotter autour de ses jambes. « Peut-être bien, répliqua-t-elle en se mordant la lèvre avec un clin d'œil. Fais attention à toi, d'accord ? »

Je tendis la main pour presser la sienne. « Toi aussi. »

Chapitre 9

Sur le chemin du retour, je m'arrêtai chez Brighton et Merle, en plein cœur du Garden District, pas très loin de mon appartement. Elles habitaient dans une magnifique maison à étage datant d'avant la guerre civile. Quatre larges piliers blancs soutenaient le vaste porche et le balcon qui le surplombait. Les volets étaient noirs, comme le voulait la tradition, mais environ un mois plus tôt, Merle avait décidé sur un coup de tête d'embaucher un professionnel pour repeindre la porte en bleu clair. J'avais trouvé ça surprenant, d'autant plus que la couleur choisie était d'une pâleur identique à celle des yeux des Faes.

Je poussai le portail, qui grinça tels de vieux os, afin de pénétrer dans la propriété entourée d'une clôture en fer forgé. Le trottoir, autrefois fissuré comme du plâtre décrépi, avait enfin été réparé environ un an auparavant. Je grimaçai en entendant le craquement des planches en bois sous mes pieds alors que je gravissais les marches menant au porche.

D'immenses fougères pendaient depuis le plafond, se balançant dans la brise légère. J'approchai de la grande porte bleue, hésitai un instant, puis toquai. Merle détestait les sonnettes, donc je résistai à l'envie d'appuyer dessus. Après un moment sans réponse, je toquai de nouveau, puis dus me résoudre à sonner. Toujours personne.

Je reculai en observant mieux l'état du porche. Les superbes meubles en osier étaient disposés de façon un peu désordonnée. Parfois, Merle aimait les changer de place, au grand désespoir de Brighton. Espérant les trouver dans le jardin, je fis le tour de la maison avant de descendre les trois marches qui menaient à une cour splendide.

Là, les arbres fruitiers et les plantes en fleurs embaumaient l'air. J'étais jalouse du jardin de Merle. Il était de toute beauté, comme ceux dans les émissions de décoration intérieure et de bricolage. Elle passait beaucoup de temps à l'entretenir avec sa fille.

Mais, cette fois, je ne la trouvai pas agenouillée à arracher les mauvaises herbes ni occupée à tailler ses buissons à colibris. Brighton n'était pas non plus assise dans un des nombreux fauteuils inclinables rembourrés ou sur un banc avec un livre entre les mains. Aucune note de jazz ne provenait de la maison et le jardin était vide.

Super, elles étaient toujours là le dimanche… sauf celui où j'avais décidé de leur rendre visite.

J'aurais sans doute dû appeler Brighton pour la prévenir plus tôt, mais elle était presque systématiquement injoignable et semblait égarer son téléphone à longueur de temps. Cela dit, je n'avais plus vraiment le choix. Je récupérai mon portable dans ma poche arrière pour composer son numéro.

Comme je m'y attendais, elle ne décrocha pas. Je lui laissai tout de même un message vocal. « Salut, Brighton, c'est Ivy. Tu pourras me rappeler quand tu auras reçu ce message ? Merci. »

Je raccrochai. Alors que je faisais demi-tour, un mouvement dans ma vision périphérique attira mon attention. Je m'immobilisai, le sac de la librairie se balançant au bout de mes doigts.

Était-ce des… ailes ?

J'aurais juré avoir vu un battement d'ailes vers les buissons aux fleurs rose vif. Pas de papillon ni d'oiseau, elles étaient trop larges et transparentes pour que ce soit le cas. Je fis volte-face pour examiner l'arbuste, puis m'en approchai à pas de loup. Je restai figée sur place, respirant à peine pendant plusieurs secondes. *Là* !

À travers le feuillage, je les aperçus une nouvelle fois. C'étaient des ailes brunes translucides plus ou moins de la taille de ma main. Y avait-il un Brownie dans leur jardin ? C'était très improbable, mais pas impossible. Après tout, j'avais trouvé Clo dans un cimetière. Il y en avait peut-être d'autres dans les parages. Et si c'était une femelle ? Clo pourrait avoir une petite copine.

Je fronçai le nez. Non mais ça n'allait pas la tête ? Même s'il s'agissait d'une Brownie, je n'allais pas la capturer pour la ramener à la maison et l'offrir à Clo comme une sorte de trafiquante de mini créatures.

« Bonjour ? dis-je d'une voix douce. Je ne vais pas te faire de mal. » Au bout d'un moment sans réponse, je dus me rendre à l'évidence : j'étais debout dans un jardin à parler à un buisson.

Je m'accroupis, puis tentai d'écarter les branches feuillues avec précaution pour mieux y voir.

Il n'y avait rien.

Je lâchai la plante, puis me relevai avec un soupir. Soit j'avais des hallucinations, soit ce qui s'était trouvé là, Brownie ou non, avait décampé. Je patientai quelques minutes supplémentaires, mais ne remarquai rien d'autre de suspect. Alors, je quittai leur propriété en refermant le portail derrière moi.

Je pris mon temps pour déambuler à l'ombre des chênes imposants. Trop souvent, je courais à toute allure pour me rendre nulle part. Je n'avais rien de prévu pour le reste de la journée, à part appeler Jo Ann et peut-être dîner avec elle.

Alors que j'avais parcouru la moitié du chemin jusqu'à chez moi, un frisson étrange me parcourut l'échine, dressant les petits cheveux sur ma nuque. Une fois arrivée à l'angle, l'intense sensation d'être observée me força à m'arrêter en plein milieu du trottoir. J'avais presque l'impression que quelqu'un se tenait juste derrière moi. Le cœur battant fort, je regardai par-dessus mon épaule, mais ne vis personne.

J'étais tout de même rassurée d'avoir un pieu dans ma botte. Si la plupart des Faes préféraient sortir le soir ou durant la nuit, rien ne les empêchait de se balader en pleine journée. En revanche, il ne s'agissait pas forcément d'un Fae. Ce n'étaient pas les seuls êtres dangereux de la ville.

Je scrutai la rue dans toute sa longueur en tournant sur moi-même avec lenteur. Il y avait des habitants dans leurs jardins et un groupe de touristes admiraient les demeures depuis le trottoir d'en face, mais personne ne faisait attention à moi.

La sensation ne disparut pas pour autant, même lorsque je me remis à marcher, bien plus rapidement et sur mes gardes, cette fois. Elle ne me quitta qu'à un pâté de maisons de chez moi. Alors, elle s'évapora comme de la fumée après un coup de vent, mais ma méfiance subsista.

Comme le samedi précédent, Ren m'attendait devant *Mama Lousy*, adossé au mur comme s'il n'avait rien de mieux à faire de son temps. Un peu tendue, j'approchai de lui en passant une main nerveuse dans mes cheveux pour repousser les boucles qui s'échappaient de mon chignon. L'humidité était de retour en force et je n'avais qu'une envie : retirer mes vêtements pour me balader à moitié nue comme tout le monde.

Une sorte de boule de stress, d'excitation et d'appréhension m'avait suivie toute la journée, remuant dans tous les sens telle une balle rebondissante. Je n'avais pas voulu en chercher la cause, mais dès l'instant où mon regard se posa sur Ren, je repensai à ma conversation avec Val la veille et à ce que j'avais fait avant ça.

Le rouge me monta aux joues, me faisant presque hésiter à rebrousser chemin. Mais pour aller où ? Me cacher dans une poubelle débordante de déchets ? Fuir Ren alors que je me faisais un plaisir d'affronter des Faes serait simplement absurde. Je n'avais aucune raison d'agir différemment ou de me sentir gênée. Il fallait que je me calme. Je carrai les épaules, puis lui adressai un signe de tête en passant devant l'entrée du magasin de souvenirs.

Il me salua de la même manière avec un sourire. Ses deux fossettes étaient visibles lorsqu'il tendit un bras vers moi. Entre ses longs doigts, il tenait une unique rose d'un bleu foncé presque violet.

Mon regard passa de la fleur à lui, puis se posa de nouveau sur la rose. « Je… je ne comprends pas.

— C'est pour toi. » Il s'écarta du mur, se redressant de toute sa hauteur.

Je relevai les yeux vers les siens. « Pour moi ? »

Un éclat brillait dans son regard. « Oui.

— Pourquoi ?

— Ma chérie, si tu ne veux pas de sa rose, je la prends volontiers, intervint une parfaite inconnue qui passait par là en reluquant Ren avec un sourire coquin. Et je le veux bien, lui aussi. »

La chaleur dans mes joues s'intensifia, mais le rire de la femme fut finalement étouffé par les sirènes de police environnantes tandis qu'elle continuait sa route.

« Je suis tombé dessus en venant et j'ai pensé à toi. » Il tendit la fleur pour tapoter le bout de mon nez. Les pétales sentaient bon. « Elle est presque assortie à tes yeux. »

Bouche bée, je le dévisageai.

En abaissant la fleur, il se pencha vers moi jusqu'à ce que son nez effleure ma joue. « Là, c'est le moment où tu prends la rose », dit-il dans mon oreille.

Une série de petits frissons dansèrent le long de ma peau et mon cœur s'emballa sous l'effet de ce contact si léger et innocent. Je l'observai s'écarter de moi, un éclat brûlant dans ses yeux verts. La bouche sèche, je saisis la fleur. « Merci. »

Il inclina la tête d'un côté. « Je suis surpris.

— De quoi ?

— Que tu m'aies remercié. Ça m'étonne, répondit-il en haussant une de ses larges épaules. Je craignais que tu me l'envoies en pleine face. »

Tenant la rose proche de ma poitrine, je me demandai quelle image il avait de moi s'il s'attendait à ce genre de réaction de ma part. « Je t'ai laissé une super première impression, on dirait.

— Pas que la première, me corrigea-t-il d'une voix joueuse. Cela dit, j'admets que le contexte ne t'a pas aidée ces fois-là. »

Gênée au plus haut point, j'acquiesçai en faisant passer mon sac à dos sur une seule épaule pour l'ouvrir et placer délicatement la fleur dans la poche avant.

« Tu as quoi dans ce sac ? demanda-t-il. Ça n'a pas l'air léger.

— Des manuels, des cahiers. » Je refermai la fermeture Éclair. « Ce n'est pas si lourd. »

Il s'approcha de moi pour laisser quelqu'un passer. « Des manuels ? Tu vas…

— Ivy ! l'interrompit Jérôme en criant si fort depuis l'intérieur du magasin que même les vitrines avaient dû trembler. Ramène ton cul ! »

Ren se raidit. Il pivota, les yeux plissés, mais je soupirai en remettant mon sac correctement. « Je reviens tout de suite. »

Je me tournai, puis ouvris la porte… qui ne claqua pas après mon passage. Ren l'avait attrapée pour entrer juste après moi. Je lui lançai un regard par-dessus mon épaule, mais le sien était rivé sur le vieil homme grincheux derrière la caisse. Son sourire malicieux avait disparu et ses yeux verts étaient glacés.

Je m'apprêtai à prendre la parole, mais Ren me devança. Il me contourna, fonça droit jusqu'au comptoir et plaqua ses deux mains sur la surface en verre. « C'est quoi cette façon de lui parler ? »

Oh, bon sang.

Jérôme arqua ses sourcils noirs en soutenant le regard de Ren. « Tu te prends pour qui, toi ? rétorqua-t-il.

— Pour quelqu'un qui pense que tu as besoin d'une petite leçon sur le respect. »

Je me faufilai entre Ren et l'étalage de plumes vaudou au parfum de patchouli. « Ren, c'est bon. »

Il resta concentré sur Jérôme. « Non, ce n'est pas bon. »

Jérôme croisa les bras, se redressant avec son habituelle expression renfrognée. J'étais surprise que les profondes rainures sur son visage ne soient pas figées en une grimace permanente.

« On ne t'a pas demandé ton avis, gamin.

— On se calme, m'interposai-je en levant une main devant Ren qui semblait à deux doigts d'étrangler le vieil homme. Je suis sérieuse. Tout va bien. Il ne me manque pas de respect. » Je me tournai un instant vers Jérôme. « Enfin, disons que ce n'est pas personnel. Il est aussi odieux avec tout le monde.

— Pas tout le monde », marmonna-t-il d'un ton bourru.

Je lui lançai un regard blasé. « Ton chien ne compte pas. »

Après un moment tendu, Ren baissa les yeux vers moi. Ses traits s'adoucirent en partie, mais il n'avait pas non plus l'air ravi. « Ce n'est pas une excuse.

— Ren, murmurai-je.

— Ivy », répondit-il.

Jérôme leva les yeux au ciel, puis avança le menton. « Hé, vous ! Oui, vous devant les sauces piquantes ! » cria-t-il. Ren et moi nous retournâmes pour voir un homme blanc d'âge mûr s'immobiliser avec deux énormes bouteilles de Voodoo Queen Hot Sauce dans les mains. « Les produits sont à vendre, pas à tripoter. Achetez-les ou posez-les.

— Eh ben, commentai-je en lui refaisant face. Ce magasin ne doit pas ramener beaucoup d'argent. »

Il eut un rire jaune. « Parce que tu crois que j'en ai quelque chose à carrer ? »

Non, je n'avais jamais pensé que c'était le cas.

« Tu l'as appelée ici pour une raison particulière ? demanda Ren en croisant les bras tandis que le client détalait. Parce qu'on a des choses à faire. »

Jérôme posa son regard sur Ren. « Je t'aime bien, gamin.

— Quel honneur, murmura Ren. Je suis tellement flatté. »

Je me mordis la lèvre pour réprimer un sourire.

« Tu n'aurais pas oublié quelque chose ? » accusa Jérôme en pointant un doigt noueux sur moi.

Je ne compris pas tout de suite à quoi il faisait référence, puis le jour me revint en mémoire. « Ah, mince ! » Je posai les mains sur le comptoir. « Je suis désolée. Ça a été une sacrée semaine et ça m'est sorti de l'esprit.

— De quoi vous parlez ? demanda Ren en nous regardant l'un après l'autre.

— Chaque lundi, grommela Jérôme. Chaque lundi depuis deux ans et c'est la première fois que tu oublies.

— Un gâteau, informai-je Ren avec un sourire timide.

— Un gâteau ? » Il arqua un sourcil brun.

« Pas n'importe quel gâteau ! » Jérôme plaqua à son tour ses paumes sur la surface en verre, ce qui me fit sursauter. « Le meilleur gâteau au chocolat que j'aie jamais mangé. Elle m'en apporte un chaque lundi. Je réarrange mes points pour ce foutu gâteau. »

Ren avait l'air encore plus perdu à présent. « Quels points ?

— C'est pour son régime, répondis-je avec un sourire franc. Je suis désolée. Je t'en amènerai un demain, d'accord ? »

Jérôme marmonna quelque chose dans sa barbe. « Tu as intérêt à t'en souvenir, cette fois. Allez, ouste maintenant, je dois commander une pizza. »

La vérité, c'était que je n'étais pas la seule à avoir oublié.

Une fois dehors, nous partîmes en direction de Jackson Square. Au bout de quelques mètres, Ren explosa de rire.

« Quoi ? interrogeai-je en me tournant vers lui.

— Tu fais de la pâtisserie ? » Il me donna un léger coup de coude. « Tu prépares le meilleur gâteau au chocolat du monde entier pour ce vieux à moitié sénile ?

— Hum, oui, gloussai-je. C'est un de mes… passe-temps. » Bon, c'était un mensonge éhonté. Les seules pâtisseries que j'avais une chance de réussir étaient celles faites à partir d'une préparation. C'était Clo qui savait les cuisiner de A à Z.

« Et pourquoi est-ce que tu ne m'en as toujours pas proposé ? »

Il n'aurait peut-être pas la même réaction s'il savait que le pâtissier était un Brownie. Avec un coup d'œil dans sa direction, je frottai mes mains sur mes cuisses. « Il va falloir qu'on se connaisse un peu mieux si tu veux pouvoir goûter à mon gâteau. »

Ren ouvrit la bouche, puis la referma un instant avant de venir se planter devant moi. J'évitai de lui rentrer dedans de justesse. Le type derrière nous poussa un juron et nous lança un regard noir en nous dépassant. Ren l'ignora. « Est-ce que c'était une invitation ? Parce que je veux bien apprendre à te connaître en long, en large et en travers si ça signifie que je peux y goûter.

— Une invitation pour... ? » Oh, mon Dieu. Mes paroles résonnaient à présent dans mon esprit. Mon visage devint écarlate. « Espèce de pervers ! l'accusai-je en le tapant fort sur le torse. Ce n'est pas ce que je voulais dire.

— Ah, c'est bien dommage alors », répondit-il avec sérieux.

Je lui assénai un autre coup, dans le bras cette fois, puis le contournai avec entrain. « Tu n'es qu'un obsédé. »

Sa tête bascula en arrière et il se mit à rire à gorge déployée et, malgré ma gêne, je ne pus réprimer un sourire en coin. C'était plus fort que moi. Son rire était... communicatif. Il me rattrapa en un clin d'œil. « Je veux vraiment goûter ton gâteau, le vrai. Enfin, l'autre aussi.

— Si tu arrêtes avec cette histoire de gâteau, je te promets de te donner une part. Et de ne pas te poignarder.

— Tu serais capable de me poignarder ? » demanda-t-il d'un ton amusé.

Je hochai la tête. « Oui. Même si tu m'as offert une rose.

— D'accord, marché conclu. Je n'en parlerai plus. » Nous traversâmes Chartres Street en silence, puis il ajouta : « Tu as fait quoi de ton jour de repos hier ? »

Je faillis trébucher en lui lançant un regard acerbe. Brighton ne m'avait pas rappelée, ce qui n'était pas surprenant. Je comptais retourner lui rendre visite, mais comment aurait-il pu le savoir ?

Un sourire en coin ourla ses lèvres. « C'est une question toute simple. Je vais te raconter ce que j'ai fait, moi. Je me suis réveillé vers 10 heures du matin, ensuite je me suis baladé, un peu sans but à vrai dire, et je me suis acheté des beignets. Et hier soir, j'ai gardé un œil sur l'hôtel dans lequel on a vu l'Ancien entrer. Voilà, tout simple. »

À contrecœur, je m'efforçai de répondre après une pause. « Je n'ai pas fait grand-chose. J'ai passé du temps avec Val, on a fait un tour dans une librairie. Après, je suis rentrée chez moi et j'ai fait semblant de faire du ménage. Ensuite, j'ai dîné avec une amie. C'est tout. »

Son regard croisa le mien et le chagrin qui les avait envahis le soir où l'homme était mort me revint en mémoire.

« Ce n'était pas si compliqué, pas vrai ? »

J'acquiesçai, mais ce n'était pas non plus si simple. Du tout. Une fois à proximité de Jackson Square, la brise provenant du fleuve Mississippi était plus fraîche. Elle faisait danser les boucles rebelles sur ma nuque.

« Et ces manuels ? ajouta-t-il en changeant de sujet. C'est pour quoi ? »

Nos pas ralentirent tandis que je décidais quoi lui dire. Non pas que mon inscription à la fac soit un secret. Je passai mes doigts le long d'une clôture. « J'étudie à l'université Loyola. En sociologie. »

Je sentais son regard braqué sur moi. « Tu suis des cours ? En plus de ce travail ? »

Je hochai la tête, puis levai les yeux vers les clochers gris foncé qui contrastaient avec le ciel bleu. « Tu as l'intention de quitter l'Ordre ? »

Je ris. « Je pense que le seul moyen d'en partir, c'est dans un sac mortuaire.

— Ce n'est pas vrai. » Il se plaça face à moi tout en marchant à reculons, sa main longeant la clôture devant la mienne. Il avait de la chance qu'il y ait aussi peu de vendeurs. « Certains agents ont déjà démissionné, Ivy.

— Je n'en ai pas envie. Je veux seulement... accomplir plus que ça. »

Soudain, mon estomac se noua. Je n'aurais pas dû me livrer autant.

Ren s'arrêta et nos mains se touchèrent.

J'allais retirer la mienne, mais décidai de ne pas me laisser impressionner. « Je sais que c'est étrange, mais c'est ce que je fais. »

Il m'observa avec insistance. « Non. Ce n'est pas étrange. C'est juste différent. »

Je soutins son regard un moment avant de baisser les yeux en mordillant ma lèvre.

Lorsque je les levai à nouveau, il me scrutait toujours avec la même expression. Comme s'il pouvait lire en moi.

« Quoi ? demandai-je.

— Je réfléchissais à quelque chose. » Il posa un doigt au bout de ma main, puis le fit glisser le long d'un des miens sous mes yeux. J'avais le souffle court. « Je crois que je n'ai jamais rencontré quelqu'un comme toi.

— Dis comme ça, ça n'a pas l'air positif », répondis-je en détournant mon regard avec difficulté.

Il sourit. « Si, c'est une bonne chose. Je pense. »

On ne pouvait pas dire qu'il semblait convaincu.

Il retira sa main et se remit en marche, vers l'avant cette fois, repartant par là où nous étions arrivés. « Bon, allez. On a du travail.

— On n'est pas déjà en train de travailler, là ? »

Il me lança un regard par-dessus son épaule. « Ce que je cherche n'est pas là.

— Ah bon ? rétorquai-je en le rattrapant malgré ses grandes enjambées. On va où, alors ?

— Par ici. »

Je haussai les sourcils.

« Dans Pirates Alley ? »

Ren se contenta de me faire un clin d'œil, toujours en mouvement. Ne sachant pas ce qu'il manigançait, je le suivis jusqu'au début de l'allée, mais il ne s'arrêta pas. Dommage, elle était très belle avec tous ses bâtiments et ses portes colorées.

Il nous mena jusqu'à Madison Street. Je me retins de lui faire remarquer que nous aurions simplement pu venir ici au lieu de passer par Jackson Square. Après tout, notre travail consistait en grande partie à arpenter les mêmes rues toute la nuit.

Ren approcha d'un garçon qui se tenait à côté d'une moto. Je n'en connaissais pas le modèle, mais elle était noire, lustrée et semblait assez rapide pour briser tous les os de ses passagers en cas d'accident.

« Merci, mec. » Ren remit une liasse de billets au garçon.

Je le dévisageai tandis que celui-ci décampait. « Elle est... à toi ? »

Il hocha la tête.

« C'est quoi, au juste ? demandai-je en toisant l'engin comme s'il s'agissait d'un insecte à deux pattes géant.

— Certains appellent ça une Ducati. » Il ramassa deux casques en arquant un sourcil avec un air de défi. « J'ai tout prévu, ce soir. Un pour moi, dit-il en levant le premier, et un pour toi. »

Je le fusillai du regard. « Tu t'attends à ce que je monte là-dessus ? »

Il me tendit un casque noir que je pris entre mes mains comme s'il s'agissait d'une grenade, le maintenant à distance de mon corps.

« Oui. Comme je te l'ai déjà dit, ma mission ne se résume pas à chasser les Faes de manière ordinaire. Je suis là pour découvrir ce que les Anciens préparent et les empêcher d'atteindre leur but. Tu n'es pas obligée de m'accompagner, mais je préférerais. » Il inclina la tête d'un côté et le soleil couchant illumina sa joue lisse. « Si tu es avec moi, je suis au moins sûr que tu n'es pas morte quelque part. »

Je resserrai ma prise sur le casque. « Je peux me défendre toute seule.

— Je n'ai jamais dit le contraire. Par contre, j'ai beau te connaître depuis peu, je sais déjà que tu n'es pas du genre à fuir un combat. Il y a plus de chance que tu t'y jettes tête baissée. » Son sourire en coin réapparut tandis qu'il passait une longue jambe par-dessus la moto pour s'y asseoir. « Et c'est carrément sexy, mais aussi très dangereux en ce moment. Et puis, tu es censée être en binôme avec moi au moins jusqu'à mercredi. Alors, viens. On va bien s'amuser. »

Le regard rivé sur lui, j'avais envie de lui ordonner de cesser d'être si beau et séduisant. Ce n'était pas facile de contredire sa logique quand il l'exposait avec un sourire craquant et des compliments.

« Alors, tu viens ou non ? »

Je soupirai, posant mes yeux sur le casque, puis sur lui. Un sourire se dessina lentement sur son visage. « D'accord. »

Ses iris prirent une teinte vert forêt. « Monte, dans ce cas. »

Face à son ton autoritaire agaçant, je pris le casque sous un seul bras pour lui faire un doigt d'honneur de ma main libre.

Ren s'esclaffa et sa peau se plissa au coin de ses yeux.

« Je ne t'aime pas. »

Sans perdre son sourire, il releva le menton en me regardant d'un air entendu. « Ne mens pas. Je sais que c'est faux. C'est peut-être à contrecœur, mais tu m'apprécies. »

Ignorant la justesse de son observation, je lui rendis un sourire narquois. « Tu te mets le doigt dans l'œil.

— Si tu le dis... » Ses cils épais dissimulèrent son regard lorsqu'il le tourna vers le bas. Alors, il tendit les bras vers moi et passa ses doigts dans les boucles de mon jean pour me tirer vers lui. Gardant la moto en équilibre avec ses jambes, il leva son autre bras vers mon visage et posa une main derrière ma nuque.

Les yeux écarquillés, je retins ma respiration. Puis, je faillis laisser échapper le casque quand il attira avec douceur ma tête vers la sienne. Trop sous le choc pour réagir, je me contentai de le regarder droit dans les yeux. Nos bouches étaient si proches que je sentais son souffle chaud sur la mienne. Il pencha son visage sans détourner le regard. Lorsque ses lèvres effleurèrent le creux de ma joue, mon pouls s'emballa sous l'effet de l'excitation et de la consternation. Je ne voulais pas qu'il m'embrasse... pas vrai ? Sa respiration chatouilla le point sensible juste en dessous de mon oreille, provoquant une palpitation dans mon bas-ventre. Un frisson me parcourut. Bon, d'accord, j'avais peut-être envie qu'il m'embrasse.

La bouche de Ren suivit le prolongement de ma joue jusqu'à ce que son nez frôle le mien. « Je parie que tes lèvres sont les plus douces du monde. Et que tu as un goût sucré, encore plus que les beignets auxquels tu m'as rendu accro. » Il serra un peu plus ma nuque. « Mais tu as un sacré répondant, c'est la touche d'amertume qui vient équilibrer la douceur. Ça ne va pas être facile de t'amadouer. Je sais que tu vas me repousser à chaque étape du chemin, mais ça en vaudra la peine quand j'aurai réussi. » À ce stade, mes yeux devaient être grands comme des soucoupes. Je n'avais pas les mots. Aucun. « Je te plais, ajouta-t-il en me relâchant avant de m'adresser un sourire d'une innocence angélique. Tu n'es simplement pas encore prête à l'admettre. »

Une seule pensée occupait mon esprit tandis que je le dévisageais.

Cet enfoiré est vraiment observateur.

Chapitre 10

La première chose que je constatai après avoir ignoré les paroles et les actes de Ren fut qu'il n'existait aucun moyen élégant de monter sur une moto. Pas comme Ren l'avait fait. J'avais failli lui mettre un coup de genou dans le dos en grimpant. Ma deuxième découverte arriva une fois que j'eus enfilé mon casque et Ren le sien. Ils étaient connectés par des micros. Ça, c'était de la technologie haut de gamme. Enfin, la dernière m'apparut tandis que j'étais assise, raide comme un piquet derrière lui, les cuisses collées à l'extérieur des siennes… Qu'étais-je censée faire de mes mains ?

« Ivy, dit-il sur un ton clairement amusé. Tu vas devoir te rapprocher et t'accrocher à moi si tu ne veux pas t'envoler en chemin, trésor.

— Ne m'appelle pas comme ça. »

Sans prêter attention à son petit rire, je plaçai mes mains avec légèreté de chaque côté de sa taille… qui était dure comme la pierre et sans la moindre once de gras. En revanche, je sentais bien les contours de ses poignards.

Ren s'empara de mes poignets pour les tirer vers l'avant, me forçant à glisser vers lui jusqu'à ce que mes cuisses épousent la forme de ses fesses. J'écarquillai les yeux lorsqu'il croisa mes bras devant lui, juste en dessous de son nombril. « Voilà. C'est comme ça qu'on fait de la moto. »

Ayant la poitrine pressée contre son dos, j'étais reconnaissante d'avoir un casque pour dissimuler mon visage empourpré. « Je suis presque sûre qu'on n'est pas obligés d'être aussi proches. »

La moto se mit à vrombir sous nos jambes alors qu'il ricanait. Mon cœur fit un bond. De toutes les choses dingues que j'avais faites pour le travail, monter sur une bécane n'en faisait pas partie. Je ne savais pas vraiment à quoi m'attendre.

« C'est ta première fois, pas vrai ? » lâcha-t-il d'un air grivois.

Je levai les yeux au ciel. « Très classe… »

Avec un nouveau rire dans le micro, il s'engagea sur la route. Ren ne me laissa pas de phase d'adaptation pour m'habituer. Non, il me lança dans le grand bain sans brassards. Sans consulter mon cerveau, mes bras se resserrèrent autour de sa taille et je fermai les paupières avant qu'il n'atteigne la rue la plus animée du quartier français. Je n'avais pas envie de voir toutes les personnes que nous allions esquiver de justesse, mais le vent… le courant d'air qui caressait mes doigts et mes bras nus était si agréable que je finis par rouvrir les yeux au bout d'une minute environ.

Les magasins et les passants défilaient en un déferlement étourdissant. Notre vitesse était à la fois effrayante et insensée, mais aussi… exaltante. Je tournai le visage, les yeux grands ouverts afin de ne rien manquer. Ça me procurait une telle sensation de liberté. Était-ce pour cela que tant de gens faisaient de la moto ? J'aurais voulu sentir le vent dans mes cheveux. Cependant, je n'étais ni assez courageuse ni assez stupide pour retirer mon casque. Mes cuisses et mes épaules se détendirent alors et je sus que j'aurais pu me reculer un peu sans tomber, mais n'en fis rien.

Contre moi, les muscles puissants dans le dos de Ren se raidissaient, puis se relâchaient à tour de rôle. Sous mes bras croisés, son ventre tendu se contractait à intervalles de quelques minutes chaque fois, comme si son corps réagissait de façon inconsciente à quelque chose. « Tu tiens le coup ? » me demanda Ren.

Je hochai la tête comme une idiote avant de répondre. « Oui. En fait… ça me plaît beaucoup.

— Tu devrais voir ça quand je roule sur des routes vides et appuie vraiment sur l'accélérateur. » En s'arrêtant avec lenteur à un feu, il baissa une main pour serrer les miennes une fois. « Ça donne l'impression de voler. »

Mon corps s'emballa. Il se remit en chemin, traversant Canal Street, avant que je puisse trouver les mots pour lui répondre. On se dirigeait sans doute en direction du quartier des affaires, où nous avions vu l'Ancien qui jouait au promoteur immobilier.

« J'ai gardé notre ami à l'œil, expliqua Ren tandis que nous ralentissions à cause de la circulation importante. Chaque soir, vers 19 heures, ou parfois 20 heures, il quitte son hôtel pour se rendre à la boîte de nuit *Flux* quelques rues plus loin. Ça te dit quelque chose ? »

Contrairement à Val, je n'étais pas trop fan de discothèques. « Non. Elle est peut-être nouvelle, mais je ne fréquente pas trop les boîtes de la ville.

— Moi qui te prenais pour une fêtarde invétérée, me taquina-t-il.

— Et toi ?

— Je me suis bien amusé, à boire et à faire la fête avant mes 21 ans, expliqua-t-il en tapotant mon genou. Ça rendait mes parents fous. Avec du recul, je me rends compte que j'étais vraiment un sale gosse. Ils risquaient leur vie chaque jour, puis devaient se coltiner leur fils qui se pointait à la maison ivre mort. Je suis surpris qu'ils ne m'aient pas tué dans mon sommeil. » Il émit un rire pour lui-même. « Mais tu sais comment c'était. On allait à une école publique mais on était obligés de rentrer direct après.

— Pour s'entraîner », complétai-je.

Je grimaçai en repensant à mes années de lycée. À l'époque, les autres me trouvaient bizarre parce que je ne participais à aucune activité après les cours, n'assistais à aucun match et ne restais qu'avec les élèves dont les parents faisaient partie de l'Ordre... ceux qui étaient comme moi. Mais dans l'ensemble, l'expérience n'avait pas été aussi horrible que ça pour moi.

« On n'avait tellement pas de vie que je me suis rebellé, dit-il en haussant les épaules. Mais au moins, je me suis bien défoulé. J'apprécie toujours une bière ou autre, mais plus de me bourrer la gueule. Et toi ?

— Ce n'était pas tout rose, mais ça allait. J'avais... » Je m'interrompis. J'avais été chanceuse d'avoir Shaun, d'abord en tant qu'ami, puis en tant que petit copain. « Je ne bois plus beaucoup. Je n'aime pas vraiment le goût de l'alcool. »

Il resta silencieux, seul le ronronnement de l'engin subsistait.

« Tes parents sont toujours vivants ? repris-je.

— Oui. Et ils font encore partie de l'Élite. » Il marqua une pause. « Et les tiens ? »

Je mordillai ma lèvre. « Non. Ils sont tous les deux morts. Mes parents biologiques se sont fait tuer quand j'étais bébé, puis Holly et Adrian m'ont adoptée. Ils ne pouvaient pas avoir d'enfant, alors ils m'ont élevée.

— Ils sont aussi décédés ? »

Une brûlure familière se réveilla dans ma poitrine. « Oui, eux aussi.

— Bon sang. Je suis désolé que tu aies perdu autant de personnes. »

Ne sachant quoi répondre, je me contentai de le remercier dans un murmure. Je n'aurais pas dû me livrer autant. Ce genre de conversation créait des liens entre les gens, ce qui rendait tout plus difficile lorsqu'ils... périssaient à leur tour. Combien de fois m'étais-je répété de ne pas trop m'attacher ? Mais je ne m'étais pas écoutée quand j'avais rencontré Val. Pas même quand j'avais connu ce vieux grincheux de Jérôme ou David.

Et voilà que je recommençais avec Ren.

Notre tour à moto perdit un peu de son côté divertissant après ça, mais c'était une bonne chose. Il fallait que je reste concentrée. Je n'étais pas là pour m'amuser. Ni pour apprendre à connaître Ren et devenir son amie. Et, contrairement à ce qu'il pensait, ce n'était pas seulement parce que je n'étais pas prête à admettre mon attirance.

Je n'étais tout simplement pas disposée à en arriver là avec quiconque.

Ren, qui était d'ordinaire plutôt bavard, avait dû comprendre que je n'avais plus envie de discuter, car il garda le silence. Nous passâmes devant l'hôtel à deux reprises avant de trouver une place de parking. Il ne restait plus beaucoup de temps, mais ce ne fut pas un souci. Depuis notre position privilégiée, nous aperçûmes la berline noire qui s'arrêtait au niveau de l'entrée. Pas plus de trois minutes plus tard, l'Ancien sortit vêtu comme la dernière fois où nous l'avions vu. Il monta à l'arrière du véhicule qui démarra dans la foulée, puis passa à côté de nous.

« Accroche-toi », m'ordonna Ren.

Je resserrai mon étreinte autour de sa taille tandis qu'il prenait un virage serré en se faufilant avec expertise entre un SUV et une décapotable. Ça n'empêcha pas ma gorge de se nouer. Le SUV klaxonna, mais Ren tourna à droite pour dépasser la décapotable. Je jetai un coup d'œil par-dessus son épaule. La berline se trouvait quatre voitures plus loin. Alors, Ren se rangea parmi les autres véhicules afin de la suivre à bonne distance.

Les réverbères s'allumaient à mesure que le soleil disparaissait derrière l'horizon, sa luminosité faiblissant pour laisser place au crépuscule. La berline stationna à l'entrée d'une boîte de nuit que je n'avais jamais vue. *Flux* était installée dans un ancien entrepôt réaménagé qui semblait assez récent et plutôt chic à en juger par les grandes fenêtres teintées, l'enseigne cursive élégante et le voiturier planté devant la double porte en bronze. Le bâtiment était haut de plusieurs étages et, en levant le regard, j'aperçus des bannes en tissu blanc qui ondulaient au vent. À l'extérieur, il y avait une foule d'hommes bien habillés et de femmes aux robes courtes et moulantes.

Ren poursuivit son chemin afin de se garer un peu plus loin tandis que je me tordais le cou pour observer la berline. Je vis Marlon en sortir, puis me raidis en remarquant l'autre Ancien émerger du club. « C'est lui, annonçai-je dans mon micro. C'est celui qui m'a tiré dessus. Il est là pour voir Marlon. »

Ren coupa le contact de l'engin. L'Ancien serra la main de Marlon, puis ils se saluèrent d'une étreinte à un bras. Marlon avait l'air de lui dire quelque chose. Les voir ensemble était troublant. Une partie de moi avait envie de descendre de la moto et de traverser la rue en courant pour les prendre par surprise. Mais je n'avais pas d'arme capable de leur infliger de vraies blessures. Leurs têtes penchées l'une vers l'autre, les deux Anciens pénétrèrent dans la boîte, suivis de mortels.

Ren appuya sur la béquille de la moto. J'allais enlever mon casque, mais il m'en empêcha. « Attends un instant », dit-il en montrant le côté opposé de la rue d'un geste de la tête. La berline s'écarta du trottoir, puis passa devant nous. « Son chauffeur est humain, je l'ai vu hier. Je ne crois pas que Marlon se nourrisse de lui et il ne sait peut-être pas pour qui il travaille, mais mieux vaut ne pas prendre de risque. »

Ren ne lâcha ma main qu'une fois le véhicule disparu derrière le prochain virage et nous retirâmes nos casques. Il passa ses doigts dans ses cheveux. Ses boucles partaient dans tous les sens. « C'est la première fois que je vois un autre Ancien le retrouver ici. Je m'en doutais, mais c'en est la preuve. »

Ce n'était pas étonnant que les Anciens traînent ensemble. Les Faes restaient souvent entre eux. Selon des rumeurs, certains avaient établi des communautés dans quelques villes, mais l'Ordre n'avait jamais trouvé d'adresse exacte.

« Il y a beaucoup de gens qui entrent et sortent de la boîte, observai-je, les yeux rivés sur l'entrée avant de les tourner vers lui. Ça me rappelle un bar dans le quartier français. On suspecte qu'ils embauchent un barman fae parce qu'on en a vu plusieurs en ressortir apparemment ivres.

— Ils servent sans doute de la belladone. Intéressant. On devrait y jeter un coup d'œil. »

Soulagée d'être descendue de la moto et d'avoir mis un peu d'espace entre nous, je calai le casque sous mon bras, puis commençai à avancer.

« Attends », lança Ren en me rejoignant. Je fus surprise lorsqu'il passa une main d'un côté de ma tête pour rabattre quelques mèches rebelles derrière mon oreille. « Voilà. Ça me déconcentrait. J'avais envie de tirer sur chacune d'entre elles et ce n'est pas le moment pour mon TDA de se laisser tenter par tes boucles. »

Un rire m'échappa. « Tu as un trouble de l'attention ? »

Il me sourit. « Pas tout le temps. On dirait presque que mon TDA a un TDA. Ou plutôt qu'il a un TDAH.

— Eh ben, dis donc, commentai-je avec un sourire en traversant la rue à ses côtés. Ça a l'air compliqué.

— Parfois. » Il s'arrêta sur le trottoir, son casque à la main. « Tu vois cette ruelle ? À ton avis, elle passe derrière la boîte ?

— Sans doute. La plupart des allées de la ville sont reliées entre elles. Elle mène peut-être à une aire de chargement. Tu veux qu'on aille y jeter un coup d'œil ? »

Il hocha la tête. Sans baisser notre garde, nous nous engageâmes dans la ruelle étroite. Maintenant que le soleil était presque entièrement couché, le manque de lumière artificielle lui conférait une atmosphère peu rassurante. Il y avait des plantes en pot, grandes et broussailleuses, tous les quelques mètres, ainsi que des bancs, mais personne en vue. Bizarre. C'était un endroit plutôt joli et calme pour la zone industrielle. Nos pas résonnaient et, à mesure que nous avancions, les bruits de la rue s'atténuaient. Au bout de l'allée, je remarquai une porte peinte de la même couleur que celle de Merle. Avant que je puisse approfondir la question, Ren atteignit la fin du bâtiment et s'arrêta. « Eh bien, bonsoir », murmura-t-il à voix basse.

Devant lui, j'aperçus deux Faes debout à côté d'une voiture de luxe, une Mercedes blanche. C'étaient des Faes ordinaires, comme en attestaient leur peau argentée et leurs oreilles pointues. Ils tenaient entre eux un humain qui se serait sans doute effondré sans le bras autour de son torse pour le soutenir. Une vague d'adrénaline familière surgit en moi.

Mais ce n'était pas le plus choquant. À leurs côtés se trouvaient deux agents de police d'apparence humaine en uniforme. L'un des deux semblait trop petit et bedonnant pour être un Ancien. Le second, qui devait avoir entre une quarantaine et une cinquantaine d'années, rit à quelque chose qu'avait dit le Fae brun.

Le policier rondouillard s'approcha de l'homme entre les Faes et le saisit par les joues pour faire pivoter son visage d'un côté, puis de l'autre. Ils chuchotèrent des paroles trop basses pour être entendues avant que les agents repartent vers la troisième porte après la Mercedes. Ils pénétrèrent dans la boîte de nuit par l'entrée de derrière.

Bordel de merde.

Ren et moi échangeâmes un regard. Ces policiers avaient l'air en contrôle d'eux-mêmes et conscients de ce qui se passait. Ils ne servaient pas de quatre-heures aux Faes et j'avais le mauvais pressentiment qu'ils connaissaient la vraie nature de ces derniers. Ça ne me disait rien qui vaille.

« Reste là », m'ordonna Ren. Il avança avant que je puisse répondre. Les Faes l'observèrent avec curiosité. « Salut », lâcha-t-il d'un ton jovial une fois à mi-chemin.

Puis, il jeta son casque sur le Fae brun qui le réceptionna, stupéfait, avant de marcher en direction de Ren avec un air de rage glaçant. « L'Ordre emploie des moyens désespérés, à ce que je vois... », ricana-t-il.

Ren poussa un rire.

Le Fae lui relança le casque, le transformant en un missile, mais Ren l'attrapa sans difficulté et le posa doucement, presque avec nonchalance, sur le sol. Il se redressa, tendit une main vers son flanc, puis en sortit un poignard.

« Débarrasse-toi de lui, dit le complice du Fae en traînant l'humain jusqu'à l'arrière de la Mercedes. On n'a pas le temps pour ça. »

Nous non plus.

Au lieu de rester en retrait comme on me l'avait intimé, je posai mon casque sur un muret autour d'un parterre de fleurs et récupérai le poignard dans ma botte. Lorsque j'approchai d'eux dans l'espace dégagé, le second Fae comprit que je me joignais aux festivités et laissa aussitôt l'homme s'affaler sur le sol, complètement inerte.

Le Fae brun lança un coup de poing que Ren esquiva en se baissant pour ressurgir ensuite debout derrière lui. Avec une pirouette, il planta son pied dans le dos de son adversaire. La créature trébucha vers l'avant, puis se retourna. Ren évita sa main tendue avec rapidité.

Bon sang, quelle agilité !

Je concentrai mon attention sur le grand Fae aux cheveux blonds décolorés qui fonçait vers moi. Parfois, les Faes aimaient se battre au corps à corps. D'autres fois, ils préféraient utiliser leurs talents. Celui-ci faisait partie de la seconde catégorie.

Il leva une main pour envoyer une décharge, qui hérissa les poils sur mes bras. Un bruit de métal crissant sur du ciment retentit. Le banc à ma droite s'envola dans les airs avec un tremblement.

« Sérieusement ? » marmonnai-je.

Au pas de course, je me plaçai devant la Mercedes afin d'éviter de me le prendre sur la tête. Le banc percuta le tronc d'un palmier tout proche et perdit ses pieds au passage. Le Fae leva une nouvelle fois la main, les yeux plissés. Les pieds du banc s'élevèrent dans les airs. Du coin de l'œil, je vis un éclat de lumière. Ren avait éliminé le premier Fae. Derrière lui, les pieds du banc se ruaient droit sur son dos.

Il fallait que j'agisse, et vite. Je tendis le bras en arrière, puis lançai mon poignard qui atteignit le torse de mon assaillant et s'y enfonça en profondeur. Un air ahuri déforma ses traits, puis il disparut à son tour dans un éclair lumineux. Les pieds du banc tombèrent par terre, à seulement quelques centimètres de Ren.

Il les observa brièvement avant de se tourner vers moi. Il pencha la tête d'un côté quand un éclairage jaune illumina soudain l'allée sombre. « Dans la voiture ! » cria Ren.

Oh, merde. Les feux du véhicule m'aveuglèrent un instant. Le moteur gronda et la Mercedes fut propulsée vers nous.

Mon cœur s'emballa tandis que je me jetais sur le côté. Une fois par terre, je roulai sur moi-même dans un mouvement irrégulier à cause de mon sac à dos. Ma pauvre rose avait intérêt à survivre. J'avais un peu envie de la garder.

La Mercedes passa si près de moi que je sentis la chaleur qui s'en dégageait. Les freins crissèrent et une odeur de pneus brûlés emplit l'air. Je me relevai d'un bond, à temps pour voir Ren courir après le véhicule. Avec un saut, il atterrit sur le coffre. La voiture fut secouée, et la porte du conducteur s'ouvrit brusquement. Le Fae en sortit une main.

À ma gauche, une poubelle trembla, se détacha du sol, puis vola dans ma direction. Je plongeai par terre, mais elle modifia sa trajectoire afin de me frapper à la taille, pile à l'endroit où je m'étais fait tirer dessus. Une douleur vive se réveilla au niveau de ma blessure. La mâchoire serrée, je la repoussai d'un coup de pied avant de prendre appui sur mes bras pour me relever.

Ren glissa sur le toit de la Mercedes et saisit le Fae. Il agrippa sa chevelure noire, l'attira vers l'arrière, puis planta le poignard dans son dos, entre ses omoplates.

Une lumière apparut et, un instant plus tard, Ren ne tenait plus que son arme recouverte d'un liquide similaire à de l'encre bleue entre les mains.

En poussant sur mes talons pour me redresser, je pris une grande inspiration et vis Ren s'asseoir sur le toit du véhicule. « Eh bien, c'était amusant », lançai-je.

Il essuya le pieu sur son jean brut, puis le replaça sous son t-shirt. Ensuite, il m'adressa un regard noir de colère. « Je t'ai dit que je m'en occupais.

— Tu peux descendre deux Faes, plus un troisième dans une voiture ? Tout seul ? ricanai-je. Tu as beau être spécial, j'ai du mal à y croire. »

Il sauta de la Mercedes, atterrit avec aise en pliant les jambes et se releva aussitôt. « Je gérais. Je comptais en garder au moins un en vie pour l'interroger.

— Dans ce cas, tu n'aurais pas dû tuer celui dans la voiture, hein ? répliquai-je d'un ton sec.

— Je t'ai dit de rester en retrait. Aux dernières nouvelles, tu n'es pas censée te battre avant que David t'y autorise. »

Je levai les yeux au ciel. « J'y serai habilitée dès mercredi. C'est dans moins de deux jours. C'est bon.

— Ça pourrait être demain, je m'en fiche. Si on t'a dit de ne pas prendre de risque, alors...

— Oh, tais-toi. Ça suffit. Je vais bien. » Quand je me redressai, une pointe de douleur tirailla mon flanc. « Allons... oula. »

Soudain, Ren se tenait juste devant moi. « J'ai vu ça.

— Vu quoi ?

— Tu as fait une grimace en te relevant. Tu t'es fait mal. » Il saisit l'ourlet de mon t-shirt et commença à le soulever. « Laisse-moi...

— Je vais bien », l'interrompis-je en attrapant le tissu.

Sa mâchoire se durcit et son regard trouva le mien. « Laisse-moi voir, Ivy.

— Bon sang, criai-je à moitié en me débattant avec mon haut. Ça te plairait si je relevais ton t-shirt comme ça ? »

Il marqua une pause en haussant les deux sourcils. « J'adorerais ça.

— Argh ! » J'étais à deux doigts de trépigner, mais Ren lâcha un petit rire.

Il était presque arrivé au niveau de ma blessure quand il fronça les sourcils d'un air concentré. Sans un mot, il tendit une main et effleura le bas de mon ventre du bout des doigts. Surprise, je tentai de reculer, mais ne m'écartai pas beaucoup puisqu'il tenait encore mon t-shirt.

« Ton symbole », murmura-t-il avec une nouvelle caresse qui me fit frissonner.

Mon jean avait glissé pendant le combat, exposant ainsi le haut des cercles imbriqués. Les muscles dans mon ventre et plus bas se contractèrent tandis qu'un désir enivrant accélérait les battements de mon cœur. L'air autour de nous devint électrique, comme si une tempête était sur le point d'éclater. « Arrête », dis-je.

Lorsqu'il retira sa main, un étrange sentiment de déception m'emplit. Ses yeux étaient rivés sur moi et ce qui me sembla une éternité s'écoula sans qu'aucun de nous ne parle. Je ne savais pas à quoi il pensait. Je ne savais même pas à quoi *je* pensais. Pourtant, une douce sensation de pesanteur envahit ma poitrine avant de descendre toujours plus bas.

Une notification sonore sur mon téléphone mit fin à notre concours de regards épique. Ren en reçut également une dans la foulée. Mon estomac se noua pour une tout autre raison, cette fois. J'avais un mauvais pressentiment. Il lâcha mon t-shirt et je reculai en sortant mon portable de la poche arrière de mon jean pour appuyer sur l'écran. J'arrêtai de respirer en voyant le message.

DAVID

CODE ROUGE.

« Oh, non », murmurai-je en levant les yeux vers Ren.

Il affichait un air grave et sombre.

« Code rouge » ne pouvait dire qu'une chose. Un membre de l'Ordre avait été tué.

Chapitre 11

Une ambiance tendue régna durant tout le retour jusqu'au quartier général de l'Ordre. J'avais essayé d'appeler Val dès que j'avais lu le message. Elle n'avait pas répondu et l'angoisse avait mis mon ventre sens dessus dessous. Aussi horrible que cela puisse paraître, je n'avais qu'une idée en tête sur le chemin pour le siège de l'Ordre : que ce ne soit pas elle. J'aurais voulu que ce ne soit personne, mais je ne pourrais pas le supporter si c'était elle.

Ren et moi montâmes les marches en silence, puis attendîmes qu'on nous ouvre. Ce fut Harris qui tira la porte. En toute franchise, j'avais en effet eu envie de lui coller mon poing en pleine face après avoir appris qu'il avait raconté mes secrets mais, en cet instant, je m'en contrefichais.

« Ils sont dans la dernière salle », nous informa-t-il en nous laissant passer.

Je faillis lui demander de qui il s'agissait, mais je n'étais pas prête. Avec un hochement de tête pour Harris, je franchis le seuil. Il y avait plusieurs portes, dont la plupart donnaient sur des salles d'entraînement, sauf celle au fond à gauche. C'était le bureau de David. Nous nous dirigeâmes vers la double entrée.

À l'intérieur, environ vingt des quarante et quelques agents en service à La Nouvelle-Orléans patientaient. Je balayai la pièce du regard avec crainte à la recherche d'une touche de couleur flamboyante. Un pincement serra mon cœur quand je ne la trouvai pas. La panique menaçait de me submerger, alors je sortis mon téléphone. Toujours aucune réponse. Je tentai de me préparer mentalement à l'éventualité qu'elle fût la victime. Ce n'était pas la première fois que je me retrouvais dans cette situation, mais je sentais déjà le tiraillement amer de la douleur au fond de ma gorge. Je contractais et tendais les doigts… J'aurais voulu me trouver n'importe où ailleurs. C'était pathétique, mais je n'avais aucune envie d'être là si Val ne franchissait pas le seuil de cette porte.

« Tout le monde n'est pas encore arrivé. » Lorsque Ren plaça une main dans le creux de mon dos, je tournai mon regard écarquillé sur lui.

Il ne retira pas sa paume alors que je gardais les yeux braqués sur l'entrée, les poings serrés si fermement que mes ongles s'enfonçaient dans ma peau. J'étais à peine attentive aux autres membres qui en faisaient de même, sauf Jackie Jordan, une grande femme élégante d'une trentaine d'années. Elle toisait Ren avec méfiance, ce que je ne pouvais pas lui reprocher. Quand David poussa la porte, j'aurais pu tomber de soulagement. Derrière lui, Val scrutait la pièce du regard. Je dus faire preuve d'une immense détermination pour me retenir de foncer sur elle et de l'enlacer de toutes mes forces. Les autres agents auraient pris ça pour de la faiblesse, même s'ils étaient eux-mêmes inquiets pour leurs amis encore absents. Mais, à leurs yeux, j'étais jeune, ce qu'ils considéraient comme mon premier défaut. Et ils me prenaient pour une cinglée, ce qui constituait pour eux mon deuxième défaut.

Je n'avais pas besoin qu'ils m'en trouvent un troisième.

Val m'aperçut à côté de Ren et son visage se détendit. Elle contourna David pour me rejoindre à la hâte. Sans un mot, elle serra ma main dans la sienne et je l'imitai.

Consciente du regard de Ren sur nous, je concentrai mon attention sur David. Le pas alourdi par la fatigue, il se dirigea vers le centre de la pièce et posa les mains sur ses hanches. Alors, il baissa la tête, laissant transparaître ses émotions, chose qu'il ne faisait pourtant jamais. « Nous avons perdu Trent ce soir. » La surprise me laissa bouche bée. Les épaules crispées, David releva le visage pour observer les présents. « Il a été retrouvé devant le cimetière Saint-Louis n° 1. »

Je m'étais attendue à tout sauf à son nom. Il était évident que Trent et moi n'étions pas en très bons termes, mais c'était un type costaud, en plus d'être très expérimenté. J'avais du mal à imaginer un Fae ordinaire avoir raison de lui.

« Comment ? » demanda Rachel Adams, une agente grande et mince âgée d'une bonne trentaine d'années qui avait été transférée ici un an plus tôt.

« Son cou a été brisé. » David observa l'assemblée, puis ses yeux se posèrent sur moi quelques secondes de trop à mon goût avant de poursuivre. « Mais ce n'est pas tout. Ses bras et ses jambes ont aussi été cassés, ainsi que ses côtes.

— Il a été torturé », en conclut Ren en se raidissant.

Je pensai aussitôt aux portails. Les Faes n'hésiteraient pas à employer de telles techniques pour découvrir leur localisation. Val et moi échangeâmes un regard.

David acquiesça. « Ça en a tout l'air.

— C'est le quatrième à mourir en quoi ? Cinq mois ? » intervint Dylan. Je ne connaissais pas son nom de famille, mais j'étais certaine qu'il avait une consonance française. Il était originaire de La Nouvelle-Orléans, et comme Val, ses racines remontaient à loin. « On subit des pertes chaque année, mais jamais autant en si peu de temps. »

Une pensée me vint à l'esprit en regardant David. « Et les autres ? Ils ont aussi été torturés comme Trent ? »

On ne nous l'avait jamais présenté de cette manière.

Tandis qu'il se tournait vers moi, quelqu'un au fond de la pièce marmonna que j'étais folle dans sa barbe. Ren fit un mouvement pour en trouver la source, mais je l'ignorai.

« Non », répondit David. Proche de la porte, Harris passa une main sur son visage et je sus aussitôt que David ne disait pas la vérité. Je n'aurais pas pu expliquer pourquoi, mais je ne le croyais pas. « Il va y avoir des changements effectifs immédiatement, poursuivit David en faisant les cent pas. À partir de maintenant et jusqu'à nouvel ordre, vous travaillerez par groupes de deux. Personne ne chassera seul. »

Quelques-uns grommelèrent en protestation. C'étaient les agents plus solitaires, ceux qui n'aimaient pas se mêler aux autres, mais David les fit taire sur-le-champ. Il se mit à annoncer les duos. Val se retrouva en binôme avec Dylan et j'étais toujours avec Ren, ce qui n'était pas étonnant. Lorsque la réunion toucha à sa fin, une ambiance lugubre et pesante régnait parmi les membres. D'expérience, je ne savais que trop bien qu'elle subsisterait pour les jours à venir. Nos affinités personnelles n'avaient pas d'importance. Nous étions une famille avant tout et chaque perte était un coup dur, un rappel douloureux que chaque journée pourrait être notre dernière.

Je sortais en compagnie de Val, Ren et Dylan quand David appela mon nom.

« Je vous retrouve dehors, d'accord ? » Je le rejoignis où il se tenait avec un autre agent de l'Ordre, Miles Daily. Dans les faits, Miles était son bras droit. Ça n'avait rien d'officiel, mais si quelque chose devait arriver à David, ce serait lui qui prendrait les rênes jusqu'à ce qu'un nouveau directeur de branche soit élu et que les réunions puissent recommencer.

Je ne le connaissais pas très bien. Il était plus vieux que moi, peut-être âgé d'environ 35 ans, et il était discret, presque distant. À l'inverse de la colère constante de David,

Miles affichait toujours une expression indéchiffrable. Pour un observateur non averti, il aurait pu avoir l'air de s'ennuyer, mais il était aux aguets. Rien ne lui échappait jamais.

Je repensai à la scène que nous avions découverte plus tôt derrière la boîte de nuit *Flux*. Il en allait de mon devoir de rapporter ces faits à David, mais quelque chose m'en dissuada. C'était en partie à cause de la façon dont il avait minimisé ce que j'avais vécu la semaine précédente, mais pas seulement. Ren ne m'avait pas demandé de garder nos activités de la soirée secrètes, ce qui signifiait que le choix me revenait. Je préférais attendre d'avoir plus de preuves pour en parler. « Vous vouliez me voir ? » lançai-je alors qu'ils me dévisageaient comme s'ils ne m'avaient pas eux-mêmes appelée.

David tendit le téléphone qu'il tenait à Miles. « Où étais-tu, ce soir ? »

Sa question me surprit. « Je chassais avec Ren.

— Où ça ? » insista Miles.

Je fronçai les sourcils en secouant la tête. « On est d'abord allés du côté de Jackson Square, mais on n'y a trouvé aucun Fae, donc on s'est rendus dans le quartier des affaires. » Ce n'était pas vraiment un mensonge. « On a croisé trois Faes avec un humain. Ren a appelé une ambulance pour lui et…

— Donc tu n'étais pas dans le quartier français, à part en début de soirée ? m'interrompit David.

— Non. » Je les observai tour à tour. La pièce était presque vide. Il ne restait que Rachel, qui était concentrée sur les téléviseurs accrochés au mur diffusant les images de surveillance de caméras placées à divers endroits du centre, et deux membres qui parlaient entre eux près de la porte. J'ignorais s'ils prêtaient attention à notre conversation. « Pourquoi vous me demandez ça ? » ajoutai-je.

La question méritait d'être posée, surtout qu'à ma connaissance, ils n'avaient interrogé personne d'autre.

« Pour savoir. » Lorsque Miles leva les yeux du portable, je remarquai que l'écran était fissuré.

« Ce sera tout », dit David. Je faisais demi-tour, leurs mots résonnant en boucle dans ma tête, quand il m'arrêta une fois de plus. « Attends. Comment va ta blessure ? »

Je clignai des paupières. « Bien. Je la sens à peine. »

Ce n'était pas tout à fait vrai. Depuis que j'avais perdu mon combat contre une poubelle, la douleur lancinante n'avait pas quitté mon flanc.

David soutint mon regard pendant un moment, puis hocha la tête. Une sensation de malaise tenace m'envahit de façon progressive tandis que je quittais la salle et descendais les marches. Ils ne m'avaient quand même pas demandé ça car ils pensaient que...

Non. Ce serait complètement dingue de soupçonner l'implication d'un membre de l'Ordre dans les meurtres. J'étais sous le choc, ce qui me rendait parano.

« Tout va bien ? » lança Ren quand je les rejoignis devant l'entrée de *Mama Lousy*.

Dylan se tenait à ses côtés. Il avait beau être grand, Ren le dépassait tout de même.

Avec un sourire distrait, j'acquiesçai, puis me tournai vers Val. Elle sauta vers moi en me prenant dans ses bras. « Je viens de lire ton message. Je n'avais pas vu.

— Ce n'est pas grave, dis-je en lui rendant son étreinte. Je suis contente... » Je secouai la tête en m'écartant d'elle. « Enfin, je ne suis pas contente que Trent soit mort, mais...

— Je sais. » Elle enroula ses bras autour de sa taille.

Dylan enfonça les mains dans ses poches. « Trent était un blaireau, mais que quelqu'un ait pu avoir raison de lui ? Et le torturer ? Ça ne sent pas bon.

— Ça, c'est certain. » Ren passa les doigts dans ses cheveux, repoussant les boucles rebelles de son front. Son regard croisa le mien avant de se détourner.

« On ferait mieux de filer avant que David arrive et nous trouve tous ensemble, ajouta Dylan en ressortant ses mains. Faites attention à vous.

— Vous aussi », répondis-je.

Je promis à Val de l'appeler le lendemain, puis nous partîmes dans des directions opposées.

« Vous êtes proches, toutes les deux », fit remarquer Ren alors que nous nous dirigions vers Royal Street. Les lundis soir, le quartier français était plutôt calme. Il y avait quand même du monde, mais on pouvait circuler sans trop de difficulté. « Toi et Val, je veux dire.

— Oui. C'est la première personne que j'ai rencontrée en emménageant ici. Elle est toujours très avenante, alors ce n'est pas compliqué de devenir ami avec elle. »

Ren hocha la tête. « J'ai vu ça. Elle a l'air très avenante, en effet… » Sa façon de prononcer ces derniers mots attira mon attention. Il m'adressa un sourire rapide qui n'atteignit pas ses yeux. « Elle m'a dévoré du regard plus d'une fois depuis que je suis là. »

Je lâchai un petit rire. « C'est tout Val, ça. » Je replaçai une mèche derrière mon oreille avec un soupir. « Pour Trent… je ne sais même pas quoi en penser.

— Moi, si. »

Et dans mon for intérieur, moi aussi. « À ton avis, ce qui lui est arrivé a quelque chose à voir avec la raison de ta présence ici ? Avec les Anciens ?

— Réfléchis-y un instant. L'identité des gardiens est un secret pour qu'en cas de torture, personne ne puisse révéler l'emplacement des portails. Vous avez perdu quatre membres, et je ne sais pas ce que tu en penses, mais je ne serais pas étonné que les trois autres aient subi les mêmes blessures, dit Ren en exprimant mes doutes à voix haute. Pour une raison que j'ignore, David ne veut pas en parler.

— Je sais. » Je levai les yeux au-delà des passants vers le *Chateau Hotel* qui se profilait à l'angle de St. Philip Street et Chartres Street. « À mon avis, chacun des agents assassinés aurait pu être gardien. Ils étaient tous très compétents. Et, à l'exception de Cora, ils faisaient tous partie de la branche de La Nouvelle-Orléans depuis des années.

— Mais quelle est la probabilité pour que les Faes ou les Anciens tombent par hasard sur des gardiens ? » demanda-t-il.

Nous échangeâmes un regard et mon cœur fit un bond dans ma poitrine. Un goût amer envahit le fond de ma gorge. Mes soupçons s'éveillèrent. « Ils savaient peut-être qui attaquer. »

Un muscle se contracta dans sa mâchoire. « Il n'existe qu'une façon d'avoir une vague idée de qui pourrait être un gardien. »

Autrement dit, il faudrait qu'ils aient un informateur parmi les agents de l'Ordre… Bon sang, cette idée était inconcevable, mais Ren avait peut-être raison si les autres membres assassinés étaient des gardiens. C'était très improbable, mais pas impossible.

« On peut s'arrêter une seconde ? » demanda Ren avant de me prendre la main pour me mener sous les balcons du *Chateau Hotel*. Des boucles brunes tombèrent sur son front lorsqu'il inclina le menton. « Comment va ta blessure ? Et sois sincère, d'accord ?

— C'est… un peu sensible, mais rien de grave. Je ne saigne pas ou quoi que ce soit. Ça va. »

Je mourais d'envie de repousser ses mèches avec mes doigts, mais ça aurait été complètement déplacé. Non pas que Ren semble du genre à s'offusquer de ce genre de choses.

« Et toi, comment tu te sens ? » ajouta-t-il. Je ne répondis pas. Ren leva alors deux doigts pour les poser sur ma tempe. « Comment ça va là-dedans ?

— Je... » C'était une autre question à laquelle je ne savais pas vraiment comment répondre. On ne nous la posait jamais. On avait été élevés comme ça, alors tout le monde partait du principe qu'on s'était fait une raison. « Trent n'était pas toujours facile à vivre. À cause de lui, la moitié de l'Ordre me prend pour une folle, mais je ne lui souhaitais pas de mourir.

— Je n'en doute pas un seul instant », répliqua-t-il avec douceur.

Je déglutis avec peine en reculant d'un pas pour m'adosser au mur, soudain épuisée. « Tu penses que David en sait plus qu'il ne laisse paraître ? »

Il haussa les épaules en prenant une grande inspiration, puis releva les yeux. Son long silence accentua mon malaise. Son regard se posa sur le mien. « Je ne sais pas. Rien n'est impossible, mais tout ça est lié. C'est sûr. Entre l'arrivée d'autres Faes, le fait que les Anciens interagissent avec l'Ordre, le meurtre et la torture de plusieurs membres expérimentés et cette boîte de nuit où des Anciens et des policiers humains traînent ensemble... quelque chose se trame. Il faut qu'on mène l'enquête. »

J'acquiesçai. « Oui. »

Chapitre 12

Il n'y aurait pas d'enterrement en l'honneur de Trent.

D'aussi loin que je me souvienne, l'Ordre n'avait jamais organisé de veillées ou de funérailles pour ses membres. Par le passé, les corps des morts étaient enterrés sans tambour ni trompette. Désormais, et depuis environ trente ans, l'Ordre préférait l'incinération.

Enfant, j'avais demandé à Holly pourquoi nous ne préparions pas de cérémonies. Sa réponse était restée gravée dans ma mémoire : « *L'Ordre veut se souvenir des défunts tels qu'ils étaient avant, de leur importante contribution, et non pas de ce qu'il reste d'eux une fois leur plus grand sacrifice pour la liberté accompli.* »

À ce jour, j'avais encore du mal à comprendre en quoi cela était une marque de respect.

Une partie sinistre de moi pensait que ça avait plus à voir avec le nombre élevé de victimes dans toutes les branches du globe chaque année… Si nous célébrions chaque fois des obsèques, nous n'aurions plus une minute pour quoi que ce soit d'autre.

C'était un peu déprimant d'y réfléchir. Le reste du monde n'avait aucune idée de tout ce à quoi nous renoncions pour les protéger et quand, comme le disait Holly, nous faisions le sacrifice ultime, l'Ordre ne prenait pas non plus le temps de nous rendre hommage. Nous pouvions être là un instant et morts le suivant sans même avoir droit à quelques mots d'au revoir face à nos urnes.

Brighton me rappela le mercredi pendant que j'étais sous la douche et je ne réussis pas à la recontacter avant plusieurs heures. Elle m'expliqua que sa mère et elle étaient au Texas pour rendre visite à de la famille. Elles ne seraient pas de retour avant une semaine, alors nous avions convenu de nous voir à ce moment-là. Quand je lui appris la nouvelle concernant Trent, elle sembla surprise et attristée. Brighton et lui n'étaient pas proches, mais comme nous tous, elle avait du mal à croire qu'un Fae l'ait tué.

« Sois prudente », me dit-elle avant de raccrocher.

Ces mots me hantèrent pour le reste de la journée, voire plus, car je n'avais pas du tout l'impression de l'être. Au contraire, j'agissais de manière irresponsable. Une semaine plus tôt, je savais encore ce que je faisais et ce que chaque jour me réservait. Aussi folle que ma vie ait pu paraître, elle restait stable dans une certaine mesure. Je me levais, puis j'allais à l'université si j'avais cours et je chassais les Faes les soirs où on me le demandait. Mon travail avait toujours été dangereux, mais je connaissais mes adversaires, ainsi que mes propres limites. Je n'avais pas de secrets, surtout pour David. Je n'effectuais pas de missions clandestines et jamais je n'aurais soupçonné un membre de l'Ordre d'être de mèche avec les Faes. Ren n'en faisait pas partie non plus. Tout avait changé en si peu de temps.

Le monde lui-même était différent.

Le mardi, Ren me retrouva devant le café dans Canal Street avant notre service. J'étais en train de siroter un café glacé en relisant mes notes de cours. Comme Val l'avait fait tant de fois avant lui, il se laissa tomber sur un siège, mais en choisit un à côté de moi plutôt qu'en face. « Qu'est-ce que tu lis ? »

Je reposai ma boisson, hésitant à lui répondre. Cela dit, me taire à ce sujet serait idiot. « Ma leçon sur la délinquance juvénile.

— Ah, oui. C'est vrai que tu es une étudiante sexy, lâcha-t-il même si j'étais assez sûre qu'il ne l'avait jamais oublié. C'est super que tu suives des cours. »

Je sirotai mon café en l'observant à travers mes lunettes de soleil. « Tu trouves ?

— Oui. Je n'ai jamais vraiment eu envie de m'inscrire à l'université. Enfin, pas parce que je n'en serais pas capable, mais ça ne m'a jamais attiré. Donc je trouve ça bien que tu le fasses. » Il marqua une pause en regardant un groupe passer à côté de nous avant de reposer ses yeux éclatants sur moi. « Il faut beaucoup de motivation pour étudier en plus de chasser les Faes du lundi au vendredi. »

Je haussai les épaules. « Je n'ai pas cours le mardi et le jeudi. Ce n'est pas si compliqué et j'aimerais… » Je fermai la bouche en rougissant pour aucune bonne raison.

« Tu souhaiterais accomplir plus. Je comprends. » Il leva la main et tira légèrement sur une de mes boucles. « Qu'est-ce que tu veux devenir ? »

Je le dévisageai. Pouvait-il lire dans les esprits ? Parce qu'il semblait toujours savoir ce que je pensais. C'était un peu bizarre. « Assistante sociale, admis-je.

— C'est bien », répondit-il tout bas avant de relâcher ma mèche.

Déstabilisée par cette conversation, je refermai mon cahier, puis le fourrai dans mon sac. J'étais en train de me lever lorsqu'il reprit la parole. « Tu ne laisses personne se rapprocher de toi, pas vrai ? »

Une fois de plus, c'était étrange. Hissant mon sac sur une épaule, je fis de mon mieux pour empêcher ma voix de trembler. « Tu t'attaches aux gens et ils finissent forcément par mourir. Je ne suis pas une grande fan. »

Ren se leva à son tour. « Ce n'est pas toujours le cas.

— Si, tout le monde meurt, Ren. »

Il esquissa un sourire en coin. « Ce n'est pas ce que je voulais dire et tu le sais très bien. »

Peut-être, mais ça n'avait pas d'importance. Je contournai la table, mais ne fis que quelques pas avant que Ren me rattrape. Contrairement à ce que je craignais, il n'insista pas plus sur le sujet. À la place, on décida de retourner au *Flux* le samedi soir, notre jour de repos. On était d'accord qu'il valait mieux laisser un peu de temps passer entre notre escapade du lundi soir et notre mission à l'intérieur de l'établissement. Ils avaient sans doute compris que des membres de l'Ordre étaient responsables de la mort de trois Faes devant leur porte. Et puis, de cette façon, personne ne se demanderait où on était et ce qu'on fabriquait. C'était une préoccupation en moins.

Chaque soir, nous profitions de nos heures de travail pour garder un œil sur la boîte de nuit. À deux reprises, nous vîmes Marlon, sans le Fae qui m'avait tiré dessus, mais le vendredi soir, un autre Ancien l'y rejoignit. Tous deux étaient trop parfaits. Leur apparence impeccable rendait leur beauté à la fois froide et artificielle. Ça ne faisait aucun doute, le second était également un Ancien. Sa démarche lorsqu'il pénétra dans le *Flux* n'avait rien d'humaine, à l'instar de Marlon, comme si le vent lui-même les faisait avancer. Rien dans ce monde n'était aussi gracieux que les Faes.

Il y avait donc au moins trois Anciens en ville. Trois Faes que même les agents de l'Ordre auraient pu confondre avec des mortels. Trois Faes aux talents inimaginables et immunisés contre les effets du fer.

Ne sachant pas à quoi m'attendre une fois à l'intérieur, je n'avais pas tenu Val informée de nos plans. Elle aurait insisté pour être impliquée. Encore un nouveau secret que je devais garder. En revanche, plus le samedi avait approché, plus j'avais été convaincue d'avoir pris la bonne décision, même si elle allait être furieuse en l'apprenant.

Mais j'avais d'autres problèmes plus pressants pour le moment.

Debout devant le long miroir accroché derrière la porte de mon placard, j'étudiais mon reflet d'un œil critique. Je n'aimais pas du tout porter des robes, mais j'avais vu à quoi ressemblaient les femmes qui fréquentaient cette boîte. Elles étaient toutes vêtues de façon à faire tomber les hommes à genoux. Elles étaient superbes, à la fois élégantes et sexys. Deux styles que je ne savais pas vraiment comment reproduire sans avoir l'air d'une gamine en déguisement. Je mourais d'envie d'enfiler un jean, mais il fallait que je me fonde dans le décor.

Je possédais trois robes. Une marron et blanche qui descendait jusqu'à mes pieds. La deuxième était plus courte et ample, bien trop décontractée. Je portais donc ma dernière option, la seule à peu près acceptable… et je détestais le résultat.

Je l'avais achetée impulsivement deux ans plus tôt en faisant du shopping avec Val. Je n'aurais pas su expliquer pourquoi, mais il fallait croire que c'était un coup du destin. Elle était noire, cousue dans un tissu très fin, presque transparent. Avec son haut lâche, elle pendait de mes épaules et se prolongeait en des manches courtes évasées. Il suffirait sans doute que je m'incline pour que le monde entier ait une vue imprenable sur ma poitrine serrée dans le soutien-gorge sans bretelles le plus inconfortable de l'univers. La matière souple était cintrée au niveau de la taille, au-dessus d'une jupe flottante. Et courte. Incroyablement courte. Elle m'arrivait à mi-cuisse et, si je me penchais, tout le monde aurait droit à un spectacle encore plus divertissant qu'un aperçu de mes seins.

J'avais l'impression d'être nue.

Ça ne facilita pas non plus mes efforts pour dissimuler des armes. Je finis par accrocher un poignard à l'extérieur de ma cuisse en priant pour qu'aucun coup de vent ne soulève ma jupe, car le tissu recouvrait à peine ce que je cherchais à cacher. Ma seule autre option aurait été de mettre des bottes, et j'en avais une paire élégante qui remontait jusqu'aux genoux, mais avec cette minuscule robe, ça risquait de me donner des airs de prostituée. En réalité, c'était déjà un peu le cas.

J'espérais que je ressemblais au moins à une prostituée de luxe.

À la place, j'enfilai des chaussures à talons noires que je n'avais portées qu'une fois depuis que je les avais achetées quelques années plus tôt. Elles me faisaient déjà mal aux orteils.

« On dirait que tu pars en quête de sexe. Mais le type de sexe dégoûtant qui te donne tout plein d'IST. » Je lançai un regard mauvais à Clo par-dessus mon épaule. Il grignotait un bâtonnet de carotte, assis sur ma commode.

« Merci pour ton avis édifiant. » Tournant le dos au miroir, je me dirigeai vers la salle de bains, puis saisis un rouge à lèvres dans un panier.

« Tu es sûre que ce n'est pas un rendez-vous galant ? lança Clo. Parce que ça en a tout l'air.

— J'en suis certaine », répliquai-je avant d'appliquer mon maquillage.

Après avoir vérifié que mon mascara et mon eyeliner n'avaient pas bavé, je retirai la pince qui retenait mes cheveux en arrière. Les boucles rousses tombèrent sur mes épaules,

les pointes descendant jusqu'en dessous de ma poitrine. Je passai mes doigts entre les mèches pour leur donner du volume, puis m'interrompis les bras pliés vers le haut.

Mince. On aurait un peu dit que je me préparais pour un rencard, après tout. Surtout que je suivais la même routine chaque fois que Shaun devait venir chez moi. Comme toujours, un pincement serra mon cœur, mais avec un petit peu moins d'intensité, cette fois.

Avec un soupir, je baissai les bras. En cet instant, mes yeux bleus paraissaient trop grands pour mon visage et ma bouche plus pulpeuse, mise en évidence par le rouge sur mes lèvres.

Non, ce n'était pas un rendez-vous.

Quand je sortis de la salle de bains, Clo poussa un sifflement. « Si tu mesurais trente centimètres, je serais complètement sous le charme. »

L'absurdité de sa remarque me fit rire. Sans aucun effort, je fis une petite révérence. « Je n'ai plus l'air de quelqu'un qui va attraper une IST ?

— Si, un peu, mais le genre d'IST qu'on peut traiter avec des médicaments. Pas celles qui te collent aux basques pour toujours.

— Quel compliment… »

Clo s'envola de la commode pour me suivre dans la cuisine. « Tu es sûre que c'est une bonne idée ? »

Non. Se rendre au *Flux* serait terriblement dangereux. « Ça va aller.

— S'il y a des Anciens là-bas, Ivy… » Clo atterrit sur le plan de travail en me regardant avec un grand sérieux. « Tu ne devrais pas t'approcher d'eux. »

J'avais longuement hésité à informer Clo de notre intention d'infiltrer la boîte, mais sa haine pour les Faes était aussi puissante que la mienne. Pourtant, il restait une créature de l'Autre Monde, alors la petite crainte qu'il ne fût pas ce qu'il semblait être persistait en moi. « On doit y aller, Clo. C'est notre meilleure chance de comprendre ce qu'ils manigancent. »

Je contournai le comptoir pour récupérer mon soda entamé. Clo inclina la tête d'un côté, les yeux plissés. « Je n'aime pas ce Ren. »

J'arquai un sourcil dans sa direction. « Tu ne l'as vu qu'une seule fois.

— Il y a plein de gens que je n'aime pas sans les avoir jamais rencontrés, fit-il remarquer en parcourant le plan de travail d'un air furieux. Il n'a rien de spécial.

— Clo, soupirai-je.

— Peu importe. À mon avis, tu devrais te le faire, puis te débarrasser de lui. »

J'ouvris la bouche, surprise. « C'est la série de conseils la plus étrange que j'aie jamais entendue. Tu ne l'aimes pas, mais tu penses que je devrais coucher avec lui et ensuite l'envoyer balader ? Ce qui est d'ailleurs impossible puisqu'il fait partie de l'Ordre. » Je ne lui avais malgré tout pas révélé la véritable identité de Ren. « Ça n'a aucun sens.

— Si, c'est tout à fait logique. Dans mon monde, rien ne t'oblige à apprécier quelqu'un pour avoir des relations avec cette personne. Tout ce qui compte, ce sont les ardeurs naturelles et… » Je laissai Clo épiloguer sur les particularités et préférences sexuelles de son espèce le temps de saisir mon sucrier. Ensuite, je versai une partie de son contenu sur le plan de travail. « Il faut que tu autorises tes pulsions animales à… Nom d'une burne de Brownie ! » Clo s'agenouilla aussitôt devant le sucre, puis se mit à déplacer chaque grain dans une seconde pile en comptant à voix basse. « Un, deux, trois, quatre, cinq, six… » Il s'interrompit pour me foudroyer du regard. « Où est-ce que tu as appris à faire ça ? »

Je haussai les épaules en mordant ma lèvre inférieure. « Dans un épisode de *Supernatural.* » Clo afficha un air outré. « Quoi ? gloussai-je en désignant les deux piles sur le comptoir. Je ne pensais pas que ça allait fonctionner.

— Je me suis fait avoir par une aspirante Winchester, répondit-il en plaçant ses mains sur son torse avant de vaciller et se laisser tomber de côté. Ma dignité ne s'en remettra jamais. C'en est fini pour moi. »

En riant, je me penchai pour toucher sa jambe de l'index. Il leva un bras en l'air pour me faire un doigt d'honneur, se rassit, puis recommença à compter à partir de zéro. « Je te hais, grommela-t-il. Regarde-moi, je ne vaux pas mieux qu'un camé. Mais il faut absolument que je sache combien il y en a. Ça pourrait être des centaines, peut-être même des milliers. Je dois connaître le nombre exact… »

Soudain, la sonnette retentit. Mon ventre se contracta tandis que je jetais un coup d'œil à l'horloge au-dessus de la cuisinière. Il était 21 heures à peine passées, donc ça devait être Ren. Mon regard navigua entre le couloir et l'endroit où Clo faisait l'inventaire des grains. « Il faut que tu ailles dans ta chambre. »

Il se tourna vers moi, les yeux écarquillés. « Mais…

— Oublie le sucre. Ren est là. Tu dois te cacher. »

Clo fronça les sourcils. « Je n'ai pas peur de lui.

— Je n'ai jamais dit ça, répondis-je exaspérée en plaçant les paumes sur mes hanches. Tu sais très bien qu'il ne doit pas te voir. »

Lorsqu'on toqua une nouvelle fois à la porte, je saisis Clo par la taille.

« Hé ! cria-t-il en attrapant mes doigts. Fais attention, espèce de femme Godzilla. Tu m'écrases les boyaux.

— Je ne fais pas exprès et arrête de taper ma main avec tes ailes. C'est bizarre. » Je le transportai de l'autre côté du plan de travail en direction de sa chambre tandis qu'il me jetait un regard furieux. « Ne sors pas. »

Il plissa les paupières. « Je ne t'appartiens pas. »

Je levai les yeux au ciel. « Sois sage, Clo. » J'ouvris sa chambre, puis le lançai à l'intérieur. Ses ailes se déployèrent en un arc de cercle tandis qu'il faisait volte-face pour retenir un coin de la porte. « Clo, pestai-je. Rentre là-dedans.

— Tu vas coucher avec lui ce soir ?

— Bon sang, Clo. »

On toqua une troisième fois et je tirai sur la porte pour la fermer.

Avec une force surprenante, le Brownie se débrouilla pour la retenir et se faufiler dans l'interstice. J'aurais pu continuer, mais je l'aurais sans doute écrasé.

« Je pourrais venir avec toi. »

Ma patience mise à mal, je décidai de compter jusqu'à dix. Je m'arrêtai à cinq. « Clo, tu sais que tu ne peux pas m'accompagner. »

Il souffla de façon théâtrale. « Tu n'es pas marrante. »

Je le toisai jusqu'à ce qu'il lâche la porte, puis poussai un soupir de soulagement. « Sois sage, d'accord ? »

Il affichait une expression de pure innocence. « Comme toujours. »

La situation n'était pas idéale, mais j'avais au moins réussi à fermer la fichue porte. Je me précipitai jusqu'à l'entrée et l'ouvris d'un coup sec, prête à présenter mes excuses à Ren pour l'avoir fait attendre si longtemps.

Tous les mots disparurent dès que je posai les yeux sur lui.

Nom d'une bombe atomique, quand Ren faisait un effort, sa beauté atteignait une nouvelle stratosphère.

Il avait dompté ses boucles d'ordinaire indisciplinées. Il les avait plaquées vers l'arrière, ce qui mettait ses pommettes saillantes et ses lèvres charnues en évidence. Il portait une chemise blanche sous laquelle on devinait la forme bien définie de ses larges épaules et qui laissait entrevoir la peau mate de son cou. Là, je remarquai pour la première fois le cordon en cuir qui disparaissait sous son haut. C'était à cet endroit qu'il gardait son trèfle, j'en étais certaine, mais ça me sortit vite de l'esprit lorsque mon regard continua son exploration. Une partie de son tatouage dépassait du col de sa chemise et ses manches étaient retroussées jusqu'aux coudes, révélant ses puissants avant-bras. Pour compléter sa tenue, il avait enfilé un pantalon noir. Le tout lui donnait un air à la fois classe et décontracté.

Quand je relevai enfin les yeux vers son visage, je pris conscience que je n'avais pas été la seule à me rincer l'œil. Son regard intense et dévastateur me fit reculer. Je me sentais soudain très... vulnérable. Comme si j'étais nue devant lui.

Les joues empourprées, je plaquai mes bras le long de mon corps. « Désolée d'avoir mis autant de temps. J'étais... » Je m'interrompis en voyant qu'il ne m'avait toujours pas quittée des yeux. « Qu'est-ce qu'il y a ? »

Ren entra dans la maison, puis ferma la porte derrière lui. Sa présence emplissait tout le salon à tel point que c'en était presque étouffant. « Ça ne va pas du tout », dit-il d'une voix rauque.

Surprise par sa remarque, je baissai les yeux sur ma tenue. Je le savais. J'avais l'air d'une idiote en costume. « C'est la seule robe que j'avais à me mettre », répondis-je en sentant le poids de l'embarras s'abattre sur mes épaules.

Il secoua légèrement la tête en posant ses iris verts sur mon visage. « Oh, trésor, tu as fait tout ce qu'il ne fallait pas de la meilleure des façons. » J'avais du mal à suivre. « Comment est-ce que je suis censé rester concentré alors que tu ressembles à ça ? » ajouta-t-il avec douceur. J'écarquillai les yeux. Il s'approcha si près de moi que je dus monter le menton pour le regarder en face. Il leva une main et joua avec la manche lâche de ma robe. « Tu es à tomber à la renverse.

— Ah bon ? »

Un début de sourire apparut sur son visage. Ses doigts quittèrent le tissu pour tracer une ligne sur mon épaule. En réponse, un frisson parcourut mon échine. Ensuite, il les enroula autour d'une boucle et le dos de sa main effleura la partie bombée de mon sein. Il tira légèrement dessus pour la rendre raide, comme il l'avait déjà fait. « Tu es absolument sublime, Ivy. »

Le peu d'air qu'il me restait dans les poumons s'échappa en un élan incertain. Il me trouvait... sublime ? La chaleur dans mes joues s'intensifia. Aucun homme ne m'avait dit ça depuis Shaun. Enfin si, j'avais bien reçu quelques compliments de la part de sans-abris au passage, mais ça ne comptait pas vraiment.

Ren baissa le visage, plaçant sa bouche tout proche de mon oreille. « Mérida ne t'arrive pas à la cheville, ma belle. »

La mention du personnage Disney me fit sourire. « Merci. »

Il se redressa. « C'est la pure vérité. »

Un grand bruit attira notre attention vers l'autre bout de l'appartement. Je grimaçai quand Ren lança un regard curieux dans le couloir, les coins de sa bouche tournés vers le bas. « C'était quoi, ça ? »

Un Brownie qui ferait mieux d'être discret s'il ne voulait pas avoir affaire à moi. « Je... j'ai un chat. Il a dû renverser quelque chose. »

Ren arqua un sourcil. « Tu as un chat ?

— Oui. Il est insupportable. Et vieux. Il est proche de la mort, dis-je en haussant le ton. Je réfléchis à le faire euthanasier pour abréger ses souffrances, tu comprends. »

Lorsqu'un nouveau bruit retentit, je pinçai les lèvres et inspirai profondément par le nez.

« Ah, euh… je suis désolé de l'apprendre, répondit Ren. Il s'appelle comment ?

— Clo.

— C'est original. Ça a une signification particulière ?

— Pas du tout. On devrait y aller, ajoutai-je avec précipitation. Je vais juste récupérer mon sac à main. »

Je ne fus pas étonnée que Ren me suive dans la cuisine, mais je croisais les doigts pour que Clo cesse le vacarme provenant de sa chambre. Je l'imaginai en train de jeter des poupées trolls contre le mur et dus mordre l'intérieur de ma joue pour réprimer un rire.

« Tu as un petit problème de sucre ? » demanda-t-il en observant le comptoir tout sourire.

Avec un regard pour les deux piles, j'attrapai la pochette noire ornée de perles que j'avais dénichée dans une boutique du quartier français. « Je suis… désordonnée », dis-je en passant la lanière autour de mon poignet.

Il releva les cils en secouant légèrement la tête. « Ce n'est pas le cas dans le reste de l'appartement. »

Je me forçai à hausser les épaules avec nonchalance. « Je suis prête. »

À mon grand soulagement, Ren laissa tomber le sujet et me suivit dehors. Une fois qu'on eut quitté la cour, je découvris, surprise, un pick-up noir un peu vieux garé le long du trottoir. « C'est le tien ?

— Ouaip, répondit-il en me dépassant pour ouvrir la portière du côté passager. C'est mon bébé. Je l'ai depuis que j'ai 16 ans. Je l'ai conduit jusqu'à La Nouvelle-Orléans avec la moto derrière. »

Je montai à l'intérieur en mordillant ma lèvre, puis lissai ma jupe. Je n'aurais pas su dire pourquoi, mais cette voiture lui correspondait. J'avais eu beau l'imaginer avec une plus moderne et rapide, elle n'aurait pas aussi bien collé avec sa personnalité.

« J'ai une question », lança-t-il avec légèreté. Il se pencha vers l'intérieur de l'habitacle, un bras sur ma portière. « Tu es armée, pas vrai ?

— Bien sûr. »

Il m'observa à travers ses épais cils en souriant. « Où est-ce que tu peux cacher une arme, Ivy ? Je meurs d'envie de le savoir. »

Avec un petit rire, je tendis la main vers l'ourlet de ma jupe. Après une seconde d'hésitation, je pris le rebord entre mes doigts pour relever le tissu et lui offrir un aperçu du poignard accroché à ma cuisse.

« Waouh, Ivy, fit-il en se redressant, la main serrée sur la portière. Ça a de quoi donner matière aux fantasmes. »

Heureusement qu'il faisait nuit, car le rouge me monta aux joues. Il jura dans sa barbe avant de refermer ma porte et contourner la voiture à grandes enjambées. Une fois à l'intérieur, il mit le contact et une douce mélodie s'échappa des enceintes. Il s'éloignait du trottoir quand je me rendis compte qu'il s'agissait d'une vieille chanson de Hank Williams.

Je me tournai lentement vers lui.

Il esquissa un sourire en coin. « Ne critique pas ma musique, trésor. La soirée commence bien, ce serait dommage que tu m'obliges à te faire descendre. »

Je ricanai, mais ne fis pas de commentaire tandis que nous partions en direction du quartier des affaires. C'était samedi soir, donc les rues étaient bondées et il dut se garer dans un parking à deux blocs de *Flux*.

Ren m'arrêta alors que nous allions sortir du parking sombre. « Tu es prête ? »

Sa question m'amusa. « Et toi ? »

Il sourit. « Je suis prêt pour tout et n'importe quoi. »

Sa réponse semblait faire allusion à bien plus qu'à ce que nous nous apprêtions à accomplir, ce qui éveilla une sensation déstabilisante en moi, comme si je me tenais au bord d'une falaise avec un pied au-dessus du vide.

Ce n'était pas le moment de m'attarder là-dessus. Nous étions devant la boîte à présent et il fallait que je me concentre. Le videur à l'entrée était humain. Il vérifia nos cartes d'identité, mais paraissait plus intéressé par notre apparence que par notre âge ou notre nom.

Il nous examina du regard comme si nous étions du bétail à vendre aux enchères. « Amusez-vous bien », lâcha-t-il enfin comme s'il avait des clous en travers de la gorge avant de nous rendre nos papiers.

Les poils de mes bras se hérissèrent tandis que nous avancions sur le tapis bleu foncé qui menait à la double porte noire teintée. Une mélodie sourde et rythmée résonnait depuis l'intérieur. L'entrée s'ouvrit avant que nous l'ayons atteinte. Un autre humain musclé à l'air sévère sous son crâne chauve se tenait derrière le battant.

Ren posa une main dans le creux de mon dos en pénétrant à mes côtés. Je n'avais pas peur. J'aurais sans doute dû, mais la curiosité avait pris le dessus sur mes autres émotions. Une fois à l'intérieur, je jetai un premier coup d'œil au repaire des Anciens.

Le *Flux* était tout ce qu'il y avait de plus banal. Une simple boîte de nuit huppée à l'éclairage tamisé et flatteur comme tant d'autres dans n'importe quelle grande ville. Des zones plus sombres abritaient des silhouettes autour d'une vaste piste de danse un peu surélevée. Du côté opposé de la salle se trouvait un long bar dont les lumières plus vives mettaient en valeur une collection de bouteilles d'alcool hors de prix. Un escalier en colimaçon, proche du bar, menait au premier étage. Levant la tête, je remarquai des divans, ainsi que des cordons limitant l'accès à certains recoins.

À mesure que nous avancions, je distinguais mieux les traits des personnes amassées dans les parties plus sombres autour de la piste et des tables hautes.

Debout sur le sol lustré, je restai bouche bée.

Là, sur les canapés invitants, j'aperçus des mortels en pleine étreinte, un mélange de mains baladeuses et de peau apparente. Mais ce n'était pas tout. Il y avait des Faes parmi eux. Leurs yeux bleu pâle brillaient de façon sinistre dans l'ombre et leurs corps étaient d'une superbe teinte argentée. Leurs mouvements se mêlaient à ceux des humains.

Ren s'approcha de mon oreille. « Tu as vu ça ? » Je hochai la tête, interdite. La scène devant moi me donnait chaud. Certains d'entre eux... ne se contentaient pas de baisers et de caresses. Oh non, ils allaient bien, bien plus loin. « Ils sont partout, ajouta-t-il avec sa main toujours dans mon dos. Bon sang. »

Je me détournai du spectacle pornographique inattendu, puis parcourus la boîte du regard. Ren avait raison. Certains buvaient un verre au bar. D'autres étaient sur la piste de danse. Quelques-uns traînaient dans l'escalier menant au premier étage.

Ils étaient si nombreux. Il y en avait au moins trente.

Je compris aussitôt que Ren avait découvert quelque chose d'important en suivant Marlon jusqu'au club.

« Je n'en ai jamais vu autant au même endroit.

— Moi non plus », répondit-il d'un air grave. Il se redressa, retirant sa paume de mon dos pour prendre ma main à la place. Ses doigts se glissèrent entre les miens.

Ren se fraya un chemin autour de la piste tandis que je faisais de mon mieux pour éviter les recoins sombres du regard. Nous contournâmes un groupe de jeunes femmes en âge d'être des étudiantes réunies à une table. Soudain, un Fae sortit de l'ombre juste devant nous.

J'inspirai d'un coup sec en me retenant d'attraper le poignard de ma main libre, mais Ren serra ses doigts autour des miens. Le Fae nous observa de ses yeux bleu pâle avant de se diriger vers les filles.

Nous échangeâmes un regard et poursuivîmes notre avancée en direction du bar. Ce serait le meilleur endroit pour glaner des informations, mais lorsque je lançai un coup d'œil vers l'escalier, mon cœur rata un battement. « Merde, sifflai-je en m'arrêtant net.

— Quoi ? » Ren se tourna vers moi.

En me mettant de profil, je laissai mes cheveux tomber vers l'avant pour dissimuler mon visage. « C'est lui. C'est le Fae qui m'a tiré dessus. Il descend les marches. »

Ren lança un coup d'œil par-dessus son épaule et poussa un juron. « C'est la première fois qu'il vient de la semaine, gronda-t-il. Bordel. »

C'était une très mauvaise nouvelle. Dès l'instant où l'Ancien m'apercevrait, notre couverture partirait en fumée et, étant donné la quantité de Faes dans la boîte, on n'aurait aucune chance d'en sortir vivants. J'allais récupérer mon arme quand Ren m'attira vers un coin sombre. Conscient de ce qu'il s'y passait, mon cerveau était réticent à l'idée que je m'y réfugie, mais c'était toujours mieux qu'un combat dans un lieu infesté de Faes.

Gardant les yeux braqués droit devant, j'évitai à tout prix de tourner mon attention vers les canapés sur notre chemin. Ça ne m'empêcha pas d'entendre les sons qui en provenaient... les gémissements et les grognements rauques, les multiples souffles haletants et inspirations brusques, l'écho des peaux qui se mélangeaient au rythme régulier de la musique.

Nom de Dieu…

Des couples dansaient proches des divans… oh, après réflexion, je n'étais plus si sûre de ce qu'ils faisaient. Je trébuchai lorsque Ren s'arrêta sans prévenir. Il me fit face et, ma main toujours dans la sienne, m'attira contre lui. Je retrouvai mon équilibre en m'appuyant sur son épaule, puis il lâcha ma main pour passer son bras autour de ma taille de façon à coller nos corps l'un contre l'autre, face à face.

Ne pouvant ignorer la fermeté de son large torse, je me raidis contre lui. « Qu'est-ce que tu… ? »

Ren plongea ses doigts dans mes cheveux pour les repousser en se penchant une fois de plus proche de mon oreille. « Il est sur la piste de danse avec un autre Fae. »

Je déglutis en me demandant à quel point la vision nocturne de l'Ancien était efficace. « Fait chier.

— Ouais. »

Mes poings se refermèrent sur le tissu doux de sa chemise. « C'est toi qui as eu cette idée de génie, alors on fait quoi maintenant ?

— Tu étais d'accord.

— Ren, fulminai-je.

— On se fond dans le décor. » Il pressa sa joue contre la mienne, ce qui me surprit. « C'est tout ce qu'on peut faire.

— Je ne sais pas si tu as remarqué ce qu'il se passe autour de nous, mais pour nous fondre dans le décor, il faudrait qu'on couche ensemble.

— Oh, ça ne m'a pas échappé. » Il resserra un peu sa main dans mes cheveux et je hoquetai lorsque ses lèvres effleurèrent la peau de mon cou. « Danse, Ivy. »

Danser ? Était-ce bien le moment de *danser* ? J'avais envie de repousser Ren et de lui en mettre une, mais après avoir lancé un coup d'œil aux personnes autour de nous, je dus admettre que cela nous donnerait l'air moins suspect. Si on n'y prêtait pas trop attention, on aurait pu penser que les couples ne faisaient rien de plus. C'était peut-être le cas de certains.

Je fermai les paupières, puis resserrai mes mains sur les épaules de Ren. Il émit un grognement rauque empreint d'un mélange d'avertissement et d'autre chose de bien différent. La dernière chose dont j'avais besoin était de danser avec lui… pas vrai ? Un bourdonnement d'excitation parcourut mes veines, mais c'était sans doute l'effet de l'adrénaline. Je rouvris les yeux et concentrai mon attention sur la peau bronzée visible au-dessus de son col.

Je me mis à bouger.

Mon pouls s'intensifia tandis que je balançais mes hanches avec autant d'aisance qu'un chat à trois pattes en équilibre sur une corde raide. Je baissai le menton pour cacher mon visage en feu. Entre mes mouvements abrupts et les soupirs bruyants et indécents autour de nous, je me serais bien jetée sous un bus pour en finir.

« Il parle toujours avec le Fae, m'informa la voix grave étonnamment apaisante de Ren dans mon oreille. Il ne nous a pas remarqués. Tu t'en sors bien, mais je suis sûr que tu peux faire mieux. »

Je me crispai. « Pardon ?

— Pour danser, répondit-il en m'adressant un clin d'œil lorsque je levai les yeux vers lui. Avec une robe pareille, tu sais forcément bouger ton corps.

— C'est ce que je fais. »

Il jeta un regard par-dessus mon épaule. « Tu te balances juste d'un pied sur l'autre.

— Va te faire foutre. »

Il ricana. « Avec plaisir.

— Pervers », ripostai-je sans trop de véhémence.

Il n'avait pas tort, cela dit. Je bougeais un peu comme une lycéenne à son bal de promo… voire pire. Je pris mon courage à deux mains, puis enroulai un bras derrière sa nuque. « Souviens-toi. C'est toi qui l'as voulu. » Il arqua un sourcil. « Essaye quand même de garder un œil sur l'Ancien. »

Ren afficha une expression nonchalante et arrogante à souhait. « Oh, je n'ai pas oublié pourquoi on est là. »

Le regard braqué sur son air satisfait, je me mis à remuer contre lui, mais pas comme avant. Cette fois, j'écoutai le rythme de la musique et le laissai résonner en moi, à travers mon corps et tous mes membres. Avec mes doigts, je trouvai les cheveux en haut de sa nuque. Je tirai dessus avec juste assez de force pour qu'il écarquille les yeux.

Je lui adressai un sourire innocent que je regrettai aussitôt. Il se pencha afin de poser sa bouche sur mon cou. « C'était coquin, ça, dit-il en effleurant des lèvres la peau sensible en dessous de mon oreille. Ça m'a plu.

— Évidemment », marmonnai-je. J'aurais voulu recommencer, mais décidai que ce n'était ni sage ni utile. « Qu'est-ce qu'il fait, maintenant ?

— Il discute encore, installé à une table de l'autre côté. »

Je résistai à l'envie de trépigner, car plus je dansais, plus j'étais consciente du corps de Ren, de son torse ferme contre le mien bien plus moelleux. De la façon dont sa paume épousait la forme de ma hanche gauche et dont son autre main avait abandonné ma chevelure pour glisser sur mon dos. Mon cœur battait la chamade et ce n'était pas à cause de la danse.

Mes doigts se retirèrent alors de son épaule pour parcourir son torse et il prit une profonde inspiration. Je levai les yeux vers lui et nos regards se croisèrent sans plus se quitter. J'étais fichue. Ses iris verts étincelaient. La main qu'il avait posée sur mon échine descendit, puis remonta le long de ma colonne vertébrale, laissant derrière elle une traînée de frissons. À l'aide de celle sur ma taille, il m'attira toujours plus près, emboîtant nos hanches. Une chaleur se répandit en moi, me rendant à la fois plus apaisée et tendue.

L'arrogance dans ses yeux avait été remplacée par des émotions vives et puissantes. Le désir. La convoitise. Le besoin. Il ne faisait aucun effort pour les dissimuler. Il ne s'en cachait pas, mais je n'étais pas prête à regarder tout ça en face. Me déplaçant d'un côté, je nous fis pivoter de façon à ne pas me retrouver face à la piste de danse, puis tournai le dos à Ren. D'ici, je pouvais voir l'Ancien. Il ne discutait plus avec un seul Fae. Un autre les avait rejoints.

Me laissant porter par la musique, je mordillai ma lèvre quand Ren passa un bras autour de ma taille pour m'attirer contre lui. « Attention, dit-il en frôlant ma joue avec son nez. Il n'a pas oublié ton visage, j'en suis certain. »

Je ne savais pas s'il s'agissait d'une simple remarque, d'un compliment ou d'une insulte, mais il fit glisser sa main sur mon ventre, les doigts écartés. Je continuai de danser, soudain consciente que cette position n'était pas si judicieuse. Le moindre mouvement de hanches provoquait en moi des élans de frissons. Il replaça son autre paume sur ma taille et se mit enfin à bouger derrière moi en se calant sur mon rythme. J'en oubliai presque de respirer.

Tout ça... c'était trop pour moi. Pourtant je ne m'éloignai pas. Je n'imposai aucune distance entre nous.

Nos corps ne faisaient plus qu'un. Le sentir contre mon dos réduisit mes entrailles à un état de lave en ébullition qui s'enflamma dès qu'il posa sa bouche chaude et humide sur mon cou, juste en dessous de mon oreille. Il ne retira pas ses lèvres indécentes. À la place, Ren attendit de voir ma réaction. Avec chaque instant qui passait, je laissais l'ombre m'engloutir un peu plus, m'abandonnant au mouvement de nos corps et à l'acte qu'ils imitaient.

Lorsqu'il embrassa mon pouls frénétique, un petit son m'échappa. Je fermai les yeux tandis qu'il plantait une série de légers baisers rapides le long de mon cou. Ce n'était que pour les apparences, me répétai-je. Son pouce décrivait des cercles lents sous ma poitrine. On faisait semblant. Rien de plus. Mais mon corps ne le percevait pas de cette façon. Mes seins étaient douloureux et l'espace entre mes cuisses palpitait. Le désir faisait vibrer mes membres.

Lorsque j'ouvris les yeux, j'aperçus un couple en face de nous. Ils étaient tous les deux humains et si collés l'un à l'autre qu'il était difficile de distinguer la limite entre leurs corps. Ils s'embrassaient passionnément et la main de l'homme disparaissait sous la jupe de sa partenaire.

Bon sang, j'avais envie que Ren me touche de cette manière. Aussi scandaleux et inapproprié que ça puisse être, le simple fait de l'imaginer ainsi me fit me cambrer et mes fesses se pressèrent contre lui.

L'air quitta mes poumons dans un souffle erratique. À présent, je savais que son regard ne mentait pas. Il n'était en aucun cas indifférent. Il était dur et épais contre le creux de mon dos tandis que je remuais mes hanches contre lui.

J'avais perdu le contrôle de la situation.

La main de Ren glissa sur ma taille pour se diriger avec lenteur vers ma cuisse. Du bout des doigts, il effleura la peau nue de ma jambe gauche. Je frémis. C'était évident, sans équivoque. Sa bouche remonta le long de ma gorge. « Il est toujours à la table », murmura-t-il d'une voix à peine audible par-dessus la musique, les gémissements autour de nous et les battements de mon propre cœur.

J'allais répondre, mais il prit mon lobe entre ses dents et mes mots se transformèrent en un gémissement. Il ricana, et j'aurais aimé lui en vouloir, mais tous mes sens étaient en éveil, occupés à propager une sensation de chaleur dans mes veines.

Ses mains étaient de nouveau en mouvement. Celle sur mon ventre remonta juste assez pour que son pouce caresse le bas de ma poitrine. Fichu soutien-gorge. Il jouait son rôle de barrière à la perfection, mais n'empêchait pas la pointe de mes seins de durcir en réponse. Mon désir s'intensifia. Le souffle court, je n'étais plus sûre si nous dansions encore ou nous frottions seulement l'un à l'autre.

Mon regard frénétique se posa sur l'Ancien, confirmant les observations de Ren. De minuscules nœuds exquis se formèrent dans mon bas-ventre lorsque ses doigts se faufilèrent sous l'ourlet de ma jupe. Je tressaillis contre lui, perdant le rythme. Agrippée à son bras, je plongeai mes ongles dans sa peau.

Ren patienta.

De toute évidence, j'avais perdu la tête, car je ne repoussai pas sa main. Il ne lui en fallut pas plus. Il remonta le long de ma cuisse. Mon sang bouillonnait, encouragé par le grondement sourd qu'émit Ren.

Son souffle dansait contre la courbe de mon cou jusqu'à ma mâchoire. Il déposa un baiser au coin de mes lèvres. Alors, il prit une inspiration qui gonfla son torse contre mon dos. « C'est un honneur », murmura-t-il.

Mon cœur s'emballa avec passion. À moitié ailleurs, j'observai à travers une sorte de brouillard l'Ancien qui aurait pu me reconnaître se diriger d'un pas raide jusqu'à la sortie. Il s'en allait. Nous étions en sécurité ; il était temps de mettre un terme à tout ça, mais ses doigts étaient si près du but, effleurant l'intérieur de ma cuisse. Je n'avais jamais ressenti une chose pareille, une telle difficulté à reprendre mon souffle. Ren referma sa main entre mes jambes et mon corps tout entier réagit à ce toucher si intime.

Le mince morceau de dentelle n'offrait aucune protection. Sa paume était chaude lorsqu'il l'appuya à l'endroit idéal sans avoir à chercher, contre mon point le plus sensible. Je crus voir des étoiles.

C'était de la folie.

Je me consumais sous son contact, pour lui. Les Anciens et les Faes sortirent de mon esprit. Être aussi distraite était terriblement dangereux et stupide, mais je m'accrochai à son avant-bras pour maintenir sa main où elle se trouvait. Un désir dépassant mon propre entendement m'animait.

« Bordel, jura-t-il. Je veux te faire jouir. Ici. Maintenant. »

Ses paroles me ramenèrent à la réalité, mais ses doigts caressaient à présent mes sous-vêtements humides à l'endroit parfait, provoquant en moi une décharge de plaisir intense. Le nœud dans mon ventre se contracta davantage tandis qu'il effectuait des va-et-vient. Mon excitation était plus forte que n'importe quelle logique.

« Dis-moi oui, ordonna-t-il d'une voix rauque. Dis-moi oui et je ferai tout ce que tu veux. N'importe quoi. Laisse-moi seulement te faire jouir. »

Choquée par ses paroles, par la façon dont je me frottais à sa main et par l'ampleur de mon désir pour lui, je sus qu'il fallait que je mette un terme à tout ça. Après tout, j'avais de bonnes raisons. Mais je n'en fis rien. À la place, je m'appuyai un peu plus contre lui, en souhaitant plus que tout qu'il glisse un de ses longs doigts sous le tissu. Je balayai la boîte de nuit du regard.

« Ivy », prononça-t-il en un souffle comme si mon nom était une malédiction.

Je m'apprêtai à acquiescer lorsque je le vis traverser la pièce. La réalité me frappa de plein fouet. Soudain, je fis un pas en avant, me libérant de l'étreinte de Ren. Sa main glissa sur ma cuisse tandis que je pivotais pour lui faire face.

C'était douloureux, déchirant. Mon corps m'en voulait et mon cerveau n'y comprenait plus rien. Mon être tout entier me criait de le laisser finir.

Ren me dévisagea avec un air d'incompréhension. Mon cœur fit un bond lorsqu'il avança d'un pas. Ses remarquables traits étaient empreints de désir. Il n'avait plus rien d'angélique, ou peut-être les intentions d'un ange déchu bien décidé à me faire sienne. Mais quelques mots suffirent à le rappeler à l'ordre.

« Il est là », lâchai-je. Il se redressa sans jamais me quitter des yeux. « Marlon est là. »

Chapitre 13

Pendant un moment, l'expression de Ren fut très claire : il n'en avait rien à faire des Anciens. Mon cœur battait la chamade à l'idée qu'il remédie à la distance soudaine entre nous et que nous finissions comme l'un des couples sur les divans.

Mais lorsqu'il se ressaisit, j'eus du mal à ignorer la grande déception qui irradiait dans ma poitrine. Pourquoi ? Je n'avais pas besoin de ça – de cette situation – avec Ren, surtout pas maintenant.

Avec une profonde inspiration, il détourna enfin son regard pour le poser sur la piste de danse. Encore un peu étourdie, j'observai l'Ancien qui répondait au nom de Marlon grimper les marches quatre à quatre. Une fois au premier étage, une foule d'hommes et de femmes affluèrent vers lui, autour des canapés. Deux Faes se joignirent à eux, leur peau argentée brillant sous l'éclairage plus vif à ce niveau. Quand Marlon s'installa sur un divan, un grand Fae blond et élégant s'assit à ses côtés et se mit à lui parler avec entrain.

Je savais quoi faire. « Il faut que je monte.

— Pardon ? lança Ren d'un ton incrédule.

— Il est en haut. C'est pour ça qu'on est là, non ? Pour apprendre quelque chose. Il vient d'arriver et il ne me connaît pas. » La lumière de la piste de danse passa d'un blanc pâle à un bleu éclatant. « J'y vais.

— Ivy. » Il attrapa mon bras, ce qui me fit basculer contre son corps ferme. « Ça ne va pas la tête ? »

Je lui lançai un regard noir. « Si, ça va très bien, merci. Je peux aller là-haut. »

Il plissa les yeux. « Je n'en doute pas un seul instant. Ce n'est pas si difficile, il suffit de monter l'escalier. Mais s'il a le moindre soupçon sur ton appartenance à l'Ordre, je ne pourrai jamais t'atteindre à temps.

— Je n'ai pas besoin que tu me sauves, Ren », rétorquai-je en libérant mon bras.

Une veine palpita sur sa tempe tandis qu'il baissait son visage vers le mien. « C'est trop dangereux. »

Je soutins son regard. « On commence à attirer l'attention. » C'était la vérité. Autour de nous, quelques danseurs nous observaient. « Si on continue comme ça, les Faes vont deviner tout seuls. Lâche-moi. Je vais monter et toi, tu iras au bar. »

Plusieurs secondes s'écoulèrent avant qu'il ne hoche la tête d'un coup sec. « Vas-y.

— Je n'avais pas besoin de ton autorisation. »

Ren afficha un sourire narquois. « Oh ma belle, je sais ce dont tu as besoin et tu l'auras. »

Un mélange d'agacement et de désir ardent enflamma mon corps. Je levai un bras pour lui faire un doigt d'honneur.

Il éclata de rire.

Je partis dans la direction opposée pour traverser la piste de danse, tout en évitant avec aise les personnes qui tournoyaient. J'étais scandalisée par les actions de Ren… par ce que je l'avais laissé faire. Rien ne pouvait justifier mon comportement, mais ce n'était pas le moment de m'en préoccuper. Je ne pouvais pas me permettre d'être aussi distraite.

Je me débarrassai des dernières traces d'excitation et de confusion et me concentrai sur ma mission.

La Fae en bas de l'escalier en colimaçon ne m'arrêta pas quand je m'engageai sur les premières marches. Je m'étais à moitié attendue à ce qu'elle bondisse vers moi pour me demander un mot de passe, mais ils n'avaient aucune raison de me prendre pour une agente de l'Ordre et les humains ne représentaient aucune menace pour eux.

Mais moi, si.

Mon pouls se calma lorsque j'atteignis le premier étage. Je ralentis en approchant du groupe autour de l'Ancien. Ils avaient tous l'air dans les vapes avec leurs yeux vitreux comme s'ils avaient fumé trop d'herbe. De toute évidence, ils étaient sous l'emprise du glamour et leur servaient peut-être même d'en-cas. Si j'avais pu, je les aurais tous attrapés pour les forcer à descendre de là, mais ça n'aurait pu que mal se terminer.

J'avançai encore un peu, puis m'arrêtai en m'agrippant à la rambarde afin d'observer le rez-de-chaussée. Ren était assis au bar à côté d'un Fae et discutait avec lui. Avec un petit rire, je reportai mon attention derrière moi. Adossée à la barrière, je contemplai mes options.

Marlon était installé au centre du divan avec ses larges cuisses écartées et sa chemise noire à moitié déboutonnée. Le Fae blond à ses côtés avait les yeux rivés sur une humaine dont les ongles rouge cerise s'aventuraient dans des endroits toujours plus osés. « On en a trouvé un autre », annonça ce dernier.

Marlon sourit à la femme, mais la courbe de sa bouche parfaite était dénuée de toute chaleur. Je m'inquiétais sérieusement pour elle. « C'est bien. Ça en fait combien, pour l'instant, Roman ?

— Cinq, en comptant celui-ci. » Les yeux pâles de Roman scintillaient. Il ajouta autre chose qui m'échappa à cause de la musique. « Mais nous savons. »

J'approchai un peu plus en restant de profil pour essayer de me fondre dans la foule qui occupait l'espace de détente. Parlaient-ils du nombre de membres qu'ils avaient assassinés ? Ça en avait tout l'air. Trent avait été le quatrième.

Marlon tendit la main pour la placer sur la nuque de la femme. Il lui dit quelque chose en la regardant dans les yeux, trop bas pour que je puisse l'entendre. Elle glissa les doigts entre ses cuisses. Bordel. Je détournai aussitôt le regard.

« On doit agir vite, lâcha Marlon. On ne peut pas le décevoir. Pas cette fois. »

Qui ça ? J'étais tout ouïe.

« On connaît l'emplacement », répliqua Roman, sa lèvre supérieure retroussée. Mon cœur se serra. Parlait-il du portail ? « Je vous l'ai déjà dit. L'autre enfoiré a craqué. On ne va pas échouer, cette fois.

— Et nous ne sommes pas non plus les seuls à être au courant. » Marlon serra le cou de la femme plus fort, ce qui lui arracha un gémissement.

Des rires alcoolisés provenant d'un des divans m'empêchèrent d'entendre la réponse de Roman, mais une idée terrible se forma en moi. L'autre enfoiré avait craqué ? Trent avait été torturé et si Ren et moi faisions bonne piste, les Faes s'en prenaient aux membres susceptibles de connaître l'emplacement des portails. Trent avait-il possédé et révélé cette information avant qu'ils ne l'achèvent ? Bon sang, ça ne me disait rien qui vaille, surtout s'ils savaient à présent où se trouvait le passage.

Une serveuse humaine apparut en haut de l'escalier avec un plateau recouvert de shots. Cependant, trois des verres contenaient un liquide d'un étrange violet éclatant. Était-ce de la belladone ? Mes doutes se confirmèrent quand elle remit une de ces boissons à l'Ancien et les deux autres à son acolyte. Elle distribua le reste aux humains, puis leva son regard marron clair, pas du tout vitreux ou confus comme ceux des autres. Elle n'était pas sous l'influence du glamour. Lorsqu'elle se redressa, le Fae blond assis à côté de Marlon enroula un bras autour de sa taille pour la tirer vers lui.

Déséquilibrée, elle fit tomber son plateau vide et chuta sur ses genoux. Un air surpris et apeuré passa sur ses jolis traits alors que le Fae agrippait son menton pour la forcer à se tourner vers lui. Elle attrapa son bras si fort que ses articulations blanchirent.

Elle savait ce qu'ils étaient.

Saisissant son visage, il posa ses lèvres sur les siennes. On aurait dit qu'il l'embrassait… et c'était bien le cas, mais les baisers des Faes étaient venimeux. C'était ainsi qu'ils se nourrissaient des mortels, qu'ils se les appropriaient.

Ses mains lâchèrent le Fae pour tomber mollement le long de son corps. J'avançai d'un pas, mais m'arrêtai avant de faire quelque chose d'idiot. Me retenir d'intervenir fut l'une des choses les plus difficiles que j'avais jamais eu à faire. Une partie de moi se flétrit, ne devenant qu'obscurité et agonie, tandis que les veines sous la peau pâle de son bras nu s'assombrissaient jusqu'à prendre une teinte bleu clair. Alors, il la libéra enfin. Elle se releva, puis récupéra son plateau en vacillant. Ses yeux marron avaient perdu leur éclat.

Mes mains se contractèrent en poings impuissants, mais un mouvement attira mon attention. Le Fae brun faisait le tour du canapé pour s'approcher de moi. Le regard sur son visage anguleux était semblable à celui d'un lion ayant repéré une gazelle. Mon cœur s'emballa, mais j'affichai une expression candide. Il fallait que je passe pour une imbécile.

Il me contourna pour se placer derrière moi et me coller comme un sale pervers.

« Ma petite, lança-t-il d'une voix grave et sophistiquée dans mon oreille. Tu as l'air un peu perdue. »

J'enroulai une boucle autour de mon index en faisant de mon mieux pour adopter un air naïf et inoffensif. « Je cherchais les W.-C. Tu sais où ils sont ? »

Je gloussai pour compléter ma performance.

Sa beauté était amplifiée par le contraste entre sa peau argentée et sa chevelure sombre. Il s'approcha de moi, effleurant ma hanche avec la sienne. Je fis preuve de toute ma détermination pour ne pas m'écarter, pour ne pas réagir du tout, lorsqu'il saisit mon poignet de ses doigts froids pour éloigner ma main de mes cheveux. « Pas ici. »

Sans déconner… « Je vois ça. »

Il inclina la tête d'un côté avec l'agilité d'un serpent. « Comment t'appelles-tu ? » Une seconde s'écoula et je n'avais apparemment pas répondu assez vite à son goût puisqu'il prit ma mâchoire dans son autre main pour relever mon menton sans délicatesse. Une douleur surgit dans mon cou. Son regard bleu pâle d'une lueur anormale plongea dans le mien. « Comment t'appelles-tu ?

— Anna », mentis-je sans sourciller.

Il relâcha mon poignet pour m'attraper par la taille. Il ne cligna pas une seule fois des paupières. Il essayait de m'imposer son glamour. Je forçai mon corps à se détendre, mes bras à pendre mollement, combattant mon envie de lui arracher les yeux et de les lui faire bouffer. Il se colla à moi en me fixant de son regard malicieux. « Anna ? Quel petit nom ridicule… » Il pencha la tête vers moi, sa respiration glaciale contre ma joue. Il y avait de grandes chances que je lui vomisse en pleine face. « Parfait pour une petite humaine tout aussi ridicule. »

Mon cœur fit un bond quand il approcha son souffle froid de ma bouche. Aucun sortilège ou trèfle à quatre feuilles ne pouvait empêcher un Fae de se nourrir de nous. S'il le souhaitait, rien ne le retiendrait d'avancer encore et j'avais le mauvais pressentiment que c'était son objectif. Mon esprit tournait à mille à l'heure. Je ne pouvais pas le laisser agir. Dans le meilleur des cas, il profiterait de moi avant de me libérer et je m'en irais, désorientée, chancelant comme la serveuse. Les effets dureraient quelques minutes, voire plusieurs heures et, avec un peu de chance, je m'en sortirais indemne. Mais il pouvait aussi s'en donner à cœur joie jusqu'à ce qu'il ne me reste plus *rien*. Il pouvait toujours rêver. En revanche, si je me rebellais d'une quelconque manière, il saurait que son glamour ne m'avait pas affectée et devinerait mon identité.

Et merde.

Je tendis ma main droite vers ma cuisse. Il était hors de question que je le laisse se nourrir de moi. Tant pis si je devais me battre pour me sortir de…

Tout à coup, une sirène aiguë retentit par-dessus la musique. Le Fae me relâcha, puis recula en se tournant vers le plafond avec une grimace. « C'est quoi, ce bordel ? » gronda-t-il, les mains plaquées sur les oreilles.

Un humain se releva tant bien que mal en me bousculant. Puis, avec la même intensité que si le toit avait été arraché pour laisser place au soleil, une lumière crue s'alluma au-dessus de nous pour éclairer la boîte de nuit.

L'alarme incendie rugissait toujours lorsque le Fae me tourna le dos. J'en profitai pour détaler. Je me précipitai vers l'escalier en me faufilant entre les autres humains ralentis par le glamour, les baisers des Faes ou une consommation excessive d'alcool.

Ren m'attendait en bas des marches. Sans un mot, il attrapa ma main et nous nous joignîmes à la vague de monde qui se ruait vers la sortie. On nous bousculait de tous les côtés et on aurait sans aucun doute été séparés si on ne s'était pas tenus. Une forte odeur de sueur et d'alcool se dégageait de la foule entassée.

Des cris s'élevèrent derrière nous. Un frisson parcourut mon échine face à la panique générale de plus en plus palpable. Quelqu'un percuta mon dos, me poussant vers l'avant. Mes talons glissèrent sur le sol, mais je retrouvai mon équilibre avant de tomber. Avec un coup d'œil vers Ren, je remarquai sa mâchoire crispée et son regard rivé vers la sortie. Après ce qui me parut une éternité, on atteignit enfin l'extérieur. On ne traîna pas devant la boîte comme les nombreux autres fêtards qui arpentaient le trottoir ou se réunissaient en petits groupes. Des sirènes résonnaient au loin. Sans perdre de temps, on tourna à gauche pour rejoindre le parking.

J'attendis que nous ayons traversé la rue avant de prendre la parole. « C'est toi qui as déclenché l'alarme, pas vrai ?

— C'était le seul moyen de te sortir de ce merdier, répliqua-t-il sans me regarder.

— Je gérais la situation. »

Il ricana. « Ça n'en avait pas l'air. Tu étais plutôt sur le point de finir en quatre-heures. »

Une vague d'agacement monta en moi, en partie parce qu'il avait raison, mais aussi car je venais de me rendre compte que je tenais toujours sa main. Et puis quoi, encore ? Je dégageai mes doigts des siens en me retenant de lui en coller une pour effacer son sourire suffisant.

« Je crois qu'ils connaissent l'emplacement du portail. »

J'avais enfin toute son attention. Il me lança un coup d'œil sans cesser d'avancer. « Qu'est-ce qui te fait dire ça ? » Je lui répétai ce que j'avais entendu et il poussa un juron à voix basse. « S'ils savent où il se trouve alors qu'on n'en a aucune idée, on est foutus.

— Bonjour le pessimisme, marmonnai-je en plissant les yeux lorsqu'une voiture de police passa à côté de nous à toute allure. C'est sûr qu'avec une attitude pareille, on ferait mieux d'aller faire le plein de bouteilles d'eau et de boîtes de conserve. »

Il me jeta un regard en coin. « Admettons que les membres qui ont été tués étaient en effet des gardiens. Puisqu'ils ne sont plus opérationnels, l'Ordre va devoir promouvoir des agents moins qualifiés et moins prêts à combattre les Faes quand, et je dis bien quand, ils attaqueront. S'ils ouvrent ce portail… »

Nous venions de pénétrer dans le parking mal éclairé. « Je sais, mais… pourquoi ne pas en parler à David ? Je pense qu'on a assez de preuves, à ce stade. Ensemble, on peut le convaincre. C'est le chef de notre branche. Il connaît forcément l'emplacement de l'entrée. »

Ren ne répondit pas tout de suite. « Et si c'était lui qui les aidait ? »

Bouche bée, je m'arrêtai à côté d'une colonne en béton. « Tu es sérieux ? »

Il me fit face, les traits assombris par la pénombre. « On n'en sait rien, Ivy. Ça pourrait être n'importe qui.

— Et si c'était moi ? défiai-je.

— Ils t'ont tiré dessus. Je doute qu'ils tireraient sur la personne qui les renseigne. Pas encore, du moins, répliqua-t-il d'un ton sec. Et puis, tu es trop… forte pour ça. » Cette fois, j'étais bouche bée pour une tout autre raison. « Et pas la peine de me demander comment je peux le savoir. J'ai l'œil pour ces choses-là, ajouta-t-il devant mon visage stupéfait. Ce n'est pas toi, mais ça pourrait être n'importe quel agent de la branche, sauf peut-être Jérôme.

— Jérôme est au-dessus de tout soupçon ? J'aimerais bien savoir ce qu'il a fait pour mériter un tel honneur. » J'étais insultée au nom des autres membres.

« Il est bien trop méchant pour se laisser influencer par les Faes, expliqua-t-il et je devais avouer qu'il n'avait pas tout à fait tort. Je ne fais confiance à aucun des autres. Et tu ne devrais pas non plus. »

Je croisai mes bras devant ma poitrine. « Ils pensent sans doute la même chose de toi.

— Est-ce que j'ai l'air d'en avoir quelque chose à faire ? Ça ne change rien à la raison pour laquelle j'ai été envoyé ici. » Il se tourna à moitié et passa ses doigts dans ses cheveux. « La soirée n'a pas été un échec total.

— En effet, et c'est grâce à moi. »

Il baissa son bras, puis me lança un regard blasé. « Oh, vraiment ? »

Je lui adressai un grand sourire. « Absolument, parce que je suis géniale. Que dis-je ? Génialissime. Admets-le. C'est moi qui ai trouvé des informations pendant que tu tapais la discute à un Fae au bar. » Il plissa les yeux. « Maintenant on sait qu'ils ciblent certains membres de l'Ordre et qu'ils connaissent sans doute l'emplacement du portail. On sait aussi qu'ils travaillent tous ensemble. C'est plus de renseignements que nous en avions hier. »

Ren se tourna face à moi. « Tu sais ce que je veux bien admettre ? »

J'appuyai mon poids d'un côté, faisant ressortir ma hanche. « Je t'écoute.

— Que tu étais douce comme de la soie sous mes doigts quand j'avais une main entre tes jolies cuisses. »

Oula. Je ne m'étais pas du tout attendue à ça. J'écarquillai les yeux tandis qu'une sensation de chaleur m'envahissait. « Je… je ne vois pas de quoi tu veux parler. »

Il poussa un rire. « Arrête tes bobards.

— C'est vrai ! » Je décroisai les bras en sentant la colère monter en moi. Une colère surtout dirigée envers moi-même. « Ce qu'il s'est passé à l'intérieur ? Tu as pris ça pour quoi ? »

Ren fit un pas vers moi avant de reprendre d'une voix grave. « Pour toi à cinq secondes d'avoir le meilleur orgasme de ta vie. »

Je n'en croyais pas mes oreilles. « T-tu... », bégayai-je. Qu'est-ce que j'étais censée répondre à ça ? « Je jouais la comédie, lâchai-je finalement, hors de moi. Je faisais semblant. »

Il n'était plus qu'à quelques centimètres de moi et, lorsqu'il rit, je mourus d'envie de lui en coller une. « Tu faisais semblant ? À l'intérieur ?

— Tu es un putain de perroquet ou quoi ?

— Oh, Ivy, ma belle..., dit-il avec un petit rire. Tu es mauvaise menteuse, tu le sais ? »

Je fermai les poings. « C'est la vérité.

— Mouais, d'accord. Et comment tu expliques que ta culotte ait été aussi trempée ? » J'écarquillai les yeux. Une vague de honte me submergea, mais il n'avait pas terminé. Il poursuivit : « Je parie que je pourrais encore te goûter sur mes doigts. Mais tu faisais semblant ? Dans ce cas, tu as une sacrée actrice entre les jambes. »

Je ne pris pas le temps de réfléchir.

J'avançai d'un pas pour le frapper. Et je lui réservais bien plus qu'une petite gifle. Mon poing fonçait droit sur sa mâchoire. Malheureusement, il fut plus rapide que moi. Il attrapa mon poignet avant que j'atteigne son visage. « Ce n'est pas très gentil. Tu es déjà une menteuse, pas la peine d'être violente en plus. »

Ma fureur n'avait plus aucune limite. « Oh, mon Dieu, espèce de sale type arrogant et prétentieux de...

— Tu ne jouais pas la comédie. Tu ne faisais pas semblant, lâcha-t-il d'une voix sérieuse à présent dénuée de tout humour. Tu te frottais à ma main et, Ivy, il n'y a absolument rien de mal à ça. Mais arrête de dire qu'il ne s'est rien passé entre nous. C'est un ramassis de conneries. Je t'ai à peine touchée et tu t'es illuminée comme un foutu feu d'artifice sous mes doigts.

— Je... »

Mon dos rencontra le poteau et, avant que je puisse reprendre mon souffle, le corps ferme de Ren se pressa contre le mien. Il baissa la tête, frôlant mon visage. « N'essaye même pas de me dire que c'était de la comédie. C'est faux et tu le sais aussi bien que moi. J'ai envie de toi. Et je pense que j'ai été très clair à ce sujet.

— Comme de l'eau de roche », rétorquai-je, frustrée pour mille et une raisons toutes aussi importantes les unes que les autres.

Ses lèvres tressautèrent. « C'est quoi le problème, au juste ? » Il plaça une main sur ma hanche qu'il serra avec douceur en secouant un peu la tête. « Tu es encore amoureuse de lui ? »

Je me raidis, comme si une pluie glaciale venait de s'abattre sur moi. « Pardon ?

— Est-ce que tu aimes encore le type que tu as perdu ? m'interrogea-t-il. C'est pour ça ? »

Je n'arrivais pas à croire qu'il avait osé me poser cette question. Comment pouvait-il même mentionner Shaun alors que nous étions si proches l'un de l'autre ? Ça ne me semblait pas correct. J'avais l'impression d'insulter sa mémoire. « Une... partie de moi l'aimera toujours, expliquai-je malgré tout.

— Donc tu n'es plus amoureuse de lui, aujourd'hui. »

Je baissai les yeux, incapable de répondre. La disparition de Shaun m'avait détruite et mon rôle dans sa mort avait failli me briser à jamais. Pourtant, je ne m'accrochais pas à son souvenir. Pas de cette façon. Je n'avais aucune raison d'utiliser ce mensonge pour me justifier.

« Dans ce cas, je ne comprends pas.

— Pourquoi tu t'intéresses à moi ? demandai-je d'une voix tremblante. Tu me connais à peine. »

Il me dévisagea un moment avec un air incrédule. « Tout ce que je sais, c'est que rien ne nous garantit d'être encore en vie demain. On ne saura jamais s'il nous reste un jour ou une semaine. Alors si tu veux quelque chose, il ne faut pas hésiter. Je n'ai pas besoin de connaître toute ton histoire pour vouloir être avec toi. Et pas la peine d'essayer de retourner ça contre moi. Je vois déjà les rouages s'activer derrière tes beaux yeux bleus. Je *veux* connaître ton histoire, te connaître toi. Je veux... et puis merde. » Ren posa une main sur ma joue pour relever mon visage avec douceur, puis, avant même que mon cœur batte une nouvelle fois, il m'embrassa.

Et ça n'avait rien d'un baiser lent ou délicat.

Il s'empara de mes lèvres comme s'il revendiquait mon corps, mon âme, ainsi que chaque parcelle de mon esprit. Sa bouche était exigeante, remuant contre la mienne tandis qu'il inclinait la tête. Sa langue courut le long de mes lèvres pour leur intimer de s'ouvrir et je... je m'exécutai. Alors, il émit un son si profond et bestial que ma peau s'enflamma. Son baiser s'intensifia et sa langue glissa sur la mienne avant de caresser mon palais. Il prenait possession de moi, me goûtait et me faisait sienne.

Lorsqu'il recula, il avait le souffle court, mais ses yeux étaient plongés dans les miens. Ses iris brillaient d'une multitude de verts tandis qu'il passait son pouce sur ma lèvre inférieure.

« Je... On ne m'a jamais embrassée comme ça, murmurai-je, émerveillée par le picotement sur ma bouche.

— Bordel, Ivy », grogna-t-il avant de m'embrasser à nouveau.

Cette fois, il prit son temps pour m'explorer, comme s'il gravait les contours de mes lèvres dans sa mémoire et... je lui rendis son baiser.

Il resserra sa prise sur ma taille alors que je passais à mon tour ma langue sur sa lèvre, lui soutirant un gémissement. Il glissa sa paume le long de ma cuisse, puis sous l'ourlet de ma jupe. Ses doigts habiles effleurèrent mon arme. Une chaleur intense m'envahit, repoussant toute pensée. Je ne savais pas pourquoi. Je m'en fichais. Il referma sa main sur mes fesses et me hissa sur la pointe des pieds. Nos hanches se rencontrèrent et je le sentis contre mon centre.

De vifs élans de désir me parcoururent et j'enroulai mes bras derrière sa nuque. Ce baiser... mon Dieu, il dépassait toutes mes attentes. Ce que j'avais dit plus tôt était vrai : personne ne m'avait jamais embrassée avec un tel abandon.

Sous ma jupe, il continuait de caresser et frictionner ma peau, m'encourageant toujours plus et je le laissai me guider. Mon dos se cambra, poussant mon bassin contre le sien tandis que je m'agrippais à lui. Il prononça des mots contre ma bouche, entre deux baisers. Je ne compris pas ce qu'il disait, mais sentis un frisson traverser son corps solide. Je me perdais en lui, laissant les sensations qu'il provoquait en moi prendre le dessus.

Alors, il rompit notre baiser, puis appuya son front contre le mien sans pour autant cesser de caresser la courbe de mes fesses. Il prit la parole d'une voix rauque. « Je vais essayer d'agir en homme responsable. »

Un rire tremblotant m'échappa. « Je pense que c'est loupé.

— Crois-moi, si je ne faisais pas de mon mieux pour me contrôler, ta minuscule culotte serait déjà... » Il remonta sa main jusque sous l'élastique de mon sous-vêtement, me coupant le souffle. « ... à tes pieds et je serais profondément en toi, juste là, contre ce foutu poteau en béton. » Je frémis.

Je n'étais pas contre cette proposition. Du tout. « Mais je suis mieux éduqué que ça », ajouta-t-il tout bas.

Sa remarque me surprit, mais il m'embrassa une fois de plus, encore différemment. Nos lèvres s'effleurèrent une, puis deux fois, avec une tendresse sans précédent, mais tout aussi bouleversante que ses premiers baisers intenses et passionnés. Des frissons parcoururent mon échine. Ren procéda avec douceur, épousant la forme de mes lèvres, et la pression de sa bouche me consuma, réveillant quelque chose en moi qui obnubila mon esprit tout entier. Une chaleur ardente et exquise s'éveilla dans mon cou avant de se propager jusqu'à ma poitrine et continuer toujours plus bas.

Soudain, des rires provenant de l'entrée du parking résonnèrent autour de nous. Nous n'étions plus seuls. Après un dernier baiser plus lent, il écarta sa bouche de la mienne, tapota mes fesses, puis retira ses doigts. En me reposant à plat sur mes pieds, il réarrangea ma jupe. Puis, il plaça les mains sur mes joues. « Prenons notre temps, mais sans faire de pas en arrière non plus, d'accord ? dit-il d'une voix douce qui aurait pu me mettre à genoux. Voyons où tout ça nous mène. Il n'y a rien d'autre. C'est tout ce que nous pouvons nous promettre. »

Le regard plongé dans ses yeux vert forêt, je hochai la tête. Je n'en revenais pas.

Il esquissa un demi-sourire et embrassa mon front, puis mon nez. « Allons-y. »

À l'instar des humains sous l'influence des Faes dans la boîte de nuit, j'avançai dans un état de transe, comme si je marchais sous l'eau. En le suivant jusqu'à son pick-up, je me demandai qui était plus dangereux pour moi : les Faes ou Ren ? Parce qu'ils avaient tous autant de chance de me faire sombrer.

Chapitre 14

Mon dimanche matin fut étrange. Enfin, plus que d'habitude, disons. Je ne savais même plus vraiment à quoi ressemblait une vie normale… La veille, en rentrant de la boîte de nuit, j'avais découvert que Clo s'était créé un compte Twitter et qu'il était en plein débat houleux pour déterminer quel acteur faisait le meilleur Doctor Who. N'ayant jamais vu un seul épisode, et me moquant éperdument de la réponse, j'avais fui cette conversation comme la peste.

À mon réveil, mon esprit était inondé du souvenir des caresses et baisers de Ren, mais je refusai de succomber à mon désir écrasant. À la place, je partis faire un footing aussitôt levée et courus avec plus de ferveur que jamais. Pourtant, l'envie logée dans mon ventre ne disparut pas. Ce n'était pas une sensation désagréable, seulement un mélange d'excitation et d'appréhension qui me donnait l'impression d'être… comme les autres. Et ça, c'était idiot. Mes priorités se trompaient de terrain de jeu. J'aurais dû me concentrer sur l'emplacement du portail et sur la façon dont nous allions empêcher les Faes d'agir alors qu'il ne restait plus que quelques jours avant l'équinoxe. Je n'avais pas tiré un trait sur mon envie de rapporter toutes nos découvertes à David, mais Ren avait insisté sur les dangers de procéder ainsi pendant tout le trajet du retour. J'avais donc pris une décision. Si je ne réussissais pas à discuter avec Merle ce dimanche, je raconterais tout à David, avec ou sans l'accord de Ren.

Et voilà que mes pensées étaient de nouveau focalisées sur Ren.

Le problème était évident : je n'avais parlé de lui à personne. C'était de ça que j'avais besoin pour le sortir de mon esprit et me concentrer sur des choses plus importantes… comme arrêter le carnage qui résulterait de l'ouverture du moindre portail.

Mais Val avait annulé notre traditionnel combo café et librairie du dimanche. Elle m'avait envoyé un texto pour me prévenir et j'aurais pu parier que c'était lié à l'homme avec qui elle cassait des sommiers aux quatre coins de la ville. J'appelai Jo Ann qui accepta de me retrouver dans un café proche du cimetière.

Vêtue d'un pantalon de survêtement ample et d'un t-shirt, avec un chignon désordonné sur la tête, je ne ressemblais pas à grand-chose comparée à Jo Ann dont la chevelure lisse et soyeuse tombait en cascade sur son chemisier accompagné d'un jean *skinny*. En la voyant ainsi, j'avais du mal à comprendre pourquoi elle était aussi timide avec les hommes. Même sans parler de sa beauté, elle était à la fois adorable, intelligente et serviable.

Elle sirotait son café au lait pendant que je buvais mon thé glacé comme si ma vie en dépendait. D'abord, on discuta de nos cours, puis je me forçai enfin à passer le pas. Pourquoi était-ce si difficile ? Malgré mon visage sans doute tout rouge derrière ma paille, je me lançai. « J'ai rencontré quelqu'un. »

Surprise, Jo Ann haussa les sourcils. « Ah bon ? Quand ça ?

— Il y a deux semaines environ. On… travaille ensemble. Il vient du Colorado. »

Je me sentais un peu coupable de devoir omettre autant d'informations.

Elle s'adossa à la chaise en osier avec un grand sourire et un éclat de joie dans le regard. « Est-ce qu'il est mignon ?

— Mignon ? répétai-je en réprimant un rire, les mains autour de mon verre en plastique. Mignon serait trop faible pour le décrire.

— Oh ! D'accord, est-ce qu'il est canon ? »

Je hochai la tête en esquissant un sourire. « Tu n'as pas idée.

— Je vois. » Elle prit son temps pour soulever son café au lait. « J'ai l'impression que tu ne me dis pas tout. Est-ce que c'est un salaud ? »

Je levai les yeux vers elle et répondis avec sincérité. « Non. En réalité, c'est une bonne personne… et il est plutôt charmant. Parfois agressif, mais pas dans le mauvais sens du terme ! m'empressai-je d'ajouter en la voyant froncer les sourcils. Disons que ce n'est pas le genre de type à tourner autour du pot. S'il veut quelque chose, il n'hésite pas à le faire savoir.

— D'accord. » Elle m'observa en buvant une gorgée. « Donc il est canon et sympa. Il est plutôt entreprenant sans que ce soit pour autant dérangeant. » Je hochai la tête. « Est-ce qu'il te plaît ? » ajouta-t-elle.

J'ouvris la bouche, mais une fois de plus, j'eus du mal à trouver les mots justes. C'était comme si un verrou au fond de ma gorge les empêchait de sortir.

« Oh, tu l'aimes bien ! » dit-elle sur un ton amusé.

Je poussai un petit rire. « Qu'est-ce qui te fait dire ça ?

— C'est la toute première fois que tu me parles d'un homme, donc c'est assez évident. » Elle posa un coude sur la table entre nous, puis appuya son menton sur sa paume. « Tu craques vraiment pour lui. Tu peux l'admettre. Dis-le. Dis-le pour moi, Ivy. »

Cette fois, je ris de bon cœur en secouant la tête. « D'accord, d'accord », cédai-je. J'inclinai le visage vers l'arrière avec un grognement. « Il me plaît. Je ne sais pas pourquoi, mais il me plaît.

— C'est simple. Apparemment, c'est parce qu'il est canon, sympa et charmant.

— Et intelligent », marmonnai-je en levant les yeux au ciel.

Jo Ann gloussa. « Pourquoi tu dis ça comme si c'était une mauvaise chose ?

— Parce que ça l'est. » Je ramenai ma tête vers l'avant avec un grand soupir. « Je ne le connais pas vraiment. » Elle me dévisagea, déconcertée. « Je l'ai rencontré il y a seulement deux semaines et mon attirance pour lui est bien trop instantanée à mon goût. On est encore des inconnus d'une certaine façon. » Je haussai une épaule. « C'est un peu bizarre, c'est tout. »

Elle ouvrit la bouche, la referma, puis l'ouvrit de nouveau. « Tu sais que je suis sans doute la pire personne pour donner des conseils dans ce domaine.

— Ce n'est pas faux », ris-je.

Jo Ann plissa les yeux. « Mais en général, les gens ne se connaissent pas encore lors de leur première rencontre et ils s'apprivoisent petit à petit, en sortant ensemble par exemple.

— Personne n'a parlé de sortir ensemble pour le moment.

— Oh, répondit-elle en fronçant le nez.

— En toute franchise, je ne lui ai pas vraiment donné l'occasion d'évoquer le sujet, donc je ne sais pas si c'est… ça qu'il recherche ou s'il veut seulement coucher avec moi. Je ne sais pas ce que je veux non plus. »

L'idée de me lancer dans une relation me terrifiait, car ça terminait toujours de la même manière. Avec des cœurs brisés.

« Où est le problème, alors ? Si vous en avez tous les deux envie, rien ne vous en empêche. Qui sait ? Peut-être qu'il aimerait sortir avec toi et toi aussi. Ça pourrait se transformer en quelque chose de sérieux. » Elle lança un coup d'œil à la porte lorsqu'elle s'ouvrit, puis soupira. « Je devrais suivre mes propres conseils.

— C'est vrai. »

Elle m'adressa un sourire.

Ma paille entre les doigts, je pris une grande inspiration, le cœur lourd. « Mon... mon dernier petit ami, le seul mec avec qui j'ai eu une relation, est mort. »

Elle écarquilla les yeux. « Pardon ? »

Jo Ann savait que j'avais perdu mes parents adoptifs, alors je décidai de m'en tenir à mes mensonges par omission. Après tout, ils étaient bien décédés ensemble, tous les trois.

« Il a péri dans le même accident de voiture que mes parents, grimaçai-je en sachant parfaitement que ça ne s'était pas passé ainsi. Je l'aimais comme tout le monde aime son premier copain et je l'ai perdu. »

Une expression bienveillante se peignit sur son visage. La chaleur me monta aux joues. Ce n'était jamais facile de parler de Shaun. « Je comprends, dit-elle d'une voix douce. Tu n'es pas encore tout à fait prête à aller de l'avant. »

Je posai mon regard sur elle avant de le détourner vers les gens dans la queue au comptoir sans vraiment les voir. « Ça fait plus de trois ans et je... je pense que je suis prête à passer à autre chose, mais est-ce que... » Avec une douleur dans la poitrine, je lui fis de nouveau face. « Est-ce que c'est mal ? Est-ce que c'est une trahison ? Parce que c'est comme ça que je le vis... Pourquoi est-ce que j'aurais le droit d'aller de l'avant alors qu'il n'est plus là ?

— Oh, Ivy, ce n'est pas une trahison. Je ne le connaissais pas, c'est évident, mais s'il tenait à toi, il ne voudrait pas que tu t'interdises de sortir avec un autre ou de retomber amoureuse un jour. » Elle tendit une main par-dessus la table pour prendre la mienne. « Aller de l'avant, c'est la meilleure chose à faire. Tu le sais, au fond de toi.

— Oui », murmurai-je. À ce stade, mon chagrin s'était transformé en un nœud incompréhensible. Je tentai de me remémorer le visage de Shaun, mais tous les détails avaient disparu. Il était flou et si distant. C'était douloureux, mais elle avait raison. En mon for intérieur, je le savais déjà. « C'est dur à accepter, parfois.

— Je peux te demander quelque chose ? lança-t-elle en se penchant vers moi. Est-ce que tu lui fais confiance ? »

Ses mots résonnèrent dans mon esprit. Sa question n'avait pas la même signification pour nous deux, puisqu'elle ne savait pas quel métier nous faisions, Ren et moi. Pourtant, la sienne avait tout autant de valeur. Étais-je prête à lui confier mon corps ? Peut-être même mon cœur et mes secrets ? C'était difficile d'y répondre, non pas parce que je l'ignorais, mais pour ce que la vérité représentait.

En croisant le regard de Jo Ann, je sentis de minuscules nœuds se former dans mon estomac. « Oui, je lui fais confiance. »

Peu après midi, Jo Ann me salua, puis monta à l'arrière d'un taxi tandis que je sortais mon téléphone pour appeler Brighton. Quand elle décrocha, me confirmant qu'elle était chez elle et que Merle était d'accord pour recevoir de la visite, je faillis sauter en bas des marches pour faire une petite danse au milieu du trottoir.

Mais je réussis à me retenir.

Je plissai les yeux derrière mes lunettes de soleil, le regard rivé sur l'écran, puis m'adossai contre le mur du centre commercial. J'avais informé Brighton que j'arriverais sous peu, mais ce n'était pas tout.

Je lui avais aussi dit que je ne serais peut-être pas seule.

Mon pouce planait au-dessus du numéro de Ren. J'avais beau lui faire confiance, ça restait une étape cruciale. Indécise, je levai le visage et vis un tramway circuler devant moi. Alors, sans regarder, j'appuyai sur son contact.

Ren répondit à la seconde sonnerie. « Ivy ? »

Je grimaçai. « Oui, qui d'autre ? »

Il émit un petit rire chaleureux. « Désolé. Je ne m'attendais pas à ce que tu m'appelles. Je pensais que j'allais devoir patienter jusqu'à demain ou te traquer si je voulais te voir. »

Sous les chênes, devant un mur de brique, je fis les cent pas en luttant pour ne pas sourire. « Je te dérange ?

— Jamais. »

Mon sourire béat gagna la bataille et j'étais au moins reconnaissante que seuls des inconnus puissent me voir ainsi, en cet instant. « Tu peux me rejoindre au centre commercial de Prytania Street ? Il y a quelque chose que j'aimerais faire avec toi. »

Il ne répondit pas tout de suite. « Si tu savais les images et pensées qui défilent dans mon esprit en ce moment même, tu me raccrocherais probablement au nez.

— Sans doute, répliquai-je en riant.

— Je peux être là d'ici vingt minutes. Ça te convient ? »

Je hochai la tête, ce qui était idiot étant donné que nous étions au téléphone. « C'est parfait. »

Sa moto noire lustrée s'arrêta au bord du trottoir en vrombissant environ quinze minutes plus tard. Je n'imaginais même pas à quelle allure il avait roulé pour arriver aussi vite dans le Garden District un dimanche après-midi.

Il me tendit un casque alors que j'approchais de l'arrière du véhicule, puis il releva le sien. Il m'adressa un sourire en coin qui laissait apparaître une de ses fossettes. « Où allons-nous, ma chère dame ? »

Je secouai la tête, le casque en main. « À quelques rues d'ici. »

Je lui donnai des indications avant de monter derrière lui.

« Au fait, tu es mignonne, aujourd'hui. Ivy en version détendue. C'est la première fois que je te vois comme ça. »

J'aurais voulu m'en coller une en sentant mes joues rougir.

« Attention avec le sac, poursuivit-il. Il y a quelques objets tranchants et pointus à l'intérieur avec lesquels on pourrait jouer plus tard. »

Son commentaire éveilla mon intérêt d'une façon vraiment étrange. J'enfilai le casque, puis enroulai mes bras autour de sa taille en prenant soin de ne pas m'appuyer contre son dos. Le trajet entre le centre commercial et la demeure historique ne dura que quelques minutes. Une fois stationné, il retira son casque et je l'imitai. Je m'apprêtais à descendre de la moto quand il se tourna vers moi.

Il posa ses larges mains calleuses sur mes joues, se pencha en avant et inclina le visage. Puis il m'embrassa, là, en pleine rue, devant chez Brighton et Merle. Et ça n'avait rien d'un baiser bref ou chaste. Je doutais que ça fasse partie de ses compétences.

Et ce fut un véritable plaisir.

L'engin ronronnait toujours sous nos jambes lorsqu'il caressa ma langue avec la sienne, me soutirant un gémissement étonné. Je sentis ses lèvres s'élargir en un sourire. Je n'avais qu'une envie : jeter le casque dans la rue et lui monter dessus.

« Mmm, murmura-t-il, sa bouche effleurant la mienne.

— En... en quel honneur ? » demandai-je en clignant des yeux.

Avec un rire, il se retourna pour éteindre le moteur. « C'était juste pour le plaisir. Fais-toi une raison. Ça va arriver souvent.

— Et si je n'en ai pas envie ? » répondis-je dans son dos.

Il me lança un regard, un sourcil arqué. « Tu en as envie. » Je soupirai. C'était vrai. « Donc, pourquoi on est là ? demanda-t-il en observant la demeure avec curiosité. On cherche déjà une maison pour emménager ensemble ?

— Quoi ? m'esclaffai-je en descendant de la moto. Non. »

Tout sourire, il m'imita, puis vint se placer à côté de moi pour scruter le portail, son casque à la main. « Pourquoi, alors ?

— Une de mes amies vit ici. Elle s'appelle Brighton et sa mère travaillait pour l'Ordre par le passé. Elle… s'est fait attraper par un Fae une fois et il s'est nourri d'elle. Depuis, elle n'a plus jamais été la même. » Je pris une courte inspiration en jetant un coup d'œil à la maison. « Merle savait tout… enfin, c'est toujours le cas. Elle était haut gradée. Elle saura peut-être où se trouve le portail. »

Ren se raidit en posant ses yeux verts sur moi. « Tu es sérieuse ? »

J'acquiesçai. « Mais tout dépend de… son humeur. J'ai essayé de la contacter plus tôt, mais elles étaient parties dans un autre État. »

Il pencha la tête d'un côté et le soleil se refléta sur sa joue. « Tu savais que cette femme pouvait nous donner la localisation de l'entrée depuis le début ?

— Oui, répondis-je sans me laisser impressionner par son regard d'acier. Mais la première fois que je suis venue, elle était absente et je ne te faisais pas encore confiance. »

Il inclina le menton. « Ça veut dire que maintenant si ?

— La preuve, répliquai-je en gesticulant malgré le casque accroché à mon bras. Sinon, je ne t'aurais pas ramené ici.

— Tu te serais contentée de dénicher les informations et…

— Et je t'aurais probablement dit qu'on devrait jeter un œil à l'endroit en question sans te révéler où j'avais obtenu mes renseignements.

— Malin, murmura-t-il en détendant les épaules. Bon, allons-y, dans ce cas. »

Je fronçai les sourcils. « Tu ne m'en veux pas ? »

Il dégagea une boucle rebelle de son front. « Je comprends pourquoi tu ne me faisais pas confiance au début, mais c'est le cas à présent. C'est tout ce qui importe. »

Il se mit en marche en direction du portail, mais je bondis pour attraper son bras. « S'il te plaît, souviens-toi que Merle n'a pas toujours toute sa tête, d'accord ? Parfois, elle va très bien, mais pas tout le temps. »

Ses traits s'adoucirent. « J'ai compris, Ivy. »

Soulagée, je lâchai son bras et avançai à ses côtés sur le trottoir. Nous avions presque atteint le porche quand la porte s'ouvrit. Brighton sortit de la maison, ses cheveux blonds attachés en une queue-de-cheval.

Elle n'avait pas loin de la trentaine et, pour autant que je sache, ne s'était jamais mariée. Elle n'en avait jamais eu l'occasion. Autrefois, elle travaillait pour l'Ordre, mais depuis l'accident de sa mère, sa vie se résumait à prendre soin de Merle. Ça ne devait pas être facile, surtout la solitude.

Elle descendit les marches vêtue d'un short taché de terre et d'un débardeur, ses tongs résonnant contre les planches en bois. Brighton était magnifique, une vraie femme du Sud. Cent ans plus tôt, sa beauté délicate aurait fait d'elle une parfaite débutante au bal.

Son regard marron et sombre passa de moi à Ren tandis qu'elle s'arrêtait à une certaine distance de nous. Je fis un pas en avant. « Brighton, je te présente Ren. C'est un membre de l'Ordre. »

Elle lui adressa un petit sourire réservé qui n'atteignit pas ses yeux. « Tu es nouveau.

— En effet, répondit-il d'une voix charmante teintée de son accent du Sud. Je viens du Colorado. On m'a envoyé ici au début du mois. »

Elle frotta ses paumes sur son short. « Eh bien, tu es loin de chez toi. »

Ren sourit sans avoir à fournir le moindre effort. « C'est vrai. Cette maison est sublime. Il n'y en a pas des comme ça de là où je viens.

— Merci. » Elle se retourna à moitié pour lancer un regard en direction de la demeure, puis s'adressa à moi. « Je peux te demander pourquoi tu veux voir ma mère ? »

Ren risquait de ne pas apprécier la quantité d'informations que je m'apprêtais à divulguer, mais il allait devoir se faire une raison. « Il se passe des choses alarmantes en ville. Comme tu le sais, on a perdu quatre membres en très peu de temps et on pense... on pense qu'ils étaient tous gardiens. »

Inquiète, elle écarquilla les yeux. « Quoi ?

— On craint que les Faes tentent d'ouvrir le portail de La Nouvelle-Orléans, intervint Ren. Et les entrées sont plus vulnérables lors de l'équinoxe...

— Elles ne peuvent être ouvertes *que* durant l'équinoxe et le solstice, corrigea-t-elle en croisant les bras sur sa poitrine. Qu'est-ce qu'en pense David ?

— On ne lui en a pas encore parlé. » C'était là que venait la partie la plus difficile. « Brighton, si les agents qui ont été assassinés étaient des gardiens, et ça en a tout l'air, ça voudrait dire que quelqu'un au sein de l'Ordre a fourni des noms aux Faes. On ne...

— Vous ne pouvez pas faire confiance à grand monde, dans ce cas. » Elle pinça les lèvres en secouant la tête. « Vous voulez demander l'emplacement du portail à ma mère ?

— Si quelqu'un a une chance de le connaître, c'est elle.

— Encore faut-il qu'elle s'en souvienne, dit-elle tout bas en lançant un regard nerveux en direction de Ren. Tu connais son état. Certains jours…

— Je sais. Et Ren aussi. Elle ne saura peut-être rien, mais s'il y a la moindre possibilité qu'elle puisse nous aider, on doit tenter. »

Brighton hocha lentement la tête. « Elle se porte bien aujourd'hui.

— D'accord. » En regardant Ren, je fus soulagée de constater qu'il n'y avait aucune trace de jugement sur son visage. Notre éducation commune se concentrait avant tout sur la valeur d'un esprit sain et d'un corps résilient, alors de nombreux membres méprisaient Merle. « Ça ne devrait pas prendre longtemps. »

Elle hésita encore un instant avant de pivoter. « Elle est dans le jardin. »

Après avoir posé nos casques sur un siège en osier, nous suivîmes Brighton sur le porche qui encerclait la maison. En approchant de l'autre côté, j'entendis un doux rythme de jazz qui s'échappait de l'intérieur. Nous descendîmes les marches pour avancer sur l'allée menant au cœur de la cour.

Merle était agenouillée devant un rosier, ses gants verts recouverts de terre tandis qu'elle aplatissait le sol autour de la nouvelle plante. Sur une table basse, je remarquai une carafe de thé glacé et deux verres à moitié pleins.

Brighton s'éclaircit la gorge. « Maman…

— Je sais que nous avons de la visite, ma chérie. J'ai peut-être une araignée au plafond, mais je ne suis pas sourde, l'interrompit Merle d'une voix douce et posée. Et on ne peut pas dire que vous soyez arrivés dans le jardin en toute discrétion. »

Ren haussa un sourcil dans ma direction, mais je souris. « Coucou, Merle.

— Bonjour, ma jolie. » Elle retira ses gants, les laissa tomber sur le sol, puis se releva pour nous faire face. Merle avait une cinquantaine d'années, mais elle en paraissait facilement dix de moins. Ses cheveux étaient de la couleur du blé et elle avait une peau d'albâtre. J'ignorais comment elle faisait pour rester si blanche et dénuée de rides alors qu'elle passait la plupart de son temps à jardiner. Seules quelques lignes autour de ses yeux et de sa bouche apparaissaient lorsqu'elle souriait. « Ça fait un moment que je ne t'ai pas vue. Et puis, tu as ramené quelqu'un d'autre que la traînée habituelle. »

Je mordis l'intérieur de ma joue en apercevant le sourcil de Ren s'arquer davantage. « Elle parle de Val...

— La traînée », insista Merle en se dirigeant vers la chaise proche de la table basse.

Elle s'y assit sans grande grâce, puis croisa les jambes.

« Maman, soupira Brighton en se plaçant derrière sa mère.

— Elle ne mérite pas qu'on l'appelle comme ça, dis-je. Valérie est très gentille. C'est vrai qu'elle va à beaucoup de rencards, mais ce n'est pas une traînée pour autant. »

Merle pencha la tête d'un côté et saisit son verre d'une main. « Ma chérie, ce n'est pas ça qui fait d'elle une traînée. »

J'étais curieuse de savoir quelle en était la raison, dans ce cas, mais ce n'était vraiment pas le moment de prendre une tangente, donc je décidai de changer de sujet. « Merle, je te présente Ren...

— Je sais qui il est », m'interrompit-elle à ma grande surprise autant qu'à celle de Ren. Elle but une gorgée de thé en l'observant par-dessus son verre. « Renald Owens.

— Renald ? lançai-je en le regardant, les deux sourcils en l'air. Tu t'appelles *Renald* ? »

Était-ce une touche de rose que j'apercevais sur ses joues ? Ha ! Il rougissait.

« À ton avis, pourquoi je me présente sous le nom de Ren ? répliqua-t-il sèchement. Madame…

— Appelle-moi Merle, mon grand. Et tu vas me demander comment je sais qui tu es. Eh bien, je connais… enfin, je *connaissais* tes parents. J'espère qu'ils vont bien ?

— Oui, très bien. » Ren secoua la tête, déstabilisé.

Merle continua de le toiser. « C'est un très beau jeune homme, Ivy. »

J'écarquillai les yeux sans oser les tourner vers lui.

Elle me fit un clin d'œil et Brighton lui tapota l'épaule. « Maman, ils sont là pour te parler de quelque chose d'important.

— Oh, je sais. Et si vous vous asseyiez ? proposa-t-elle en désignant les chaises en face de la sienne. Faites comme chez vous, comme on dit. »

Ren m'adressa un long regard amusé tandis que nous nous exécutions. Une fois installée, je retentai ma chance. « On est là…

— Comme je l'ai déjà mentionné, ma jolie, je sais pourquoi vous êtes là. Ça a quelque chose à voir avec l'Élite. » Elle gloussa telle une adolescente. « N'aie pas l'air si surpris, jeune homme. Je t'ai dit que je connaissais tes parents. L'Élite n'a pas de secret pour moi et, si tu es là, cela signifie que les Anciens préparent un sale coup. »

Je la dévisageai, stupéfaite. Bon sang, Merle avait raison depuis le début. Mon enthousiasme était à son comble, mais une grande méfiance l'accompagnait. C'était trop facile.

« Vous êtes au courant pour les Anciens ? » demanda Ren qui se pencha en avant en posant ses mains sur ses genoux.

Brighton semblait mal à l'aise derrière sa mère.

« Je sais que tous les Faes ne souhaitent pas les mêmes choses. » Elle l'étudia un moment tandis que je tentais de comprendre son étrange remarque. « Mon grand, je sais aussi pourquoi tu es là. Et ce que ta présence sous-entend. »

Je me raidis, soudain frigorifiée malgré la brise tiède qui faisait se balancer les nombreuses fleurs. Ren s'adossa de nouveau, masquant ses émotions. Son expression neutre me glaça le sang. « Madame, reprit-il, mais elle l'interrompit.

— Je connais le rôle de l'Élite. Je sais que vous chassez les Anciens, mais ce n'est pas votre unique fonction. » Elle agita un peu son verre et les glaçons s'entrechoquèrent bruyamment. Son sourire perdit en intensité tandis qu'elle se tournait vers moi. « Est-ce que tu veux savoir, ma chérie ? »

Bien sûr que je souhaitais connaître la seconde mission de Ren, puisque je l'ignorais apparemment, mais Brighton prit la parole en s'agenouillant à côté de sa mère, attirant ainsi son attention. « Je crois qu'ils aimeraient apprendre où se trouve le portail de la ville.

— Je vois, dit-elle en posant son regard sur son verre. J'étais gardienne, après tout. »

Je réprimai ma surprise. Que Merle eût été haut placée dans notre branche n'était pas nouveau pour moi, mais j'ignorais qu'elle avait été gardienne. Nom d'un chien… Si elle disait vrai, ça signifiait qu'elle connaissait l'emplacement du portail et rien n'était plus important que cette information, pour l'instant. Je réglerais mes comptes avec Ren plus tard.

« Je suis au courant de tout, poursuivit-elle, le regard rivé sur quelque chose qui m'échappait. Les sorts utilisés pour sceller les entrées, le sang nécessaire pour les ouvrir, le cristal guérisseur. » Elle esquissa un bref sourire, mais je n'avais aucune idée de quoi elle voulait parler. « Puis, j'ai rencontré un Fae aussi fort que moi. C'est ce qu'on m'a dit, en tout cas. Je ne me souviens plus vraiment de ce jour-là.

— Maman, murmura Brighton en prenant la main de sa mère. Est-ce que tu sais où se trouve le portail ?

— Ma fille adorée, répondit-elle à voix basse en saisissant le menton de Brighton avec un sourire insouciant. Il n'y en a pas qu'un seul dans notre ville, mais deux. »

J'inspirai vivement. « Il y en a deux ? »

Elle acquiesça, puis s'empara de la carafe pour se resservir du thé glacé. « Oui. Est-ce si étonnant ? Nous sommes à La Nouvelle-Orléans et disons que… la terre par ici est aussi corrompue que bénie. À ma connaissance, c'est le seul endroit à détenir deux entrées pour l'Autre Monde.

— En êtes-vous certaine ? demanda Ren. Je ne dis pas ça pour vous vexer, mais je n'ai jamais entendu parler de deux portails dans une même ville ou à moins de cent cinquante kilomètres l'un de l'autre.

— Je ne suis pas vexée. » Une mèche blonde vola devant son visage. « Le premier se situe dans le sanctuaire et le second dans un lieu où l'atmosphère est si troublante qu'aucun humain ou esprit ne peut y trouver la paix. »

Brighton baissa le menton avec une grimace.

« Merle, je ne comprends pas », dis-je, le cœur lourd.

Elle arqua un sourcil. « Ce n'est pas compliqué, jeune fille. Ce sont deux endroits très connus et je ne vois pas comment je pourrais être plus claire. »

J'avais quelques suggestions, mais lorsqu'elle tourna son attention sur Ren, je sus qu'elle était passée à autre chose. Il arrivait souvent qu'elle fasse de vagues déclarations tout à fait logiques à ses yeux, puis qu'elle refuse d'expliquer ses propos. C'était aussi un signe que notre entretien prendrait bientôt fin. Frustrée, je me forçai à rester assise tranquillement sur mon siège. « Merle…

— Chut ! » Sous le choc, j'eus un mouvement de recul puis je la dévisageai tandis qu'elle observait Ren. « Revenons-en aux choses sérieuses. L'as-tu trouvé ? »

Les épaules de Ren se crispèrent et une aura de tension émana de lui, se répandant dans la cour comme une couverture épaisse et inconfortable. Il secoua la tête de façon presque imperceptible.

« Tu *dois* le trouver, insista Merle d'une voix à présent discordante. Tu sais ce qu'il se passera s'ils ouvrent le portail. »

Il releva le menton. « Oui. »

Mais qu'est-ce qu'ils racontaient ?

Merle fut parcourue d'un tremblement. « Si le prince le traverse, ou la princesse, et qu'ils mettent la main dessus, ce sera la fin de tout, Renald. *Tout*. »

Je lançai un regard perplexe à Brighton qui remua la tête. « Maman, de quoi est-ce que tu parles ? »

Merle se leva, serrant le verre si fort entre ses doigts que ses articulations blanchirent. « Renald, j'ai peur que les portails ne tiennent pas. Je le sens dans la brise ; dans le chant même des oiseaux et de la terre. Ils n'échoueront pas, cette fois. »

Cette conversation avait pris une tournure étrange. Pas surprenante, vu l'état de Merle, mais étrange, parce que c'était ce qu'avait dit l'Ancien la veille. Lorsque je regardai Ren, il… n'avait pas l'air étonné, ce qui me glaça jusqu'à l'os.

Merle approcha de Ren. « Tu dois retrouver le Halfelin. »

Chapitre 15

Un Halfelin ? C'était quoi, cette histoire ? J'en oubliai tout le reste. Mon regard passait tour à tour de Ren à Merle. En d'autres circonstances, j'aurais pris ça pour des fabulations de la part de cette dernière, mais Ren… n'avait toujours pas l'air choqué par ses paroles. En attendant, j'affichais une expression complètement éberluée.

« Un Halfelin ? répéta Brighton en secouant la tête. Maman, de quoi parles-tu ? »

Merle détourna enfin son regard de Ren pour le river sur son verre. « Ça ne devrait pas exister, et pourtant si. Mais pas pour longtemps. C'est impossible. C'est ce qu'ils disent, en tout cas, bredouilla-t-elle tandis que sa main commençait à trembler autour de son thé. Ils étaient bien plus nombreux par le passé. Des centaines, voire des milliers, mais maintenant ? Il n'en reste plus que quelques-uns. Une demi-douzaine tout au plus. Parce qu'ils représentent une grande menace. Pour nous tous », conclut-elle avec ferveur d'un ton amer.

D'un mouvement fluide, Ren se leva et s'élança en avant, mais c'était trop tard. Le verre dans la main de Merle se brisa. Des morceaux tranchants et le thé s'éparpillèrent, se répandant sur le sol. Il y avait du sang aussi. Je bondis de ma chaise, les yeux écarquillés.

« Maman ! » Brighton attrapa son bras, le visage blême. « Qu'est-ce que tu as fait ? Tu t'es coupée ! »

Merle fronça les sourcils en observant sa main ensanglantée. Dans sa paume, des fragments de verre scintillaient sous le soleil. « Je ne sais pas, ma chérie, mais ce n'est pas très agréable.

— Je suis désolée, mais vous devriez partir, tous les deux. » Brighton passa son autre bras autour des épaules de Merle. « Ça suffit pour aujourd'hui. »

Je ne réagis pas, trop perturbée par les actions de Merle. Je me contentai de regarder Brighton ramener sa mère à la maison.

« On peut faire quelque chose pour t'aider ? » lança Ren.

Brighton répondit sans s'arrêter. « Partez. S'il vous plaît, partez. »

Je fermai les paupières un instant en réprimant un juron lorsque la porte arrière claqua. « Bon sang, ça s'est mal terminé. » Je me tournai vers Ren, qui était toujours silencieux. Son regard était concentré sur le verre brisé, le thé renversé… et le sang. Je le rejoignis en lui parlant à voix basse. « J'aimerais croire que les paroles de Merle sur la fin ne voulaient rien dire, mais ce n'est pas le cas, n'est-ce pas ? » Il me jeta un coup d'œil rapide, puis secoua sèchement la tête. Un sentiment d'angoisse prit racine en moi. « Tu ne m'as pas tout dit.

— Non. »

Plusieurs émotions m'envahirent en même temps. Je ne savais plus quoi penser.

La déception et la colère étaient en tête de liste. Je lui faisais *confiance*, mais ce n'était pas comme si je lui avais tout dit sur moi. À nous deux, on ne valait pas beaucoup mieux que l'hôpital et la charité. Pourtant, je me forçai à prendre sur moi et, bordel ce que c'était difficile, car tout ce que je voulais, c'était lui coller mon poing dans le bras. La plupart du temps, j'avais du mal à faire preuve d'autant de dignité, donc j'étais fière de réussir à me contrôler. « Les Halfelins existent-ils ? Pourquoi es-tu vraiment là, Ren ? »

Il pencha la tête en arrière en poussant un soupir las, puis acquiesça pour lui-même. « On devrait y aller.

— Pas avant que tu m'aies expliqué ce qu'il se passe ! »

Il se tourna vers moi. « Je te raconterai tout, même si ça doit signer mon arrêt de mort.

— De mort ?

— Oui, Ivy, c'est si grave que ça. Donc je ne vais pas le faire ici. On devrait trouver un endroit pour discuter. Tu n'habites pas loin. »

Une partie de moi avait envie d'insister, mais il était plus sage de quitter le jardin pour ne pas donner de raisons supplémentaires à Brighton de s'inquiéter quant à l'état de sa mère. En revanche, il ne pouvait pas venir dans mon appartement alors que je n'avais aucun moyen de prévenir Clo.

Il fallait vraiment que j'achète un téléphone fixe et un répondeur pour pouvoir lui laisser des messages. Une tâche de plus sur ma liste de choses à faire. « On ne peut pas aller chez moi », dis-je sans prêter attention à son regard incisif.

Il m'observa un moment. « Dans ce cas, allons chez moi. »

Mon estomac se noua d'appréhension. Chez lui ? « Je ne sais pas si c'est une bonne idée.

— Je croyais que tu me faisais confiance ? » répliqua-t-il avec un sourire en coin.

Je relevai le menton. « Ça, c'était avant que je découvre que tu n'as pas été cent pour cent honnête avec moi.

— Rien n'a changé entre nous, Ivy. Il y a… *avait* des choses que je ne pouvais pas te révéler. Tu ne m'aurais pas cru. » Avec un soupir, il passa une main dans ses cheveux. « Mais il est hors de question qu'on ait cette conversation en public. C'est chez toi ou chez moi, à toi de choisir. »

La première possibilité n'était pas une option, surtout que j'ignorais ce que fabriquait Clo en mon absence. « Comme tu voudras, *Renald.* » Je le dépassai d'un pas vif pour me diriger vers le porche où nous avions laissé nos casques. « Chez toi. »

Il m'adressa un regard honteux. « Je préférerais vraiment que tu ne m'appelles pas comme ça. »

Je ricanai. « Et les gens en Enfer veulent de l'eau fraîche.

— Les gens en Enfer sont morts. Boire doit être le cadet de leurs soucis. »

Je gravis les marches du porche en secouant la tête avant de jeter un coup d'œil vers la porte close. Je me sentais mal, rongée par la culpabilité. Merle ne se serait pas blessée si nous n'étions pas venus aujourd'hui, mais je ne pouvais pas revenir en arrière et réécrire l'histoire.

Et j'avais la sensation qu'après cette conversation avec Ren, rien ne serait plus jamais pareil.

Ren vivait dans un des anciens entrepôts qui avaient récemment été rénovés pour accueillir des studios et appartements deux pièces. Avec son parking privé, son large ascenseur industriel et ses couloirs aux poutres métalliques au plafond et murs en brique, le bâtiment était à la fois excentrique et moderne. Sans son salaire élevé de l'Ordre, Ren n'aurait sans doute jamais pu se permettre de payer un loyer dans un endroit aussi chic.

Son appartement se situait au cinquième étage, juste en face de l'ascenseur. Lorsqu'il ouvrit la porte, je découvris un vaste espace peu encombré. L'odeur de propre me rappela la lessive qu'utilisait Holly.

Le côté salon était meublé d'un large canapé d'angle, d'une table basse noire au plateau en verre et d'une télévision à écran plat suspendue à un mur dont les briques étaient grises et blanches. L'unique touche personnelle se résumait à un cadre placé dans un coin de la petite table.

Je jetai ensuite un coup d'œil vers la cuisine. Tous les appareils étaient en acier inoxydable et neufs. On aurait dit celle d'un chef avec son four double et la hotte étincelante qui surplombait la cuisinière à gaz. En revanche, il n'y avait pas de table, seulement deux tabourets de bar rangés sous l'îlot central. De l'autre côté du salon, je remarquai deux portes. Une d'entre elles devait mener à la chambre et la seconde à la salle de bains.

L'appartement semblait inhabité.

Une fois à l'intérieur, Ren retira son sac à dos, puis le posa à côté du canapé. Il se dirigea vers la table basse pour y récupérer un bol vide. La cuillère tinta lorsqu'il se pencha une nouvelle fois afin d'attraper la tasse à café bleu foncé.

Il faisait un peu de rangement. C'était plutôt mignon. Et normal.

Je m'approchai de la table où se trouvait le cadre. C'était une photo de famille, sans doute de lui et ses parents. Il était plus jeune dessus, 16 ans peut-être, et son grand sourire entouré de fossettes lui donnait un air adorable entre un homme et une femme qui lui ressemblaient comme deux gouttes d'eau. Une montagne au sommet enneigé s'élevait derrière eux, mais ils étaient en t-shirt. J'étais fascinée par cette image, par leurs visages souriants et l'éclat de joie dans leurs yeux.

Il me lança un regard par-dessus son épaule en marchant jusqu'à la cuisine. « Est-ce que tu veux quelque chose à boire ? proposa-t-il. Si j'étais toi, je choisirais quelque chose d'un peu plus fort que le thé. »

Je cessai d'observer la photo pour le regarder déposer le bol et la tasse dans l'évier. Il avança vers le frigo et les muscles sous son tatouage se contractèrent quand il tira sur la poignée.

« Je ne bois pas.

— Ça te dérange si je bois une bière ? »

Je secouai la tête. « Pas du tout.

— Mets-toi à l'aise. »

Pendant que Ren fouillait dans son frigo, je me dirigeai vers la porte qui devait mener aux toilettes, mais quand je l'ouvris, je tombai nez à nez avec des draps et serviettes empilés avec soin. « Tu sais plier les draps-housses ?

— Oui », répondit-il depuis la cuisine.

Je fronçai les sourcils. « Tu es sûr d'être humain ? Aucun simple mortel n'en est capable.

— J'ai plein de talents. » Ça, c'était vrai. « Je peux te demander pourquoi tu inspectes mon placard à linge ? » ajouta-t-il d'un ton léger et taquin.

Je refermai la porte, les joues chaudes. « En fait, je cherchais les toilettes.

— Il faut traverser ma chambre. Ce n'est pas très pratique pour les invités ou mon intimité. » Il me rejoignit avec assurance dans le salon, une bouteille de bière dans une main et un soda dans l'autre. Après avoir posé ma canette sur la table basse, il marcha jusqu'à la seconde porte et l'ouvrit. « Par ici, puis à gauche. De l'autre côté, c'est mon armoire, et non, elle est loin d'être aussi organisée que ce placard. Je t'attends ici. »

Ça me faisait bizarre d'entrer dans la chambre de Ren… dans celle d'un homme en général. C'était la première fois depuis Shaun et j'avais l'impression de pénétrer dans son jardin secret. À l'instar du salon et de la cuisine, il n'y avait aucun élément personnel, seulement un grand lit recouvert d'une épaisse couverture grise roulée en boule, une commode en bois sombre, une table de nuit et une étagère remplie de livres. J'avais envie de voir ce qu'il lisait, mais ce ne serait pas très correct de ma part de fouiller. Je me dépêchai plutôt de trouver la salle de bains attenante, remarquant au passage qu'elle était bien rangée, y faire ce que j'avais à faire, puis retourner dans le salon.

Ren était assis sur un côté du canapé, les jambes posées sur la table basse. Il avait retiré ses chaussures et était pieds nus. En récupérant mon soda, je me fis la réflexion qu'ils étaient sexys, puis pensai aussitôt qu'il fallait que je sorte plus souvent de chez moi si je trouvais des pieds sexys.

Je m'adossai à l'accoudoir, enlevai mes sandales, puis repliai mes jambes sous moi. Il m'observait du coin de ses sublimes yeux aux cils épais en levant sa bouteille pour en prendre une gorgée. « J'aime bien te voir chez moi. Je voulais juste te le dire. »

Troublée comme une idiote par son commentaire, je décidai de l'ignorer. « Je pense qu'on devrait commencer par discuter de ces histoires de Halfelins.

— Bonne idée. Autant se débarrasser des sujets à dormir debout en premier. » Il posa un bras sur le dossier du canapé en me regardant. « Tu vas avoir du mal à croire à tout ça, alors avant que je me lance et parle dans le vent, essaie de garder l'esprit ouvert. D'accord ?

— On chasse des Faes, Ren. Je suis ouverte d'esprit. » Il arqua un sourcil. « Et je vis à La Nouvelle-Orléans depuis presque quatre ans. J'ai vu un paquet de choses invraisemblables.

— Pas faux, murmura-t-il en m'adressant un bref sourire. Un Halfelin est l'enfant d'un humain et d'un Fae. »

Je m'en étais doutée, mais je secouai la tête même si je venais tout juste de promettre de rester ouverte d'esprit. « Ce n'est... Je ne savais pas que c'était possible.

— Ce n'est pas simple. Et c'est rare en comparaison des milliards de personnes qui se reproduisent, mais ce n'est pas impossible et ça existe bel et bien. D'après ce qu'on sait, ça ne peut se produire que si aucune contrainte surnaturelle n'est imposée et, si ça se trouve, ça a quelque chose à voir avec la magie des Faes. Personne ne sait vraiment pourquoi certaines grossesses surviennent et d'autres non. Merle disait la vérité. Il y en avait des milliers par le passé, mais plus maintenant. Il n'en reste que quelques-uns, deux douzaines tout au plus.

— Pourquoi si peu ? » demandai-je en choisissant de me prêter au jeu. Je déterminerais à l'issue de cette conversation s'il perdait la boule ou pas.

« Notre travail, celui de l'Élite, ne se résume pas à traquer les Anciens. » Il détourna le regard. Les contours de sa bouche étaient crispés. « Nous avons aussi pour mission de chasser les Halfelins. »

J'entrouvris les lèvres pour prendre une petite inspiration. « Par les chasser, tu veux dire que vous les éliminez ? »

Il but une nouvelle gorgée de bière. Lorsqu'il reporta ses yeux sur moi, son regard était sombre et hanté. « Les portails de l'Autre Monde ont été façonnés grâce à un sortilège que l'on attribue aux premiers roi et reine de leur royaume. Lors de leur création, ils ont été pourvus de la capacité à être ouverts ou fermés. Mais il existe une faille qui leur permettrait d'ouvrir tous les passages autour du globe et nous empêcherait de les sceller à jamais. À jamais, Ivy.

— Oh, mon Dieu… » J'étais pétrifiée. Je n'arrivais même pas à imaginer ce qu'il se produirait si cela advenait. Toutes les créatures de l'Autre Monde, au-delà des Faes et des Anciens, pourraient s'infiltrer dans le nôtre. Nous n'aurions aucun moyen de les empêcher de venir… ou de repartir dans le leur avec des mortels.

« Et cette faille est liée aux Halfelins. Si le prince ou la princesse réussit à… comment dire ? Si l'un d'entre eux réussit à procréer avec un Halfelin, l'enfant résultant d'une relation entre un Ancien et un humain à moitié Fae serait capable de déjouer le sortilège initial à l'origine des portails. » Un rire sans humour lui échappa tandis que je le dévisageais, stupéfaite. « Un prince ou une princesse ne devrait jamais se trouver parmi nous. Et les Halfelins ne devraient pas exister. Alors un produit d'une telle union, encore moins. C'est un peu un dogme. L'idéologie, les principes fondamentaux sur lesquels sont basés notre monde, le leur et les portails… Tout serait remis en question et le paradigme tout entier s'effondrerait.

— Putain de merde. »

Il ricana. « Comme tu dis. »

Mon regard se promena sur la pièce avec frénésie. « En quelque sorte, ce serait le bébé de l'apocalypse. » Il s'étouffa à moitié pendant que je clignais des paupières à toute allure. « Si, c'est ça. C'est tellement tordu que ça ne peut qu'être vrai. Bon sang, je… je regrette presque de ne pas boire. »

Cette fois, le rire de Ren sembla plus léger. « Je t'avais dit que tu aurais besoin de quelque chose de plus fort. »

Je secouai la tête en faisant de mon mieux pour assimiler toutes ces informations.

« Donc l'Élite chasse les Halfelins au cas où le prince ou la princesse réussirait à traverser un portail. L'idée c'est de mettre un terme au problème avant qu'il n'en devienne un ?

— Exactement. »

Je bus une grande gorgée de soda. « Et tu es là parce que…

— Pour les raisons que j'ai déjà énoncées, répondit-il en captant mon regard. Tout ça était vrai. L'Élite craint que le portail soit ouvert avec succès, cette fois. »

Mon cœur fit un bond dans ma poitrine. « Mais ce n'est pas tout.

— Non, admit-il tout bas. Je suis aussi ici car nous avons la preuve qu'il y a un Halfelin à La Nouvelle-Orléans. » Je déglutis avec peine, puis me penchai pour poser ma canette sur la table avant de la renverser sur un coussin et d'en mettre de partout. « La personne concernée n'a probablement aucune idée de sa vraie nature. C'est souvent le cas. » Une expression lointaine traversa son visage. « Ce qui les rend identifiables et leur héritage fae ne sautent pas aux yeux. Certains ne se sont jamais cassé un os parce qu'ils ne se sont jamais retrouvés dans une situation propice aux fractures, mais les Halfelins se font rarement mal. En général, ils ne tombent pas facilement malades. C'est à peu près le seul talent dont ils héritent de leur ADN fae… sauf s'ils commencent à se nourrir d'humains, mais ils ne savent pas faire. Il faudrait qu'un autre Fae le leur enseigne et eux non plus n'ont aucun moyen de repérer un Halfelin, à part s'ils s'en approchent suffisamment pour pouvoir renifler son sang. » Il s'interrompit pour boire une nouvelle gorgée de bière. « À notre connaissance, ils n'ont jamais mis la main sur un Halfelin parce que nous… nous les tuons avant. »

Un frisson me parcourut. « Comment est-ce que vous les trouvez ? »

Un sourire cynique déforma ses lèvres. « La plupart d'entre eux font partie de l'Ordre.

— Quoi ? »

Il hocha la tête en passant un doigt sur l'étiquette de sa bière. « Tu te rapelles quand je t'ai dit que pour qu'une grossesse advienne, il fallait qu'aucune magie ne soit utilisée pour contraindre ? Les membres de l'Ordre ne sont pas sensibles au glamour et chaque Halfelin, sans exception, que nous avons retrouvé, était le résultat d'une union consensuelle. »

J'eus un mouvement de recul. « Tu veux dire que des agents ont eu envie et ont accepté de coucher avec un Fae en toute connaissance de cause ?

— Oui.

— Dégoûtant, marmonnai-je.

— C'est pour cette raison que le Halfelin est souvent élevé au sein de l'Ordre. On reste aux aguets au cas où, mais il y a un autre indice récurrent. Tous ont été adoptés. Donc on vérifie pour chaque membre concerné. »

Un frisson glacial remonta le long de mon dos. « J'ai été adoptée.

— Je sais. » Cette fois, il m'adressa un véritable sourire, discret, mais sincère. « Ce n'est pas toi, Ivy.

— Comment tu peux en être sûr ? le contredis-je, écœurée par la possibilité d'être un Halfelin sans le savoir. J'ai été adoptée, je ne me suis jamais cassé d'os et, pour autant que je me souvienne, je n'ai jamais…

— Tu as échappé aux blessures et à la maladie parce que tu es chanceuse. Et tes parents biologiques étaient mariés et heureux avant d'être tués, m'interrompit-il en baissant les yeux tandis que je sursautais. Ils s'appelaient Kurt et Constance Brenner et tous ceux qui les fréquentaient nous ont dit qu'ils n'avaient aucun problème marital. Ils étaient amoureux, Ivy. Ils n'avaient ni l'un ni l'autre aucune raison d'aller voir ailleurs. »

Je connaissais leurs noms, mais personne ne les avait prononcés devant moi depuis des années. J'avais été trop jeune pour avoir une vraie relation avec eux, pour créer un lien, mais j'étais tout de même la chair de leur chair. J'étais chamboulée.

« Et puis, reprit-il, quand il t'a tiré dessus, l'Ancien aurait sans doute su que tu étais un Halfelin, si ça avait été le cas. Tu as saigné. Ça aurait été évident. »

Un peu de tension quitta mes muscles crispés. J'étais soulagée d'apprendre que mes parents ne s'étaient pas volontairement envoyés en l'air avec un Fae pour produire bébé

Ivy, future couveuse de destruction massive. Malgré tout, ces informations étaient à la fois fascinantes et terrifiantes. « Comment est-ce que vous découvrez qui est le Halfelin ? Vous... éliminez toutes les personnes – les membres de l'Ordre – que vous soupçonnez ? demandai-je en jouant avec l'ourlet de mon pantalon. Ça ne peut pas être toute l'histoire.

— En effet. » Il passa la bouteille dans sa main la plus éloignée de moi, puis repoussa des mèches brunes de son front. « On se sert des mêmes pieux qu'on utilise pour tuer les Anciens, ceux confectionnés à partir de l'arbre épineux de l'Autre Monde. Il suffit qu'un Halfelin se fasse couper par l'un d'entre eux pour que sa véritable nature nous soit dévoilée.

— Pourquoi ? »

Il leva les yeux vers moi. « Leur sang se met à bouillonner. »

Je sifflai tout bas. « En effet, ça n'a rien de normal.

— Mais je ne peux pas non plus m'amuser à couper les gens avec un pieu. » Une émotion traversa ses traits, mais il détourna le regard. « On sait que quelques membres ont été adoptés, ici. Une d'entre eux est morte. Elle s'appelait Cora.

— Cora Howard. » Je fronçai les sourcils en me remémorant son visage parsemé de taches de rousseur. « Elle a été tuée il y a environ deux mois. Qui d'autre ?

— Jackie Jordan. Mais ce n'est pas elle. J'ai réussi à la couper accidentellement avec mon pieu pendant ma première réunion. Elle avait l'air de vouloir m'en mettre une, mais son sang n'a pas réagi. »

Un rire surpris m'échappa. Je me souvenais de la façon dont Jackie l'avait regardé le soir où nous avions appris le décès de Trent. Elle avait semblé déterminée à rester à l'écart de lui. « Ah bon ? Waouh. D'accord. Et les autres ?

— Tu es sûre de vouloir le savoir ? » Je haussai un sourcil. « Miles a été adopté.

— Sans blague ? murmurai-je. Désolée mais, Miles, un Halfelin ? Il a autant de personnalité que du papier peint vieux d'une décennie. »

Un sourire discret apparut au coin de ses lèvres. « Je ne pense pas que ça suffise pour le disqualifier.

— Quoi qu'il en soit, j'ai du mal à imaginer que ça puisse être lui. C'est le bras droit de David. On ne l'aurait pas laissé accéder à un tel poste, si ?

— Sauf si on ne connaissait pas sa nature. » Il tendit le bras, puis enroula un doigt autour du mien pour m'empêcher de tirer sur un fil qui pendait de mon ourlet. « Parfois, je me dis que ce serait plus simple si tout l'Ordre était au courant de l'existence des Halfelins et de ce qui se produirait si un prince ou une princesse mettait la main sur l'un d'entre eux, mais... ce genre d'information peut se révéler destructrice. »

D'abord, je voulus le contredire. Après tout, le savoir est un pouvoir, ainsi qu'une source de sécurité. Mais, en le regardant passer son doigt sur les miens, je compris pourquoi il voyait les choses de cette manière. « Tu as raison, répondis-je tout bas, l'estomac noué. Si tout le monde savait, on assisterait à une vraie chasse aux sorcières. Des innocents seraient accusés pour rien. Dès que quelqu'un ferait la moindre action sortant de l'ordinaire, et nous en sommes tous capables, cette personne serait considérée comme un suspect. Coupable jusqu'à preuve du contraire.

— C'est ça.

— Il y a qui d'autre sur ta liste ? »

Je refusai de croire que ça puisse être Miles. Mon raisonnement n'était peut-être pas des plus logiques, mais ça me semblait impensable. Je ne savais pas non plus qui avait été adopté dans ma branche. C'était une question très personnelle qu'on ne posait pas à tout bout de champ.

Il fronça les sourcils en tapotant chacune des articulations de mes doigts. « L'Élite est encore en train de faire des recherches sur qui... pourrait correspondre aux caractéristiques.

— Autrement dit, tu ne veux pas me dire de qui il pourrait s'agir. »

Il posa son regard sur le mien. « Ne le prends pas personnellement. Je préférerais seulement éviter de mettre des idées dans ton esprit qui n'ont pas lieu d'être.

— Je ne sais pas qui d'autre a été adopté », persistai-je.

Quelques secondes s'écoulèrent. « Je n'aime pas te cacher des choses, mais comme je te l'ai dit, je ne veux pas te polluer le cerveau avec des informations qui n'ont pas besoin d'y être. »

Agacée, je commençai à retirer ma main, mais m'interrompis lorsque son doigt suivit un os jusqu'à mon poignet. Derrière mon irritation se dissimulait de l'appréhension. Il était évident qu'il ne me racontait pas tout et ce n'était pas seulement pour éviter de me mettre des idées en tête. Étais-je proche de la personne qu'il, ou plutôt que l'Élite, suspectait ? Aussitôt, une image de Val apparut dans mon esprit, mais je l'ignorai. Elle n'avait pas été adoptée puisque ses deux parents étaient encore en vie et actifs au sein de l'Ordre. « Quand tu trouveras de quel agent il s'agit... tu le tueras, n'est-ce pas ? » demandai-je.

Après plusieurs secondes, il s'adossa, retirant ses doigts de ma main. Ensuite, il prit une gorgée de bière et hocha la tête. « Ça fait partie de mon travail, Ivy. »

Un frisson parcourut mes épaules. J'avais beau éliminer des Faes chaque soir où je chassais, pour moi, ça n'avait rien à voir avec le meurtre d'un mortel, qu'il soit moitié Fae ou non.

« Je n'ai jamais tué d'humain. » Son regard croisa le mien, mais il ne répondit pas. Au fond de moi, je savais déjà que lui si. C'était le cas de nombreux membres de l'Ordre. Pas parce qu'ils en avaient envie… Parfois, leur victime était un mortel dont les Faes se nourrissaient depuis trop longtemps, comme la femme dans le quartier français quelques jours plus tôt. D'autres fois, c'était quelqu'un qui connaissait l'existence des Faes et qui œuvrait à leurs côtés. Ou bien il s'agissait d'un innocent pris sous les feux croisés des deux camps. Il n'était pas toujours possible de faire autrement. « D'après David, ça fait de moi une personne faible », ajoutai-je à mi-voix.

L'éclat dans ses yeux émeraude brilla lorsqu'il me répondit avec franchise. « C'est faux, Ivy. Tu n'es pas faible. Et estime-toi heureuse de ne pas avoir ce genre de sang sur les mains. Je te souhaite que ce ne soit jamais le cas. C'est peut-être notre rôle – mon rôle –, mais ça… » Il détourna le regard tandis qu'un muscle se contractait dans sa mâchoire. « Ça ne me plaît pas pour autant de le faire. Pas même lorsqu'il s'agit d'un Halfelin. »

Je me remémorai sans difficulté l'expression sombre qui avait déformé ses traits lorsque l'homme était mort dans le quartier français. Je ne savais pas quoi répondre. Après tout, je n'avais aucune idée de ce que ça faisait d'éliminer quelqu'un dont le seul crime était d'être le fruit de l'union entre différentes espèces. Je n'étais d'ailleurs pas certaine de trouver ça acceptable. Comment aurais-je pu ? À en croire Ren, la plupart d'entre eux, si ce n'était tous, ne connaissaient pas leur vraie nature. Cela dit, je comprenais le risque qu'ils représentaient. Indécise, je tentai de faire le tri dans mes pensées. La seule chose dont j'étais sûre, c'était que Ren était sincère : devoir les tuer ne lui plaisait pas. C'était évident.

Je considérai sa mâchoire crispée, son nez droit et fier, la ligne sérieuse de ses lèvres d'ordinaire courbées en un sourire malicieux. « Tu ne peux pas quitter l'Élite ? »

Il lâcha un petit rire sans humour. « Il est possible de renoncer à l'Ordre, mais pas à l'Élite. Pas alors qu'on détient autant d'informations. J'en fais partie depuis ma naissance. » Il tourna de nouveau le visage vers moi et je remarquai alors que les ombres dans son regard s'étaient creusées encore davantage. « Et jusqu'à ma mort. »

Ma poitrine se serra. Je n'aimais pas qu'il dise des choses pareilles… Je ne voulais pas les entendre. Quand j'inspirai, l'air se bloqua dans ma gorge, coincé par le nœud amer de panique qui s'y trouvait.

Je fermai les paupières.

Bon sang, ce que j'étais idiote. J'avais laissé Ren entrer dans mon cœur, tout comme je l'avais fait avec Val. J'étais pourtant plus maline que ça. Bordel, il fallait vraiment être maso… Pourquoi ne pouvais-je pas au moins être le type de tordue qui savait s'amuser, avec un intérêt pour le bondage ou des choses du genre ?

« Tu prends tout ça plutôt bien… mieux que je ne le pensais. »

Lorsque j'ouvris les paupières, il ne me regardait pas. Ses yeux étaient braqués sur l'étiquette qu'il avait presque entièrement arrachée de la bouteille de bière.

« Je péterai peut-être un plomb plus tard. Je n'en sais rien. Ça fait beaucoup de choses à digérer.

— C'est vrai. » Il avait dit ça d'un ton songeur que je n'aimais pas du tout. Mais, plus que tout, je détestais que ça m'affecte autant. « On doit encore trouver les portails », ajouta-t-il en finissant sa bière. Il se pencha en avant, posa les pieds par terre, puis plaça la bouteille sur la table. « Tu penses, qu'à sa manière, elle nous disait vraiment où ils se situent ?

— Oui, répondis-je en passant une main sur mon visage avec un soupir. Tu sais ce qu'elle a dit sur un endroit où personne, pas même les esprits, ne pourrait trouver la paix ? Ça me rappelle quelque chose. Je peux poser la question à Jérôme. Il a vécu ici toute sa vie, donc il aura peut-être quelques suggestions.

— Bonne idée. Apporte-lui du gâteau. » Son expression s'illumina un instant. « Fais-lui plaisir, mais garde-moi une part. »

Je tentai de réprimer un sourire, en vain. « Je n'ai toujours pas décidé si tu allais y avoir droit.

— Oh, ma belle, j'en aurai une part. »

Je ris en secouant la tête. « Quelle arrogance ! »

Son sourire s'attarda quelques secondes sur ses lèvres avant de s'estomper petit à petit jusqu'à disparaître, comme s'il n'avait jamais été là. Recroquevillée contre l'accoudoir, je considérai tout ce qu'il venait de me révéler. Mes idées partaient dans tous les sens. Une pensée m'obsédait plus que les autres : que savait David ? Était-il au courant que Miles avait été adopté et pouvait être un Halfelin ? Connaissait-il l'existence des Halfelins ? Et si oui, était-il prêt ? Sans doute.

Ren appuya l'arrière de son crâne contre le canapé. « J'ai laissé mon meilleur ami mourir. »

Stupéfaite, je clignai des paupières. « Quoi ? »

Il souffla un bon coup, les yeux rivés sur la télévision éteinte en face de nous. « Mon meilleur ami… s'appelait Noah Cobb. On a grandi ensemble. On n'était jamais l'un sans l'autre. On était comme des frères. On partageait autant les galères que les bons moments. Si l'un de nous deux était quelque part, le second n'était jamais bien loin.

— Qu'est-ce qui lui est arrivé ? » demandai-je en sentant mon ventre se retourner.

Il serra la mâchoire, les yeux toujours rivés droit devant. « C'était inattendu. Il avait grandi au sein de l'Ordre, ses deux parents étaient en vie et heureux. Rien n'aurait pu nous mettre la puce à l'oreille. Son père n'a pas trompé sa mère, rien de tel. D'après les renseignements que nous avons dénichés ensuite, Noah est né à peu près au moment où son père a rencontré sa femme. C'était le résultat d'un coup d'un soir et ils ont très bien caché sa nature. Après... après ce qu'il s'est passé, on a appris que la Fae qui avait couché avec son père leur avait amené Noah. Les Faes connaissent l'importance des Halfelins, mais ils ne peuvent pas élever un enfant même partiellement mortel. Ils ne disposent pas d'assez d'empathie ou d'humanité pour s'en occuper. Il ne survivrait sans doute pas plus d'une semaine. Quoi qu'il en soit, l'épouse de son père a accepté d'élever Noah comme son propre fils. Ils n'avaient aucune idée de la menace que représentaient les Halfelins. »

Une douleur s'éveilla dans ma poitrine tandis que j'écoutais son histoire sur la compassion humaine, sur l'amour d'un père et l'aide de sa femme pour sauver ce garçon. Je savais comment elle se terminait. Je pouvais espérer une fin différente, ça ne changerait rien à la réalité.

« Noah était... Bordel, c'était un type bien. Il serait devenu un formidable agent de l'Ordre. D'une loyauté à toute épreuve et moi... » Un rire dur s'échappa de lui comme un coup de tonnerre. « Il savait même pour quoi je m'entraînais. Je n'étais pas censé le lui dire, mais on n'avait aucun secret l'un pour l'autre. Et puis, j'étais si fier à l'époque, convaincu d'être spécial. » Ses lèvres se retroussèrent en un rictus. « On l'a appris par un putain de hasard. Par ma faute. C'est moi qui ai sorti le pieu d'épine. » Les épaules crispées, il passa une main sur son torse, sur son cœur, avant de poursuivre : « Mes parents vivaient en proche banlieue, sur un terrain de plusieurs hectares. Ils avaient installé des cibles pour qu'on s'exerce à jeter des poignards, ce genre de trucs. Un jour, il était chez moi et on faisait les idiots dans le jardin. Mon père était là, ainsi qu'un autre membre de l'Élite, Kyle Clare, expliqua-t-il d'une voix tendue teintée d'amertume. Mon père ne savait pas que j'avais pris le pieu d'épine avec moi, mais j'ai laissé Noah le ramasser. Il s'est coupé. C'était une toute petite entaille, mais il n'en fallait pas plus. J'ai tout vu. Mon père et Kyle aussi. »

Mon cœur se serra dans ma poitrine. Son histoire me faisait de la peine. Malgré toutes les pertes que j'avais endurées, je ne savais pas ce que je ferais si j'apprenais que ma meilleure amie, Val par exemple, était en fait un être que l'on m'entraînait à chasser… à tuer.

« Il a compris, continua Ren d'une voix rauque. Noah a compris en voyant son sang faire des bulles, parce que je lui avais tout raconté. Il a levé les yeux vers moi, comme s'il était désolé. Je n'oublierai jamais ce regard. » Il s'interrompit pour se racler la gorge et je dus fermer les paupières pour lutter contre les larmes qui menaçaient de couler. « J'étais sous le choc. Je n'ai absolument rien fait, à part le dévisager. Mon père avait tout vu, Kyle aussi. Ils… ont fait semblant de n'avoir rien remarqué, mais je n'étais pas dupe. Noah est parti et moi… je suis resté planté dans mon foutu jardin.

— Oh, mon Dieu, murmurai-je.

— Ensuite, Kyle s'en est allé à son tour et une partie de moi savait pourquoi. Tout ce temps, on avait eu un Halfelin sous notre nez. Ça prend parfois des années pour réunir des informations sur une cible potentielle. » Le souffle court, il secoua la tête. « Quand je suis sorti de ma stupeur, j'ai essayé de les suivre. J'étais déterminé. Je ne savais pas ce que je comptais faire, mais je ne pouvais pas rester là. Mon père m'en a empêché et Noah n'est jamais arrivé chez lui. Je ne l'ai plus jamais revu.

— Oh, Ren. Je suis vraiment désolée, répondis-je d'une voix enrouée. Je ne sais pas quoi dire d'autre. »

Il hocha la tête avant de reprendre, rongé par la culpabilité. « À ce jour, je pense encore à tout ce que j'aurais pu faire autrement. Par exemple, si je ne lui avais jamais parlé de l'Élite, je n'aurais pas non plus sorti ce pieu-là en sa présence. Il ne se serait pas coupé et, bordel, ce que les choses seraient différentes.

— Attends, ce qui s'est passé n'est pas ta faute.

— J'aurais dû m'en douter.

— Quel âge avais-tu à ce moment-là ? 16 ans ? On ne savait rien du tout à cet âge, Ren. Tu n'es pas responsable de ce qui lui est arrivé.

— Je ne les ai pas empêchés de tuer Noah.

— Mais tu as essayé », tentai-je de le raisonner.

Son regard sombre et torturé se tourna vers moi. « Assez ? J'en doute. Et puis, étais-je même censé essayer ? J'ai toujours su quel sort nous réservions aux Halfelins. Il n'y a pas de zone grise.

— Quoi qu'il en soit, sa mort n'est pas le résultat de tes actions. Ce n'est pas ta faute. » Je posai la main sur son avant-bras. « Je ne comprends que trop bien ce type de culpabilité. »

Une lueur de compréhension traversa ses traits. « Ah bon ? »

Soudain consciente de ce que je venais d'admettre, je poursuivis à la hâte. Ren n'avait certainement pas besoin de savoir que trois personnes étaient mortes à cause de moi. « Tu n'es pas obligé de te sentir aussi coupable, Ren. Ce qui est arrivé est terrible, et les choses auraient peut-être pu se passer différemment, mais ça n'aurait sans doute pas changé le résultat. » Je marquai une pause, étonnée par la sagesse de mes paroles. « Tu n'y es pour rien, Ren. »

Il examina mon visage avec précaution avant de placer sa main sur la mienne. « Je ne veux plus jamais me retrouver dans une situation pareille. »

Le cœur lourd, je m'efforçai de lui faire une promesse que je n'aurais aucun moyen de tenir ou contrôler. « Ça n'arrivera pas. »

Ren resta silencieux un moment, ses yeux plongés dans les miens avec une intensité qui me coupa le souffle, puis il bougea. Il s'approcha pour m'embrasser.

Je ne m'étais en aucun cas attendue à la caresse de ses lèvres, mais sa douceur presque timide me séduisit. Je m'ouvris à lui. Il posa la main derrière ma nuque. Je lui rendis son baiser, pas tout à fait à l'aise après tout ce temps. Pourtant, quelques instants plus tard, j'avais oublié toutes mes incertitudes sur mes capacités. Toutes mes réflexions s'évaporèrent et il ne resta plus que son goût dans ma bouche.

Mon cœur s'emballa lorsqu'il m'attira vers lui, m'attrapant par le haut des bras pour me soulever et me placer à califourchon sur ses genoux sans jamais briser le contact entre nos lèvres, ce qui demandait un certain talent.

Je n'aurais pas dû l'autoriser à continuer, mais je frissonnais de désir. Avec chaque caresse, chaque mouvement de sa bouche, je m'enfonçais un peu plus vers le point de non-retour. J'étais à la merci de sa présence contre moi, de la ferveur de mon excitation et du plaisir exquis qui m'attendait.

J'étais à sa merci.

Chapitre 16

Ren avait besoin de ça… besoin de moi. Je le sentais à la façon dont sa main tremblait tandis qu'il la glissait sur ma hanche pour finir sur ma fesse, et à la ferveur de son baiser. De l'autre, il attrapa une nouvelle fois ma nuque pour me maintenir en place. Je n'avais pas l'intention de partir. Mon cœur se serra en apercevant l'incroyable tristesse qui se cachait derrière la passion dans ses yeux. Je voulais l'effacer, la faire disparaître, et retrouver son sourire espiègle qui me séduisait et me rendait folle.

Je descendis mes mains le long de son torse jusqu'à ce que mes doigts trouvent le bas de son t-shirt usé. Lorsque je tirai dessus pour le remonter, Ren recula. « Qu'est-ce que tu veux, Ivy ? » demanda-t-il après un moment.

Ma respiration était haletante, rapide. « Ren… »

Il ne répondit pas. Ses iris verts étaient animés d'une lueur enfiévrée. Il prit mon visage entre ses paumes, caressant la ligne de ma mâchoire du pouce avant d'incliner la tête pour m'embrasser de nouveau. La lenteur et la profondeur de nos baisers me faisaient frissonner. Il m'en fallait plus.

Je tirai une nouvelle fois sur son t-shirt, découvrant ainsi un avant-goût de son bas-ventre. « Je veux retirer ton haut. »

Il afficha un semblant de sourire. « Qui suis-je pour m'y opposer ? »

Quand Ren leva les bras, j'enlevai son vêtement, puis le laissai tomber à côté de nous sur le canapé. J'en profitai pour me pencher en arrière et le contempler vraiment pour la première fois. Il était... beau à couper le souffle. Ses pectoraux étaient fermes et l'ensemble des muscles en relief sur son ventre m'invitaient à les toucher, à les explorer. Une discrète ligne de poils noirs débutait sous son nombril, puis se perdait sous l'élastique de son pantalon. Pourtant, ce fut l'art tentaculaire qui recouvrait tout son bras droit, son épaule, son pectoral et se terminait sur le flanc du même côté de son corps qui m'époustoufla.

Maintenant que je savais ce que signifiait ce tatouage, j'avais envie de pleurer et d'en lécher chaque centimètre. Les lignes encrées dans sa peau formaient une multitude de nœuds, s'entrelaçant sur son torse où des coquelicots rouge sang apparaissaient. Il y en avait des dizaines, sur toute la longueur de son buste. Et, parmi eux, j'aperçus des lettres épelant une phrase qui me fit monter les larmes aux yeux.

N'oublions jamais.

Ces fleurs étaient un symbole de la mémoire que l'on réserve à nos êtres chers disparus. Je savais qu'elles représentaient son ami, un hommage incroyablement honorable qu'il lui témoignait à l'aide de son corps.

Je me penchai pour embrasser celle sur son cœur. Lorsque je relevai le regard vers son visage, il prit une inspiration soudaine.

« Ton tatouage... Il est magnifique. Est-ce qu'il continue jusque dans ton dos ? »

Il acquiesça. Je retournai mon attention vers le bas en suivant les plantes du bout des doigts. Alors, je remarquai qu'elles étaient reliées à trois cercles imbriqués à côté de sa hanche, au niveau de l'échancrure alléchante de son aine. « On porte notre marque au même endroit.

— Je sais. »

Bien sûr qu'il l'avait vue et ça expliquait pourquoi il toucha la mienne à cet instant. Un frisson traversa son large corps alors que je faisais courir mes doigts sur l'encre.

« Je peux ? » demanda Ren en saisissant l'ourlet de mon t-shirt. Avec une profonde inspiration, je hochai la tête. Il releva le tissu, puis le libéra de mes bras. Je n'avais aucune idée d'où mon haut avait atterri. Ses lèvres s'entrouvrirent. « Tu es sublime, Ivy. »

Son ton sans équivoque me procura le sentiment d'être aussi belle qu'une déesse malgré mon soutien-gorge blanc recouvert de marguerites jaunes. J'avais pourtant des sous-vêtements bien plus sexys que ça. Ses mains quittèrent mes hanches pour remonter le long de mon ventre jusqu'à ma poitrine, laissant derrière elles une sensation à la fois terrifiante et exaltante. Il les plaça sur mes seins tout en caressant du pouce leur sommet qui durcissait sous le tissu. Je poussai un gémissement qui fit naître une flamme dans ses iris vert forêt.

« J'aime comme tu me regardes, dit-il en effleurant mes lèvres avec les siennes. Mais tu sais ce qui me plaît encore plus ?

— Quoi ? »

Ses doigts décrivaient des cercles lents et obsédants sur la pointe de mes seins. « Le bruit que tu fais quand je te donne du plaisir. »

Les joues en feu, je tentai de reprendre mon souffle. Sa bouche abandonna la mienne pour se frayer un chemin le long de mon cou en mordillant ma peau. Il suivit le contour en dentelle de mon soutien-gorge, puis ses doigts agiles se faufilèrent sous le tissu. Je cambrai le dos en réponse, pressant ma poitrine contre eux. Le contact de nos peaux était grisant, entêtant. Lorsqu'il saisit l'un de mes tétons, le grondement le plus érotique que j'aie jamais entendu s'échappa de son torse.

Je tendis une main vers le bouton de son jean, le détachai, puis commençai à descendre sa fermeture Éclair. Soudain, il attrapa mon poignet, attirant mon regard vers le sien.

Le désir brûlait dans ses yeux. « Tu es sûre ?

— Je... j'ai envie de te toucher. »

Il cligna des paupières, ses épais cils suivant le mouvement, puis guida ma main à l'intérieur de son pantalon. Mes doigts effleurèrent la partie dure et chaude de sa virilité et j'inspirai de surprise. « Tu ne portes pas de... »

Il m'adressa un sourire malicieux en déplaçant sa paume sur mon autre sein. « J'étais encore au lit quand tu m'as appelé. Je suis parti au plus vite.

— Je vois ça », susurrai-je.

Savoir qu'il avait été nu sous son jean tout ce temps m'excita d'autant plus.

Je m'immobilisai quand sa seconde main vint rejoindre la première sous mon soutien-gorge. Il tira le tissu vers le bas pour exposer ma poitrine. Un nouveau frisson le parcourut, faisant monter la chaleur en moi. « Putain, murmura-t-il. Je ne mérite pas tout ça. »

Sans me laisser le temps de le contredire, il approcha la tête de mes seins, puis prit un de mes tétons douloureux dans sa bouche. Je poussai un petit cri, mes sens un peu plus à l'agonie à chacun de ses mouvements chauds et humides. Je déplaçai mes hanches et, à l'aide de mon autre main, je tirai sur son jean. Il leva le bassin pour m'aider à le déshabiller.

Submergée par tout ce qu'il provoquait en moi, je posai ma joue contre la sienne alors qu'il descendait une paume le long de mon ventre pour l'introduire dans mon pantalon de survêtement ample. Au même moment, j'enroulai mes doigts autour de la base de son érection. Son corps tout entier tressaillit en réponse. Il m'arracha un gémissement en me mordillant d'un air joueur, puis je fus secouée d'un tremblement lorsque ses doigts effleurèrent le centre de ma culotte.

Je sentis son souffle chaud contre mon oreille. « Je vais te faire jouir. »

Je fermai les paupières quand une convulsion me traversa. Je le caressais avec lenteur, incertaine de ce que je devais faire. Tant de temps s'était écoulé depuis ma dernière fois. Il émit un grondement contre mon cou, frôlant mon intimité du bout du doigt. Un nœud se forma dans mon estomac. « Est-ce que je fais ça comme il faut ? chuchotai-je.

— Putain, Ivy. Tu fais ça à la perfection. » Il remonta jusqu'à ma joue avec une série de baisers avant d'embrasser mes lèvres avec intensité. « Tout ce que tu feras sera parfait. *Tout.* »

Encouragée, je me penchai en arrière pour regarder vers le bas… puis restai ainsi, comme une idiote, à le contempler. Mais je ne pouvais pas m'en empêcher, car il avait envie de moi et moi aussi. J'avais oublié à quel point c'était une sensation puissante et ne l'avais sans doute jamais vraiment compris… jusqu'à maintenant.

« J'ai un secret à t'avouer, lâcha-t-il en enroulant une main par-dessus la mienne sans cesser de me toucher de l'autre.

— Ah bon ? » demandai-je, le souffle court.

Il accompagna ma main sur toute sa longueur. « J'ai fait ça hier soir en rentrant. J'étais tellement excité par toi. Je n'ai pas eu le choix. »

Bon sang.

Je tournai le visage pour trouver sa bouche et l'embrasser, animée par ce qu'il venait d'admettre. Je resserrai un peu plus ma poigne tandis qu'il balançait son bassin contre moi.

Haletant autant que moi, il agrippa ma nuque tout en glissant ses doigts dans ma culotte. Mon cœur fit un bond lorsqu'il en enfouit un dans l'humidité entre mes cuisses, puis en moi. « Tu es si étroite, lâcha-t-il contre ma bouche. Tu n'es pas… »

Je secouai la tête, mais il avait cessé ses mouvements. Je pris donc l'initiative de descendre un peu plus contre sa main, forçant son index plus profondément à l'intérieur et sa paume contre ma zone la plus érogène. « Oh, mon Dieu », soufflai-je.

C'était tout ce que j'étais capable de dire tandis que son doigt effectuait des va-et-vient en moi.

J'avais l'impression que chacune de mes terminaisons nerveuses était en feu. Mon corps était parcouru de fourmillements accompagnés de décharges de plaisir. Nous nous embrassions avec fougue pendant que je chevauchais sa main tout en le caressant, nos rythmes en parfaite harmonie jusqu'à ce que l'excitation devienne insoutenable. Je me frottai contre lui avec frénésie, ce qui le fit gémir contre ma bouche. Son extrémité était humide à présent, je savais qu'il n'était pas loin de jouir, comme moi… Non, ça y est, j'avais atteint ma limite. Je basculai la tête en arrière, poussant un cri tandis que la tension se libérait enfin en moi, mon extase se propageant à travers mon corps. Je fus traversée de tremblements, puis il donna un coup final de bassin vers le haut, son érection palpitant sous mes doigts.

Au bout d'une éternité, on retrouva notre capacité à bouger, puis on retira nos mains de l'autre sans se séparer pour autant. Il m'enlaça et me serra fort contre lui tandis que mon pouls reprenait un rythme normal. Sa respiration était profonde, irrégulière, lorsqu'il m'embrassa sur la tempe. « Reste un peu et je te ramène chez toi plus tard ? » me proposa-t-il.

La meilleure chose à faire à ce moment-là aurait été de refuser et de décamper aussi vite que possible. J'avais accompli ma mission. Il n'était plus triste et, en bonus, nous avions tous les deux pris notre pied, mais j'étais si bien dans son étreinte. Mes muscles n'étaient pas disposés à fuir... pas alors que je me sentais si chérie et soutenue. C'était une sensation merveilleuse à laquelle je n'étais pas encore prête à renoncer.

J'avais beau être consciente d'avoir perdu le contrôle de la situation, je me blottis contre lui. « D'accord. »

Il était tard quand Ren me ramena à mon appartement. Il avait échangé sa moto contre son pick-up, car il avait commencé à pleuvoir et je pris un bon moment à sortir du véhicule.

Ce n'était pas du tout ma faute, cependant.

J'allais ouvrir la portière, mais avant même que mes doigts aient effleuré la poignée, Ren passa un bras autour de ma taille pour m'attirer vers lui. Il attrapa mes poignets tandis que de grosses gouttes s'écrasaient contre la vitre, se divisant en plusieurs petits ruisseaux.

« Ren ? »

Avec un sourire en coin, il guida ma main jusqu'à son torse. Son cœur battait fort sous ma paume. « Il faut que tu comprennes quelque chose, Ivy. »

J'arquai un sourcil, faisant de mon mieux pour paraître décontractée, comme si mon pouls ne s'était pas lui aussi emballé. « Quoi ? Que tu as les mains baladeuses ? Je le sais déjà.

— Petite maline, ricana-t-il en inclinant son visage vers le mien. Non, que tu ne peux pas partir sans m'embrasser. »

J'inspirai, surprise. « Oh.

— Oh, comme tu dis. »

Dans son pick-up accueillant aux fenêtres embuées, il maintint mes mains contre son torse en m'embrassant comme s'il mourait de soif et que j'étais sa source d'eau personnelle. Il émit une nouvelle fois ce même son, un grondement masculin émanant des profondeurs de son âme qui réchauffa mon être tout entier. Nos mains suivirent bientôt l'exemple de nos baisers enflammés. Il glissa les siennes sous mon t-shirt, les déplaçant le long de ma colonne vertébrale. Je l'imitai, mais promenai les miennes sur le relief de son ventre. J'avais perdu le contrôle de mes doigts qui paraissaient à présent déterminés à s'introduire dans son pantalon.

« On ferait mieux de s'arrêter là », dit-il d'une voix rauque en éloignant sa bouche. Sous la douce lueur jaune du plafonnier, je constatai que ses lèvres étaient aussi enflées que les miennes me semblaient l'être. « Sinon, on risque de se faire embarquer pour atteinte à la pudeur. »

Les joues rouges et le corps en feu, ce fut difficile pour moi de m'écarter, mais je m'exécutai et lui dis au revoir. Nous avions déjà prévu de nous retrouver après mes cours pour parler à Jérôme. « À demain ? »

Il déglutit avec peine, puis hocha la tête.

Je sortis de la voiture avec un petit bond et atterris sous la pluie froide. Les pensées fusaient dans mon esprit tandis que je me dépêchais de quitter le trottoir pour franchir le portail. Qu'est-ce que je fabriquais avec lui ? À part prendre mon pied de toute évidence, car ce n'était pas tout. Mon Dieu, ça allait tellement plus loin à présent et, au lieu de me donner la nausée, ça éveillait en moi un mélange d'excitation et d'espoir... Peut-être aurais-je moi aussi droit à un petit peu de normalité au milieu de toute cette folie.

Était-ce trop demander ? Ça faisait une éternité que je n'avais pas passé un moment aussi ordinaire qu'aujourd'hui. On avait traîné sur le canapé, s'était fait livrer de la nourriture et complété tout ça avec un marathon d'épisodes d'une émission de télé-réalité. On n'avait pas parlé de travail, des Anciens ou des portails, bien qu'il ne reste plus que trois jours avant l'équinoxe. Ça aurait dû être notre priorité, mais... on s'était contentés de passer du temps ensemble comme le faisaient les gens de notre âge et je ne regrettais...

Soudain, des bruits de pas lourds m'avertirent d'une menace derrière moi tandis que j'approchais de l'escalier. Je fis volte-face, prête à mettre une raclée à l'intrus, mais ce n'était que Ren. Je baissai les bras. « Qu'est-ce que... ? »

Il se jeta sur moi sans me laisser le temps de terminer ma phrase. Il posa ses mains sur mes hanches, me souleva, puis m'appuya contre le mur. La réaction de mon corps fut immédiate. Les jambes enroulées autour de sa taille et les bras derrière sa nuque, je poussai une petite exclamation étranglée avant qu'il m'embrasse de nouveau. Malgré la pluie froide, le sentir entre mes cuisses me réchauffa.

Les mouvements dévergondés de son bassin contre le mien risquaient de mener à des actes obscènes et indécents, mais aucune partie de moi ne se préoccupait d'une éventuelle peine de prison ou amende, surtout lorsqu'il prit mon visage entre ses mains.

Un éclair fendit le ciel, suivi d'un tonnerre assourdissant, mais je n'entendais rien par-dessus le martèlement de mon cœur. Tout ce qui importait, c'était Ren contre moi et nos bouches fusionnées. J'étais prête à me perdre en lui. Nos corps se balançaient ensemble, nos mains de plus en plus glissantes. J'ignore combien de temps notre étreinte dura, mais nos vêtements étaient trempés et nos corps tremblants lorsque nous reprîmes enfin notre respiration. Il effleura mes joues de ses lèvres tout en posant les mains sur mon cou pour faire basculer ma tête vers l'arrière.

Avec ses cheveux plaqués par la pluie et les gouttes coulant sur son visage, on aurait dit un dieu des océans.

« Merci pour aujourd'hui. Tu n'as aucune idée à quel point ton soutien a compté pour moi. » Il embrassa la pointe de mon nez et recula avant de me déposer avec précaution sur le sol. « À demain. » Puis, il disparut dans la pluie comme une sorte d'amant imaginaire.

« Bon sang », murmurai-je.

Un nouvel éclair déchira le ciel, suivi de près par des grondements tonitruants.

Je finis par rentrer d'un pas vacillant dans mon appartement, étourdie et complètement trempée. Clo était dans le salon, mais après m'avoir lancé un long regard, il voleta jusqu'à sa chambre sans un mot, ce qui me convenait parfaitement. C'était le chaos dans mon esprit et je ne disposais pas de la force mentale nécessaire pour discuter avec lui.

Ce dimanche soir, je dormis d'un sommeil de mort. Enfin, peut-être simplement comme une personne qui venait d'avoir un orgasme induit par quelqu'un d'autre pour la première fois depuis des années. En tout cas, je me réveillai en forme, mais pendant toute la durée de mon footing matinal et le temps que je me prépare pour l'université, une pensée parasite persistait à la lisière de ma conscience. Pourtant, elle m'échappait chaque fois que je tentais de comprendre de quoi il s'agissait.

Avant de partir en cours, je réussis à convaincre Clo de cuisiner un gâteau en lui promettant de lui ramener un buffet de beignets à mon retour du travail. J'espérais que ça suffirait à amadouer Jérôme pour qu'il nous fournisse des informations. Rien ne nous prouvait qu'il détenait le moindre renseignement, mais nous étions un peu à court d'options.

Clo vola du petit garde-manger aux placards afin de se munir de farine et de sucre roux. « Tu as de la chance que j'insiste pour qu'on ait toujours de la levure et du chocolat pâtissier à la maison.

— C'est vrai. »

Je commençai à sortir de la cuisine en réfléchissant à tous les évènements récents. Un élément de la veille chez Merle me revint à l'esprit. Lors de ma première visite, j'avais vu quelque chose dans son jardin. Un moineau peut-être ? Mais il n'était pas impossible que c'eût été un autre Brownie. Depuis combien de temps était-il là ? Plus important encore, comment Clo avait-il fait pour traverser un portail sans que nous le remarquions ? Je m'étais déjà posé la question, mais maintenant que j'en savais plus, les failles dans le récit de Clo étaient d'autant plus évidentes.

Je craignais bien qu'il m'ait menti. C'était dur à croire, mais j'avais découvert un paquet de choses qu'une créature de l'Autre Monde aurait sans doute dû savoir.

Sans me prêter le moindre intérêt, Clo sortit un saladier d'un placard sous mes yeux attentifs. Encore sur le seuil, j'hésitai à lui parler, grimaçant lorsqu'il laissa échapper le contenant en métal dans un grand fracas sur le plan de travail. Je songeai alors à la façon dont il était arrivé dans notre monde, au cimetière. « Clo ? »

Sans se retourner, il prit une spatule dans un tiroir, puis voleta à travers la pièce. « Tu interromps mon temps personnel. Tu sais que je n'aime pas être dérangé quand je cuisine. »

Appuyée contre l'encadrement de la porte, je ne mordis pas à l'hameçon comme je l'aurais fait d'habitude. J'étais trop troublée. Clo était-il au courant au sujet des Halfelins ? Et si oui, pourquoi ne m'en avait-il pas parlé ? Et que savait-il des portails ? Un coup d'œil vers l'horloge m'informa que j'allais devoir partir bientôt si je ne voulais pas arriver en retard en cours. « Quand je t'ai trouvé dans le cimetière, tu te rappelles si tu étais loin du portail ? »

Clo me fit face en serrant la spatule contre lui. « Non, je te l'ai déjà dit, je ne me rappelle pas comment je suis entré. Je me suis réveillé là-bas avec ma pauvre aile abimée, ma jambe cassée et des traces de coups dignes d'un orphelin de la Régence anglaise. Je n'étais qu'une triste petite créature.

— Euh, d'accord. Passons. » Je réajustai la bretelle de mon sac sur mon épaule en m'appuyant sur mon autre pied. « Est-ce que tu sais qu'il y a deux portails à La Nouvelle-Orléans ? »

La spatule glissa entre ses mains tandis qu'il me dévisageait. Ses yeux pâles étaient exorbités. « Quoi ?

— Tu te souviens de Merle ? » Il hocha la tête. « D'après elle, il y en a deux, un dans un vieux sanctuaire et le second dans un endroit où aucun humain ou esprit ne peut trouver le repos. »

Les sourcils froncés, il déposa la spatule sur le plan de travail avant qu'elle ne puisse lui tomber des mains. Ses ailes translucides battaient en silence pour le maintenir en l'air. « Non. Il n'y en a jamais eu deux.

— Peut-être que si, mais que tu n'étais pas au courant ? Les Faes ne connaissent que l'emplacement du portail par lequel ils sont arrivés, donc il y en a peut-être plusieurs dans certaines villes. »

Il secoua la tête. « Non. Ce n'est pas… eh bien, rien n'est impossible. Regarde-toi. Aussi improbable que ça puisse paraître, tu as bien passé tout ton dimanche avec un type. » J'affichai un air renfrogné. « Mais deux entrées ? Ce serait… » Il tourna son regard vers la fenêtre avec une expression préoccupée. « Ce serait un désastre.

— Ça, c'est sûr. » Je m'écartai de l'encadrement et m'apprêtai à m'en aller. Clo était toujours face à la fenêtre, un air étonnamment grave sur le visage. « Est-ce que tu es au courant pour les Halfelins ? »

Lorsqu'il tourna la tête vers moi d'un coup sec, il n'eut pas besoin de dire quoi que ce soit. Ça ne faisait aucun doute, il en savait long à leur sujet. Ça se voyait sur ses traits, à la façon dont sa mâchoire était crispée et à l'éclat de compréhension dans ses yeux.

Mon estomac se retourna, comme rempli de pierres acérées. Nos regards se croisèrent, mais le nœud dans ma gorge m'empêchait de respirer correctement. « Pourquoi... pourquoi ne m'en as-tu pas parlé ? » Il me considéra sans un mot. « Ça m'aurait vraiment aidée d'être informée. J'imagine que tu es conscient de ce qu'il se passerait si un prince ou une princesse mettait la main sur un Halfelin. »

Ma voix était enrouée. J'essayai de me convaincre que je me fichais du manque de sincérité de Clo, mais j'étais en colère. Je l'avais ramené chez moi de bon cœur sans jamais vraiment l'interroger. J'avais accepté le peu d'informations qu'il m'avait révélées sans chercher à comprendre. Pourquoi avais-je agi ainsi ? Avec du recul, je ne voyais aucune bonne raison d'avoir si peu insisté.

Bon sang, en réalité, la réponse était évidente. Depuis que j'avais perdu mes parents adoptifs et Shaun, je m'étais renfermée sur moi-même dans une tentative désespérée de ne plus jamais ressentir un tel chagrin. Pourtant, Val s'était fait une place dans mon cœur, tout comme Jo Ann, mais ça ne m'avait pas suffi. En mon for intérieur, je le savais. Mon besoin de créer des liens forts avait pris le dessus, et c'était toujours le cas. Ren en était l'exemple parfait.

Clo continua de me regarder d'un air démuni, mais je savais, sans l'ombre d'un doute, qu'il n'était pas honnête avec moi.

Avec un grand soupir, il baissa les yeux. Il se laissa planer jusqu'au rebord du comptoir pour s'y asseoir, ses ailes pendant de chaque côté de son échine courbée. « Tu ne comprendrais pas, Ivy. »

Je fermai les paupières un instant avant de les rouvrir et de lui répondre. « Et si tu essayais de me dire la vérité pour voir, Clo ? Pour une fois. »

Une grimace déforma ses traits. « Je ne t'ai pas menti, pas vraiment. » J'inclinai la tête d'un côté tandis qu'il plaçait ses mains sous son menton. « Disons que je ne t'ai pas tout dit, voilà tout.

— Ça ne sert à rien de jouer aux innocents, l'avertis-je en laissant mon sac glisser le long de mon bras et tomber contre la porte.

— Ce n'est pas ce que je fais, je te le jure. » Il posa les mains sur ses genoux, ses épaules toujours plus avachies. « Je n'avais qu'une mission. Et j'ai échoué.

— Arrête ton cinéma. »

Il secoua la tête. « Mon rôle était de détruire l'entrée de La Nouvelle-Orléans. »

Je me raidis. « Pardon ? »

Clo releva le menton. « Tout ce que font vos gardiens, c'est surveiller les passages. Leur seule utilité, c'est de connaître leurs emplacements et ça ne les rend précieux qu'aux yeux des Faes. Il ne suffit pas de se pointer devant un portail pour l'ouvrir. » Je le dévisageai, bouche bée. « Si le sang d'un Ancien est déversé sur le seuil d'une entrée dans l'Autre Monde, ça détruit la porte. À l'inverse, si la même action est accomplie de ce côté, ça permet de l'ouvrir. Nous savions ce que les Faes feraient si les Anciens réussissaient à rejoindre ce monde en masse. Ils le ravageraient comme ils l'ont fait avec le nôtre. Parce que l'Autre Monde… est en train de périr par leur faute. Ils essayent de s'en échapper, mais on… »

Il porta un poing serré à son torse. « Avec les miens, on a fait tout ce qui était en notre pouvoir pour les en empêcher et il y a deux ans et demi, on pensait avoir détruit tous les portails depuis l'intérieur avec succès. Ça représentait une mission suicide pour nous, mais on n'a pas hésité à agir.

— Attends, tu veux dire que toutes les entrées ont été neutralisées ? »

Clo déploya ses ailes et se leva. « On les a toutes localisées dans l'Autre Monde avant de les anéantir en attirant des Anciens jusqu'à leur seuil et les tuer. Ou de mourir à la tâche. De nombreux Brownies ont péri de cette façon, mais on en envoyait d'autres à leur place. » Il fronça les sourcils, les bras ballants le long du corps. « J'aurais dû y passer, ce jour-là. Ce n'était pas un mensonge quand je t'ai dit que je ne me rappelais pas comment j'ai traversé le portail. Je ne sais même pas comment ça a été possible. Une anomalie, peut-être. J'ai été aspiré de l'autre côté pendant que l'entrée s'annihilait. Je serais mort si tu ne m'avais pas sauvé. » Ses grands yeux pâles croisèrent les miens. « Je ne te l'ai pas dit parce que je n'en voyais pas l'intérêt. Le portail était détruit et, Ivy, c'était le dernier de l'Autre Monde. Du moins, c'est ce que l'on croyait. Nous ignorions qu'il y en avait deux ici. Il n'aurait dû y en avoir qu'un seul, celui dans l'église en face du cimetière.

— Celle de Notre-Dame de Guadalupe ? » m'écriai-je.

Bordel. Une des entrées s'était trouvée juste sous mon nez. Ça concordait parfaitement avec ce que nous avait dit Merle. Cette église avait été un sanctuaire, autrefois. C'était la plus ancienne de la ville encore sur pied. Sans compter que j'avais découvert Clo dans le cimetière de l'autre côté de la rue. « Pourquoi est-ce que tu ne m'as pas avoué que le portail se situait à cet endroit ?

— À quoi bon ? Je l'ai détruit, Ivy. Rien ni personne ne pourra plus jamais l'emprunter. Les Anciens et les Faes dans ce monde ne le savent peut-être pas encore, mais ils n'ont aucune chance de l'ouvrir. »

Je croisai les bras en faisant de mon mieux pour rester calme. « Tu aurais pu me dire que toutes les entrées avaient été anéanties ! On a perdu plusieurs membres de l'Ordre parce qu'ils gardaient des portails hors d'usage.

— Mais si tu dis vrai et qu'il y en a bien deux dans la ville, alors c'est une bonne chose que les gardiens soient toujours actifs, répliqua Clo en rougissant. Je te promets que j'ignorais l'existence du second. C'est pour ça que je ne me préoccupais pas plus que ça de ce que manigançaient les Anciens et que je ne voyais pas l'intérêt de te parler de ces histoires de… » Il détourna le regard, la bouche tendue en une ligne droite. « Ces histoires de Halfelins. En revanche, que tu veuilles le croire ou non, s'ils ont découvert l'emplacement d'une seconde entrée, l'information leur provient d'un agent de l'Ordre. Il n'y a pas d'autre explication, puisqu'on ne savait pas qu'elle existait. » Je secouai la tête, déconcertée. « Qu'est-ce que ça aurait changé si je t'avais parlé de nos efforts pour détruire les portails ? ajouta-t-il. Tu penses que l'Ordre t'aurait crue sur parole ? Leur aurais-tu révélé que tu tenais cette information de moi ? T'auraient-ils fait confiance ?

— Et comment suis-je censée te faire confiance à toi, à présent ? »

Il recula, comme si je venais de le gifler.

Pendant un long moment, je restai plantée là, puis je partis en direction du couloir. Je m'assis sur le canapé et pris ma tête entre mes mains en massant mes tempes du bout des doigts. Je tentai de trouver un sens à tout ça.

Si Clo disait la vérité, ça expliquait également pourquoi autant de Faes avaient migré à La Nouvelle-Orléans. S'il n'y avait plus qu'un seul portail ? Ils allaient joindre toutes leurs forces pour l'ouvrir. Ça confirmait aussi nos craintes qu'un membre de l'Ordre était de mèche avec eux.

« Je suis désolé », lâcha Clo.

Un petit rire éraillé m'échappa tandis que je plaçais mes paumes devant mes paupières. Une décharge de terreur me traversa lorsque je compris que, si Clo avait raison, tous les Faes du coin allaient se concentrer sur l'unique portail. Les gardiens n'auraient aucune chance de survivre. Je serrai les poings, les abaissai, puis posai les yeux sur le Brownie. Il voletait au-dessus du bord de la table basse, l'air contrit.

« Est-ce que tu sais où se situe la seconde entrée ? demandai-je avec autorité. Je suis sérieuse, Clo. Si tu en as la moindre idée, dis-le-moi tout de suite. »

Démoralisé, il secoua la tête. « Si je le savais, je te le dirais. Je te le promets ! Mais il faut que tu la trouves, Ivy, parce que s'il en existe encore une opérationnelle, ils vont l'ouvrir et les chevaliers vont débarquer. Ils amèneront la princesse avec eux. Le prince aussi, et tu… tu dois tout faire pour éviter ça. »

Chapitre 17

Je finis par manquer mes cours. Lorsque Jo Ann m'envoya un message pour savoir si tout allait bien, je lui répondis que j'avais eu une panne de réveil. Les mensonges fusaient ces jours-ci, et j'en étais aussi coupable que les autres. Je passai la majorité de ma matinée à essayer de trouver le meilleur moyen de parler à David. Il le fallait, mais je ne pouvais pas lui révéler d'où je tenais mes informations.

Il en allait de même pour Ren.

Pour une raison qui m'échappait, je protégeais encore Clo. Si je divulguais son existence à l'Ordre, ils débarqueraient chez moi pour l'éliminer.

Qu'allais-je faire de Clo ? Je n'en avais aucune idée. Une partie de moi était tentée de le balancer tête la première par la fenêtre. L'autre comprenait pourquoi il n'avait pas été sincère. Quand je partis enfin rejoindre Ren au siège, Clo broyait du noir dans sa chambre depuis un moment.

Ma seule option était de mentir sur l'identité de mon informateur, même si cette idée me laissait un goût amer. Une fois sur place, je montai l'escalier jusqu'au premier étage où je fus accueillie par Harris. « Tu es en avance aujourd'hui, commenta-t-il en refermant derrière moi.

— J'ai rendez-vous avec Ren. » Je me sentais nue sans mon sac à dos.

« Mmmh. Vous avez l'air de bien vous entendre tous les deux, dit-il en rejoignant son bureau. Tant mieux pour toi.

— Merci, marmonnai-je sans vraiment savoir quoi répondre. On va dire. »

Un gloussement sur ma gauche attira mon attention. Val sortait d'une des salles de réunion, son portable collé à l'oreille. « Tout va bien, bébé. » Avec un sourire un peu niais, elle avança vers moi. De tous les hommes que Val avait fréquentés par le passé, pas un seul n'avait eu cet effet sur elle ou réussi à la faire parler au téléphone. Elle était plus du genre à leur dire de lui écrire ou de la laisser tranquille. Val était-elle amoureuse ? Avait-elle trouvé l'élu de son cœur ? « Je dois y aller. Oui, je t'appellerai pour te tenir au courant. Salut. »

Je m'assis sur le rebord d'une table de conférence vide installée contre le mur en lui adressant un sourire. « Il avait l'air intéressant ce coup de fil. »

Elle haussa les épaules en rangeant son portable dans la poche de son jean orange. Je ne savais même pas qu'il en existait de cette couleur. « Je suis désolée pour hier.

— Pas de souci. Tu étais avec... » Qui était-il à ses yeux ? Son petit ami ? Juste un type comme un autre ? Son plan cul ? Et puis, mince, comment voulais-je nous définir, Ren et moi ? « Tu étais avec le mec que tu fréquentes ? »

Prenant appui contre la table à mes côtés, elle étira ses longues jambes et pencha la tête en arrière. Elle soupira tandis que ses boucles serrées glissaient sur ses épaules. « En réalité, je dormais. Il ne m'a laissé aucun répit samedi soir, au point que je le sens encore dans mon...

— Je vois le tableau », l'interrompis-je en riant, mes pieds se balançant d'avant en arrière. Avec un regard, je continuai plus bas. « Il faudra que je te parle, tout à l'heure. »

Elle se redressa, abandonnant le sourire qui étirait sa bouche en cœur. « Par rapport à ce dont on a discuté la dernière fois ? Les portails et tout ça ? »

Je hochai la tête, mais avant que je puisse répondre, j'entendis l'interphone retentir et Harris fit de nouveau apparition. Lorsque Ren entra, j'en eus le souffle coupé. On aurait dit qu'il sortait tout juste de la douche avec ses cheveux mouillés qui bouclaient au niveau de ses tempes et sa barbe rasée de près. Son t-shirt gris foncé thermique aux manches mi-longues tombait parfaitement sur ses larges épaules et ses pectoraux bien définis. Son pantalon tactique noir moulait ses cuisses musclées.

Mon Dieu, il était trop beau pour être vrai… et pour approcher à grands pas avec ses superbes iris émeraude rivés sur moi comme si j'étais la seule personne dans la pièce.

« Waouh », murmura Val.

Je me redressai, les yeux écarquillés en le voyant foncer droit sur moi. J'ouvris la bouche pour dire quelque chose, comme « bonjour » par exemple, mais tous les mots moururent sans rechigner lorsque Ren prit mon visage entre ses mains. Il le releva vers lui en se plaçant juste devant moi, assez proche pour écarter mes jambes à l'aide des siennes. Il restait si peu d'espace entre nos lèvres que nous respirions le même air.

« Eh ben… », lâcha Val, mais sa voix me parut si lointaine.

Ren m'embrassa, sans faire preuve d'aucune réserve, comme s'il se fichait de la présence de Val. Il entrouvrit ma bouche avec audace pour y introduire sa langue qui dansa avec la mienne tandis que je m'agrippais toujours plus fort au rebord de la table. Si je n'avais pas été adossée à un mur, je serais sans doute tombée à la renverse.

Il laissa un picotement derrière lui lorsqu'il mit fin à notre baiser torride. Je dus me forcer à ouvrir les yeux pour les plonger dans les siens, verts et noirs.

« Euh, waouh. Je crois que je viens de tomber enceinte rien qu'en assistant à cette scène », lança Val le souffle court.

Ren poussa un petit rire. « J'ai attendu ton appel ou un message de ta part toute la journée, dit-il avant de placer sa bouche tout proche de mon oreille. Je sais très bien que tu ne m'as pas déjà oublié. »

Mal à l'aise, je reculai le visage, les joues écarlates. Je ne l'avais pas contacté durant la matinée, pourtant ça m'avait bien traversé l'esprit avant que les choses prennent un tournant avec Clo, mais je ne savais pas si c'était ce qu'il voulait. En étions-nous déjà là ? J'ignorais combien de stades il existait et à partir duquel il devenait acceptable de s'écrire sans bonne raison, simplement pour se dire bonjour, sans avoir l'air collante. Maintenant, je passais un peu pour une ingrate.

Il posa ses lèvres juste en dessous de mon oreille. « Ce n'est pas grave. Tu n'as plus l'habitude, alors je vais t'expliquer comment les choses se passent avec moi.

— Oh, vas-y, explique », roucoula Val.

Je la fusillai du regard, mais elle ne me prêta aucune attention tandis que Ren plaçait ses mains de chaque côté de mes jambes. « Je veux des nouvelles, n'importe quand. Jour. Nuit. Matin. Après être sortie de la douche et surtout chaque fois que tu es nue. » Il m'adressa un clin d'œil qui me fit lever les yeux au ciel. « Et je n'ai aucun problème à ce que le monde entier soit au courant de ce qui se passe entre nous.

— Ah bon ? Je n'aurais jamais deviné », rétorquai-je sèchement. Je lançai un regard à Val qui me dévisageait avec impatience.

« Alors, depuis quand ça dure, cette histoire ? demanda-t-elle en décrivant un grand cercle avec son doigt dans notre direction.

— Oh, depuis un moment. » Ren tapota ma cuisse, puis se redressa en croisant les bras. Il se tourna vers moi avec une expression de défi sur le visage.

Ce qui m'encouragea à le contredire. Évidemment. « En réalité, on a passé du temps ensemble hier.

— Eh ben, dit Val. Je devrais te poser des lapins plus souvent. »

Ren acquiesça. « Je suis bien d'accord. »

Aussitôt, une image de notre soirée en boîte de nuit me vint à l'esprit. Je plissai les yeux dans sa direction, ce qui fit naître un sourire joueur sur sa bouche.

« Oh ! la la ! Vous deux ! intervint-elle en secouant la tête. Mais c'est que vous avez fait des galipettes ! »

La chaleur monta le long de mon cou jusqu'à mon visage. « Écoutez-moi. Il se passe des choses très sérieuses...

— Comme ce que vous traficotez ensemble ? m'interrompit Val avec un grand sourire qui me fit pousser un grognement.

— Non, pas ça.

— À vrai dire, moi je pense que c'est assez sérieux, ce qu'il y a entre nous », ajouta Ren à son tour.

J'avais envie de me taper le crâne contre le mur.

Val se releva de la table, puis fit un tour sur elle-même en claquant des mains. « Je suis fière de toi, Ivy. » Sans aucune gêne, elle reluqua Ren de la tête aux pieds avec un regard qui ne passait pas loin de l'agression sexuelle visuelle. « Très fière, même. »

Heureusement, David entra dans la pièce à ce moment-là. Je ne savais pas où cette conversation aurait mené, mais je n'étais pas prête pour cette tangente lubrique. Je me levai d'un bond avant de contourner Ren. « David, est-ce que tu aurais une minute à m'accorder ? »

Il s'arrêta, les épaules tendues, puis se tourna vers nous. « Est-ce que je vais le regretter ?

— Non, je t'assure. »

Ren posa la main au creux de mon dos. « Qu'est-ce que tu fabriques ? » demanda-t-il à voix basse.

Avec un rapide coup d'œil dans sa direction, je pris une grande inspiration. « On doit le mettre au courant.

— Ivy… »

David fronça les sourcils, ce qui n'était pas rare. « Me mettre au courant de quoi ?

— J'ai découvert des choses ce matin, dis-je à Ren en espérant qu'il comprendrait. On doit l'en informer. Crois-moi. »

Sans me quitter des yeux, il contracta la mâchoire. De toute évidence, ça ne l'enchantait pas. Lorsqu'il tourna son regard vers le plafond, je me demandai s'il priait pour garder son calme. J'aurais voulu lui assurer que je n'allais pas le forcer à parler de l'Élite, mais je ne pouvais pas mentionner le sujet sans que tout le monde soit au courant.

« Bon, qu'est-ce qu'il se passe ? s'impatienta David. Je n'ai pas toute la journée. »

J'inspirai une nouvelle fois. « Fais-moi confiance. »

Ren me fit de nouveau face. Je retins mon souffle jusqu'à ce qu'il acquiesce enfin. « D'accord, allons-y. »

Soulagée de pouvoir éviter une grosse dispute avec lui, je me dirigeai vers David. « Je pense qu'on devrait aller dans une des salles. »

Val nous suivit, au grand dam de David. « Je ne t'ai pas invitée à te joindre à nous pour entendre je ne sais quelles conneries. »

Elle haussa les épaules. « Je m'invite toute seule. »

Elle s'installa sur l'une des chaises pliables en métal pendant que David fermait la porte.

Ren la considéra avec une certaine méfiance. « Tout ce qui sera dit dans cette pièce devra rester entre nous. »

Elle leva un sourcil élégant dans sa direction. « Canon et perspicace. Un combo gagnant. »

David semblait déjà à moitié excédé par cette conversation. « Bon, faites vite. J'ai rendez-vous avec deux nouveaux membres qui vont peut-être rejoindre notre branche. »

Je jetai un coup d'œil à Ren, mais il s'était muré dans le silence. Debout dans un coin de la pièce, les bras croisés sur le torse, il était aussi immobile qu'une sentinelle.

« Il y a des Anciens en ville, David.

— Putain, encore cette histoire…

— Écoute-moi, l'interrompis-je avec une audace qui risquait de me valoir un signalement. C'est la vérité. J'en ai vu au moins trois et ils ont l'intention d'ouvrir le portail mercredi. »

Son expression s'assombrit tandis qu'il avançait dans ma direction, mais Ren bougea en même temps. À la vitesse de l'éclair, il bondit pour attraper David par l'épaule. Je ne m'étais pas vraiment sentie menacée par le chef de branche, mais ça n'avait pas plu à Ren. « Elle ne raconte pas de conneries. Je les ai vus aussi. Ils sont là et ils traînent dans une boîte de nuit du centre, le *Flux*, qui est un vrai repaire à Faes. Mais ce n'est pas tout, on en a vu parler avec la police sur place. »

Se dégageant de sa prise, David balaya toute la pièce du regard avant de s'arrêter sur Ren. « Ce n'est pas si surprenant. Ce n'est pas la première fois que des Faes se nourrissent d'agents de police humains. Mais surtout, je suis étonné que tu aies vu le moindre Fae depuis ton arrivée, parce que j'ai bien l'impression que la seule chose qui t'intéresse, c'est de mettre Ivy dans ton lit.

— Oh, la vache », marmonna Val.

J'étais bouche bée, mais ce fut le sourire bien trop calme de Ren qui me préoccupa le plus. « Ce n'est pas une remarque très juste, David. Je peux faire plusieurs choses à la fois. »

Sa réponse n'aidait en rien notre cause.

« David, il faut que tu nous écoutes. À première vue, ces policiers n'avaient pas l'air de leur avoir servi d'en-cas.

— Ils étaient peut-être sous l'influence du glamour.

— Est-ce que ça a la moindre importance ? répliquai-je. Les Anciens ont l'intention d'ouvrir une des entrées et on sait qu'il y en a deux dans cette ville. Sauf que celle dans l'église de Notre-Dame de Guadalupe n'est plus fonctionnelle. Ils ne pourront pas s'en servir. »

Tous les regards se posèrent sur moi.

« Quoi ? » demanda Ren d'une voix douce.

La réponse de David fut un peu plus rude. « Bordel. On peut savoir comment tu connais l'emplacement de ce portail ?

— Il y en a un second à La Nouvelle-Orléans, pas vrai ? » insistai-je.

Il me regarda de haut. « Oui, il y en a deux, mais ce que je veux savoir, c'est comment tu as appris où se trouvait l'un d'entre eux et pourquoi tu penses qu'il ne fonctionne pas.

— Est-ce que c'est vraiment ça qui compte ? rétorquai-je. Je sais aussi pour les Halfelins et ce qu'il se passera si le prince ou la princesse réussissent à venir dans notre monde et en trouve un.

— Halfelins ? Mais qu'est-ce que tu racontes, merde ? »

Un coup d'œil vers Ren m'informa qu'il était à deux doigts d'emplâtrer David.

« Tu n'es pas au courant pour les Halfelins ? Ce sont des personnes mi-humaines, mi-faes. »

Il me dévisagea comme si un bras venait de sortir de ma tête et lui faisait coucou. « Tu as complètement perdu les pédales ou quoi ?

— C'est comme ça que tu t'adresses à une femme ? riposta Ren.

— Un demi-fae ? lança David en levant les mains en l'air. Tu l'entends parler ? »

Ren jura dans sa barbe. « C'est une perte de temps, Ivy. Je t'avais dit que ça ne servait à rien de le tenir informé.

— Il faut avouer qu'un demi-fae, ça paraît assez absurde, intervint Val depuis sa chaise. Je ne suis pas là pour choisir un camp, mais sérieusement ? »

Frustrée, je serrai les poings. « Si tu ne m'écoutes pas et refuses d'envoyer tous tes agents pour protéger le second portail, ils vont le traverser et, que tu croies en l'existence des Halfelins ou non, on sera dans le pétrin jusqu'au cou.

— Je fais partie de l'Élite », déclara Ren alors que David s'apprêtait à l'ouvrir. Ces quelques mots suffirent à faire taire tout le monde, même Val. Je le fixai du regard, abasourdie. Je n'en revenais pas. Il venait de l'avouer devant nous tous. Bon, Val était déjà au courant, mais il ne le savait pas. Maintenant qu'il avait obtenu l'attention de David, il poursuivit. « Tu sais de quoi il s'agit ?

— Oui, répondit David après un moment tendu. Je sais ce qu'est l'Élite. »

Tiens, tiens, quelle surprise...

« Dans ce cas, tu sais aussi très bien qu'il y a encore des Anciens dans ce monde. Tu penses peut-être que puisque l'Élite s'occupe d'eux, ils ne représentent pas une menace. Ou alors tu essayes seulement de ne pas causer la panique générale en admettant à tes agents qu'il existe des Faes immunisés contre le fer. Et je veux bien croire que tu n'as jamais entendu parler des Halfelins. En toute franchise, je me contrefiche des raisons pour lesquelles tu préfères garder tout ça secret, mais il faut que tu comprennes que si je suis là, c'est parce que de nombreux Faes et Anciens ont décidé de rejoindre La

Nouvelle-Orléans. » Ren avança d'un pas. Il dominait David d'une bonne tête. « En tout cas, si Ivy dit vrai et qu'un des deux portails ne fonctionne pas, il est grand temps que tu me révèles où se trouve le second, que tu mobilises tes putains d'agents et que tu le fasses surveiller sur-le-champ. »

Pendant un moment, le seul bruit dans la pièce fut celui de l'horloge accrochée au mur.

« Tout le monde dehors, sauf toi », lâcha enfin David.

Il parlait de Ren. Je ne bougeai pas d'un poil. « Je reste, déclarai-je.

— Non, tu sors. » Il lança également un regard à Val. « Et toi aussi. C'est entre Ren et moi.

— C'est ridicule ! Je...

— C'est un ordre, Ivy ! gronda-t-il alors qu'une veine palpitait au niveau de sa tempe. Je suis encore ton patron, au cas où tu l'aurais oublié. »

J'inspirai brusquement. Avais-je vraiment le choix ? Si je décidais de m'imposer, je risquais d'être suspendue ou renvoyée de l'Ordre. À quoi bon ? D'un autre côté, ça me ferait un bien fou de rester sur place et mettre un coup de poing à David. Je fis appel à tout mon sang-froid, puis suivis Val hors de la pièce sans même un regard pour Ren. En revanche, je ne me retins pas de claquer la porte derrière moi.

« Quel enfoiré ! » m'énervai-je en dépassant un membre qui descendait de l'étage supérieur. Je marchai jusqu'à la fenêtre surplombant la rue, m'agrippai au rebord et me concentrai sur ma respiration afin de contrôler mon envie de faire demi-tour et frapper quelqu'un.

Val me rejoignit. Elle leva une main pour repousser une boucle de son front. « Ils parlent de quoi, à ton avis ?

— Je n'en sais rien. » Je jetai un coup d'œil par-dessus mon épaule pour voir si des agents traînaient par-là. « Et tu veux savoir le pire dans tout ça ? On est presque sûrs qu'un membre de l'Ordre travaille de mèche avec les Faes. C'est la seule explication. »

Elle écarquilla les yeux. « Comment ça ?

— C'est une longue histoire. » Je me retournai pour m'adosser au mur, puis passai mes mains dans mes cheveux. « Tu sais les agents qui ont été tués ? On pense qu'ils étaient tous gardiens, lui avouai-je dans un murmure. Et le fait que Trent ait été torturé ? » Je passai ma langue sur mes lèvres en baissant les mains. « Il y a une boîte de nuit dans le Warehouse District. On y a vu plusieurs Anciens. J'étais à *ça* d'eux. Ils ont dit qu'ils connaissaient l'emplacement du portail et qu'ils n'échoueraient pas, cette fois. Je les ai aussi entendus parler d'une piste sur quelqu'un d'autre. Je pense qu'il s'agit d'un membre de l'Ordre.

— Merde alors », répondit Val. Elle fit un pas de côté, les mains sur les hanches. Plusieurs secondes s'écoulèrent. « Tu es consciente qu'on dirait que tu divagues un peu, pas vrai ?

— Oui, je sais. C'est juste… qu'il se passe beaucoup de choses. Mais c'est du sérieux. S'ils ouvrent cette entrée, on est foutus. »

Je levai les yeux vers elle, mais elle tourna les siens vers le sol, les sourcils froncés. Quelques minutes s'écoulèrent sans qu'aucune de nous deux ne s'exprime. « Écoute, je dois… je dois y aller, dit-elle enfin en reculant. Je t'appellerai plus tard. »

Elle me laissa là. Je ne pouvais pas lui en vouloir, ça faisait beaucoup à digérer d'un coup et elle n'en savait même pas la moitié. Elle risquait de mettre un moment à accepter tout ce merdier.

Je fis les cent pas devant la fenêtre en me demandant ce que David racontait à Ren… et vice versa. Pourquoi m'avait-il forcée à sortir de la pièce ? Et Ren allait-il me répéter ce qu'ils s'étaient dit ? S'il refusait, je lui mettrais un coup de pied si violent qu'il en oublierait son propre nom.

Comme si je n'étais pas assez agacée comme ça, il fallut que Miles apparaisse devant moi en descendant du deuxième étage. Dès que je l'aperçus, je fis volte-face et fis semblant d'être captivée par la vue.

Ce qui ne fonctionna pas, bien sûr.

« Est-ce que tu as vu David ? » me demanda-t-il.

Je tournai mon regard vers la porte close. « Il est avec Ren à l'intérieur.

— Ah. » Miles fronça les sourcils. « Pourquoi ? »

Je n'avais aucune intention de lui répondre. Je l'observai derrière mes cils, tentant de l'imaginer Halfelin, et faillis rire tout haut.

Son expression se fit encore plus renfrognée. « Qu'est-ce que tu fais ?

— J'attends Ren. On a été placés ensemble.

— Je sais bien. » Il m'examina de plus près. « Au fait, on a retrouvé le portable de Trent près de son corps. Il était abîmé, mais pas détruit. »

Je me remémorai le téléphone avec lequel je l'avais vu la semaine précédente. « D'accord. »

Son regard brun semblait prudent. « Il y avait des images de vous, de toi et Ren, dans sa galerie. Vous étiez vers Jackson Square et vous aviez l'air sacrément proches. »

Au début, je crus avoir mal entendu, mais je finis par accepter que ce n'était tout simplement pas ma journée. « C'est plutôt flippant, comme information.

— Pas faux. C'est le soir où il a été assassiné. Et tu sais pourquoi il a pris ces photos ? Parce qu'il ne te faisait pas confiance. »

Les poils se hérissèrent sur ma nuque. « Il me prenait pour une folle, donc ça ne m'étonne pas. »

Miles afficha un petit sourire forcé qui modifia à peine son expression. « Il craignait que tu sois… influencée par les Faes. »

Je fermai de nouveau les poings. « Comment pouvait-il penser une chose pareille ? Il faudrait que je n'aie plus mon trèfle et... » Je m'interrompis, le ventre noué.

« Il a fait des recherches sur ton passé, Ivy. Et il en a tiré quelques questions intéressantes concernant la nuit où les Faes vous ont attaqués tes proches et toi, poursuivit-il. Il a fait remarquer qu'il y avait des failles dans ton histoire. »

Mon estomac se retourna. Ne sachant pas quoi dire, je me contentai de dévisager Miles. L'angoisse me glaça le sang. Non. Trent ne pouvait pas avoir découvert la vérité.

Lorsque la porte s'ouvrit, je fus plus reconnaissante que jamais d'apercevoir Ren. Il avait l'air moins furieux que quand j'étais sortie de la salle.

David se tenait sur le seuil. « Miles. Il faut qu'on parle. Tout de suite. »

Je me tournai vers Ren, prête à l'arrêter, mais il secoua la tête d'un mouvement bref. « Allons dehors », dit-il.

À court de patience, je le suivis jusqu'à l'extérieur, sur le trottoir. « Qu'est-ce qu'il se passe, Ren ? »

Il prit ma main et me guida le long de St. Philip Street. Je trébuchai, mais il serra ma paume avec douceur. Je levai le regard vers lui et il arqua un sourcil. « Les gens qui s'aiment bien se tiennent la main.

— Je ne savais pas qu'on en était déjà là », répondis-je en essayant de reprendre mes esprits tandis que Ren m'aidait à contourner un groupe de touristes. J'étais toujours aux prises avec la panique à l'idée que mon passé menace de rencontrer mon présent.

Je me sentais submergée, mais fis de mon mieux pour enfouir tout ça dans les tréfonds de mon âme, de fermer la porte à double tour et d'oublier les sous-entendus de Miles. Je n'avais pas le choix. C'était ma seule option pour réussir à me concentrer sur le moment présent.

« Vu tout ce qu'on a fait hier, je crois qu'il est clair qu'on s'aime bien, Ivy. »

Je pinçai les lèvres. « Je ne pense pas que ce soit une nécessité pour faire ce qu'on fait ensemble.

— Pour moi, si. » Il me jeta un regard lourd de sens. « On se comprend à ce sujet, pas vrai ? »

Un peu déstabilisée, je détournai les yeux. « Pourquoi on parle de ça maintenant, au juste ?

— Parce que tu avais l'air choquée qu'on se tienne la main, ça m'a distrait, et je voulais m'assurer qu'on était sur la même longueur d'onde, toi et moi.

— Ren... »

Il serra une nouvelle fois ma main, puis on s'engagea dans Royal Street. « David veut faire une descente au *Flux* samedi. Il est en train d'en parler à Miles et ils vont réunir un groupe d'agents en qui ils ont confiance. Mais pour ça, il va falloir qu'on survive à mercredi soir. Il va faire surveiller les deux portails. Il n'est pas convaincu que l'un d'entre eux n'est plus opérationnel et il n'est pas prêt à prendre le risque d'en laisser un sans aucune surveillance le soir de l'équinoxe. »

J'aurais pu me mettre à genoux et embrasser le sol tellement j'étais reconnaissante, mais ça aurait été tout à fait dégoûtant étant donné tout ce qu'il se passait dans ces rues. « Ça veut dire qu'il nous croit ?

— Je ne sais pas si on peut vraiment dire ça, mais il est au courant pour l'Élite. Il ne connaît pas les détails de nos activités, mais il est conscient que je ne pourrais pas savoir de quoi il s'agit si je n'en faisais pas partie, donc il est prêt à m'écouter.

— Comme c'est gentil..., dis-je d'un ton narquois.

— Au moins il ne nous ignore pas. Il sait tout comme nous que quelqu'un au sein de l'Ordre travaille de mèche avec les Faes. C'est pour cette raison qu'il vous a demandé de sortir de la pièce avec Val. Je ne crois pas qu'il te soupçonne, mais... »

Une brise fraîche refroidit ma nuque. « Je pense... je pense que si.

— Ça n'aurait aucun sens. L'un d'entre eux t'a tiré dessus. Il ne peut pas l'ignorer. » Je n'en étais pas si sûre. Sinon, pourquoi m'aurait-il demandé de sortir ? Le sentiment de trahison que cela éveillait me fichait la nausée. « Il est bien au courant pour les Anciens, mais étant donné leur inaction, Miles et lui ont décidé de garder leur présence secrète. Apparemment, ils craignaient déjà que les Faes tentent d'ouvrir le portail et David avait prévu de mettre quelques agents supplémentaires sur le coup, mais je pense qu'il n'avait pas mesuré la gravité de la situation jusqu'à ce soir. Je ne comprends même pas pourquoi il te mène la vie aussi dure à ce sujet. » Sans doute parce que j'avais un vagin, ce qui était complètement stupide. Comme le reste de cette situation. « Quoi qu'il en soit, il veut qu'on se tienne proches de l'entrée. » Il me tira sur le côté pour éviter les passants, puis son regard croisa le mien. « Comment as-tu découvert que l'autre ne fonctionnait plus ? »

Mon estomac se noua encore davantage. J'étais obligée de lui mentir. Ça me faisait horreur, mais je ne pouvais pas lui dire la vérité. Je m'en voulais aussi de devoir mêler mes amies à ça. « J'ai parlé avec Merle, ce matin. Elle m'a dit que le portail dans l'église était hors d'usage et que tous les autres avaient été détruits, sauf le second de la ville. » À mesure que j'avançais dans mon histoire, je sentais mon karma futur empirer. « Et puisqu'elle avait vu juste sur tout le reste, pourquoi aurait-elle tort sur ce point-là ?

— Toutes les entrées ont été détruites ? »

Je hochai la tête. « Oui. Il faut croire que l'Élite n'était pas au courant ?

— Non. C'est la première fois que j'en entends parler. » Il lâcha ma main pour passer ses doigts dans ses cheveux désormais secs. « Comment le sait-elle ?

— Je n'en sais rien, répondis-je tout bas. Mais si elle dit vrai... les Faes sont peut-être déjà au fait ? »

Il secoua la tête. « Désolé de te dire ça, mais ça me paraît peu probable, Ivy. Ça n'a pas de sens. Du tout. »

Comment pouvais-je le convaincre sans lui révéler l'existence de Clo ? Je ne voyais pas de solution. « Est-ce qu'il t'a donné l'emplacement du second portail ? »

Ren hocha la tête. « On est juste devant. »

Je regardai tout autour de moi. « Où ça ? » Quand mes yeux se posèrent sur le bâtiment gris haut de deux étages, je compris enfin. « C'est une blague ?

— Ce n'est pas un des lieux utilisés dans une série d'horreur ? » demanda Ren.

Je contemplai la fameuse maison hantée de Royal Street, connue pour être la *plus* hantée de La Nouvelle-Orléans. Cet édifice avait une histoire absolument terrible. Les paroles de Merle me revinrent en mémoire. *Le premier se situe dans le sanctuaire et le second dans un lieu où l'atmosphère est si troublante qu'aucun humain ou esprit ne peut y trouver la paix.*

Autrement dit, une maison hantée. Cela dit, à en croire les rumeurs, c'était le cas de 90 % de la ville.

« Le portail est situé dans la... ? »

Ren secoua la tête, puis plaça deux doigts sous mon menton pour tourner mon regard vers le bâtiment en brique à côté de la demeure grandiose. « Non. C'est là qu'il se trouve. »

Chapitre 18

Le lundi soir, les rues étaient mortes. Pas un seul Fae ne se promenait dans le centre ou ne traînait dans la boîte de nuit du Warehouse District. Et c'était bien plus inquiétant que rassurant. Les lundis n'étaient jamais trépidants, mais au point de ne croiser aucun Fae ? Quelque chose clochait vraiment.

À la fin de notre service, on repassa par St. Philip Street, dans le quartier français, où Ren avait garé sa moto. Les pensées se bousculaient tellement dans mon esprit, entre l'emplacement du second portail, l'identité potentielle du traître, ce qui arriverait mercredi, que Ren me surprit lorsqu'il parla. « Viens chez moi. »

Debout à un coin de rue, sous la faible lueur vacillante d'un lampadaire, je fronçai les sourcils. « Pardon ? »

Ren sourit à peine. « Viens passer la nuit chez moi, Ivy. »

Incertaine, je reculai d'un pas. J'étais à la fois ravie de sa demande… et terrifiée au plus haut point. Après tous les évènements de la journée, je n'avais pas eu beaucoup de temps libre pour réfléchir à notre situation, malgré le baiser torride qu'on avait partagé lors de son arrivée au siège et la façon dont il avait tenu ma main sur tout le trajet jusqu'à la vieille maison en brique de Royal Street ensuite.

Le cœur battant la chamade, j'observai son visage plongé dans l'ombre. « Je ne sais pas si c'est une très bonne idée.

— C'est une super idée, au contraire. Peut-être même la meilleure que j'aie jamais eue. »

Quelque part au loin, quelqu'un explosa de rire.

« Je ne pense pas que...

— Arrête de penser, alors. » Ren saisit mon poignet pour me faire décroiser les bras avec douceur. « C'est quelque chose que tu fais un peu trop.

— Je doute qu'il soit possible de trop penser », répondis-je en baissant les yeux vers l'endroit où il tenait mon bras.

En réalité, je n'avais pas encore envie de rentrer à la maison. Ne sachant toujours pas quoi faire de Clo, je craignais de me sentir bien seule dans mon appartement au-dessus de la jolie cour.

Avec un soupir, Ren caressa l'intérieur de mon poignet avec son pouce. « Je ne vais pas me jeter sur toi si tu viens, Ivy. » Mon esprit fut aussitôt envahi d'images de lui en train d'enlever mes vêtements, de me maintenir en place et de me faire tout ce qu'il souhaitait. Une partie de mon corps répondit avec enthousiasme à cette perspective. « À part si tu en as envie, et dans ce cas, je suis partant, ajouta-t-il d'un ton léger. Je ferai ce que tu veux, mais... viens chez moi. »

Je levai les yeux vers lui. Son regard était déterminé, ouvert et franc. Un nouveau rire retentit, plus près, cette fois. « Si ce n'est pas ce que tu recherches, pourquoi est-ce que tu veux que je vienne chez toi ? »

La confusion traversa son regard un instant avant qu'il ne m'adresse un sourire en coin. « Pour commencer, Ivy, bien sûr que j'ai envie de *ça* avec toi. Toujours. Bon sang, c'est la seule chose à laquelle je pense depuis la première fois que tu as essayé de me taper.

— C'est... un peu tordu. »

Il ne releva pas. « Mais ce n'est pas la seule chose qui m'intéresse. J'aime quand on traîne ensemble. Ça me plaît de passer du temps avec toi. »

C'était étrange, mais ça ne m'avait jamais traversé l'esprit, ce qui me fit me sentir un peu idiote. Comment n'y avais-je pas pensé plus tôt ? Parfois j'avais l'impression d'avoir l'expérience d'une adolescente de 15 ans. En toute honnêteté, j'aimais aussi nos moments ensemble. Travailler avec lui durant les deux dernières semaines avait rendu mes soirées plus agréables. Ça ne voulait pas dire que mon job ne me plaisait plus, mais avec lui, les choses étaient… *différentes.*

Levant le regard vers son visage, je faillis lui dire non… Presque. « D'accord. »

Son sourire s'élargit avec lenteur jusqu'à révéler ses fossettes. Avec difficulté, je réprimai mon envie de m'approcher de lui pour les embrasser. Le chemin du retour se déroula sans aucun incident, comme la soirée qui l'avait précédé, mais ce fut étrange de rentrer chez lui en pleine nuit, comme si nous avions l'intention de nous livrer à des activités plutôt osées.

J'étais nerveuse lorsqu'il appuya sur l'interrupteur de la lumière principale, avant de se diriger vers la cuisine pour nous dénicher quelque chose à boire. Une bière dans une main et un soda dans l'autre, il marcha d'un pas assuré jusqu'au divan et les posa sur la table basse.

Il m'observa à travers ses épais cils en retirant ses bottes et ses chaussettes. « Tu peux t'asseoir sur le canapé, tu sais. »

Je m'exécutai, les mains jointes sur les genoux.

Il secoua la tête. « J'ai quelque chose à te montrer… enfin, à te donner. Je reviens tout de suite. »

À me donner ? De quoi parlait-il ? D'un baiser ? Je doutais qu'il ait besoin d'aller dans sa chambre pour ça. Est-ce que c'était ce que je désirais ? Ses baisers ne m'avaient pas du tout dérangée la veille. Bon sang, je ne savais pas ce que je voulais.

Ou bien je n'étais pas prête à accepter l'inverse.

À son retour, Ren s'assit à mes côtés, une arme en bois d'une couleur cendreuse entre les mains. « C'est un pieu d'épine, pour tuer les Anciens. » Il le plaça entre mes doigts qu'il referma autour de l'extrémité lisse plus large. Son regard croisa le mien. « C'est pour toi. Je voulais te le donner hier, mais on s'est un peu laissé distraire. »

C'était un euphémisme. « C'est la première fois qu'un mec m'offre une arme aussi géniale. »

Son sourire en coin réapparut. « De toute évidence, tu n'en avais jamais rencontré un comme moi. »

Ça, c'était certain, à bien des égards. Malgré sa légèreté, le pieu était robuste. Sans empressement, il retira ses doigts des miens qui furent traversés de frissons lorsqu'il rompit le contact.

« Tu es sûr de toi ? demandai-je.

— C'est mon deuxième. Je ne m'en sers pas, alors je préfère le savoir avec toi, surtout pour la suite. » Il se pencha pour prendre sa bière avant de s'adosser de nouveau au canapé à côté de moi. Sa cuisse était appuyée contre la mienne ; il semblait à l'aise avec cette proximité et ça aurait certainement aussi été mon cas si j'avais arrêté d'y réfléchir. « Il faut frapper en pleine poitrine, comme pour les vampires. »

Je retournai l'objet entre mes mains, admirative du savoir-faire sans doute nécessaire à l'obtention d'une pointe si aiguisée et destructrice. « Merci. »

Il hocha la tête, puis porta la bouteille à sa bouche.

« Vraiment », ajoutai-je.

Après l'avoir déposé sur la table avec précaution, j'attrapai ma canette et repris ma place. Aux alentours de minuit, David envoya un message groupé informant les membres d'une réunion d'urgence le mardi après-midi. On savait déjà qu'elle concernerait le portail.

« À ton avis, comment vont réagir les autres agents quand David leur racontera tout ça ?

— Je ne sais pas, répondit-il en récupérant la télécommande sur le coussin à côté de lui pour allumer la télévision. N'en parlons pas, d'accord ma belle ? Ce n'est peut-être pas très malin, mais, à ce stade, on ne peut plus rien faire pour changer les choses. »

J'hésitai en observant son profil. « Mais il reste le problème du Halfelin. Si l'entrée est ouverte, il faudra absolument qu'on découvre son identité.

— "On" ? répéta-t-il avec un sourire avant de boire une gorgée. Il me plaît bien, ce "on". » Les joues rouges, je me tournai vers l'écran. Il s'était arrêté sur une chaîne qui diffusait un film. « On sait déjà qu'au moins un agent supplémentaire répond au critère, mais je n'ai pas encore reçu plus de détails. Ils ne me communiqueront son nom qu'une fois mieux renseignés. »

Je n'aurais pas su expliquer pourquoi, mais sa remarque ne fit qu'éveiller mes craintes. Pourtant, il n'avait aucune raison de me mentir après avoir été aussi honnête sur tout le reste.

« Je suis désolée de ne pas t'avoir prévenu avant de parler à David et de t'avoir en quelque sorte forcé à révéler ton appartenance à l'Élite.

— Ce n'est pas grave. »

Je secouai la tête en évitant son regard. « Si. Val... était déjà au courant parce que je lui en avais parlé le week-end dernier après que tu t'étais livré à moi. J'avais vraiment besoin d'en discuter avec quelqu'un pour mettre de l'ordre dans mes idées. Ça ne justifie rien, mais je voulais être sincère. »

Quand j'osai enfin lui adresser un bref coup d'œil, il ne semblait pas trop en colère. Son expression était neutre. « Est-ce que tu lui as dit pourquoi je suis là ?

— Pour chasser le Halfelin ? Non. Tu l'as entendue, elle n'était pas au courant jusqu'à aujourd'hui. »

Après un moment, il acquiesça. « Est-ce que tu en as parlé à quelqu'un d'autre ? »

Je secouai la tête.

Il s'accorda un instant de réflexion. « Eh bien, de toute façon, ça n'a plus d'importance, à présent. Même si tu ne le lui avais pas révélé, elle l'aurait appris dans la salle de réunion. »

Il avait beau le prendre bien mieux que je le craignais, ça ne suffit pas à soulager ma conscience. « J'aurais dû t'appeler ce matin pour t'avertir ou quelque chose du genre.

— Écoute, répondit-il en plaçant sa main libre sous mon menton pour tourner mon visage vers le sien. J'aurais préféré être au courant avant et que cette conversation ait lieu sans témoin dans la pièce, mais c'est fait, maintenant. David connaissait l'existence de l'Élite, donc ce n'est pas comme si j'avais divulgué le secret du siècle ou enfreint les règles.

— À part quand tu m'en as parlé à moi.

— C'est vrai. » Il passa son pouce le long de ma lèvre inférieure et, si j'avais été plus courageuse, j'aurais pris son doigt dans ma bouche. « Pour ce soir, soyons juste… normaux. »

Je reculai, les yeux écarquillés. « Quoi ?

— Normaux. Comme les gens qu'on a vus au restaurant la nuit où tu as failli m'égorger avec ton pieu », expliqua-t-il. Je me souvenais bien du groupe de filles et de mecs qu'on avait croisés là-bas. « Ne parlons pas de tout ça. D'accord ? »

Je mordis ma lèvre, puis acquiesçai avant de retourner mon attention sur l'écran. Un nœud se forma dans ma gorge et je bus la moitié de mon soda d'une traite pour m'en débarrasser. Ça avait beau être un détail, il ne savait pas à quel point j'étais affectée par le fait qu'il recherche la même chose que moi.

Lorsqu'il finit par choisir un film avec Vince Vaughn, je commençai à me détendre, un muscle après l'autre, en me laissant fondre dans le canapé à ses côtés, son épaule contre la mienne. On rit aux mêmes blagues, secoua la tête avec désapprobation devant les mêmes scènes et je me rendis vite compte combien j'avais eu besoin d'un moment pareil… et lui aussi.

À la fin, on discuta pendant le générique avant qu'un second film des années quatre-vingt débute. Il était tard, plus de 3 heures du matin, quand Ren tourna son regard fatigué vers moi et se redressa en posant ses pieds nus sur le sol en béton poli. « Tu es prête à aller au lit ? » J'écarquillai les yeux. « Je n'ai pas très envie de ressortir à cette heure-ci et je ne veux pas que tu rentres seule. Je ne dis pas qu'il doit se passer quelque chose entre nous, mais reste ici cette nuit.

— Tu veux que je reste ? répétai-je. Que je dorme dans ton lit ?

— Il est très grand. Assez pour au moins trois personnes et même un gros chien à nos pieds. » Avec un léger sourire, il tapota ma cuisse tandis que je le dévisageais. « Allez, viens. »

Ren se leva, ramassa nos boissons vides et les ramena dans la cuisine. Ensuite, il entra dans la chambre, maintenant la porte ouverte pour que je le rejoigne.

Personne n'aurait deviné que je passais la plupart de mon temps à chasser des meurtriers sans pitié en me voyant ainsi, debout sur des jambes flageolantes. Qu'est-ce que je fabriquais ? Je n'en avais aucune idée, conclus-je, en abandonnant mes chaussures et chaussettes près de son canapé pour marcher sur le sol froid.

Il laissa la porte se refermer derrière nous, puis me dépassa. Une fois à côté du lit, il alluma une lampe. « Je peux te prêter un t-shirt si tu veux te changer. Ça devrait aller pour dormir. »

Il s'approcha de la commode, tira le deuxième tiroir, en sortit un haut sombre et me l'apporta vers l'entrée de la chambre où j'étais restée plantée.

Un air joueur anima ses traits lorsqu'il le posa dans une de mes mains avant de prendre l'autre pour me guider en direction de la salle de bains. « Tu peux te changer là-dedans. Ou ici. À choisir, je préférerais que tu le fasses ici. »

Son commentaire me sortit de ma stupeur. Je dégageai ma main. « Je vais le faire là-dedans.

— Dommage, murmura-t-il avant de poursuivre plus haut. Je t'attends. »

Avec un frisson, je refermai la porte derrière moi tout en appuyant sur l'interrupteur. Pendant un instant, je restai figée dans sa salle de bains, mon cœur battant sous le coup de… l'excitation. Je n'avais pas passé la nuit avec un homme depuis Shaun, avec ou sans sexe. Pas du tout en contrôle de la situation, je retirai tous mes habits à l'exception de mes sous-vêtements, puis rinçai mon visage avec un peu d'eau fraîche.

Je n'avais aucune envie de dormir avec un soutien-gorge. Je détestais déjà en porter un 90 % du temps. Ma poitrine n'était ni petite ni énorme, mais elle rebondissait un peu trop à mon goût quand elle goûtait à la liberté. J'hésitais encore lorsque j'aperçus mes yeux d'un bleu très vif et mes joues empourprées dans le miroir. Je fermai les paupières, puis tendis mes doigts tremblants derrière mon dos pour défaire les agrafes. Les bretelles glissèrent le long de mes bras et je me dépêchai de saisir son t-shirt et de l'enfiler. Étant donné qu'il s'arrêtait juste au-dessus de mes genoux, il valait mieux que je ne saute pas trop dans tous les sens ce soir.

Avant de sortir de la pièce, j'enlevai les épingles de mes cheveux enroulés en un chignon, puis poussai un soupir en sentant mes mèches désormais libres pendre. Mon cuir chevelu picotait de joie tandis que les boucles se déversaient tout autour de mon visage. Après avoir réuni mes affaires, j'ouvris la porte et m'arrêtai net.

Nom d'un Fae en feu, Ren était torse nu, dos à moi, m'offrant une vue imprenable sur le reste de son tatouage.

Il avait enfilé un pantalon ample en coton qui tombait plutôt bas sur ses hanches, et rien d'autre. Ses muscles ressortaient sous les traits tentaculaires qui passaient par-dessus son épaule depuis son bras et son torse, s'entremêlant du côté droit de son corps. Une panthère noire très détaillée en émergeait, avec des yeux couleur ambre et la gueule ouverte, laissant apercevoir une langue pourpre et des dents acérées d'un blanc éclatant.

Je n'avais qu'une envie : me précipiter vers lui pour la toucher.

« Je commençais à m'inquiéter, dit-il en replaçant un oreiller avant de me faire face. J'allais venir te... » Il s'interrompit, bouche bée.

Nous nous regardions l'un l'autre et je ne savais pas ce qu'il percevait dans mon expression, mais il me contemplait comme s'il me voyait pour la première fois de sa vie. L'intense concentration qui brillait dans ses yeux me faisait l'effet d'une caresse. La pointe de mes seins durcit contre le tissu de son haut.

« Bordel, lâcha-t-il d'une voix rauque. Ce n'était peut-être pas une si bonne idée de te prêter mon t-shirt.

— Euh... pardon ? »

Il passa une main dans ses cheveux, ce qui anima les muscles de son bras et de son ventre d'une façon merveilleuse, puis il la posa derrière sa nuque. « Tu as déjà eu une relation sérieuse, pas vrai ? Avec le type que tu as perdu ? »

Je ne voyais pas le rapport avec son t-shirt, mais je hochai la tête.

« Tu étais très jeune », dit-il tout bas. Ren approcha de moi comme la panthère dans son dos aurait pu le faire si elle avait traqué une proie. Il s'arrêta devant moi, puis saisit une des boucles sur ma joue avant de tirer doucement dessus sans me quitter des yeux. « C'est une bonne chose, une chose puissante même, de voir la femme qui te plaît porter tes vêtements. J'avais oublié à quel point. »

Une pointe de chaleur parcourut mon cou. « Oh. »

Il relâcha ma mèche, laissant la boucle remonter avec un petit bond. « J'imagine que tu n'as jamais mis les affaires d'un mec avant ? »

Je secouai la tête tandis que mon regard descendait sur sa gorge. Le collier en cuir contre sa peau dorée le rendait irrésistible. « Shaun et moi… on n'a pas vraiment eu l'occasion d'en arriver là… »

Il inclina le visage d'un côté en posant une main sur ma joue. « Alors c'est comme ça qu'il s'appelait. Tu n'avais encore jamais dit son prénom.

— Ah bon ? »

Il caressa mon visage avec son pouce en secouant la tête. « Tu n'as vraiment fréquenté personne depuis ?

— Non. » Pourquoi aurais-je menti à ce sujet ?

Il m'adressa un petit sourire, puis se pencha pour déposer un baiser sur mon front. Mon souffle se fit hésitant en réponse.

« Mets-toi à l'aise. J'arrive tout de suite. » Il partit dans la salle de bains, me laissant plantée là à essayer de comprendre ce qu'il venait de se produire. En tout cas, le chagrin déchirant qui m'envahissait d'habitude lorsque je me remémorais Shaun ne s'était pas manifesté. Je ne savais pas quoi en penser.

De ça et de tout le reste.

Après avoir pris une grande inspiration, je posai mes habits sur la commode et filai en direction du lit. Bon sang, ce que son matelas était confortable ! Une fois allongée au milieu, je me raidis en me rendant compte que je n'avais aucune idée de quel côté il préférait dormir, ou bien s'il s'en fichait. J'en avais bien un moi, toujours le plus loin possible des portes du placard parce que j'étais super maladroite. Je tirai sur le t-shirt pour m'assurer qu'on ne voyait pas ma culotte, puis remontai la couette jusqu'à mes hanches.

J'aurais eu bien besoin d'un adulte expérimenté pour me dire comment j'étais censée agir ensuite.

Je n'eus pas l'occasion de m'en préoccuper très longtemps puisque Ren refit son apparition dans la chambre. Son éternel sourire en coin s'élargit en me voyant. Je m'agrippai à la couverture, le souffle court. Mon cœur battait si fort que je craignais de faire une crise cardiaque… ce qui serait la honte absolue. Je déglutis avec peine en essayant de calmer mon pouls.

Lorsque Ren éteignit la lumière, la pièce fut plongée dans l'obscurité, mais je le sentis se crisper en se tournant vers moi. Je ne vis pas son visage tandis qu'il se penchait pour attraper les draps de son côté. « Ivy ?

— Hmm ? »

Avec lenteur, il les repoussa, puis monta dans le lit. J'avais beau ne pas voir ses yeux, je savais tout de même qu'ils étaient rivés sur moi. « Je suis content que tu sois là. » Je détendis mes doigts sur la couverture. Ma vision s'habitua à l'obscurité tandis qu'il s'étirait à mes côtés. Il souriait. « Et toi ? demanda-t-il.

— Moi aussi, murmurai-je.

— Tant mieux, c'est tout ce que je voulais savoir. »

Une vague de chaleur envahit ma poitrine avec une telle intensité que j'aurais pu fondre sur place. J'attendis qu'il tente quelque chose, mais les secondes s'écoulèrent en vain. Il faisait vraiment de son mieux pour être respectueux. Je lui lançai un coup d'œil, puis fus incapable de détourner le regard.

Ren leva un bras de mon côté, puis resta ainsi un instant. J'hésitai d'abord, mais finis, le cœur toujours plus frénétique, par me rapprocher de lui jusqu'à ce que ma jambe effleure la sienne. Il passa sa main autour de ma taille pour m'attirer contre lui, m'aidant à trouver ma position contre son torse nu et chaud. Au bout de quelques secondes, je blottis ma joue contre lui et le simple fait d'être allongée ainsi me procurait un plaisir presque insupportable.

Après ça, aucun de nous deux ne prononça plus le moindre mot. Je craignais ne jamais m'endormir, trop consciente de chacune de ses respirations lentes et profondes. Dans l'obscurité et le silence, je fermai les paupières pour repousser les larmes qui me montaient aux yeux. J'avais perdu tout espoir de me retrouver un jour entre les bras d'un homme et de ne penser qu'à lui.

Je n'étais pas sûre de ce qui m'avait poussée à sortir du sommeil, mais mon bas-ventre s'était transformé en une boule de lave brûlante et je n'étais plus sous la couverture. Des lèvres effleuraient ma joue, mon menton, puis mon cou sur toute sa longueur tandis qu'une main sur mon sein en titillait la pointe durcie sans relâche.

Avec lenteur, j'ouvris les paupières en tendant mes doigts derrière la tête de Ren pour les passer dans ses cheveux doux. « Que... qu'est-ce que tu fais ? demandai-je d'une voix râpeuse qui me surprit.

— Je te réveille. »

Encore à moitié endormie, je poussai un petit gémissement lorsque Ren m'embrassa et mordilla ma lèvre inférieure. Ma réaction l'encouragea, puisqu'il approfondit son baiser, dissipant ainsi le brouillard du sommeil pour le remplacer par un désir embrumé.

La main sous mon t-shirt cessa de caresser ma poitrine nue pour glisser le long de mon ventre, jusqu'entre mes cuisses. « Tu étais tout emmêlée avec moi quand je me suis réveillé », dit-il dans l'espace entre nos bouches. Le mouvement de ses doigts contre ma chair sensible me soutira un gémissement sourd. « Tes bras étaient autour de ma taille et ta jambe entre les miennes.

— Ah ? » répondis-je, pas tout à fait attentive à ce qu'il racontait.

L'esprit encore somnolent, j'accordai toute ma concentration à la cadence de sa main. Mes hanches remontaient de leur propre chef afin de s'y frotter.

Il descendit le long de mon corps tout en repoussant le haut que je portais. L'air frais rencontra ma peau fiévreuse. « Tu es câline, poursuivit-il en déposant un baiser entre mes seins. Ça me plaît.

— Pas vrai », murmurai-je. Mon dos se cambra, se soulevant du matelas, lorsqu'il prit mon téton dans sa bouche pour le sucer avec vigueur. Je passai mes doigts dans ses cheveux, puis poussai un petit cri.

« Oh que si. Tu es comme un petit singe quand tu dors. »

Ses baisers descendirent sur mon ventre et j'ouvris les yeux pour le regarder, étourdie, lorsqu'il m'embrassa juste au-dessus du nombril, léchant le pourtour avant d'y plonger sa langue.

Mes orteils se recroquevillèrent sous l'effet de la décharge de plaisir inattendue qui traversa mon corps. « Oh, mon... »

Ren émit un petit rire contre mon ventre. « Et tu sais ce que ça m'a fait ? »

Je déglutis avec peine, tentant de reprendre mon souffle. « Non. »

Il était désormais sous mon nombril, déposant une nouvelle traînée de baisers sur ma peau. Mes doigts glissèrent de sa chevelure. Il saisit les deux côtés de ma culotte en relevant son regard vers moi, ses yeux vert forêt brûlant d'un éclat malicieux. « Ça m'a donné tellement envie de toi. Je n'ai pas pu me retenir. Il fallait que je t'embrasse, que je te touche. » Il se fit plus sérieux. « Lève les fesses. »

Avec mon esprit dans les nuages, mon corps agissait en pilotage automatique. Mes hanches se haussèrent et Ren émit un son en retirant mon sous-vêtement. « Bordel, tu es si belle. » Il plaça une main entre mes jambes. « Partout. »

Ren baissa la tête pour poser ses lèvres sur le tatouage au niveau de ma hanche. Il en suivit chaque ligne du bout de la langue et je sentis chacune de ses caresses jusque dans mes entrailles. Ensuite, il embrassa l'intérieur de mes cuisses, se rapprochant petit à petit de sa destination. Gênée et troublée par l'intensité des émotions qu'il provoquait en moi, je tentai de les refermer, de reculer, mais il saisit mes hanches avant de les soulever. Mon cœur s'emballa.

L'espace d'un instant, nos regards se croisèrent. « Tu n'as aucune idée depuis combien de temps j'attends de te savourer. »

Puis, il m'embrassa comme personne ne l'avait jamais fait auparavant. Ma poitrine se gonfla lorsqu'il se fraya un chemin en mon centre, me soutirant gémissements et cris de bonheur à chaque nouveau coup de langue. La tension était si intense qu'elle en devenait presque douloureuse. J'ignorais si je pourrais la supporter encore longtemps.

Je tendis les mains vers lui, pour le repousser ou l'attirer plus près, je n'en étais pas sûre, mais il me devança. Il relâcha mes hanches, attrapa mes poignets et les maintint sur mon ventre d'une seule main. Je haletai lorsqu'il sourit en glissant un doigt à l'intérieur de moi.

Parcourue d'un sursaut, je fermai les poings, impuissante. « Ren...

— Ça te plaît, hein ? » Son souffle effleura les boucles mouillées entre mes cuisses. « Tu en veux plus ? »

Je hochai la tête.

« Dis-le, Ivy. »

C'était une blague ? Sa main s'immobilisa. Non, il était tout à fait sérieux.

« Plus », répondis-je d'une voix haletante.

Avec un sourire purement diabolique, il introduisit un second doigt. « Et ça, alors ? »

La pression s'accentua et quand il courba légèrement ses doigts en moi, un son étranglé m'échappa alors que je repositionnais mes hanches.

« Ah, c'est bien là, hein ? » Il avait l'air satisfait, fier même, tandis qu'il me touchait avec une aisance impressionnante. « Je veux que tu cries mon nom quand tu jouis. N'oublie pas. »

Je n'avais jamais fait ça, mais il poursuivit en refermant sa bouche sur mon clito. Époustouflée, je me tortillai sur le matelas, balançant mes hanches contre lui sans vergogne. Ma tête remua tandis qu'il appuyait sur un point profondément en moi et suçait le petit morceau de chair devenu l'épicentre de tous mes plaisirs.

Enfin, la tension explosa en moi et je criai son prénom en la laissant déferler à travers mon corps depuis sa source jusqu'au bout de mes orteils et de mes mains. Agitée de tremblements et le souffle court, j'entendais l'écho de son nom se répéter encore et encore dans mon esprit, même lorsqu'il retira ses doigts avec lenteur.

Alors, il se redressa et j'aperçus la bosse qui poussait contre son pantalon de pyjama. Animée par la volupté qu'il m'avait procurée, je me relevai un peu, puis m'accrochai à ses hanches pour l'embrasser. Goûtant ma propre essence sur ses lèvres, et sans doute en partie enhardie par l'extase, je mourais d'envie de lui rendre ce qu'il venait de m'offrir.

Il grogna dans ma bouche. Le cœur battant la chamade, je pris son pantalon entre mes mains pour le tirer vers le bas, m'arrêtant juste en dessous de sa taille.

« Ivy, qu'est-ce... » Je le libérai de son vêtement, puis enroulai mes doigts autour de la base épaisse et dure de son membre. Il tressaillit. « Putain, Ivy. » Il baissa les yeux vers moi, les paupières à demi closes. Son ventre tendu était parcouru de tremblements. « Tu es sûre que c'est ce que tu veux ? » Au lieu de lui répondre, je décidai de lui montrer. Je fis glisser ma main sur sa longueur, me délectant de la façon dont son dos se courba. « Bon sang... Ce n'est pas pour ça que je l'ai fait, ma belle. »

Je retrouvai la parole, resserrant mon emprise sur lui. « J'en ai envie. »

Il poussa un grognement de plaisir tandis que je le caressais. « Recule, m'ordonna-t-il d'une voix rauque. Contre la tête de lit. »

Je m'exécutai jusqu'à ce que mon dos soit plaqué contre le bois, puis il avança vers moi en plaçant ses genoux d'un côté et de l'autre de mes hanches. J'étais captive de son corps. D'une main, il prit appui derrière moi tout en posant la seconde sur ma nuque.

J'avais fait ça quelques fois avec Shaun, mais ça remontait à si longtemps et ça me paraissait presque insignifiant comparé à ce moment. Ren était un homme alors que Shaun… eh bien, il n'avait jamais eu la chance d'en devenir un.

Je repoussai ces pensées parasites pour l'embrasser comme il l'avait fait avec moi. Lorsque je le pris enfin entre mes lèvres, ses hanches se mirent en action et sa main se resserra derrière ma nuque. Il émit un râle me confirmant que, malgré la multitude de femmes certainement plus expérimentées en la matière, il était bien là, avec moi.

Je l'enfouis dans ma bouche le plus profondément possible, provoquant en lui des tremblements. Il prit soin de balancer ses hanches en mouvements brefs sans lâcher ma tête, même une fois que j'avais trouvé mon propre rythme.

« Oh, Ivy, trésor, gronda-t-il. Je ne peux plus… » Ren tenta de reculer, mais je m'agrippai à lui pour l'en empêcher. Il cria mon nom en éjaculant, son corps frémissant sous l'effet de la jouissance. Je le gardai en moi jusqu'à ce qu'il courbe le dos et se retire. Il s'agenouilla, prit mes joues entre ses paumes pour me tourner vers lui, puis m'embrassa avec passion malgré tout ce qui venait de se passer entre nous. Il continua tout en se déplaçant pour m'attirer à ses côtés.

Il me serra contre lui et je trouvai ma place contre son flanc pendant qu'il s'allongeait sur le dos, son autre bras par-dessus le visage. Tout ce qu'il en restait de visible était son sourire comblé et chaleureux.

Lorsqu'il se tourna vers moi, ses boucles étaient ébouriffées par le sommeil et par ce que nous venions de partager. « Je peux te garder ? »

Mon cœur fit un bond. La première pensée qui traversa mon esprit fut que c'était tout ce que je voulais.

Tout à coup, mon corps se raidit, refroidi comme si on m'avait renversé un seau d'eau glacée sur la tête. Maintenant libérée des effets grisants du plaisir que j'avais reçu et offert en échange, blottie contre Ren, la plus terrible des craintes me saisit.

Comment pourrais-je retourner à une vie sans lui quand je le perdrais ? Pas si, mais quand. Ça finirait forcément par arriver. C'était comme ça que les choses se passaient toujours pour moi. J'aimais des gens que je perdais ensuite. Mais je me forçai à mettre fin à cette réflexion désastreuse avant qu'elle ne se transforme en quelque chose d'autre, quelque chose d'insoutenable.

« Hé », murmura-t-il d'une voix douce.

Mon cœur palpitait trop fort, mais plus du tout pour les mêmes raisons. J'en avais la nausée. Avant de perdre ma famille et Shaun, je ne m'étais pas doutée que mon temps avec eux était limité. Ça ne m'était pas venu à l'esprit, mais tout était différent désormais. Nos jours étaient comptés, et ils se résumaient à un seul.

La menace du mercredi me hantait comme une ombre qui ne me quittait jamais vraiment. Il en était de même pour lui, je le savais. Après tout, n'était-ce pas justement la raison pour laquelle il m'avait proposé de passer la nuit chez lui ? Nous allions sans doute être confrontés à de nombreuses pertes… Rien ne garantissait notre propre survie. Ren risquait de périr.

L'angoisse prit le contrôle de mon âme, plantant ses crocs amers dans ma chair. Je n'en étais pas capable… Je ne pourrais pas surmonter un nouveau chagrin aussi dévastateur. Si les choses évoluaient encore entre Ren et moi, le perdre aurait un impact catastrophique sur moi. Même au stade où nous en étions à présent.

Je me rassis en tirant sur mon t-shirt pour qu'il couvre la partie inférieure de mon corps. Oh, mon Dieu, j'avais merdé, tout ruiné. Je n'étais pas censée le laisser se rapprocher de moi. On ne pourrait jamais être comme les autres. Les membres de l'Ordre n'avaient pas ce luxe. J'étais bien placée pour le savoir et, pourtant, j'étais là, dans un lit avec un homme qui risquait véritablement de mourir avant que la lune ne se lève le lendemain.

« Ivy, dit-il. Qu'est-ce qui se passe ?

— Je... » Une petite voix dans ma tête m'intimait de m'arrêter, de prendre une grande inspiration, mais un goût acide envahissait ma bouche. Il fallait que je parte. J'avais commis une erreur. « Je dois y aller.

— Pardon ? »

Je me tournai vers le bord du matelas, me levai, puis me dirigeai vers la commode. Ne trouvant pas ma culotte, je marquai une pause à mi-chemin, puis décidai que je n'en avais pas vraiment besoin.

« Oula. Attends une seconde, Ivy. Qu'est-ce qu'il y a ? » Ren sortit à son tour du lit en remontant son pantalon. « Parle-moi. »

Après avoir récupéré mon jean, je l'enfilai sans me tourner vers lui. « Je dois rentrer, c'est tout.

— Ce n'est clairement pas tout. Tu allais très bien il y a encore quelques secondes, tu fondais entre mes mains, et maintenant tu refuses de me regarder. » Il s'approcha de moi et je reculai, percutant la commode. L'incompréhension déformait ses traits. « C'est quoi, cette histoire ? »

Je me plaçai dos à lui pour retirer son t-shirt et mettre mon soutien-gorge et mon haut plus rapidement que je ne l'avais jamais fait dans ma vie.

« Est-ce qu'on est allés trop vite pour toi ? » me demanda-t-il en posant une main sur mon épaule.

Le désespoir me fit réagir. Je fis volte-face, la repoussant à l'aide de la mienne. « Ne me touche pas. »

Il fit un pas en arrière, les bras le long du corps. L'inquiétude envahit ses yeux couleur émeraude. « D'accord. Est-ce qu'on peut en discuter un instant ?

— Il n'y a rien à dire. » Je partis en direction de la porte de la chambre.

« Est-ce que je t'ai fait mal ? S'il te plaît, Ivy, réponds-moi. Est-ce que je t'ai fait mal d'une quelconque façon ? »

J'écartai les cheveux de mon visage, puis secouai la tête. « Non, dis-je d'une voix éraillée avant de me retourner vers la sortie. Tu ne m'as pas fait de mal. Pas encore. »

J'attrapai la poignée, puis me rendis compte que la porte était fermée. Je poussai un juron en l'ouvrant d'un coup sec.

« Pas encore ? » Ren me suivit dans le salon, mais garda ses distances lorsque je m'assis pour remettre mes chaussettes et mes chaussures. « Je ne te ferai jamais de mal. Pourquoi est-ce que… ? »

Les mots jaillirent d'un endroit sombre en moi que j'essayais d'éviter à tout prix, mais qui me happait petit à petit. « Tu ne le feras pas exprès. Tu vas me promettre que tout ira bien, mais ça ne sera pas le cas parce que ça ne dépend pas de toi. »

Il fronça les sourcils en contournant la table basse. « Ivy, je ne comprends pas.

— Ça n'a pas d'importance. » Une fois chaussée, je me levai, m'emparai du pieu pour l'enfoncer dans ma poche arrière et le cacher sous mon t-shirt.

« Donne-moi un instant pour m'habiller. Je te ramène chez toi, d'accord ? proposa-t-il d'une voix raisonnable. Ça ne me prendra pas…

— Non ! Non. Je n'ai pas besoin que tu me raccompagnes. Ou que tu fasses quoi que ce soit pour moi. Tu es une bonne personne, mais ça… ce qu'il se passe entre nous ne va pas aller plus loin. C'était une erreur. »

Ren se redressa en me toisant. « Merde, Ivy, qu'est-ce que tu racontes ? Une erreur ? Ce matin était tout sauf une putain d'erreur. »

Je posai ma main sur la poignée de la porte d'entrée, le cœur battant à tout rompre, mais m'arrêtai un court instant, un nœud dans la gorge. « Peut-être pas pour toi », répliquai-je avant de sortir.

Tandis que je traversais le couloir et appuyais sur le bouton de l'ascenseur, une partie de moi s'attendait, voire espérait, qu'il me suive, ce qui était complètement tordu. Pourtant, lorsque je pénétrai enfin dans l'ascenseur, la porte ne s'ouvrit pas.

Ren ne viendrait pas.

Les portes coulissantes se refermèrent. Je reculai jusqu'à la paroi, puis plaquai les mains sur mon visage pour étouffer un profond sanglot. Alors, je m'appliquai à enfouir toutes mes émotions au plus profond de moi jusqu'à ce qu'elles disparaissent.

Jusqu'à ce que je ne ressente plus rien.

Chapitre 19

Le mardi fut un putain de désastre, chaque minute plus merdique que la précédente. Je tentai de contacter Val, mais elle ne décrocha pas. J'hésitai à appeler Jo Ann pour vider mon sac, mais je savais qu'elle était très occupée.

Clo était toujours planqué dans sa chambre avec pour seule preuve de sa présence le fait qu'il écoutait The Cure et Morrissey en boucle. Et, si je passais une seconde de plus dans mon appartement, j'allais perdre la boule pour de bon.

Malgré ma douche et mes habits propres, je n'avais pas réussi à me débarrasser de l'odeur et de la saveur de Ren. Ce que nous avions fait au réveil, ce que, moi, j'avais fait...

Mon corps se mit à chauffer en dépit de la douleur dans ma poitrine. C'était la première fois que je vivais une chose pareille, que j'étais à ce point excitée et mes émotions si incontrôlables. Pourtant, ce que j'avais ressenti le matin même allait au-delà du simple désir. Aussi grossier que cela puisse paraître, ça aurait peut-être été moins compliqué si la situation s'était résumée à une bonne partie de jambes en l'air, mais ce qu'il y avait entre nous était plus profond que ça.

Plus réel. N'était-ce pas ce que je voulais dans la vie ? J'avais l'impression de m'être inscrite à un cours sur la bêtise et d'avoir fini première de la classe.

Assise au bord de mon lit, j'enfouis mon visage dans mes mains. Je ne pouvais pas remonter le temps et changer ce qui s'était passé entre nous. J'allais devoir me faire une raison et me montrer plus forte. J'avais une mission à accomplir qui méritait toute mon attention.

Mais avais-je pris la bonne décision ?

Aucune réponse ne me vint à l'esprit, seul le bourdonnement de The Cure résonnait dans mes oreilles. Je me levai, plaçai le pieu en fer dans une de mes bottes et celui d'épine dans l'autre. Ensuite, je récupérai mon téléphone, puis tapotai l'écran. Pas un message ou appel en absence de la part de Ren... Ce qui n'était pas étonnant après que j'avais qualifié les évènements de la matinée d'erreurs. Je rangeai mon portable dans la poche arrière de mon pantalon, accrochai mes clés à un des passants du jean et me dirigeai vers la sortie avant de m'arrêter en chemin. Je me retournai dans le couloir qui menait à la cuisine et à la chambre de Clo. Je fis quelques pas dans cette direction, mais je ne savais toujours pas quoi lui dire ou faire de lui, ni même si j'étais encore en colère ou simplement déçue.

Je quittai l'appartement sans lui adresser la parole.

Il me restait quelques heures avant la réunion prévue par David, alors je pris un taxi jusqu'à Canal Street, puis me rendis tranquillement à Royal Street. Le ciel était couvert, les nuages remplis d'une pluie imminente, et les rues n'étaient pas aussi bondées que d'ordinaire. Je finis par arriver devant le bâtiment en brique quelconque.

Je repensai aux propos de Merle concernant les esprits. Cela signifiait-il que les fantômes de la demeure attenante s'y étaient déplacés ? Ou bien était-ce le portail qui affectait la zone ? Après tout, il devait déjà être là lors de la construction de ces édifices.

Je m'attardai sous le balcon en fer peint en vert de la maison voisine. Je ne savais pas quoi penser des fantômes. Je n'en avais jamais vu, mais ça ne prouvait rien. Si les Faes et les Halfelins existaient, alors pourquoi pas les esprits ?

Les fenêtres et la porte étaient équipées de barreaux de fer. Pour un observateur non averti, ça ressemblait seulement au style du quartier français, mais la matière de ces derniers n'avait pas été choisie par hasard. Je n'avais jamais prêté attention à la vieille bâtisse. Bon sang, combien de fois avais-je parcouru Royal Street, dans un sens comme dans l'autre, sans remarquer ce portail ? Il en allait de même avec celui de l'église.

J'aurais fait une piètre détective.

Qui se trouvait à l'intérieur en cet instant ? Quelqu'un répondrait-il si je toquais ? Sans doute pas. Il n'y avait aucun espace entre les deux bâtiments, donc le seul moyen d'accéder à l'entrée de derrière aurait été de traverser la maison elle-même.

Je traînai autour de Royal Street jusqu'à l'heure de la réunion au siège, l'estomac sens dessus dessous à l'idée d'y voir Ren. Lorsque je passai devant le magasin de souvenirs, j'aperçus Jérôme en train de lire un magazine derrière le comptoir et me dépêchai pour éviter qu'il me remarque. Je lui devais vraiment un gâteau.

Le premier étage grouillait d'agents, la plupart rassemblés en groupes de deux ou trois. Je restai en marge, loin de la porte, pour guetter Ren. L'esquiver était inutile puisque nous allions devoir travailler ensemble toute la soirée, mais j'avais la ferme intention de repousser l'inévitable le plus longtemps possible.

À l'avant de la grande pièce, David et Miles discutaient à voix basse. Je me dirigeai discrètement vers une fenêtre et m'appuyai contre le rebord, attendant le début de la réunion.

Soudain, Val sortit d'une des salles, le menton baissé et ses cheveux bouclés tombant sur son visage. Ça ne suffisait pourtant pas à dissimuler son œil au beurre noir du côté droit.

« Oh, mon Dieu ! m'exclamai-je en me redressant. Qu'est-ce qu'il s'est passé ? »

Val leva une main afin de toucher sa peau tuméfiée. « J'ai décidé de changer de style. Ça te plaît ? »

Bouche bée, je l'attrapai par le bras pour la prendre à part. En voyant sa grimace, je la lâchai aussitôt. Elle avait peut-être d'autres bleus non visibles au premier abord. « Je suis sérieuse, Val, qu'est-ce qu'il t'est arrivé ? »

Avec un soupir, elle croisa les bras sur son t-shirt fuchsia. « J'ai rencontré une Fae coriace hier soir.

— Tu étais avec Dylan ?

— Non. Ça s'est passé après mon service. Mais, ça va, ce n'est rien. » Elle m'adressa un sourire qui semblait douloureux. « Je te dirais bien que tu devrais voir l'état de l'autre garce, mais il ne reste plus rien d'elle.

— Mince, alors. Tu as besoin de quoi que ce soit ?

— Non. » Elle regarda par-dessus mon épaule, les traits tendus. « Tiens, bizarre.

— Quoi ? »

Elle haussa un sourcil foncé. « Hier, Ren et toi vous rouliez des patins et, aujourd'hui, il est adossé au mur là-bas comme s'il voulait plutôt y planter son poing. »

Mon ventre se retourna. Je faillis jeter un coup d'œil derrière moi. Val reporta son regard sur moi alors que je soupirais. « C'est une longue histoire. Je t'ai appelée tout à l'heure.

— Oui, désolée, dit-elle en me tapotant le bras. Est-ce qu'on peut discuter plus tard ? »

J'acquiesçai. David tapa dans ses mains, attirant l'attention générale. J'étais surprise de constater la présence de sa femme, en tête de groupe. Si notre chef affichait un air grincheux, elle-même semblait sereine. « Nous avons une crise potentielle à affronter », commença-t-il avant de se lancer dans un résumé plutôt brut de décoffrage de ce qui risquait d'advenir le lendemain soir.

C'était un peu une analyse de l'apocalypse fae pour les nuls, mais qui ne mentionnait pas les Halfelins, ce qui était compréhensible. Ce n'était pas nécessaire, à ce stade.

Il va sans dire que la situation partit vite en cacahuète. Les Anciens n'étaient pas un secret pour les membres de l'Ordre, et certains agents semblaient se douter que les Faes presque légendaires existaient dans notre monde, mais aucun n'était prêt à accepter l'idée que plusieurs d'entre eux puissent se trouver à La Nouvelle-Orléans, avec pour objectif d'ouvrir le portail ce mercredi. Ni David ni Miles ne mentionnèrent la boîte de nuit, ce qui était sans doute judicieux. Si l'un d'entre nous était de mèche avec les Faes, il ne fallait pas qu'il ou elle les prévienne qu'on était sur leur piste.

« L'équinoxe aura lieu à 21 h 29, à quelques minutes près, ajouta notre chef les bras croisés sur son torse. On doit se tenir prêts à toute éventualité. Il se peut que rien ne survienne. Ou bien nous serons confrontés au combat ultime. Nous devons empêcher les Anciens d'approcher du portail à tout prix. Ils pourraient l'ouvrir à l'aide de leur sang. Quoi qu'il arrive, nous devons les maintenir à l'écart. »

Il parla des deux entrées et je ne fus pas surprise lorsqu'il assigna une première partie des membres à la protection de l'église et une seconde à celle de la maison de Royal Street. Val et Ren furent choisis pour la seconde, tout comme moi et vingt autres agents. Avec un regard sévère, David m'intima de ne pas l'ouvrir au sujet de la première entrée que je présumais détruite. J'avais beau savoir qu'il n'était pas disposé à accepter ce fait ni à prendre le risque de la laisser sans surveillance, je n'en étais pas moins agacée.

Plus que tout, l'assemblée était choquée que les emplacements des portails aient été révélés, mais ça ne représentait plus aucune menace maintenant que les Faes les connaissaient certainement. Il nous restait tout de même un petit espoir : que les Faes se rendent à celui de l'église sans se douter qu'il avait été anéanti. Cependant, une chose était sûre : les pertes seraient nombreuses ce soir-là.

Mon estomac se noua tandis que tout le monde semblait en prendre conscience. Nous connaissions tous les enjeux.

David s'éclaircit la voix. « Ceci étant dit, sachez qu'il n'y aura pas de patrouille cette nuit. »

Devant nous, Dylan se frotta la mâchoire d'une main en poussant un juron dans sa barbe. Pour ma part, je dévisageai notre chef de branche, bouche bée. *Ouah*. Stupéfaite, je jetai un coup d'œil à Val, mais son regard était perdu dans le vide. David et Miles nous donnaient notre soirée de libre. Bon sang, pour autant que je m'en souvienne, ça ne s'était jamais produit. Pas même les soirs de Noël.

« Si vous avez une famille, je vous conseille de rentrer chez vous et de passer du temps avec elle, poursuivit David. Si vous n'avez personne de spécial dans votre vie, c'est le bon moment pour trouver quelqu'un. Tout le monde ne s'en sortira pas sain et sauf mercredi. »

Eh bien, voilà qui était encourageant…

Après ça, la réunion toucha à son terme et les membres s'en allèrent les uns après les autres, certains maussades, d'autres se préparant déjà à la bataille. Je me tournai vers Val en replaçant une boucle rebelle derrière mon oreille. « Tu as des plans pour ce soir ? Je ne peux pas te promettre une partie de jambes en l'air, par contre, plaisantai-je.

— Je... je pense que je vais rendre visite à mes parents », répondit-elle à voix basse. Je fis de mon mieux pour réprimer ma déception. Elle avait tout à fait le droit de vouloir passer du temps avec sa famille. « On pourra peut-être se voir plus tard. »

Je hochai la tête en souriant sans vraiment compter dessus, puis la pris dans mes bras avec précaution. Je m'étais un peu attendue à ce qu'elle fasse une blague sur notre soudaine soirée libre malgré la gravité de la situation, comme à son habitude, mais elle n'en fit rien. Lorsqu'elle se fraya un chemin parmi la foule jusqu'à la sortie, je n'étais pas la seule à l'observer. David la surveillait d'un œil avisé, ainsi que Dylan derrière elle, jusqu'à ce qu'ils disparaissent tous deux. Ensuite, il porta son attention sur moi.

J'agitai les doigts dans sa direction.

Son air renfrogné empira.

Il était temps pour moi de m'en aller. Lorsque je balayai la salle du regard, je n'y trouvai pas Ren. Il devait déjà être parti. Une fois de plus, un sentiment de déception tout à fait injustifié grandit en moi. Peut-être allait-il chercher quelqu'un avec qui passer la nuit, et bon sang, ce que cette idée me contrariait. Ma jalousie n'était pas un monstre aux yeux verts, mais un dragon crachant du feu quand une image de Ren le matin même apparut dans mon esprit, avec ses cuisses musclées me retenant prisonnière, ses hanches au niveau de ma bouche. Imaginer une autre femme à ma place me donnait envie de m'en prendre au premier venu.

J'avais besoin d'aide.

Si je survivais à mercredi, je pourrais peut-être commencer une thérapie. Ou au moins essayer l'acupuncture.

Les nuages s'étaient assombris à ma sortie et lorsque je tournai à droite, je tombai nez à nez avec Ren.

Je reculai d'un pas. La chaleur me monta aux joues avant de redescendre aussitôt lorsque nos regards se croisèrent. Être debout devant lui était plus gênant que tout.

« Je t'attendais, dit-il. Mais j'imagine que c'était plutôt évident. »

Muette de surprise, je me contentai de le dévisager. En moi, le dragon cracheur de feu aux iris verts me réclamait de lui demander s'il comptait suivre les conseils de David, mais heureusement, mon bon sens lui intima de la fermer.

« Il faut qu'on parle », déclara Ren sans quitter mon visage des yeux.

Je retrouvai enfin mes mots. « Non. Pas du tout. Rien ne nous y oblige. »

Je me forçai à lui tourner le dos, car je craignais ne plus pouvoir le faire si je restais là à discuter avec lui. Je ne pourrais plus m'en aller et je…

Je continuerais de me noyer dans mes sentiments pour lui.

« Tu es lâche. »

Je me raidis en laissant ces trois mots me submerger avant de me retourner brusquement pour lui faire face. Au même moment, la première goutte de pluie s'abattit sur le trottoir. « Pardon ? »

Ren releva le menton. « Tu m'as bien entendu. Ça me coûte de le dire, mais c'est la vérité. »

La colère monta en moi comme une épaisse fumée. Cela dit, ce n'était pas si surprenant qu'il ait envie de discuter après les évènements de la matinée. Il pouvait bien dire tout ce qu'il souhaitait, ça ne voulait pas dire que je devais rester là, à l'écouter. « Tu sais quoi, mec ? Pense ce que tu veux. Je rentre chez moi.

— Pour une personne si résiliente et courageuse, tu es étonnamment lâche quand ça compte vraiment. Je suis conscient que tu as souffert par le passé, mais devine quoi ? On a tous perdu des proches et...

— Tu ne sais pas de quoi tu parles, l'interrompis-je d'un ton sec en le pointant du doigt. Tu n'as aucune idée de ce que j'ai perdu.

— Raconte-moi alors, Ivy. Aide-moi à comprendre. »

J'ouvris la bouche, mais aucun mot n'en sortit. Seul le silence accompagnait la honte profonde que m'évoquait la nuit où j'avais tout perdu. Comment pourrais-je lui révéler ça ? À lui ou à quiconque, d'ailleurs ? Je pivotai, puis me mis en route.

« C'est ça, lança Ren. Va-t'en. »

Et c'est ce que je fis.

Le grondement distant du tonnerre reflétait parfaitement mon humeur tandis que je tournais en rond dans mon appartement, ce mardi soir. Le soleil s'était couché depuis longtemps et j'avais appris à la télévision que des tempêtes violentes allaient sévir dans le coin au cours des deux prochains jours. Super.

Les yeux braqués sur les portes-fenêtres du balcon, je regardais la pluie s'abattre sur les planches en bois en comptant les secondes entre la foudre et les détonations. Vingt secondes. Lorsque j'étais plus jeune, Adrian m'avait expliqué que le temps entre les éclairs et le boum tonitruant permettait de savoir à combien de kilomètres se trouvait l'orage. Ce n'était sans doute pas la méthode la plus précise pour en deviner la localisation, mais les vieilles habitudes ont la vie dure.

En revanche, ce qu'il ne m'avait pas enseigné, c'était que faire de ces secondes.

J'avais toujours ce problème.

C'était curieux, mais lorsque je posai mon front contre la vitre froide, ce n'était pas pour moi que je me faisais du souci. L'inquiétude qui me rongeait, malgré la possibilité que je ne survive pas à la nuit à venir, ne concernait en rien mon propre destin. La mort était notre compagnon constant et nous étions conscients que nous y passerions tous tôt ou tard. On nous avait répété de ne pas craindre l'inévitable, sans jamais nous expliquer comment continuer à vivre quand nos proches disparaissaient. L'angoisse qui m'obstruait la gorge était pour tous ceux qui risquaient de perdre leur vie le jour suivant.

Pour Val, même pour David et Miles, et pour Ren.

J'avais peur pour *eux*, pas pour moi. J'appréhendais aussi ce qui adviendrait en cas de défaite de notre part. Des nœuds se formèrent dans mon ventre à la simple perspective que le portail soit ouvert. Les humains ignoraient à quel point leur position de pouvoir était fragile. Une fois les chevaliers parmi nous, elle deviendrait d'autant plus précaire. Si les Faes se débrouillaient pour mettre la main sur le Halfelin, se reproduire avec lui et obtenir un bébé de cette union, alors le passage entre nos mondes leur serait accessible à jamais. Rien n'empêcherait plus les Faes d'amener des mortels dans l'Autre Monde ou d'envahir le nôtre en masse.

Par-dessus le bourdonnement de la télévision, j'entendis la porte de Clo se refermer, ce qui attira mon attention. Il venait de passer un moment dans la cuisine pour se préparer un feuilleté ou je ne sais quoi. En ce moment, notre cohabitation était aussi agréable que celle d'un couple en instance de divorce. C'était sérieusement gênant.

Mon regard se posa sur mon portable placé sur le coffre en bois. Sous ma crainte se cachait le goût amer du regret. Si je devais mourir demain, serait-ce l'esprit léger ? Non. J'étais minée par les remords et je ne voulais vraiment pas périr comme ça. J'avais commis des erreurs terribles au cours de mon existence qui avaient coûté leur vie à plusieurs personnes. C'était ainsi, je ne pouvais rien y faire. Par contre, tout ce qui s'était passé avec Ren me pesait tellement que j'aurais pu en suffoquer.

Avec lenteur, je me dirigeai vers le coffre, pieds nus sur le parquet. Mon cœur fit un bond quand je tendis la main vers mon téléphone, mais je n'allai pas au bout de mon geste. Qu'est-ce que je lui dirais si je l'appelais ? Qu'est-ce que je ferais ? J'admettrais que j'étais lâche, car ce n'était pas faux. J'avais si peur de laisser de nouvelles personnes entrer dans ma vie que je l'avais repoussé. Il avait raison. Je fermais constamment la porte au nez des gens et seules Jo Ann et Val avaient réussi à s'immiscer dans mon cœur.

À côté de mon portable, j'aperçus un de mes manuels de cours. Celui de statistiques. Bordel, je détestais cette matière. Le regard rivé sur le bouquin, une sorte de prise de conscience me frappa avec la force d'un camion à glaces pourchassé par des enfants en plein été.

Je désirais une vie au-delà de mon engagement envers l'Ordre. Après tout, c'était pour cette raison que je suivais ce cours insupportable… Pour obtenir un diplôme qui me permettrait de faire autre chose tout en restant membre de l'Ordre.

Je voulais plus que ça.

Mais je ne m'autorisais pas à le souhaiter vraiment. Pas pour les choses intangibles les plus importantes comme des amitiés sans barrières et un réel contact humain. Le désir. L'amour.

Un coup de tonnerre me fit sursauter. Pas la peine de compter les secondes pour savoir que la tempête s'était rapprochée. Assise au bord du canapé, je saisis la télécommande et éteignis l'écran. Puis, je lançai un nouveau regard à mon téléphone, la bouche pincée.

Étais-je capable de surmonter ma peur de perdre Ren pour une chance de vivre quelque chose avec lui ?

Je n'en étais pas certaine. En avais-je d'ailleurs encore l'option à présent ? J'avais déjà fui à deux reprises. Après avoir replacé une mèche derrière mon oreille, je m'adossai contre les coussins avec un soupir. J'étais nulle. Vraiment nulle à...

Soudain, on frappa à la porte, ce qui me fit tressaillir.

Je me redressai, le cœur au bord des lèvres. Après quelques secondes sans réponse, la personne toqua de nouveau. Je bondis sur mes pieds pour me précipiter jusqu'à l'entrée et regarder à travers le judas. « Oh, mon Dieu », murmurai-je.

Il avait beau faire noir, je reconnus la silhouette de Ren. Il se tenait de profil, la tête penchée en arrière. Ses paupières étaient-elles closes ? Ren était là, vraiment là. Je n'en revenais pas.

Et moi je restais plantée là, bouche bée, les mains contre la porte, comme une idiote.

Je jetai un coup d'œil vers le couloir pour m'assurer que la chambre de Clo était fermée. Lorsque j'ouvris, je croisai les doigts pour qu'elle le reste.

Ren se tourna vers moi, baissa le menton, puis laissa ses bras tomber le long de son corps. Il était trempé, le t-shirt collé au torse et ses cheveux mouillés en bataille. Nos yeux se rencontrèrent et ne se quittèrent plus. Derrière lui, un éclair déchira le ciel, projetant une lueur étrange sur son visage avant de disparaître.

Il plaça ses mains de chaque côté de l'encadrement de la porte avant de se pencher vers moi en prenant une grande inspiration. « Si tu me demandes de m'en aller, je le ferai. Je te le promets, Ivy, mais il fallait que je tente encore une fois. Je refuse de risquer ma vie sans avoir essayé. S'il te plaît, ne me laisse pas. »

Troublée par la similitude entre ses paroles et mes propres réflexions, je restai figée pendant ce qui me sembla une éternité avant de bouger enfin. Comme dans un rêve, je m'écartai pour lui permettre d'entrer.

Une expression choquée traversa ses traits. Il s'était sans doute convaincu que je lui claquerais la porte au nez. Après tout, c'était ce que je faisais le mieux. Peut-être même la chose à laquelle j'excellais le plus.

Mais j'en avais marre.

Ren me rejoignit à l'intérieur, puis je fermai derrière lui, les mains tremblantes. Je ne levai pas les yeux vers lui. Il était si proche - presque assez pour le sentir contre moi -, que j'en frémis. Une multitude de pensées se bousculèrent dans mon esprit.

Nous gardâmes tous deux le silence pendant un long moment avant que je pousse un soupir incertain. Les paroles que je prononçai ensuite provenaient du coin le plus sombre de mon âme. Je n'avais jamais dit ces mots à quiconque et ne pensais pas le faire un jour. « Shaun est mort à cause de moi, confessai-je d'une voix à peine plus haute qu'un murmure. Lui et mes parents adoptifs ont été tués par ma faute. Je suis responsable de leurs meurtres. »

Il inspira d'un coup sec. « Ivy, je ne pense pas que...

— Tu ne comprends pas, l'interrompis-je sur un ton monocorde en fermant les yeux. C'était vraiment ma faute. J'ai fait quelque chose de terriblement stupide. »

Il ne répondit pas tout de suite. « J'aimerais essayer de comprendre, alors. »

Je faillis rire, mais ça m'aurait probablement donné l'air d'une folle. Si je lui révélais à quel point j'avais été imprudente, il ferait sans doute demi-tour sur-le-champ. Je ne lui en voudrais pas. Il existait un certain niveau de stupidité que personne ne devrait jamais dépasser et j'avais largement franchi cette ligne imaginaire.

Et parfois, la stupidité pouvait tuer.

Comme lorsque les gens se disaient qu'un verre de plus ne les empêcherait pas de conduire. Ou quand les conducteurs pensaient qu'un SMS rapide ne les mènerait pas à une collision de plein fouet avec une autre voiture. Toutes ces décisions étaient idiotes.

En comparaison, la mienne était majeure.

« J'allais avoir 18 ans deux semaines plus tard et j'avais déjà reçu ma marque de l'Ordre. Je sais que ce n'est pas commun, mais Holly en avait parlé au sein de la branche. Shaun allait obtenir la sienne, alors je... je la voulais aussi. Ils ont accepté. Pour une raison ou une autre, ça nous a donné l'impression qu'on pouvait commencer à chasser. Enfin, on s'entraînait pour ça depuis toujours, mais ça n'avait aucune importance. On était jeunes et bêtes, j'imagine. » J'ouvris les paupières, puis passai à côté de Ren pour marcher jusqu'aux portes-fenêtres. « Trois jours avant mon anniversaire, je devais retrouver Shaun dans un restaurant de la ville. Je m'étais bien apprêtée. Et, pour me faire belle, j'ai remplacé mon collier avec le trèfle par une chaîne argentée qui allait mieux avec ma robe. » Cette fois, je lâchai un rire sans humour. « Je suis sortie sans trèfle. Non, mais sérieusement, du darwinisme par excellence. Je me suis dit que je n'allais pas croiser de Fae, et ça aurait pu être le cas si Shaun et moi n'avions pas commencé à chasser avant d'en avoir l'autorisation. On ne savait pas qu'en devenant chasseurs...

— Vous risquiez également de devenir la proie », conclut-il à voix basse.

Je hochai la tête en suivant une goutte du bout du doigt sur la vitre. La plupart des Faes préféraient se tenir à l'écart de l'Ordre et n'auraient pas eu l'audace de traquer un agent jusqu'à son domicile. Je m'étais doutée qu'il n'en serait pas de même avec les Anciens, mais Shaun et moi avions l'air aussi jeunes que nous l'étions. Un regard avait suffi à la Fae pour en déduire que nous n'avions aucune expérience.

« On ne s'est pas dit qu'en nous attaquant aux Faes, on risquait d'être vus par d'autres, tu comprends ? Qu'est-ce qu'on était bêtes ! Bref, je suis sortie et je comptais prendre un métro pour aller en ville. J'étais presque arrivée à la station quand j'ai remarqué la Fae. Elle a dû me reconnaître, parce qu'elle a foncé droit sur moi à l'intérieur de la station, à la vue de tous. Avant que je ne puisse réagir, ce qui n'aurait servi à rien puisque je n'avais pas de pieu sur moi… eh bien, j'imagine que tu peux deviner la suite tout seul.

— Elle t'a imposé son emprise ? demanda-t-il après un moment de silence.

— Oui », chuchotai-je en m'adossant à la vitre. Quand je levai le regard vers lui, son expression me fendit le cœur. Ses yeux vert mousse étaient humides de chagrin et ses lèvres pincées d'un air désolé. « Ça explique sans doute pourquoi je m'entends bien avec Merle. Elle a commis une erreur idiote en sortant sans protection. Je ne sais pas ce qui lui est arrivé. Personne ne parle jamais des détails, mais je pense que j'ai été chanceuse. Pas mes proches, mais moi, si.

— Ivy, dit-il avec douceur.

— Elle m'a dit de la guider jusqu'à ma maison, puis tout est devenu trouble. Tout ce dont je me souviens, c'est d'être chez moi, dans mon salon. Je me rappelle le corps d'Adrian étendu sur le sol… » Je m'écartai de la fenêtre pour m'appuyer contre le dossier du canapé à la place. Une boule se forma dans ma gorge. « Il était mort, poignardé avec son propre pieu. Pendant un instant, j'ai cru être responsable de son meurtre, mais il n'y avait aucun sang sur moi. La Fae, en revanche, en était maculée. Holly était dans la cuisine. Tant de choses ont été détruites. » Je fronçai les sourcils en me remémorant le vacarme de ce soir-là. Le bois qui volait en éclats. La vaisselle qui explosait. Les hurlements. « Quand j'ai essayé d'aider, la Fae m'a pratiquement emplâtrée dans le mur et Holly… elle a baissé sa garde. Elle s'est approchée de moi. La Fae s'est faufilée derrière elle et lui a brisé le cou. » Je pris conscience que je pleurais en sentant l'humidité sur mes joues. Avec colère, j'essuyai mes larmes en reculant encore. « Ensuite, Shaun est arrivé pour venir me chercher. Si tu savais tout ce qu'elle lui a fait. Elle ne l'a pas achevé d'un coup. Non. Elle a joué avec lui. Elle ne s'est pas non plus nourrie de lui, de Holly ou de Adrian. Par contre, lorsqu'elle en a eu fini avec Shaun, elle s'est nourrie de moi. »

Avec précaution, Ren contourna le canapé pour s'approcher de moi. « Oh, Ivy… »

Je continuai de reculer. « Ça t'est déjà arrivé ? »

Il secoua la tête.

« C'est douloureux, au départ. Comme si on t'arrachait les entrailles, puis ça passe et la souffrance disparaît à peu près. Elle m'aurait sans doute vidée jusqu'à la dernière goutte si l'ami d'Adrian, un autre agent de l'Ordre, n'était pas arrivé à temps. Ils n'ont jamais compris comment la Fae s'était débrouillée pour trouver notre maison ni pourquoi elle était là. Tout le monde sait qu'ils ne s'attaquent jamais directement aux membres et je ne leur ai jamais dit la vérité. J'avais tellement honte et, si je le leur avais avoué, ils m'auraient virée. Alors, au lieu de me mépriser comme je le méritais, ils m'ont tous prise en pitié. » L'humiliation me brûlait la peau.

« Je pense... que Shaun et moi avions tué son partenaire. Elle répétait son nom sans cesse. Nairn. Je n'en sais rien. J'imagine que la raison n'a pas d'importance. » Je marquai une pause, passant mes doigts sur mes joues, les yeux rivés sur le sol. « Je ne sais même pas pourquoi je te confie tout ça. Ça ne justifie pas mon comportement de ce matin ou de tout à l'heure. Ce n'est pas une excuse et je ne m'attends pas à ce que...

— Je comprends. Je sais que tu ne te cherches pas d'excuses, mais je comprends. » Ren avança un peu plus dans ma direction. « Mon Dieu, Ivy...

— Je ne veux pas de ta pitié ou que tu me dises que je n'y suis pour rien. Ce n'est pas pour ça que je te l'ai raconté. » Mon dos percuta le mur, ce qui réveilla une douleur en moi. « Alors, ne me mens pas.

— Très bien, je ne vais pas te mentir. » Je tentai de le contourner, mais il attrapa mes mains, puis les tint entre nous deux. « Tu as pris une décision pourrie quand tu avais 17 ans. Tu n'as pas idée de combien d'erreurs idiotes j'ai pu faire à cet âge-là, moi aussi.

— Ce n'est pas pareil.

— Ah bon ? Mon meilleur ami a été tué et je n'ai rien fait pour le défendre. Non, m'interrompit-il lorsque je m'apprêtai à le contredire. Tu ne peux pas me dire que ma situation est différente et que je n'ai aucune raison de me sentir coupable de son sort si tu n'es pas capable d'en faire de même. Peut-être qu'on ne se le pardonnera jamais vraiment. Parfois on agit d'une certaine façon ou bien on provoque des évènements à jamais irréparables. Peut-être même que nos choix merdiques sont inexcusables et que la seule chose qu'il nous reste à faire, c'est apprendre de nos erreurs pour ne pas les reproduire. »

Ma respiration empirait en même temps que le nœud dans ma gorge enflait. « Je... j'ai perdu toutes les personnes que j'aimais. » Son expression sombre vacilla lorsque ma voix se brisa. « Je les ai tous perdus.

— Perd-on jamais vraiment les gens qui nous quittent, Ivy ? Ils ne sont peut-être plus parmi nous, mais ils existent tout de même. » Les lèvres tremblantes, je m'efforçai de me maîtriser. Il plaça mes paumes sur son torse, au-dessus de son cœur. « Ils restent là, pour toujours. »

Le contrôle de mes émotions m'échappait, un brin de tension après l'autre. Quand je tentai de reculer, il lâcha mes mains pour poser les siennes sur mes bras à la place.

« Ren...

— Je suis encore là, moi. » Il inclina la tête, plongeant son regard dans le mien. « Tu ne m'as pas perdu.

— Mais si tu...

— Trésor, tu ne peux pas t'empêcher de vivre pour des suppositions. Qui sait ce que l'avenir nous réserve ? Si ça se trouve, on va tous les deux se faire frapper par la foudre en sortant d'ici ou vivre jusqu'à nos 90 ans. Demain, on peut mourir comme revenir ici sains et saufs. On ne peut pas le savoir. » Il prit mon visage entre ses mains et appuya son front contre le mien. « Mais on est là, ensemble, maintenant, et rien d'autre n'a d'importance. Seulement l'instant présent.

— L'instant présent ? répétai-je, le cœur battant à tout rompre.

— Oui. Ce moment. Nous deux, ensemble. C'est tout ce qui compte. Je ne peux pas te promettre qu'il ne m'arrivera rien, mais j'ai bien l'intention de me battre pour ma vie. Pour ça, tu peux me faire confiance. »

Une tornade d'émotions m'envahit d'un coup, comme si ma barrière la plus solide se fissurait enfin. Mon visage se décomposa sans que je puisse l'en empêcher. Je n'essayai même pas. Face aux larmes sur mes joues, Ren émit un grognement venant du plus profond de lui tout en m'attirant contre son torse, plaçant ma tête sous la sienne. Sans relâcher son étreinte, il me chuchota des mots apaisants que je ne comprenais pas.

Je ne savais pas quel avait été l'élément déclencheur : que Ren m'assure ne pas avoir l'intention de disparaître de sitôt ou le fait qu'il ne puisse pas m'en faire la promesse. Il n'avait même pas essayé, mais il était là et c'était peut-être ça qui m'avait fait craquer.

Le visage enfoui contre son torse humide, je laissai tout sortir. Comme une baignoire pleine à ras bord qu'on déboucherait d'un coup, mes premiers sanglots furent lents et étouffés, interminables à mes yeux, puis les larmes s'écoulèrent en un flot continu alors que je respirais à grand-peine.

Après un long moment, je relevai enfin la tête. Il m'adressa un sourire, une fossette apparente. Il essuya mes joues avec ses pouces. « Tu es jolie même quand tu pleures. »

Un rire rauque et chevrotant m'échappa. « Ça, c'est carrément un mensonge. Ce n'était sans doute pas beau à voir.

— Si. Tu es toujours belle. »

Pourtant, il y avait beaucoup de laideur en moi et il le savait probablement. Il portait le même fardeau, après tout. J'appréciais tout de même la douceur qu'il me donnait, comme des bonbons à Halloween. Sans réfléchir, je me hissai vers lui pour l'embrasser. C'était un baiser presque pudique, une bénédiction et un remerciement, rien de plus que mes lèvres effleurant les siennes un instant, mais une étincelle illumina chaque cellule de mon être. Il était tout aussi affecté, je le savais. Ses mains frémirent légèrement contre mes joues. Lorsque je m'écartai, reposant mes pieds à plat sur le sol, je plongeai mon regard dans le sien. Tout à coup, un tout autre type de tempête m'assaillit.

En temps normal, rien n'était plus rebutant à mes yeux qu'un mec me donnant des ordres, mais venant de lui, c'était différent. Si j'avais pu agiter mon nez pour faire disparaître mon sous-vêtement, je l'aurais fait. En prenant appui sur mon dos, je relevai la taille pour faire glisser le tissu le long de mes hanches, puis de mes cuisses jusqu'à ce qu'il se retrouve sur le sol.

Lorsqu'il promena son regard sur moi avec lenteur, ma peau s'enflamma. « Montre-moi. »

Je suivis mon instinct primitif, sachant bien ce qu'il voulait, et obéis une nouvelle fois. En rougissant toujours plus, j'écartai les jambes.

Il baissa les yeux en recommençant à se toucher. « Ah, *ça*, c'est magnifique. »

L'air était si chargé de tension sexuelle que je risquais de me consumer sur-le-champ. J'espérais tout de même que ça ne m'arriverait pas avant qu'il m'ait rejointe dans le lit, ce qu'il fit bientôt.

Il posa un genou sur le matelas, à l'extérieur de ma cuisse, une main toujours sur lui-même tandis que l'autre se glissait entre mes jambes. « Dis-moi que tu as un préservatif », dit-il en insérant un doigt en moi.

J'inspirai en cambrant le dos. « Non, je n'en avais pas besoin.

— Merde. » Il ajouta un second doigt, lentement.

« Tu n'en as pas avec toi ?

— Je ne suis pas venu avec ça en tête. Sinon, j'aurais été un sacré salaud. » Il m'adressa un sourire. « On n'est pas obligés de...

— Je prends la pilule, l'interrompis-je. Depuis que j'ai 17 ans. Je la prends tous les jours. »

Ses yeux verts me regardèrent avec une passion brûlante. « Je suis clean. »

Je le croyais. De toute façon, après ce que je lui avais fait le matin même, c'était un peu tard pour m'en préoccuper, mais je lui faisais confiance. Vraiment. « S'il te plaît ?

— Mon Dieu. » Il ferma les paupières un instant. « Pas la peine de me supplier, Ivy. Je suis prêt. »

Mon ventre se creusa lorsqu'il retira sa main joueuse de son sexe pour la poser à côté de ma tête avant de s'installer entre mes jambes. Je l'observai comme le spécimen parfait et fier qu'il était. Puis, il remonta vers moi en explorant chaque centimètre de mon corps à coup de langue et de dents, comme s'il essayait d'en mémoriser chaque recoin à l'aide de ses lèvres.

Ce qui me convenait tout à fait.

Je me courbai contre lui, me trémoussant de plaisir et d'envie tandis qu'il manipulait mon corps d'une main de maître. J'étais dévorée par un désir intense quand il ramena sa bouche sur la mienne et je le sentis s'introduire en moi à travers mes plis mouillés.

Ren se redressa un peu, rivant sur moi un regard sauvage et enivrant qui reflétait tout ce que je ressentais à l'intérieur. Il prit appui sur un coude, puis avança ses hanches.

Je m'exclamai en plantant mes ongles dans son bras.

« Ça va ? » me demanda-t-il en m'observant.

Je hochai la tête. « Oui, ça va. Ça fait juste longtemps que…

— Je sais. » Il m'embrassa avec tendresse. « Je sais, Ivy. »

Je m'accrochai à lui tandis qu'il me pénétrait peu à peu avec lenteur malgré les tremblements qui parcouraient son corps. Il faisait preuve d'une telle délicatesse. Je clignai des paupières pour repousser les larmes qui menaçaient de sortir. C'était un peu comme ma première fois… enfin c'était ma deuxième, mais celle-ci était merveilleuse, car c'était ma première fois avec Ren.

La douceur avec laquelle il m'étirait m'emplissait d'une sensation exquise qui me consumait. Lorsqu'il fut entièrement en moi, la pression fit renaître mon corps.

Il resta là, ses yeux brillants comme des émeraudes tandis qu'il passait son pouce sur ma lèvre inférieure. J'esquissai un mouvement, inclinant mes hanches, ce qui nous fit tous deux gémir. « C'est ça, lâcha-t-il d'une voix rauque. Mon Dieu, tu es si étroite, si parfaite. »

Je trouvais ses paroles follement érotiques. Je serais peut-être gênée plus tard, mais pour l'instant, tout ce que je voulais, c'était ressentir plus, la totale. Au début, il me laissa mener le rythme et bouger sous lui en le couvrant de baisers. J'embrassai d'abord ses joues, puis son cou avant de suivre le cordon en cuir pour en déposer un sur le trèfle et enchaîner avec chaque coquelicot.

« Tu me rends fou, gronda-t-il contre ma tempe. Il faut que j'aille plus profond, plus fort. » Et c'est ce qu'il fit.

Il abandonna toute retenue, puis me pénétra avec ardeur, comme il venait de le promettre. Je ne m'étais jamais sentie aussi pleine, aussi hors de contrôle que pendant qu'il balançait vigoureusement ses hanches. Chaque mouvement était plus intense que le précédent jusqu'à atteindre un rythme effréné. Les seuls bruits dans la pièce étaient ceux de nos souffles et l'harmonie de nos corps se rencontrant. J'enroulai mes jambes autour de lui, puis l'attirai au plus profond, risquant ainsi de perdre pied. J'étais ivre de bonheur. Oh, mon Dieu, ce qui se passait allait bien au-delà d'une simple partie de jambes en l'air. Ça ne faisait aucun doute. Il accéléra le rythme de ses hanches contre les miennes en prenant mon menton entre ses doigts, puis il mena ma bouche à la sienne une seconde à peine avant que toute la pression explose.

Les lèvres de Ren étouffèrent le cri qui jaillit des profondeurs de mon âme. La libération de toute cette tension fut incroyable, à la fois bouleversante et guérissante. L'esprit ailleurs et mon corps frémissant encore accroché à lui, je laissai les vagues de plaisir déferler en moi.

Il passa un bras autour de ma taille en s'élevant sur ses genoux pour s'enfoncer davantage en moi, ce qui intensifia d'autant plus l'explosion de sensations. Pendant un instant, je me contentai de contempler les muscles de son ventre s'activer et son torse tendu tandis qu'il me possédait, puis je balançai la tête en arrière. Je mordis ma lèvre jusqu'à sentir le goût du sang. C'était trop, comme si j'avais atteint le septième ciel et qu'il n'y avait plus d'échappatoire. Il avança ses hanches une fois de plus, puis deux, avant de m'attirer contre lui d'une main pour unir nos deux corps pendant qu'il jouissait, tremblant tout autour de moi, en moi.

Mes bras tombèrent le long de mes flancs, lâches et dénués de force.

Pendant un long moment, il resta immobile, le visage enfoui dans le creux de mon cou et son cœur battant contre mon bras. Nous étions tous deux couverts d'une légère couche de sueur, mais je m'en fichais. Lorsqu'il releva la tête, il mordilla mon épaule, puis ricana à mon geignement. « Ça va ? » Il embrassa mon menton, puis ma joue.

« Parfaitement bien. »

Il déposa un baiser sur ma tempe, puis juste en dessous de mon sourcil. « C'était incroyable. Nom de Dieu ce que c'était incroyable. »

Un sourire lent et satisfait étira mes lèvres. « Oui. Tu... tu es plein de surprises. »

Il baissa son regard sur le mien. « Tu n'as pas idée. » Il se retira avec précaution, mais fronça le sourcil en me voyant grimacer. « Tu es sûre que ça va ?

— Oui, répondis-je en forçant mon bras à bouger pour tapoter sa joue. Je veux dire, à ce stade, j'étais presque redevenue vierge. Je ne serais pas étonnée d'apprendre que mon hymen avait repoussé par l'intervention du Saint-Esprit, mais je vais bien. »

Ren bascula la tête en arrière pour rire. « Ça, je ne sais pas, mais je pense que j'ai eu droit à un avant-goût du paradis pendant un instant. » Je ris à mon tour. « Tu devrais te voir avec tes jolies joues toutes rouges. » Il roula d'un côté, puis m'attira contre lui. « Tu es vraiment adorable.

— Tais-toi.

— Aussi adorable qu'...

— Si tu dis "qu'un personnage Disney", je te vire de mon lit ! »

Il passa une jambe par-dessus la mienne avant d'enfouir son visage sous mon menton pour m'embrasser le cou. « Oh, aucune chance. Il faudrait m'arracher par la force pour que je m'en aille d'entre ces cuisses encore plus jolies.

— Oh, mon Dieu.

— C'est vrai. »

On resta comme ça, dans les bras l'un de l'autre, pendant une éternité, à discuter de tout et de rien sans aucune pensée pour le passé ou l'avenir. Pour la première fois depuis très longtemps, j'étais simplement là, dans l'instant présent, et je n'aurais voulu être nulle part ailleurs.

Le mercredi matin, Ren me réveilla comme il l'avait fait la veille, avec sa bouche chaude et insistante sur ma poitrine et ses doigts me caressant entre les jambes. Lorsque je sortis vraiment du sommeil, j'étais dans une sorte de brouillard sensuel, une main dans sa chevelure. Il savait exactement comment me toucher pour m'amener au bord du précipice, comme s'il le faisait depuis des années.

Je guidai ses lèvres jusqu'aux miennes. « Bon sang, tu es du matin, toi. »

À l'aide de son genou, il écarta mes cuisses pour s'introduire en moi. « Quand une femme sublime est blottie contre moi au réveil, oui. »

Mon dos se cambra lorsqu'il s'enfonça jusqu'à la garde. « N'importe quelle femme ?

— Non. » Il posa ses coudes de chaque côté de ma tête pour mieux balancer son bassin avec lenteur. « Seulement toi.

— C'est gentil. » Je fis glisser mes mains le long de ses puissants biceps avant de les agripper.

Ses lèvres effleurèrent les miennes. « C'est la vérité et je vais te le prouver. »

Et c'est ce qu'il fit avec chaque mouvement de ses hanches en moi et chaque baiser tandis que son corps imposant recouvrait le mien. En ces heures matinales, aucun mot n'était nécessaire. Le monde en dehors de ce lit n'existait pas. Il n'y avait plus que mes gémissements accompagnés de ses grognements rauques et sexys. Mon cœur battait à tout rompre, comme des ailes se déployant dans ma poitrine et dans mon ventre. Lorsque je jouis, je pressai ma bouche contre son torse pour étouffer le cri provoqué par cette libération explosive et dévorante.

Ren se retira, envoyant une décharge à travers mon corps. Puis, il me prit dans ses bras, s'assit et m'installa sur ses genoux. Mes jambes pliées étaient appuyées contre la couverture tandis qu'il s'abîmait de nouveau en moi. Cette nouvelle position sembla accentuer encore mon plaisir, chacun de ses va-et-vient déclenchant des tremblements au plus profond de moi, tandis qu'il faisait bouger mes hanches au-dessus des siennes. Il me serrait fort contre lui, et lorsqu'il atteint l'orgasme, il nous maintint l'un contre l'autre, ses paumes sur mon dos et ma joue contre son épaule.

Nous restâmes ainsi, sans bouger, un long moment, tous deux à bout de forces et de souffle. Je redoutais l'arrivée de la prochaine minute ou heure. J'aurais voulu demeurer là, avec lui, autant que possible.

Mais mon estomac se mit à gargouiller.

Ren ricana alors que je baissais la tête. « On dirait que quelqu'un a faim. » Il prit mon visage entre ses mains pour le relever vers lui. « Tu sais quoi ? » me demanda-t-il avant d'embrasser le bout de mon nez.

Je lui souris, dépourvue de toute énergie. « Quoi ?

— Il a suffi d'un seul baiser pour que je t'appartienne tout entier. » Mon cœur se serra de joie dans ma poitrine. « Je voulais juste que tu le saches. »

Un nœud se forma dans ma gorge. « D'accord », dis-je d'une voix éraillée.

Il afficha un sourire en coin avant de m'embrasser avec douceur. « Reste ici, OK ? »

Je hochai la tête. Lorsque Ren m'abandonna dans le lit, je me blottis contre l'oreiller, puis fermai les yeux en étirant mes bras et mes jambes avec un grand sourire niais. Certaines parties de mon corps étaient courbaturées de la meilleure des façons. Je ne m'étais jamais sentie aussi détendue, comme si j'avais passé une semaine à me faire masser et…

Soudain, un cri retentit depuis la cuisine, puis quelque chose tomba sur le sol. Je me rassis aussitôt. Le cœur battant à mille à l'heure, je sortis du lit en attrapant le t-shirt de Ren, assez grand pour me couvrir jusqu'aux genoux. Après l'avoir enfilé, je récupérai le pieu sur ma commode et me précipitai dans le couloir. Dans l'entrée de la cuisine, je m'arrêtai net.

Nom d'une barre de céréales.

L'esprit encore embrumé par l'extase, j'avais complètement oublié mon colocataire un peu particulier.

Ren avait plaqué Clo sur le comptoir en plaçant sa large main sur son buste et un couteau sous sa gorge. Un grand bol était renversé par terre, les céréales marron éparpillées sur le carrelage comme une scène de crime matinale.

Et merde.

Clo tourna la tête d'un côté pour poser son regard exorbité sur moi. « Je ne faisais rien de mal !

— Tu étais dans sa cuisine à manger ses *Frosties*, rétorqua Ren d'un ton sec avec un éclat menaçant dans les yeux. C'est quoi, ce bordel ?

— Euh..., lâchai-je.

— Mais je mange toujours ses céréales ! » Clo agita ses bras frêles. « Et tu es nu comme un ver ! »

Oh ! la la ! Ce n'était pas faux. Mon regard se posa sur ses fesses... Mon Dieu et *Mamma mia*, ce qu'il avait un beau derrière. Ferme, bien rond et...

Je me forçai à reprendre mes esprits pour Clo. « Qu'est-ce que tu fais, Ren ? »

Il me lança un coup d'œil perplexe. « J'allais préparer le petit-déjeuner, mais j'ai trouvé ce petit monstre dans ta cuisine. »

Clo retroussa la lèvre. « Tu allais faire ça tout nu ? Avec tout ton attirail à l'air libre ? » s'indigna-t-il.

La poigne de Ren se resserra sur le buste du Brownie qui couina comme un jouet. L'idée du petit-déjeuner était mignonne et celle de le préparer nu plutôt sexy, mais il était temps que j'intervienne. « Écoute. » Je posai le pieu sur la table de bistro avant de repousser mes cheveux vers l'arrière.

« Je peux tout t'expliquer, Ren, mais d'abord, il faut que tu le libères.

— Tu l'as entendue, lança Clo. Laisse-moi partir. »

Ren tourna la tête vers moi dans un mouvement brusque. « Tu veux que je relâche cette chose en liberté ?

— C'est *ma* chose... Enfin, non, ce n'est pas une “chose”. C'est un Brownie. Il ne va causer aucun dégât, je te le promets. » Je marchai jusqu'à Ren en ignorant le regard furieux de Clo. « S'il te plaît.

— C'est un Brownie, Ivy. Je peux savoir ce qu'il fabrique ici ? » Il tourna les yeux vers Clo qui blêmit, conscient de la lame encore contre sa gorge. « Et comment ça, il est à toi ? Quand je suis arrivé dans la pièce, il était assis dans un bol de *Frosties* comme un rat capable de marcher et de parler.

— Je ne suis pas un rat ! Je suis un Brownie et j'en suis fier, espèce de géant...

— Clo », l'avertis-je.

Ensuite, j'enroulai mes doigts autour du poignet de Ren. Ses iris émeraude se posèrent sur moi. Mon cœur cognait contre mes côtes. J'avais beau être en colère contre Clo, s'il lui arrivait quelque chose...

« Il s'appelle *Clo* ? »

Je hochai la tête. « Enfin, c'est comme ça que je l'ai nommé.

— Ce n'est pas possible. Je suis défoncé, c'est ça ? » Il afficha un air renfrogné en observant de nouveau Clo. « C'est moi ou il porte un pantalon de poupée ?

— Et alors, qu'est-ce que ça peut te faire ? » répliqua le Brownie sur un ton de défi.

Ren haussa les sourcils.

Bon sang, je n'avais vraiment pas prévu de révéler l'existence de Clo comme ça, à Ren ou à n'importe qui d'autre. J'inspirai profondément avant de retenter ma chance.

« Je suis désolée. J'aurais dû te prévenir...

— Et moi, dans tout ça ? marmonna Clo. Je me suis retrouvé avec une vue prenante sur son engin qui se balançait dans tous les...

— Clo ! le coupai-je en lui lançant un regard mauvais pour l'informer que j'étais à deux doigts de laisser Ren passer à l'acte. Écoute, Ren, je peux tout expliquer, mais il faut que tu le relâches et... ce serait sans doute mieux que tu enfiles un pantalon.

— Je suis bien d'accord », acquiesça le Brownie dans sa barbe.

Mon Dieu, Clo avait vraiment des pulsions suicidaires.

« S'il te plaît, Ren. Clo n'est pas mauvais. Les Brownies ne sont pas mauvais. Je peux tout t'expliquer. Donne-moi juste une chance de le faire. »

Pendant un instant, je n'étais pas sûre que Ren allait m'écouter, mais il finit par retourner le couteau dans sa main et planter la pointe acérée dans la planche à découper à côté de Clo. Celui-ci s'envola aussitôt jusqu'au plafonnier, laissant derrière lui la lame qui tremblait encore après l'impact. Il se percha sur la lampe qui vacilla pour nous voir d'en haut.

Ensuite, il leva le bras et son majeur.

Je poussai un soupir.

Ren me lança un regard incrédule avant de sortir à grands pas de la cuisine. Je devais avouer que son fessier me déconcentra un peu.

« Tu t'es envoyée en l'air hier soir, lâcha Clo depuis son perchoir. Petite gourgandine. »

Je me tournai vers lui pour le fusiller du regard. « Qu'est-ce que tu fabriquais ? Tu savais forcément qu'il était là.

— Oh, ça oui, je l'ai entendu, rétorqua-t-il sans discrétion, me faisant rougir. Je ne pensais pas qu'il avait passé la nuit ici. Les coups d'un soir ne dorment pas sur place.

— Ce n'était pas un coup d'un soir, espèce de trou du cul ! » cria Ren depuis le couloir.

Mon cœur était ravi de l'apprendre, mais Clo poursuivit plus bas. « Lui ? Vraiment ? Tu décides enfin de te remettre en selle et c'est *lui* que tu choisis ?

— Il n'y a rien qui cloche chez lui, petit enfoiré. »

Clo afficha un air outré. « C'est moi l'enfoiré ? Il m'a malmené ! Alors qu'il était nu ! »

Je secouai la tête en me dirigeant vers la porte. « Descends de là. Je dois aller lui parler. »

Le Brownie marmonna quelque chose dans sa barbe, mais je l'ignorai pour retourner dans ma chambre. J'arrivai juste à temps pour voir le beau derrière de Ren disparaître sous son jean. Il se tourna vers moi en remontant sa braguette. « Je ne sais vraiment pas quoi dire, lâcha-t-il.

— Je… Moi non plus, pour être honnête. » Je marchai jusqu'à ma commode, puis ouvris un tiroir pour récupérer un short. « Personne ne connaît son existence, pas même Val. »

Une ombre assombrit son visage. « C'est une créature de l'Autre Monde, Ivy.

— Je sais. » J'enfilai le bas en coton avant de choisir un caraco avec un soutien-gorge intégré. Je pivotai un peu pour retirer son t-shirt et le remplacer par le débardeur au plus vite. Lorsque je lui fis de nouveau face, je remarquai qu'il n'avait pas boutonné son pantalon. Les muscles bien définis au niveau de ses hanches étaient incroyablement distrayants. « Je n'ai parlé de lui à personne, et peut-être que je t'aurais mis dans la confidence un jour, mais… c'est un Brownie et je sais que les gens ne chercheraient pas plus loin que ça. »

Ren passa une main dans ses cheveux, tirant ses mèches bouclées vers le haut. « Qu'est-ce qu'il y a d'autre à comprendre ? »

Je ramassai le cardigan sur ma chaise, puis l'enfilai. Tout ce que je pouvais espérer, c'était que Ren ne parlerait de Clo à personne. C'était le seul souhait réaliste qu'il me restait. « Je ne sais pas ? Peut-être que toutes les créatures de l'Autre Monde ne sont pas comme les Faes ? »

Il me dévisagea comme si je lui avais dévoilé un troisième sein.

« Je ferais peut-être mieux de reprendre du début ? » proposai-je. En l'absence de réponse de sa part, je m'assis au bord de la chaise avant de me lancer. « Je l'ai trouvé il y a environ deux ans, dans le cimetière Saint-Louis n° 1. Il était dans un sale état. Il avait une aile et une jambe brisées. J'aurais sans doute dû l'achever, mais c'était la première fois que je voyais un Brownie. Je ne savais même pas qu'il y en avait dans notre monde. Je ne pouvais pas le tuer. Je sais que c'est une faiblesse, mais…

— Ce n'est pas une faiblesse, Ivy. »

Une lueur d'espoir s'illumina dans ma poitrine. Peut-être qu'il comprendrait.

« Quoi qu'il en soit, je n'en ai pas été capable et je ne pouvais pas non plus l'abandonner là, alors je l'ai ramené chez moi pour le soigner. Depuis, il vit ici, mais il n'a jamais rien fait pour me mettre en danger ou me faire du mal. Enfin, il essaye parfois de me mordre, corrigeai-je en secouant la tête. Je crois que c'est juste un truc de Brownie.

— Est-ce que tu as la moindre idée de la puissance des Brownies ? » demanda-t-il en jetant un coup d'œil en direction de la porte. Il fit un pas vers moi. « Tu es consciente de ce qui habite chez toi ? »

Clo avait un certain talent pour deviner mes mots de passe et commander des conneries sur Amazon, mais à part ça, il ne semblait pas doté de pouvoirs bien plus utiles. « Il fait super bien le ménage », ajoutai-je sans conviction.

Ren me dévisagea. « Autrement dit, tu as un Brownie comme animal de compagnie. »

Heureusement que Clo ne l'avait pas entendu l'appeler ainsi. « Je ne dirais pas ça comme ça. »

Surtout qu'il me coûtait bien plus cher qu'un animal de compagnie.

« Tu dirais ça comment, alors ? »

Je haussai une épaule. « C'est juste... Clo. » Je levai les yeux vers Ren en resserrant mon cardigan. « C'est mon ami.

— Et je la protège », lança Clo depuis le couloir. Il tendit la tête par le rebord de la porte.

« Je n'irais pas jusque-là », rectifiai-je sèchement.

Ren baissa le regard vers le Brownie. « Tu la protèges de quoi ? »

Clo ne répondit pas tandis qu'il entrait dans la pièce avec une expression insoumise pour me rejoindre. Il s'agrippa au pied de la chaise, son corps à moitié dissimulé derrière ma jambe.

« Les Brownies détestent les Faes, Ren, insistai-je en tripotant les boutons de mon cardigan. Ce ne sont pas nos ennemis.

— Ah bon ? » murmura Ren sans quitter Clo des yeux.

Le Brownie releva le menton d'un air de défi... toujours caché derrière mon mollet. « Ils ont assassiné toute ma famille. Il n'y a rien au monde que je hais plus que les Faes.

— Ce sont les Brownies qui ont détruit presque tous les portails depuis l'Autre Monde. Ils ont accompli bien plus que l'Ordre pour protéger les entrées et personne ne le sait, expliquai-je tout bas. C'est comme ça que je l'ai su, pas grâce à Merle. »

Ren haussa les sourcils. « C'est lui qui te l'a dit ? »

Clo me lança un regard mauvais. « Alors comme ça, toi, tu as le droit de mentir ?

— La ferme, Clo ! » le sermonnai-je.

Ren s'assit au bord du lit, puis posa ses coudes sur ses genoux en observant le Brownie. J'étais soulagée de constater qu'il n'avait plus l'air de vouloir le tuer, mais sa méfiance était évidente.

« Je ne pouvais pas te dire la vérité. Sinon, j'aurais été obligée de révéler l'existence de Clo à tout le monde et j'ai beau avoir régulièrement envie de lui en coller une...

— Euh, grommela Clo. Moi aussi, je t'aime. »

Je pris une grande inspiration sans faire attention à lui. « Je le protègerai, quel qu'en soit le prix. » Ren releva soudain la tête, plongeant son regard cristallin dans le mien. Il entrouvrit la bouche, mais je tins bon. « Je t'en supplie. Ne parle de lui à personne. »

Un moment tendu s'écoula. « Ça aurait pu être pire... tu aurais pu avoir un serpent. Ça aurait été vraiment bizarre. Et j'imagine qu'il y a aussi pire comme colocataire. Par contre, je dois être honnête avec toi. Je respecte ta décision mais je ne fais pas confiance au petit monstre.

— Parce que tu crois que je te fais confiance ? J'en ai rien à carrer de toi », rétorqua Clo avec un sourire insolent en sortant de sa cachette.

Je m'emparai d'une écharpe sur la chaise pour la lui jeter dessus.

Il l'attrapa, puis la serra contre lui en s'élevant dans les airs. « Tu as donné une écharpe à Clo. Clo est libre ! » Il vola jusqu'au couloir comme une fée droguée en criant : « Clo est liiiiiiibre ! »

Ren se tourna vers moi, stupéfait. « C'est quoi ce bordel, encore ? »

Je soupirai. « Désolée, il est obsédé par *Harry Potter.* »

Clo réapparut aussitôt dans ma chambre, l'écharpe collée à son torse nu. « Il n'y a aucune raison de s'excuser quand il s'agit d'*Harry Potter.*

— Tu te souviens de ce qui arrive à Dobby, pas vrai ? le menaçai-je.

— Oh, fait chier, répondit-il les yeux écarquillés en lâchant le morceau de tissu. Laisse tomber alors. J'ai faim. Quelqu'un, pour ne nommer personne, a ruiné mon petit-déjeuner. Je vais dans la cuisine. » Il s'arrêta pour lancer un regard insistant à Ren. « Je t'ai à l'œil, mon pote. »

Ren arqua un sourcil.

J'attendis d'entendre le tintement des bols dans la cuisine pour reporter mon attention sur Ren. « Tu es sûr que tu peux accepter tout ça ? Parce que si ce n'est pas le cas, il faut que tu me le dises. »

Il se leva. « Honnêtement ? Pour l'instant, je suis surtout un peu sous le choc. » Il avança vers moi, se pencha pour ramasser l'écharpe tombée sur le sol, puis s'agenouilla devant ma chaise. « Tu vis avec un Brownie. Même moi je n'en avais jamais vu un de ma vie.

— Je ne lui ai rien dit à propos de toi, chuchotai-je. L'Élite ? Tout ça ? Je pense qu'il n'est pas au courant. »

Il esquissa un demi-sourire en lançant un coup d'œil à la porte. « Merci. Bon sang, j'ai tellement de questions à poser à cette petite crapule. Pardon, je...

— Non, tu as raison, c'est une crapule. Il en est fier. » Je lui adressai un petit sourire à mon tour. « Il te dira sans doute tout ce que tu veux. Il adore parler, surtout de lui-même. »

Ren poussa un léger rire en replaçant l'écharpe sur l'accoudoir. « Un putain de Brownie. Merde, je ne m'y attendais pas. »

Ne sachant pas quoi répondre, je gardai le silence.

Il fronça les sourcils, apparemment sur le point d'ajouter quelque chose, mais se ravisa. « Tu sais, reprit-il au bout de quelques secondes, je voulais rendre cette journée – du moins ce qu'il en reste – spéciale pour toi. Je pensais te préparer le petit-déjeuner, puis on aurait pu aller faire un tour. Je ne sais pas où, peu importe. » J'écarquillai les yeux en l'écoutant parler, le cœur serré comme s'il était passé dans une centrifugeuse. « Ce soir va être difficile et je voulais te rendre heureuse aujourd'hui. » Le rouge me monta aux joues. « Ça me paraît un peu bête maintenant que je le dis à voix haute, mais... »

— Non, pas du tout. » Je me penchai vers lui pour poser mes mains sur son visage. Sa barbe naissante picota ma peau. « Ça a l'air génial. » Il tourna la tête d'un côté afin d'embrasser ma paume, puis l'autre. « Ça te tente toujours ?

— Absolument.

— Et si quand tu cuisines tu en fais un peu en plus pour Clo, il sera encore plus coopératif. »

Ren inclina son visage pour frotter sa joue contre ma main. J'étais encore légèrement inquiète de ce qu'il pensait réellement de Clo, mais je lui faisais confiance pour garder mon secret. Je ne pouvais qu'espérer qu'il... finirait par l'accepter, voire l'apprécier, s'il restait dans ma vie assez longtemps. C'était peut-être un peu ambitieux, mais il prenait ça mieux que je ne l'avais craint et je lui en étais reconnaissante.

« Allons-y, alors. »

Je le laissai m'aider à me relever et, ma main toujours dans la sienne, il me guida en direction de la cuisine. J'étais encore derrière lui lorsqu'un frisson inattendu me parcourut l'échine. Je lançai un ultime regard dans ma chambre, au lit défait et aux vêtements éparpillés sur le sol. Avec un peu de chance, aujourd'hui ne serait pas ma dernière journée heureuse et il y en aurait de nombreuses autres.

Je serais toujours là le lendemain et Ren aussi.

Chapitre 21

Ren avait préparé le petit-déjeuner et, contre toute attente, nous avions tous les trois réussi à manger ses omelettes moelleuses sans qu'il essaye de tuer Clo, ce qui était impressionnant. Une fois que Clo eut répondu à toutes les questions de Ren concernant les portails et le rôle des Brownies dans l'Autre Monde, ce dernier n'insista pas plus. Il en avait clairement envie, mais se retint.

Après nous être douchés – chacun notre tour, car ça aurait été étrange maintenant que Clo savait très bien ce que nous avions fait la veille au soir… et au réveil – Ren et moi passâmes la majeure partie de la journée au bord du Mississippi, comme des touristes. J'avais de nouveau séché les cours, ce qui allait me coûter cher en efforts pour rattraper les leçons manquées, mais j'étais trop occupée à vivre dans l'instant présent pour m'en soucier dans l'immédiat.

Ça avait beau ne pas être mon premier rencard, celui-ci était si tendre, amusant et différent que j'en avais tout de même l'impression. Au fil de nos bavardages, Ren découvrit que Clo était en fait le pâtissier entre nous deux, ainsi que la raison de mes achats de beignets nocturnes.

« Tu tiens vraiment à lui », constata-t-il d'un air ébahi.

De toute évidence, c'était le cas, sinon je l'aurais sans doute transformé en chiche-kébab lorsque j'avais appris qu'il n'avait pas été franc avec moi. Sans oublier ma menace à peine dissimulée quand j'avais promis de protéger Clo à tout prix.

La journée fila bien trop vite et, une fois venue l'heure de rentrer se préparer pour la soirée, on se sépara sous les nuages orageux de plus en plus nombreux. Je venais tout juste de héler un taxi lorsque Ren me souleva contre son torse pour m'embrasser avec passion sur le trottoir de Canal Street. Ce baiser avait la même saveur qu'un réveil au soleil. J'étais tout émoustillée pendant le retour jusqu'à mon appartement.

Il y avait quelque chose d'étrange à m'habiller pour cette soirée. Je boutonnai mon pantalon tactique usé dans un état d'incrédulité qui persista tandis que j'attachais le pieu d'épine à l'intérieur de mon avant-bras, puis le cachais sous la manche de mon haut léger. Quant à ma relation avec Ren, j'étais toujours autant dans de beaux draps, mais au moins je n'étais pas seule. Je l'avais, lui. Je n'avais jamais espéré passer une journée pareille et connaître un tel bonheur. C'était le type de joie que seul du temps privilégié avec une personne que l'on chérit et qui nous chérit en retour pouvait procurer. Oui, il me donnait l'impression d'être précieuse, une sensation sur laquelle j'avais tiré un trait depuis Shaun.

Jusqu'alors, je ne pensais pas mériter ce genre de bonheur.

Mais cette journée avait été comme la première grande bouffée d'air frais qu'on prend au printemps. Toutes les choses simples que nous avions partagées n'avaient pas de prix à mes yeux. Je… je me sentais enfin vivante pour la première fois en quatre ans.

Face à mon miroir, j'empêchai mon cerveau de se projeter plus loin dans le futur. Je prenais les choses une minute après l'autre. Je tirai sur mes boucles pour les nouer en un chignon que je finalisai à l'aide d'épingles à cheveux.

Tandis que le tonnerre grondait au loin, je pris une grande inspiration, puis expirai avec lenteur. J'étais prête pour ce soir.

« N'y va pas. » La voix de Clo me fit sursauter. Il s'était arrêté dans les airs sur le seuil de ma salle de bains.

« Pardon ?

— N'y va pas », répéta-t-il.

J'affichai un air renfrogné. « Je n'ai pas le choix. C'est mon...

— Je sais que c'est ton travail, mais... n'y va pas. Tu n'es pas obligée d'y être, insista-t-il. Tu n'es pas obligée d'être *là-bas*. »

L'inquiétude s'immisça en moi tel un serpent. Clo ne m'avait jamais demandé de ne pas aller chasser, pas une seule fois. Mais ce soir serait différent. Nous n'allions pas chasser les Faes. Ils allaient se jeter droit sur nous.

Je secouai la tête. « Bien sûr que si, Clo. C'est mon travail. Tu le sais bien. »

Il semblait sur le point d'ajouter quelque chose, mais contracta la mâchoire à la place. Ses ailes s'affaissèrent lorsque je le contournai. Il me suivit jusqu'à la porte d'entrée et garda le silence pendant que je récupérais mes clés et mon téléphone.

Ensuite, il atterrit sur la chaise d'ordinaire recouverte de paquets Amazon et s'agrippa au dossier. « Ivy ?

— Oui ? »

Ses grands yeux bleu pâle me fixaient avec gravité. « Fais attention, s'il te plaît, parce que... la mort ne sera pas le pire des destins s'ils réussissent à ouvrir le portail. »

Les paroles de Clo me hantaient toujours sur le chemin en direction de Royal Street. J'aurais préféré penser à autre chose tandis que j'évitais les touristes sous la pluie. Je faillis me faire éborgner plus d'une fois par des embouts pointus de parapluies.

Une fois assez proche pour apercevoir la maison de brique à travers la bruine, je remarquai Dylan debout sous le balcon. Je repensai à la façon dont David l'avait regardé quitter la réunion la veille. Le soupçonnait-il d'être le traître ? Je ne le connaissais pas bien, mais il m'avait toujours semblé correct. Cela dit, qu'est-ce que j'en savais ? J'avais beau considérer les autres membres comme ma famille, ils étaient plus comme des cousins éloignés que l'on croise pendant les vacances. Je n'étais pas proche de la plupart d'entre eux.

Dylan me salua d'un geste de la tête lorsque je le dépassai. La porte était ouverte et, dès que je pénétrai dans le foyer, j'eus l'impression d'avoir voyagé dans le passé.

Dans une époque où il était bien vu d'avoir des maisons aux odeurs de naphtaline et décorées avec des meubles dignes d'*Orgueil et Préjugés*.

Une méridienne et un canapé antiques étaient disposés au centre de la pièce, face à une cheminée qui ne devrait surtout pas être utilisée à en juger par son état décrépi.

Un passage voûté menait dans ce qui devait être la cuisine, où des agents discutaient. Je tournai mon attention vers un escalier raide et étroit. En haut, David parlait avec Ren, les bras croisés sur le torse.

Les cordes sensibles attachées à mon cœur s'activèrent comme celles d'une marionnette. Elles se mirent à danser et vibrer dès que mes yeux se posèrent sur Ren. *Il est à moi*. Ces mots traversèrent mon esprit et la pointe de mes oreilles se mit à chauffer. Mais c'était la vérité. Tandis que je grimpais les marches sans précipitation, je savais sans l'ombre d'un doute qu'il était tout à moi.

Il se tourna dans ma direction lorsque j'approchai du sommet, m'adressant un sourire laissant apparaître sa fossette droite. Ne sachant pas comment me comporter devant David, je m'arrêtai à une trentaine de centimètres de Ren.

David me toisa de son habituel regard indigné alors que nous nous faisions face. « Tu as intérêt à redescendre en un seul morceau, Ivy. »

Surprise, je bredouillai : « T… toi aussi. » Puis, je regardai le chef de branche entrer dans une pièce située en diagonale de l'escalier. « Je pense qu'il m'aime bien. Au fond de lui, il m'apprécie vraiment.

— Bien sûr, répondit Ren en effleurant le creux de mon dos. Qui pourrait ne pas t'aimer ?

— Plein de gens.

— J'en doute. Tu es bien trop charmante. »

Je lui souris alors qu'en réalité, je n'avais qu'une envie : me hisser sur la pointe des pieds pour l'embrasser. C'était ironique de penser qu'à peine un mois auparavant, tout ce que je voulais, c'était lui en coller une. Mon sourire s'élargit. Les temps avaient bien changé.

Il s'approcha de moi. « Qu'est-ce qui te fait sourire comme ça ?

— Rien. » À présent, mon visage tout entier était rieur.

Son regard parcourut mes traits. « Bon sang, tu es toujours belle, mais quand tu souris ? Ta beauté est à couper le souffle. »

Son compliment me fit rougir, surtout avec tous les membres qui passaient à côté de nous en nous regardant de travers. Mais je tenais à lui dire quelque chose… au cas où je n'en aurais plus l'occasion plus tard. Je levai les yeux vers ses iris d'un vert éclatant. « Merci pour aujourd'hui. C'était... merveilleux.

— Pas la peine de me remercier, dit-il tout bas.

— Si. C'était sans doute la plus belle journée que j'ai passée depuis... eh bien, depuis toujours. » La chaleur s'était propagée de la pointe de mes oreilles au reste de ma tête. « Je voulais seulement que tu le saches. » Lorsqu'il sourit, ses deux fossettes apparentes, je décidai qu'il valait mieux changer de sujet avant que son expression ait raison de moi et me fasse agir comme une idiote. « Alors, où est le portail ? »

Ren lança un coup d'œil en direction de la porte face à nous. « Dans la chambre principale. Tu veux le voir ? »

Je hochai la tête, puis le suivis à travers le couloir jusqu'à une grande pièce vide. Autrefois, elle avait dû contenir un lit à baldaquin, ainsi que de beaux meubles artisanaux. À présent, une couche de poussière recouvrait le sol nu et la cheminée était éteinte.

J'allais lui demander où se trouvait le passage lorsque Miles se tourna de profil pour répondre à Rachel Adams. Alors, je l'aperçus enfin.

C'était sans doute la porte d'une armoire ou bien d'une autre chambre, mais elle n'avait rien d'ordinaire. C'était une évidence.

La lueur bleue vacillante qui brillait à travers les fissures entourant la porte était un bon premier indice, sans compter les nombreux cadenas accrochés dessus. Qui avait besoin d'autant de verrous à l'intérieur d'une maison ? Et si ça ne suffisait pas, il y avait aussi les tremblements et coups qui secouaient le battant, comme si quelque chose tentait de l'ouvrir depuis l'autre côté.

Sans doute parce que c'était le cas.

Bordel. J'étais en face-à-face avec un portail pour l'Autre Monde. J'avais du mal à y croire. Malgré la menace terrible qu'il représentait, j'étais émue d'en voir un en vrai.

J'avançai d'un pas. « Est-ce... qu'il est toujours comme ça ?

— D'habitude, il est plus calme, me répondit Miles, mais chaque fois que l'équinoxe ou le solstice approche, il commence à s'agiter.

— Est-ce qu'il a toujours été là ? demandai-je en lui adressant un regard. Même avant que la maison soit construite ?

— J'imagine que oui. Je ne sais pas sous quelle forme, mais il devait se trouver par ici d'une façon ou d'une autre. D'après nos archives, il est dans cette pièce depuis la construction de cette demeure. Personne n'a jamais habité ici bien longtemps. »

Pas étonnant.

Avant que l'Ordre découvre l'emplacement de ce portail et le referme, les Faes s'en servaient pour faire des allers-retours entre les deux mondes. Être accueillis dans le nôtre par les humains résidant ici avait dû être sacrément pratique pour eux.

Val entra dans la chambre vêtue d'un t-shirt rouge qui contrastait avec les tons sombres que portaient les autres agents. Elle marcha dans ma direction, mais tout comme moi, son attention était rivée sur la porte. « C'est dingue, commenta-t-elle en se plaçant entre Ren et moi. On se croirait dans un épisode de *Ghost Adventures*. Vous imaginez emménager dans une charmante maison et vous rendre compte qu'une lueur bleue brille derrière une porte qui tremble quatre fois par an ? »

Je ricanai. Ren, lui, ne semblait pas trouver ça amusant du tout. Il regardait Val d'un air glacial, bien qu'elle parût ne pas s'en rendre compte. Surprise par son attitude, je fronçai les sourcils, mais ce n'était pas le moment d'y réfléchir.

Au rez-de-chaussée, des membres formaient une sorte de première ligne de défense. Leur rôle était de bloquer l'accès à l'escalier, le nôtre était de protéger le portail. L'organisation était sans doute la même à l'église, bien que ce fût inutile.

Soudain, je me tournai vers Miles. « L'autre entrée est aussi active que celle-ci ? »

L'air renfrogné, il hocha la tête. Comment était-ce possible ? Si les Brownies l'avaient détruite, pourquoi serait-elle aussi animée ? Peut-être que ça ne suffisait pas à affecter le jeu de lumière qui avait lieu ici. Je poserais la question à Clo plus tard.

« Nous devons empêcher les Anciens d'approcher de la porte. » Je gardai le regard braqué sur le portail durant le discours de Miles. La lueur prenait des teintes bleu saphir. « Si l'un d'entre eux réussit, ne l'attaquez pas. Souvenez-vous, leur sang permet d'ouvrir le passage. Repoussez-le. »

La plupart des agents hochèrent la tête en réponse. À mesure que l'heure avançait, les bavardages cessèrent et, à l'exception des bruits de la porte, la pièce devint tellement silencieuse qu'on aurait pu entendre une mouche voler. Il en fut de même au rez-de-chaussée jusqu'à ce que David annonce qu'il ne restait plus que cinq minutes avant l'équinoxe.

Chaque muscle dans mon corps se raidit tandis que je me préparais à toute éventualité. Je me baissai pour récupérer mon pieu en fer dans ma botte et le serrer dans ma main. Je ne sortirais le pieu d'épine qu'en cas de nécessité. Les Faes allaient rappliquer en masse, je le savais, mais à une minute du moment fatidique, je lançai un regard à Ren.

Son visage était tourné vers moi. J'enfouis mes craintes et mes peurs au plus profond de mon âme jusqu'à ne plus rien ressentir. C'était la seule façon pour moi de bien faire mon travail ce soir sans finir en boule dans un coin à me balancer.

Ren me fit un clin d'œil.

Je lui rendis un sourire tendu.

« C'est l'heure », annonça David.

Je retins mon souffle face à la porte close de la chambre. Les secondes se transformèrent en minutes sans que rien ne se passe. Les membres présents dans la pièce commencèrent à bouger. Le portail continuait de trembler comme si une armée essayait de le traverser. Lorsque j'échangeai un regard rapide avec Ren, je sentis la tension quitter un peu mon dos.

Puis, un cri retentit à l'étage inférieur, soudain et violent, bientôt suivi d'autres. Je resserrai mes doigts autour du pieu.

« Ils sont là », murmura Val.

Rachel avança vers la porte, mais David lui ordonna de demeurer à sa place.

Elle tourna ses yeux écarquillés vers lui tandis que les hurlements s'intensifiaient. « Mais ils... »

Je grimaçai. Elle ne termina pas sa phrase. Ce n'était pas nécessaire. Ma respiration s'accéléra en entendant les bruits à présent terribles et humides. Comment pouvions-nous rester là à ne rien faire ? Ren avança d'un pas.

« Ne bougez pas », insista Miles derrière nous.

Les épaules de Ren s'affaissèrent. Il avait autant de mal que moi à se retenir d'intervenir. Puis, le vacarme cessa. C'était plus silencieux qu'une tombe à présent.

Boum !

Un coup bruyant retentit contre la porte du couloir, me faisant sursauter malgré tout l'entraînement que j'avais reçu. Un deuxième choc, puis un troisième s'abattirent contre le battant. Une fissure se forma au centre.

« Euh, les gars... », dis-je, crispée.

David avança. « C'est sur le point de... »

Tout à coup, la porte vola en éclats, projetant de gros morceaux de bois dans les airs tandis que plusieurs corps atterrissaient sur le parquet. J'en restai bouche bée. Une mare de sang recouvrait le sol, accompagnée de bustes éventrés exposant leur chair rose et gélatineuse. C'étaient des membres de l'Ordre, chacun d'entre eux.

Un rugissement guttural et assourdissant s'éleva. Des frissons d'effroi traversèrent mes muscles lorsque des silhouettes s'élancèrent dans la pièce comme une vague meurtrière inéluctable.

Des Faes s'engouffraient par la nouvelle ouverture en masse.

Ils étaient si nombreux, avec leur peau argentée, leur beauté glaciale et leurs yeux bleu pâle perçants. Ils étaient au moins une vingtaine, voire plus… sans doute plus. Mais derrière eux, je repérai l'Ancien qui m'avait tiré dessus. Il était avec un autre que je ne connaissais pas.

Pendant un instant, je restai figée sur place alors que Ren et toute notre équipe se précipitaient en avant, disparaissant parmi la foule. Certains pieux en fer brillaient et s'enfonçaient dans leurs victimes, d'autres tombaient par terre. Les cris et hurlements se mêlaient aux bruits de vêtements déchirés et d'os cassés. Oh, mon Dieu, les Faes brisaient des nuques comme de vulgaires allumettes.

J'aperçus Ren en train de combattre un Fae. Il planta sa botte dans le torse de son adversaire avec une brutalité et une grâce impressionnantes. Agile, il pivota tel un danseur, puis enfonça son pieu là où son pied s'était trouvé quelques secondes avant.

Je n'avais jamais vu une chose pareille.

Mon instinct reprit enfin le dessus. Me battre faisait partie de moi, de mon héritage. La force de centaines d'années de générations successives surgit en moi, chassant la peur paralysante qui s'était installée dans mon ventre.

Je fis volte-face. Le Fae qui s'acharnait sur Rachel ne me vit pas venir lorsque je plongeai mon pieu profondément dans son dos. Un éclair m'éblouit un instant, puis je tournai sur moi-même. Une Fae bondit sur moi comme une sorte de catcheuse professionnelle, mais je l'esquivai. Avec une pirouette, je lui assénai un coup de pied de derrière, ce qui la fit tomber sur un genou. J'abattis mon pieu contre sa peau et il traversa sa chair et ses muscles. Son sang d'un bleu scintillant gicla sur ma main alors que je reculais d'un bond.

Soudain, quelqu'un m'attrapa par-derrière avant de me jeter d'un côté. J'atterris sur le sol, glissant presque jusqu'à l'amoncellement ignoble des agents qu'ils avaient tués à l'étage inférieur. Un Fae s'élança vers moi.

« Ivy ! » hurla Ren.

Tandis que je rampais par terre, ma main heurta quelque chose de mou et humide. Je dus réprimer un haut-le-cœur en sautant sur mes pieds. Je feintai un mouvement sur ma droite, mais le Fae était vif. Je bloquai le coup qu'il me réservait, puis tentai de l'atteindre avec mon pieu. Il s'abaissa avec rapidité avant de surgir à côté de moi.

« Tu es sur le point de mourir, lâcha-t-il.

— Tellement cliché », répliquai-je.

Je fléchis alors les jambes, dessinant un arc de cercle pour lui faire perdre l'équilibre. Lorsqu'il s'affala, je ne lui laissai pas le temps de riposter. À la place, je lui assénai un coup final à la Van Helsing.

Ensuite, je me levai pour rejoindre Ren que deux Faes avaient pris pour cible. Jetant un coup d'œil vers le portail, je remarquai que l'Ancien qui m'avait attaquée s'en approchait furtivement. Je changeai de direction, mais un Fae que j'avais déjà vu au *Flux* se mit en travers de mon chemin.

Roman.

Il m'adressa un sourire. « Bonjour, toi. »

J'étais en train de courir vers lui quand je repérai Val. Elle marchait d'un pas décidé, contournant Miles. Je crus d'abord qu'elle allait prêter main-forte à Ren, mais elle le dépassa lui aussi, le pieu bien serré dans sa main droite. Je me baissai pour éviter le bras de Roman, puis l'attrapai par-derrière, ce qui nous fit tomber tous les deux.

Je roulai sur moi-même, levai les genoux, puis les enfonçai dans son dos pour le repousser. Je me remis debout en sautant et plongeai le pieu en fer dans son torse alors qu'il tentait de se redresser. « Devine quoi ? Tu as échoué. »

Roman trébucha vers l'arrière, mais au lieu d'afficher une expression de terreur, il esquissa un sourire avant d'exploser en un éclair lumineux. Je pivotai pour retrouver Ren, mais m'arrêtai en voyant Val. Elle avait atteint l'Ancien qui m'avait tiré dessus.

Il se préparait à affronter Dylan qui protégeait la porte agitée. Faisant confiance à Val pour l'aider, je commençai à me diriger vers Ren lorsque du coin de l'œil, je la vis saisir l'épaule de l'Ancien. Contre toute attente, il ne réagit pas. Il se laissa faire quand Val tira sa tête en arrière pour exposer son cou.

Je m'arrêtai aussitôt, mes bottes glissant dans un liquide auquel je préférais ne pas trop penser. Le temps parut ralentir tandis que Val décrivait un large arc de cercle, le pieu en main. Dylan bondit en avant pour tenter de l'en empêcher.

« Val ! » hurlai-je. Mon cœur cessa de battre un instant. Le sang d'un Ancien risquait d'ouvrir la porte. Elle le savait pourtant. Il était bien trop proche de l'entrée. « Non ! »

Elle n'avait pas dû m'entendre puisqu'elle lui trancha la gorge avec son pieu. Son sang gicla, éclaboussant le visage de Dylan. Alors, Val relâcha sa victime. Sous le choc, Dylan ne bougea pas assez rapidement pour éviter le bras de l'Ancien qui le projeta sur le côté.

Animée par la terreur, je me mis à courir, mais tout allait trop vite. Je n'allais jamais arriver à temps pour empêcher ce qui allait se passer. Un cri résonna dans mes oreilles sans comprendre tout de suite qu'il venait de moi. L'Ancien chancela vers l'avant en touchant son cou blessé, puis plaqua sa paume ensanglantée sur la porte qui tremblait toujours.

La vive lueur bleue s'intensifia derrière le battant, brillant à travers les fissures. L'Ancien qui m'avait tiré dessus tomba à genoux, puis ouvrit les bras en grand devant l'entrée. Un instant plus tard, un coup de tonnerre retentit, une détonation supersonique traversa le portail, me projetant au sol. L'air quitta mes poumons lorsque j'atterris. Étourdie, je me rassis avec lenteur et constatai que tout le monde avait subi le même sort que moi. L'Ancien avait disparu, comme s'il n'avait jamais été là, mais l'empreinte brûlante de sa main d'un bleu contre nature était toujours imprimée sur la porte.

Mon regard frénétique se posa sur Ren de l'autre côté de la pièce. Il était aussi en train de se redresser. Nos yeux se croisèrent, mais notre soulagement fut bref. Une légère brise caressa ma peau, faisant voler mes boucles devant mon visage. Je me tournai avec appréhension vers le passage dont émanait une odeur de chèvrefeuille.

La lumière bleue avait disparu et le battant avait cessé de s'agiter. Pourtant, tous les poils de mon corps se hérissèrent et un frisson glacial parcourut mon échine. Avec précaution, je pris appui sur mes genoux afin de me relever. Val en faisait de même, mais elle… elle s'écartait du portail en *souriant*. Comment était-ce possible ? Ça n'avait aucun sens. Lorsqu'elle jeta un coup d'œil par-dessus son épaule, son sourire s'affaiblit un instant en me voyant.

Oh, non. Non, non, non.

Je refusais d'y croire. Il devait y avoir une autre explication, car les apparences étaient forcément trompeuses.

Ils avaient dû l'influencer d'une façon ou d'une autre, sauf qu'elle portait son bracelet avec le trèfle. Je ne l'avais jamais vue sans.

Un verrou pivota avant de céder avec un cliquetis qui résonna dans la chambre comme une balle. Le cœur battant à tout rompre, je déglutis en entendant un second verrou lâcher. La poignée ronde résista une fois, deux fois, puis tourna lentement.

Je retins ma respiration, la main bien serrée autour de mon pieu.

Un silence troublant s'installa dans la pièce alors que tous, membres de l'Ordre et Faes, se levaient en même temps. Soudain, la porte s'ouvrit d'un coup sec.

Chapitre 22

Une obscurité comme je n'en avais jamais vu auparavant emplissait le passage vide. Une ombre profonde et opaque pulsait en sortant de l'encadrement, ses confins épais se cramponnant au mur au-dessus du portail. Elle se déplaçait vers nous, fluide telle de l'huile, le long de la paroi. La partie en étain céda sous son poids alors qu'elle avançait sur le plafond. Des volutes de fumée noire s'étendaient en fouettant l'air. Le parfum de chèvrefeuille s'intensifia.

« Oh, ça, c'est un très mauvais signe », murmurai-je en reculant d'un pas.

Des serpentins de vapeur sombre descendirent depuis le plafond, formant plusieurs colonnes à la fois. Je perdis le compte au bout de la dixième. Les ombres tournoyèrent jusqu'à l'apparition d'une lueur bleue éclatante au centre. La lumière émit une pulsation qui dissipa l'obscurité comme si un vent violent avait chassé la fumée.

Elle fut remplacée par de grands hommes vêtus de pantalons charbonneux qui semblaient en cuir. Ils étaient pieds et torses nus, et portaient tous une bande autour de leur bras droit, ornée de mots qui m'étaient inconnus. Chacun d'entre eux avait les cheveux courts, presque noirs, rasés près du crâne. Ils scrutaient les lieux avec leurs yeux aux apparences de lacs gelés.

Les Faes présents dans la pièce s'agenouillèrent, inclinant la tête sans se soucier des membres de l'Ordre encore debout.

Ça ne me disait vraiment rien qui vaille.

J'inspirai d'un coup sec avant d'avoir le souffle coupé par l'apparition d'une nouvelle silhouette dans le passage qui attira mon attention. Une personne franchit le seuil, pas un nuage de brume maléfique cette fois, mais un homme d'au moins un mètre quatre-vingts. Il portait le même type de pantalon noir, mais une chemise en coton blanche reposait sur sa large carrure. Comme s'il s'était lassé de la boutonner à mi-chemin, la moitié de son torse couleur bronze était exposée. Une chevelure de jais assez longue pour effleurer ses épaules encadrait son visage incroyablement anguleux. Il semblait détenir toute la beauté naturelle des Faes. Il était si ravissant, d'une manière irréaliste et anormale, qu'il était presque difficile de le regarder en face.

Je ne vis pas la moindre trace de compassion ou d'humanité dans ses traits.

Je compris aussitôt de qui il s'agissait. C'était évident à la façon dont il se tenait, la tête haute, à ses lèvres légèrement retroussées par le mépris et au regard arrogant qu'il lança autour de lui.

C'était le prince.

Le prince était arrivé.

Et les hommes devant lui étaient ses chevaliers. Ils étaient libres. Sans nous laisser le temps de concevoir la terrible gravité de la situation, l'un d'entre eux marcha jusqu'au membre de l'Ordre le plus proche, puis enfonça une main dans sa poitrine d'un coup sec.

Le chaos s'ensuivit.

Les agents se jetèrent sur les chevaliers tandis que les autres Faes demeuraient agenouillés, dans leur position docile. Mon instinct prit le dessus. Je tendis une main vers mon bras gauche pour y récupérer le pieu d'épine. Entourée par des geignements de douleur et le bruit de derniers souffles, j'avançai vers le chevalier sur mon chemin pour me battre.

Puis, j'aperçus Val.

Elle marchait à grandes enjambées derrière le prince à qui il suffisait de lever une main pour envoyer valser quiconque se trouvait sur son passage. Sa puissance était déconcertante. Au bout de quelques secondes à peine, il avait rejoint le couloir et disparu de mon champ de vision, Val à ses trousses.

Je marquai une hésitation, cherchant Ren du regard avec frénésie. Il se baissa pour esquiver le bras tendu de son adversaire, puis surgit derrière lui. Il lui asséna un coup de pied dans le dos, forçant la créature redoutable à s'agenouiller. Un instant plus tard, Ren se tourna vers moi et je sus aussitôt ce qu'il me restait à faire.

Je fis volte-face pour m'élancer au pas de course en direction de la sortie en évitant les corps sur le sol. Certains étaient blessés, d'autres ne se relèveraient plus jamais. Je crus entendre quelqu'un crier mon nom, mais j'ouvris la porte avec force avant de parcourir le petit couloir en jetant un coup d'œil par-dessus la balustrade. En contrebas, je vis le t-shirt rouge vif de Val tandis qu'elle quittait la maison. « Val ! » hurlai-je en dévalant les marches deux par deux.

Je traversai le foyer en courant et attrapai la porte avant qu'elle ne se referme. Je bondis dehors, effrayant au passage un groupe d'adolescents qui traînaient sur le trottoir.

Je tournai la tête à gauche, puis à droite où j'aperçus Val en train de marcher en direction du quartier français.

J'abandonnai toute raison. Mon devoir était de poursuivre le prince. J'étais sortie en premier, mais je savais que d'autres agents arriveraient bientôt... s'ils émergeaient vivants de la maison. Cependant, tout ça allait au-delà de mon devoir.

Il fallait que je rattrape Val. Peut-être étais-je en état de choc ou bien mon cerveau refusait-il de croire qu'elle avait délibérément permis à l'Ancien d'atteindre le portail, qu'elle avait suivi le prince de son plein gré. Au fond de moi, je savais que c'était une traîtresse, qu'elle nous avait *déjà* trahis, mais une petite partie de moi espérait encore pouvoir réparer ses erreurs si je pouvais seulement la rejoindre. Elle y avait forcément été contrainte, pas vrai ? Et si elle s'était fait prendre un jour sans protection comme Merle... comme moi ?

Ils accélérèrent le pas en s'engageant dans St. Philip Street. J'avais bien peur d'avoir deviné où Val menait le prince. J'espérais avoir tort. Malgré la douleur dans mes jambes, je persévérai en évitant les passants et les mendiants. Ma poitrine se contracta lorsque je dépassai le pub irlandais et repérai le t-shirt rouge de Val un instant avant qu'il ne disparaisse de ma vue.

Non. Non.

Je redoublai d'efforts et arrivai devant l'entrée attenante au magasin *Mama Lousy* à bout de souffle. Au désespoir, je tirai sur la poignée d'un coup sec, puis levai les yeux vers le haut de l'escalier.

La porte sécurisée habituellement close était ouverte.

L'effroi s'installa comme un boulet de canon dans mon ventre tandis que je montais les marches. Presque arrivée en haut, je sentis une odeur métallique si forte que je la goûtai dans ma bouche. Lorsque je parvins au premier étage, j'entrai dans la pièce et dus réprimer un cri rauque.

Harris était allongé sur le dos, son regard vitreux perdu dans le vague. L'avant de son t-shirt était déchiré et ensanglanté. Une mare de sang s'écoulait sous lui, se déversant sur la moquette beige.

Un mélange de colère et d'effroi faisait rage en moi alors que j'avançais d'un pas raide vers le fond de la salle pour gravir l'escalier menant au second étage.

« Valérie ! » hurlai-je, les doigts serrés si fort autour du pieu que j'en avais mal aux articulations.

Soudain, une porte claqua à ma droite et je fis volte-face. Val se tenait là, avec dans ses bras un objet similaire à une boule de bowling, recouvert d'un tissu noir. Je n'avais aucune idée de ce dont il s'agissait et, en cet instant, je m'en moquais.

« Pourquoi ? » demandai-je, ma voix se brisant au milieu de cet unique mot.

Ses boucles serrées rebondirent lorsqu'elle secoua la tête en s'approchant de la porte. « J'aurais préféré que ce ne soit pas toi qui me poursuives. »

Avant que je ne puisse répondre, une brise froide caressa ma nuque. Je fis demi-tour et eus le souffle coupé. J'étais nez à nez avec le prince. Ma situation pouvait se résumer en deux petits mots : oh, merde.

La porte claqua derrière moi, m'informant que Val s'était échappée en m'abandonnant avec ce… cette chose. Je gardai les yeux rivés sur lui.

Le prince pencha la tête d'un côté en m'examinant comme si j'étais un insecte étrange sous un microscope. « Ta chevelure », dit-il. Je fus surprise par son accent presque anglais, mais pas tout à fait, plus lyrique. « Elle a la couleur du feu. » *Euh…* « C'est assez… abrasif », ajouta-t-il après coup.

Je clignai des paupières, quelque peu déroutée. Le prince de l'Autre Monde venait-il d'insulter la rousseur de mes cheveux ? En toute honnêteté, j'avais déjà du mal à croire que je me trouvais devant lui. « Je ne suis pas là pour parler de mes cheveux.

— Es-tu là pour te battre contre moi, dans ce cas ? demanda-t-il, le regard glacial.

— Non, pour te tuer. »

Il émit un petit rire musical. « Tu m'amuses et je suis d'humeur... clémente. » Il prononça ce dernier mot comme s'il s'agissait d'un concept étranger pour lui. « Je vais te laisser la vie sauve. »

Lorsqu'il fit un pas sur le côté, je l'en empêchai. Puis, son regard se posa sur le pieu que je tenais toujours et ses lèvres se retroussèrent lentement en un sourire terrifiant qui ne rendait en aucun cas son expression plus chaleureuse. « C'est un pieu en bouleau épineux de l'Autre Monde, je présume ?

— Et comment.

— Tu penses qu'en avoir un signifie que tu vas pouvoir l'utiliser contre moi ? Voilà qui est naïf. » Quand il pencha la tête en avant, de longues mèches sombres tombèrent sur son torse. « Et fatal. »

Malgré mes paroles assurées, mon cœur battait à un rythme frénétique. « Tu parles trop », lançai-je.

Il eut un mouvement de recul, surpris. « Je ne souhaite pas faire de mal à une femelle », répondit-il de son accent singulier. Il me toisa avec froideur. « Je trouve qu'il y a des choses bien plus agréables à partager avec le beau sexe.

— Beurk, crachai-je. Dégoûtant. »

Il arqua un sourcil sombre. « Ma gentillesse a ses limites. »

Une grande partie de moi n'avait qu'une envie : partir en courant. C'était le prince, après tout, et malgré la situation dans laquelle je m'étais fourrée, je n'étais pas idiote. Aussi entraînée que je puisse l'être, l'affronter n'était autre que du suicide, mais mon rôle – celui qu'on m'avait enseigné toute ma vie – me dictait de ne *jamais* fuir face à un Fae. J'avais manqué à mon devoir par le passé et je ne ferais plus jamais cette erreur.

Je tins bon.

Le prince poussa un grand soupir, puis s'élança vers moi, saisissant mon poignet. Je poussai un cri. Sa peau était glaciale. « Je te donne une dernière chance. » Il serra les doigts plus fort, mais je ne lâchai pas le pieu. « La façon dont ça va se terminer ne va pas te plaire, mon joli petit oiseau.

— Je ne suis pas ton petit quoi que ce soit, mon vieux.

— Dommage. » Alors, d'un simple mouvement de la main, il me projeta en arrière avec suffisamment de force pour me faire déraper sur la moquette.

Il fallait croire que son écœurant discours de Casanova n'était pas que de la poudre aux yeux. Je retrouvai mon équilibre avant de chuter. Il ne m'avait pas blessée. Apparemment, il me laissait une ultime chance, mais l'enjeu était trop important pour que je prenne la fuite.

« Qu'est-ce que tu as fait à Valérie ?

— Qui ça ? La petite qui était là avant ? » Il releva le menton. « Je ne lui ai rien fait. Je crois qu'elle est… peut-être intelligente ? Elle sait que rien ne nous arrêtera.

— Non, répliquai-je en secouant la tête alors que la rage montait en moi. Elle ne vous aurait jamais aidé de son plein gré. Vous l'y avez forcément contrainte.

— Si ça peut te rassurer de penser ça. »

Animée d'une furie incrédule, je m'élançai vers lui, puis pivotai à gauche. Je m'apprêtai à le frapper avec le pieu, mais l'espace où il se trouvait un instant plus tôt était vide à présent. Je chancelai vers l'arrière. « Comment est-ce…

— Trop lente. »

Lorsque je fis volte-face, je le vis debout derrière moi, un léger sourire sur le visage. Je pliai les genoux, puis tendis une jambe pour essayer de le faire trébucher, mais ne percutai que de l'air.

« Tu ne fais pas le poids contre moi, petit oiseau. »

Il commençait à me taper sur les nerfs. Je me relevai d'un bond, tournai sur moi-même afin de lui asséner un sacré coup de pied circulaire. Soudain, le prince disparut avant d'enrouler ses bras autour de moi. Il me souleva du sol comme si je n'étais qu'une gamine impétueuse.

« Ça y est, je suis à bout de patience », déclara-t-il dans mon oreille.

Un frisson glacial parcourut mon échine.

« Et de clémence. »

Oh, bordel.

Je balançai la tête en arrière, percutant le côté de son menton, lui faisant violemment tourner la tête. Le prince me lâcha alors et mes genoux s'écrasèrent par terre. Lorsque je relevai le visage, il était debout juste au-dessus de moi.

Double bordel de merde.

Sans me laisser le temps de réagir, il m'attrapa par le cou et me souleva. Je tentai de lui mettre un coup de pieu, qui effleura son torse. Du sang émergea de la plaie superficielle et bouillonna comme de la lave.

Tout en parlant dans une langue qui m'était inconnue, il saisit mon poignet et, malgré mes efforts frénétiques pour résister, il me força à ouvrir la main qui tenait l'arme. Le pieu glissa entre mes doigts pour tomber de manière inoffensive, puis il plaça son autre main sur ma gorge.

J'avais pris ma dernière inspiration sans même le savoir. Paniquée, je lui donnai des coups de pied et griffai ses bras, mais il resserra encore son emprise.

« Prends ton envol, petit oiseau. »

Tout à coup, je fus projetée en arrière à travers les airs. Je percutai l'une des tables pliantes vides, la renversant au passage. J'atterris par terre sur le flanc, tentant désespérément de reprendre mon souffle malgré la douleur lancinante dans mes côtes.

Bon sang, même respirer était une souffrance. Je pris appui sur mes coudes, le corps tremblant sous l'effort tandis que je me redressais. Ma poitrine était trop oppressée, mais je relevai la tête. En un clin d'œil, il se déplaça de l'autre bout de la pièce jusqu'à moi. Je tendis le bras autour de moi à l'aveugle, m'emparai d'une chaise en métal et tirai dessus pour la jeter. Je poussai un cri tandis que le tiraillement qui déchirait mon flanc me coupait le souffle.

« Vraiment ? » lâcha le prince en m'arrachant le siège des mains.

Une douleur fulgurante surgit dans ma mâchoire et ma joue quand la chaise me frappa en plein visage. Je trébuchai sur le côté, tombant à genoux. Du sang coula dans ma bouche, débordant de mes lèvres dont une était en piteuse condition. Quelque chose – son pied ? – s'abattit contre mon ventre et je basculai sur le dos. Avant que je n'aie le temps de sentir le goût de la peur à l'état brut dans ma gorge, de la panique qui prévient d'un danger imminent, un éclair flamboya derrière mes yeux et un nouveau tiraillement déchira ma joue.

J'allais mourir.

Soudain, je n'avais plus aucun doute. J'avais pensé ne pas craindre ma propre mort, seulement de vivre sans les êtres qui m'étaient chers, mais j'avais eu tort. Une terreur plus forte que tout ce que j'avais connu jusqu'alors s'éleva en moi comme une fumée insidieuse et étouffante. Je ne voulais pas périr. Pas maintenant. Pas alors que je recommençais à peine à me sentir vivante, que j'étais en train de craquer pour Ren… de tomber amoureuse ? Oh, mon Dieu. Mais c'était trop peu et trop tard pour m'en rendre compte, ce qui réveilla en moi une peine plus grande que ma souffrance physique, irradiant dans ma poitrine. Les larmes me montèrent aux yeux que j'avais déjà du mal à ouvrir. Je n'y voyais plus grand-chose.

Il n'y avait plus que la douleur… partout. Chaque respiration saturait un peu plus mes sens. Quelque chose d'important s'était brisé en moi, comme écartelé. Mon supplice empira davantage quand le prince s'agenouilla au-dessus de moi, une jambe de chaque côté de mon corps. Je tentai de lever les bras, mais toutes mes terminaisons nerveuses protestèrent. L'obscurité menaçait ma vision, plongeant le monde autour de moi dans un brouillard opaque. Même ma langue était trop lourde lorsque le visage flou du prince m'apparut.

« Tu aurais dû partir quand tu en avais encore l'occasion, petit oiseau, dit-il avec du mépris dans la voix avant de se baisser tout près de moi. Je t'ai donné une… » Il s'interrompit en milieu de phrase tandis qu'il prenait une grande inspiration audible.

Il resta figé au-dessus de moi avant de poser une main sur ma joue. Ensuite, il ramena à sa bouche le bout de ses doigts rouge. Je commençais à sombrer, mais je crus le voir… goûter mon sang, ce qui était complètement cinglé.

Soudain, il eut un mouvement de recul et j'eus la nette impression qu'il avait blêmi. Sans tarder, il rapprocha de nouveau son visage du mien. « Non… », lâcha-t-il.

Il poussa une exclamation qui ressemblait à un juron avant de chuchoter un mot que je ne compris pas… un mot en anglais, mais qui ne pouvait pas être le bon.

Il tendit les mains entre nous pour déchirer le col de mon t-shirt comme s'il s'agissait d'un vulgaire morceau de papier de soie. Mon pauvre cœur affaibli fit un bond dans ma poitrine alors qu'un nouveau type de panique s'emparait de moi. Il posa sa paume au centre de mon torse, sans pour autant s'aventurer plus loin, mais à son contact, ma peau se mit à brûler, la chaleur s'infiltrant jusque dans mes muscles. Un incendie étrange se déclencha en moi.

Quelque part, une porte s'ouvrit et j'entendis des fragments de bois percuter le mur. Des cris retentirent, certains identifiables, mais très lointains. Le prince se leva avec une brise froide. On aurait dit qu'il s'effondrait sur lui-même, mais là où s'était tenu un homme un instant plus tôt, il ne restait désormais plus qu'un corbeau.

La créature déploya ses ailes majestueuses, comme deux bras recouverts de plumes. L'oiseau vola jusqu'au plafond avant de disparaître de ma vue tandis que le... le mot qu'il avait prononcé tournait en boucle dans mon cerveau embrumé. Tout à coup, quelqu'un atterrit à côté de moi sur le sol. Les voix autour de moi s'intensifièrent. C'était peut-être Ren qui m'avait rejointe, qui me touchait avec une telle délicatesse, mais mon esprit tout entier n'entendait plus que le murmure du prince.

Halfelin.

Chapitre 23

Le temps… semblait s'écouler de façon étrange, sans que je comprenne vraiment comment. À un moment donné, j'avais pris conscience qu'on m'avait déplacée de la moquette rugueuse pour m'installer sur quelque chose de bien plus mou. Un lit peut-être ? Puis, j'avais commencé à entendre un bip persistant qui se répétait au loin… un moniteur cardiaque. Quand je réussis à ouvrir les yeux – enfin, un œil pour être exacte –, je fus capable de distinguer, malgré ma vision trouble, un faux plafond blanc cassé et des lumières faibles. Une odeur d'antiseptique embaumait l'air. Je me rendis alors compte que je devais en toute logique être à l'hôpital et que si j'étais là plutôt qu'au siège de l'Ordre, c'était sans doute grave, mais j'étais trop fatiguée pour y penser davantage.

Je n'avais aucune notion du temps qui passait tandis que je reprenais par moments conscience de mon environnement. À un moment, je crus *ressentir* la présence de Ren près de moi. Plus tard, il me sembla entendre le rire de Val, mais même mon cerveau confus savait que c'était impossible… pour plusieurs raisons. Je m'étais aussi réveillée à plusieurs reprises, l'esprit obnubilé par la parole du prince.

Halfelin.

Cette fois, cependant, je tentai de sortir de l'obscurité une bonne fois pour toutes en ouvrant à force de grands efforts un de mes yeux. Lorsque je clignai la paupière, le plafond apparut plus nettement devant moi et je ne retombai pas aussitôt inconsciente.

Je pris une profonde inspiration qui me fit grimacer. Une douleur sourde tiraillait mes flancs. Je voulus déglutir mais, avec ma gorge à vif, ce fut aussi agréable que d'avaler des clous. Plus les secondes passaient, plus ma souffrance décuplait. J'avais le visage endolori. On aurait dit que j'avais couru, la tête la première, dans un mur de brique avant de m'y frotter de gauche à droite. Ma mâchoire ne se portait pas mieux et mon œil gauche non plus. Un élancement constant émanait de mon poignet droit et mes côtes étaient en feu.

Bon sang, ce que c'était nul de se réveiller.

Je remuai les doigts, soulagée de découvrir qu'ils fonctionnaient toujours. Je m'apprêtais à en faire de même avec mes orteils, mais un mouvement dans la pièce attira mon attention.

Le lit s'affaissa légèrement, puis j'aperçus les plus beaux yeux verts du monde, deux fragments d'émeraude à l'état brut placés derrière d'épais cils, au milieu d'un visage ravissant que… j'aimais. Mon cœur s'emballa, les bips de la machine avec lui. Je l'aimais. Vraiment. D'une manière ou d'une autre, j'étais tombée amoureuse malgré la situation générale.

« Coucou toi, dit-il tout bas en me dévisageant comme s'il avait perdu tout espoir d'avoir un jour cette conversation. Tu te réveilles enfin, petite marmotte. Tu vas rester avec moi, cette fois ? »

Je me concentrai sur lui de mon unique œil, l'émotion montant dans ma gorge. Je n'avais pas oublié pourquoi j'étais là, dans ce lit. Ça restait dans un coin de ma tête, en arrière-plan. « Salut », répondis-je d'une voix éraillée.

Il esquissa un sourire soulagé qui adoucit les cernes sombres sous ses yeux. À en juger par l'apparence de sa chevelure, il n'avait pas cessé de passer les doigts dedans. Il m'observa un moment, puis tendit la main vers la table de chevet. « Tu as soif ? »

Je commençai à hocher la tête avant de me rendre compte que ce n'était pas une très bonne idée. « Oui. »

Ren prit la carafe d'eau et me servit dans un verre en plastique. « Tiens, mais juste un petit peu. » Il glissa une main sous mon crâne avec délicatesse, puis le leva à peine en posant le gobelet contre mes lèvres.

L'eau fraîche picota ma bouche et ma gorge, mais elle me fit l'effet d'un paradis liquide. Il recula son bras pour m'empêcher de jouer les étudiantes et de le boire cul sec. Je lui lançai un regard noir de mon œil valide.

« Doucement. » Il rit, ses yeux retrouvant un peu de légèreté. « Je ne veux pas que tu vomisses en plus de… » Il contracta la mâchoire en passant une nouvelle fois les doigts dans ses cheveux. « En plus de tout le reste. »

Par « tout le reste », il voulait parler de mon visage douloureux, de mes côtes en mauvais état… mais, contre toute attente, j'étais vivante. J'avais pourtant senti quelque chose de grave se briser en moi. De très grave, même. Je fronçai les sourcils.

« Mon Dieu, Ivy… » Il se racla la gorge tout en se penchant vers moi pour déposer un petit baiser sur le bout de mon nez. « Je n'ai pas arrêté de flipper comme un dingue. J'ai cru… quand je t'ai vue dans cette pièce… »

Le supplice dans sa voix était déchirant. « Je vais bien, je crois.

— Tu crois ? » Cette fois, il poussa un vrai rire, profond et rauque. Lorsqu'il releva la tête, je crus apercevoir un éclat dans son regard. « Tu es à l'hôpital Kindred à côté de chez toi. On n'a pas pu s'occuper de toi au siège. »

Après une autre gorgée d'eau, ma langue se fit un peu plus coopérative. « Comment... Qu'est-ce qui s'est passé ?

— Ivy. » Il repoussa une de mes boucles rebelles avec précaution, une expression peinée traversant ses traits. « Tu ne t'en souviens pas ?

— Si, je... me souviens. » Je reposai la tête contre l'oreiller, épuisée. Pourtant, j'avais comme l'impression d'avoir fait ma Belle au bois dormant un bon moment. « On est quel jour ? »

Dans un premier lieu, il sembla réticent à répondre. « Samedi soir.

— Quoi ? »

Je tentai aussitôt de me redresser, animée par une panique explosive, mais il appuya sur mes épaules avec douceur. « Ne t'en fais pas. Tu dois rester alitée, au moins encore un peu. Tu as été gravement blessée, Ivy. »

Il ne retira pas ses mains tout de suite.

« Mais... » Je promenai mon regard sur la chambre, confirmant que nous étions seuls. « Mais les chevaliers et le prince sont libres. »

Il secoua la tête. « Étonnamment, on n'a pas eu droit à l'apocalypse géante à laquelle on s'attendait. L'Ordre – enfin, ce qu'il en reste – patrouille chaque nuit depuis. On n'a pas vu un seul chevalier ni l'autre connard. David et quelques membres vont au *Flux* ce soir, mais je doute qu'ils y trouvent quoi que ce soit. »

L'esprit embrumé, je tentai de comprendre ce qu'il racontait. « Mais ça n'a pas de sens.

— Non, pas vraiment. En tout cas, où qu'ils soient et quoi qu'ils fassent, ils sont cachés pour l'instant. » Il m'adressa un sourire qui n'atteignit pas ses yeux verts. « On a réussi à refermer le portail. »

Je pris le temps d'assimiler cette information, mais j'étais encore préoccupée par ce qu'il avait dit plus tôt... *Ce qu'il reste de l'Ordre.* « Combien d'agents est-ce qu'on a perdus ? »

Ren détourna le regard, la mâchoire contractée. « Seize. »

Oh, mon Dieu, je n'en revenais pas... Je fermai l'œil. Le chagrin qui montait en moi me faisait presque regretter d'avoir sorti la tête de l'obscurité. « Est-ce que vous avez retrouvé... Val ? »

Rien que prononcer son nom était douloureux.

« Non. Personne ne l'a vue depuis, pas même sa famille. »

Bon sang, qu'avait-elle fait ? Je repensai au moment où je l'avais croisée au siège. « Elle avait quelque chose entre les mains, Ren. Elle s'est rendue à l'Ordre avec un objectif. Elle tenait un objet recouvert d'un tissu noir. »

Ren hocha la tête avec lenteur. « Je sais. Tu te souviens que Merle avait parlé d'une sorte de cristal ? David en gardait un dans une pièce au deuxième étage, parmi d'autres trucs étranges. Je ne connais pas l'importance de ce cristal. » Il regarda ailleurs, haussant les épaules tandis qu'il prenait une grande inspiration. « David ne nous a pas révélé ce que ça pouvait bien être et je n'en ai aucune idée. »

Je me souvins de la pièce interdite d'accès par David, mais comment Val avait-elle su où le trouver ? En toute franchise, le cristal m'était complètement sorti de l'esprit une fois que j'avais appris l'existence des Halfelins.

« Merle en sait peut-être plus, reprit-il, mais je... eh bien, honnêtement, je ne me suis pas soucié de tout ça. Tout ce qui m'importe, c'est toi. » Il fronça les sourcils et pressa ma main gauche dans la sienne. « Je sais que ça ne va pas te plaire d'entendre ça, mais j'ai envie de la tuer pour ses actions. » En effet, ce n'était pas ce que je voulais entendre.

« Tu aurais pu mourir et je... » Il s'interrompit et quand je rouvris l'œil, son regard était posé à côté de moi, sur le moniteur cardiaque. « Je ne sais pas ce que je ferais si ça arrivait. »

Mon cœur fit un bond. « Je... je suis là. »

Ce n'était pas grand-chose, mais il n'y avait rien de plus à dire.

Il tourna les yeux vers moi. « Oui, mais tu n'aurais jamais dû avoir à affronter le prince, ou à faire quoi que ce soit d'autre. Qu'est-ce qui t'est passé par la tête ? » Il déglutit. « Le poursuivre était aussi dangereux que pointer un pistolet sur ta propre tempe.

— C'était mon devoir. »

Il secoua lentement la tête. « C'était du suicide. Tu es incroyablement courageuse, Ivy. Tu es forte et vaillante, mais c'était de la folie. J'aurais voulu que tu ne vives jamais une chose pareille. »

Moi aussi. Je me remémorai la scène au siège de l'Ordre... Serais-je capable d'y retourner un jour sans repenser à mon combat contre le prince ou à ce qu'il avait dit ?

Halfelin.

Un frisson me traversa. Le prince me prenait-il pour un Halfelin ? Il n'y avait aucune chance. Aucune. J'avais déjà saigné près d'un Ancien, mais... le prince s'était trouvé si proche de moi.

Il avait goûté mon sang.

« Ne parlons pas de tout ça pour l'instant, proposa Ren avant d'embrasser ma tempe. D'accord ? »

Il fallait tout de même que je pose la question. « Tu penses qu'elle était sous leur influence ? Val, je veux dire.

— Je ne sais pas, Ivy. C'est possible, mais... »

J'eus soudain envie de pleurer. C'était très improbable. Leur glamour ne durait pas autant de temps, à part s'ils se nourrissaient d'elle et, dans ce cas, il était sans doute trop tard pour la sauver.

Je l'avais déjà perdue.

Sans avoir à le lui demander, je compris que les membres avaient pour ordre de ramener Val, morte ou vivante. De préférence morte. Ils devaient tous avoir envie de lui faire la peau. Sa trahison était aussi douloureuse que la raclée que m'avait fichée le prince.

Lorsque Ren caressa ma main de son pouce, je me forçai à afficher un sourire même si ce n'était pas des plus agréable. « J'ai une sale tête ?

— Tu n'as jamais été aussi belle.

— Menteur ! Je n'ai pas besoin de me voir dans un miroir pour savoir que je suis mal en point. »

Il leva ma paume vers lui pour l'embrasser. « Tu es là. Je me fiche de ton apparence. Je pensais t'avoir perdue. »

Mon cœur se gonfla dans ma poitrine. Je faillis lui dire les deux petits mots qui m'habitaient, mais je me retins. Nos regards se croisèrent et ne se quittèrent plus.

« Tu as cru que tu allais te débarrasser de moi aussi facilement ? »

Il esquissa un sourire, révélant ses fossettes. « Ma belle, c'est bien la dernière chose que je voudrais. »

Je fus autorisée à sortir de l'hôpital le dimanche soir et fus ramenée chez moi sur-le-champ. J'avais alors découvert que pendant mon sommeil aussi comateux qu'une ampoule grillée, Ren était venu prendre soin de Clo.

Ce qui aurait pu suffire pour me renvoyer droit aux urgences.

À en croire le Brownie enthousiaste, Ren était passé chaque jour pour lui donner de mes nouvelles, sans jamais se pointer nu ou essayer de le tuer. Quand je m'étais tournée vers Ren, il avait eu l'air gêné, comme s'il s'était fait prendre en train de fraterniser avec l'ennemi.

Mes blessures auraient pu être pires – auraient dû, même –, mais j'étais tout de même épuisée donc je finis par dormir dans mon lit presque non-stop du dimanche au mardi tandis que Ren et Clo répondaient à tous mes besoins. C'était d'ailleurs intéressant de les voir plus ou moins travailler main dans la main.

J'ignorais comment j'allais faire pour rattraper tous les cours que j'avais manqués. J'avais l'intention de parler à mon professeur principal dès que mon visage ne ressemblerait plus à de la viande hachée.

Le mardi soir, j'avais enfin quitté ma chambre pour le salon. Ren était assis d'un côté du canapé et je m'étais installée entre ses jambes, me reposant contre son torse. Je pouvais enfin manger autre chose que de la soupe, donc j'avais dévoré la moitié d'une boîte de pralines devant le marathon *Harry Potter* que nous imposait Clo.

« Tu es vraiment obligé de réciter toutes les lignes du dialogue à voix haute ? » demanda Ren au bout d'un moment.

Clo souffla. « Ça rend le film plus divertissant.

— Pour toi, peut-être, mais pas pour le reste du monde », marmonna Ren, ce qui me fit sourire.

Je finis par m'endormir là, avec Clo de l'autre côté du canapé et les bras de Ren enroulés autour de moi avec délicatesse. Il était resté chez moi chaque soir depuis ma sortie de l'hôpital, toujours présent pour me consoler lorsque je me réveillais au milieu de la nuit, un cri résonnant dans mes oreilles. Il m'avait aidée à soulager la terreur qui m'assaillait dans mon sommeil. Je ne savais pas de quoi je rêvais. Les images disparaissaient dès que j'ouvrais les yeux.

Le mercredi, Ren dut reprendre le travail et, le lendemain, j'espérais me rendre dans le quartier français pour discuter avec David, si je m'en sentais la force. Avec la perte de tant de membres, il allait falloir que je retourne sur le terrain. Personne ne me mettait la pression à ce sujet, mais c'était important pour moi.

Je devais retrouver Val.

Ce serait ma priorité. David et les autres agents avaient beau être déjà à sa recherche, aucun d'entre eux ne la connaissait aussi bien que moi. Aucun. Je ne comptais pas en parler avec Ren, ça le mettrait dans tous ses états, mais il fallait que j'essaye de la retrouver.

Je traînai les pieds jusqu'à la salle de bains. Quand je vis mon reflet dans le miroir, je grimaçai. Mon œil gauche était désormais ouvert en une fente étroite. On aurait dit que tout ce côté-là de mon visage avait subi une attaque à coup de raisin et de confiture de fraise. Ma lèvre inférieure était enflée et fendue au milieu. Je ressemblais à un animal écrasé avec mes boucles grasses et négligées. Sexy…

Soudain, j'entendis la porte d'entrée s'ouvrir, puis Clo crier. « Tu n'es pas censé être au travail, toi ?

— Tu t'es pris pour mon geôlier ? » répondit Ren.

Intriguée par sa présence alors qu'il n'était que 19 heures, je rejoignis la chambre. Au même moment, Ren apparut sur le seuil. L'inquiétude me serra aussitôt l'estomac. « Tout va bien ? »

Avec un sourire, il marcha dans ma direction, un bras dans le dos. Clo voletait derrière lui, par-dessus son épaule. « Je voulais seulement passer te voir rapidement. M'assurer que tu te sens bien.

— Tu aurais pu m'envoyer un message... Attends. » Je reniflai l'air. « C'est quoi, cette odeur ? »

Une fois devant moi, il retira la main de son dos, révélant un paquet de *Café du Monde*.

Clo poussa un cri perçant digne d'une adolescente à un concert des One Direction. Il traversa la pièce à toute allure pour s'en emparer, puis repartit dans la foulée.

Ren le suivit du regard, les sourcils froncés. « Gardes-en pour elle, espèce d'enflure ! » Il se retourna vers moi, les yeux plissés. « Je ne l'aime vraiment pas.

— Je suis sûre que c'est réciproque, mais merci pour les beignets.

— C'était surtout une excuse pour te voir. » Il tendit une main pour déboutonner mon cardigan. « Ça me tue de te laisser ici toute seule. »

Je l'observai tandis qu'il mettait les boutons dans les bons trous. Je n'avais pas fait très attention en l'enfilant. « Je ne suis pas toute seule.

— L'autre cinglé ne compte pas.

— Hé, c'est *mon* cinglé. »

Ren secoua la tête en posant une main du côté intact de mon visage. « Tu es sûre que ça va ? Je peux parler à...

— Oui, certaine. Je te le promets. Mon seul plan est de prendre une douche, m'affaler sur le canapé et, si Clo ne les a pas tous dévorés, me régaler avec les beignets jusqu'à m'endormir.

— D'accord. » Il déposa un léger baiser au coin de mes lèvres. « Je rentrerai à la maison dès que je peux. »

À la maison ? Ici ? Il se sentait donc chez lui ? Oh, mon Dieu. Mon cœur enfla tellement de bonheur que j'aurais pu flotter jusqu'au plafond. Après son départ, je restai plantée là, au milieu de ma chambre, comme une débile. Je ne me souvenais même plus de ce que je lui avais dit avant qu'il s'en aille.

Bon sang, j'étais tombée raide dingue, follement, éperdument amoureuse de Ren… de *Renald Owens.* J'avais craqué pour un type qui s'appelait Renald. Ce n'était pas la première fois que cette pensée me traversait l'esprit, mais j'étais tout aussi choquée à chaque fois.

Je secouai la tête. Puis, alors que je m'apprêtais à retourner dans la salle de bains, mon regard se posa sur la commode. Je m'arrêtai net, comme si quelqu'un venait de percer le ballon qu'était mon cœur avec une aiguille. Ren avait récupéré le pieu d'épine que j'avais perdu durant mon combat contre le prince. Il était à présent sur mon meuble, aligné avec ceux de fer.

Halfelin.

Je fermai les paupières. Ça n'avait aucun sens. Le prince était… un personnage étrange et épouvantable. Pourtant, ça n'expliquait pas ce qu'il avait fait avant que Ren et les autres interviennent. Il avait posé la main sur ma poitrine et j'avais senti une chaleur se répandre en moi, comme s'il me guérissait. J'en étais même certaine. C'était la seule raison pour laquelle j'étais encore vivante aujourd'hui plutôt que dans une urne. Mais comment était-ce possible ? Je fis un pas vers la commode, puis un autre.

Il n'y avait qu'une façon de le découvrir. Il y avait deux résultats potentiels si je me coupais avec le pieu. Dans le premier cas, je saignerais normalement et me trouverais idiote… Complètement bête, mais heureuse. Dans l'autre…

Je m'emparai du pieu. Je secouai une nouvelle fois la tête, sur le point de le reposer, mais je poussai un juron à la place et tournai ma paume gauche vers le haut.

« Qu'est-ce que tu fais ? »

Je poussai une exclamation de surprise en voyant Clo dans l'entrée de la chambre. Du sucre en poudre était étalé sur l'avant de son t-shirt de poupée. J'allais lui répondre que je ne faisais rien, mais d'autres mots m'échappèrent. Jusqu'à maintenant, je ne lui avais rien raconté de plus que ce que Ren lui avait rapporté.

« Quand j'ai affronté le prince, il m'a dit quelque chose… il m'a *fait* quelque chose. J'étais vraiment… en très mauvais état. Pire que ça, insistai-je en désignant mon visage de ma main libre. Je crois qu'il m'a soignée. Est-ce que c'est possible ou je perds les pédales ? »

Clo ne répondit rien, ce qui ne fit qu'aggraver mes craintes.

Je pris une inspiration mal assurée. « Il allait me tuer. Je le sais. Il m'avait donné une chance de m'enfuir plus tôt, mais là, il s'apprêtait à m'achever. Sauf qu'à la place, il m'a soignée et il… le prince a prononcé le mot "Halfelin". C'est ce qu'il a dit quand je saignais. »

Le visage de Clo s'assombrit et mon cœur l'imita. « Ivy. »

J'eus soudain le souffle court et la peau glacée.

Il vola à l'intérieur de la pièce, laissant quelques instants s'écouler. « Nous, les Brownies, avons toujours été capables de sentir la part d'Autre Monde chez toutes les créatures, même si elle est infime. D'une certaine façon, ça nous a donné de la valeur aux yeux des autres », expliqua-t-il tout bas, son regard vif rivé sur moi. « Les Faes, que ce soient des Anciens ou non, ne sont pas de fins limiers. Ils doivent forcément se trouver très proches d'une personne pour deviner qu'elle est en partie comme eux. »

Et l'Ancien qui m'avait tiré dessus, celui qui avait ouvert le portail avec l'aide de Val, avait été trop loin de moi. À plusieurs mètres. L'Élite n'était-elle pas au courant ?

« Mais toi… » Je ne réussis pas à terminer ma phrase. Une partie de moi s'était doutée qu'il ne m'avait pas tout dit, mais pour le moment, je m'en fichais. Ce n'était pas le plus important. Peut-être que plus tard, je l'enverrais valser par la fenêtre avec un bon coup de pied, mais en cet instant, j'étais trop envahie par l'effroi. « Ce n'était pas une coïncidence si je t'ai trouvé, pas vrai ? »

Clo baissa les yeux vers le sol, ce qui fit trembler ma main droite qui tenait le pieu. « Ne le fais pas, Ivy. »

Et simplement parce qu'il venait de dire ça, je le fis. Je n'avais plus le choix. Il fallait que je sache. J'entaillai ma paume avec l'embout acéré. Je ne sentis aucune douleur, mais ma peau s'ouvrit avec un petit sifflement et mon sang se mit aussitôt à bouillonner. « Oh, mon Dieu », murmurai-je.

Je lâchai le pieu qui rebondit bruyamment sur le parquet tandis que je m'en écartais. Je levai les yeux pour dévisager Clo. Il replia ses ailes et descendit jusqu'au pied du lit. Mon cœur battait à tout rompre, à tel point que j'en avais la nausée.

« Non », chuchotai-je.

Clo tourna un regard grave vers moi. « Je t'avais prévenue de ne pas le faire. »

Un sanglot déchirant jaillit des tréfonds de mon âme. « *Non !* »

Cette fois, Clo ne répondit pas. Lorsque je baissai les yeux vers ma paume, où mon sang continuait de faire des bulles comme de l'eau dans une casserole, je chancelai sous le poids de ce que je venais d'apprendre.

J'étais le Halfelin.

J'étais le Halfelin que l'homme dont j'étais tombée amoureuse avait pour mission de tuer.

Remerciements

Avant tout, je tiens à remercier Stacey Morgan de m'avoir écoutée radoter le rêve qui a vaguement inspiré l'idée de ce livre. Elle m'a dit que je devrais me lancer, alors je l'ai fait. Un autre grand merci à mon agente Kevan Lyon qui, fidèle à son incroyable personnalité, m'a écoutée lorsque je lui ai dit que je souhaitais autopublier ce roman et m'a soutenue dès le début. Elle assure vraiment. Ensuite, je veux remercier Sarah Hansen de *Okay Creations* pour la superbe couverture et Kelsey Kukal-Keeton pour son enthousiasme à l'idée d'une séance photo sous-marine, réussie avec succès grâce à elle. Merci aux super modèles, Justin Edwards et Heather Noel MacDonald, d'avoir accepté de se jeter à l'eau, tout en faisant preuve de sensualité. Ça, c'est du talent.

Merci à Kara Malinczak pour ses prouesses éditoriales et pour ses efforts afin de mettre de l'ordre dans ce livre. KP Simmons, merci pour tout le travail de communication que tu as accompli comme si ce n'était qu'un jeu d'enfant.

Sans Laura Kaye, Tiffany King, Wendy Higgins, Sophie Jordan, Jen Fisher et Lesa Rodrigues, je deviendrais sans doute folle. Ou bien j'arrêterais de procrastiner autant et avancerais enfin dans mon travail. Cora Carmack, tu es géniale. Sarah Maas, j'ai toujours autant le béguin amical pour toi. Jay Crownover, on devrait faire des bébés livres ensemble un jour. Merci à Jamie McGuire de m'avoir donné le courage de passer à l'action. Elle sait de quoi je veux parler. Merci.

Enfin, et surtout, merci à tous les critiques, aux blogueuses et blogueurs, ainsi qu'aux lectrices et lecteurs de mes romans. C'est grâce à vous que je peux continuer. Je vous aime tous. Vraiment. MERCI.